DIE WELT WIE WIR SIE KANNTEN

SUSAN BETH PFEFFER

Aus dem Englischen von Annette von der Weppen

CARLSEN

Für Marci Hanners
und
Carol Pierpoint

FRÜHLING

EINS

7. Mai

Lisa ist schwanger.

Dad rief heute Morgen gegen elf bei uns an, um es uns zu erzählen. Aber Mom war schon mit Jonny zum Baseballtraining unterwegs, und Matt ist natürlich noch auf dem College, deshalb war ich allein, als die große Neuigkeit eintraf.

»Das Baby kommt im Dezember«, verkündete Dad mit einem Stolz, als wäre er der erste Mensch auf der Welt, der mit seiner zweiten, jüngeren Frau ein Baby erwartet. »Ist das nicht toll? Ihr kriegt ein Geschwisterchen. So früh kann man natürlich noch nicht sagen, was es wird, aber sobald wir es wissen, geben wir euch Bescheid. Ich persönlich hätte nichts gegen eine weitere Tochter einzuwenden. Meine erste ist schließlich auch ein richtiges Prachtstück geworden. Was würdest du von einer kleinen Schwester halten?«

Ich hatte keine Ahnung. »Seit wann wisst ihr es?«, fragte ich.

»Seit gestern Nachmittag«, sagte Dad. »Ich hätte euch natürlich gleich angerufen, aber, na ja, wir wollten erst noch ein bisschen feiern. Das verstehst du doch, Liebes, oder? Nur Lisa und ich, bevor es die ganze Welt erfährt.«

»Klar, Daddy«, sagte ich. »Habt ihr es Lisas Familie schon erzählt?«

»Gleich heute früh«, antwortete er. »Ihre Eltern freuen sich riesig. Ihr erstes Enkelkind. Sie wollen im Juli für ein paar Wochen kommen, kurz bevor ihr beide, du und Jonny, uns besucht.«

»Rufst du gleich noch Matt an und erzählst es ihm?«, fragte ich. »Oder soll ich das machen?«

»Nein, nein, ich ruf ihn an«, sagte Dad. »Er büffelt doch gerade für seine Abschlussprüfungen. Da freut er sich bestimmt über jede Unterbrechung.«

»Das sind wirklich tolle Neuigkeiten, Dad«, sagte ich, weil ich wusste, dass es von mir erwartet wurde. »Und richte bitte auch Lisa aus, wie sehr ich mich für sie freue. Für dich natürlich auch. Für euch beide.«

»Sag's ihr doch selbst«, meinte Dad. »Ich geb sie dir.«

Er hielt kurz den Hörer zu, um Lisa etwas zuzuflüstern, und dann hatte ich sie dran. »Miranda«, sagte sie. »Ist das nicht aufregend?«

»Allerdings«, antwortete ich. »Wunderbare Neuigkeiten. Ich freue mich wirklich sehr für euch beide.«

»Ich hab mir etwas überlegt«, sagte sie. »Eigentlich ist es noch viel zu früh, und ich hab auch noch gar nicht mit deinem Vater darüber gesprochen, aber hättest du nicht Lust, die Patentante des Babys zu werden? Du musst dich nicht sofort entscheiden, aber denk mal drüber nach, okay?«

Genau das ist mein Problem mit Lisa. Jedes Mal, wenn ich irgendwie sauer auf sie bin, oder einfach nur genervt, denn manchmal kann sie ganz schön nerven, kommt sie an und macht irgendwas Nettes. Und dann kann ich wieder verstehen, warum Dad sie geheiratet hat.

»Klar, ich denke drüber nach«, sagte ich. »Ihr beide aber auch.«

»Das brauchen wir nicht mehr«, antwortete sie. »Du solltest sehen, wie dein Vater strahlt. Ich glaube, du könntest ihm keine größere Freude machen.«

»Allerdings«, sagte Dad, und ich hörte an seinem Lachen, dass er Lisa den Hörer weggeschnappt hatte. »Bitte sag Ja, Miranda. Es würde uns so viel bedeuten, wenn du die Patentante des Babys wärst.«

Also habe ich Ja gesagt. Ich konnte schließlich schlecht Nein sagen.

Danach haben wir noch ein bisschen geredet. Ich habe Dad von meinem letzten Schwimmwettkampf erzählt und wie es bei mir so in der Schule läuft. Nachdem ich aufgelegt hatte, war Mom immer noch nicht zurück, also ging ich ins Internet, um zu sehen, was es Neues beim Eiskunstlauf gibt. Auf Brandon Erlichs Fanseite wird gerade heiß diskutiert, wie seine Chancen auf olympisches Gold stehen. Die meisten Leute sagen, eher schlecht, aber viele von uns glauben, dass er das Zeug zu einer Medaille hat und dass Eis eine rutschige Angelegenheit ist und außerdem kann man nie wissen.

Ich glaube, ich würde gern wieder mit dem Eislaufen anfangen. Es hat mir in den letzten Jahren doch ziemlich gefehlt, und außerdem käme ich auf diese Weise an Neuigkeiten über Brandon ran. Er wird zwar schon lange nicht mehr von Mrs Daley trainiert, aber ich wette, sie kriegt trotzdem noch einiges mit. Und ab und zu würde vielleicht auch mal Brandons Mutter an der Bande stehen.

Als Mom nach Hause kam, musste ich ihr von Lisa erzählen. Sie meinte nur, das sei doch schön und sie hätte schon gewusst, dass die beiden Kinder wollen. Sie und Dad haben sich große Mühe gegeben, eine ›gute Scheidung‹ hinzukriegen. Matt sagt, wenn sie sich auch nur halb so viel Mühe mit ihrer Ehe gegeben hätten, wären sie immer noch verheiratet. Ich habe ihr nicht erzählt, dass ich Patentante werden soll (wenn Lisa es sich nicht noch mal anders überlegt, was ihr durchaus zuzutrauen wäre). Irgendwie habe ich ein schlechtes Gewissen, dass ich Patentante werden soll, während von Matt oder Jonny als Patenonkel keine Rede war. Aber Lisa und Matt haben sich noch nie besonders gut verstanden, und mit dreizehn ist man vielleicht noch zu jung für einen Patenonkel. Hoffentlich überlegt es sich Lisa noch mal anders, dann habe ich ein Problem weniger.

8. Mai

Nicht gerade der schönste Muttertag aller Zeiten.

Ich hatte Mom vor einer Weile gesagt, ich würde heute Abend etwas kochen, und sie beschloss, Mrs Nesbitt dazu einzuladen. Damit hatte ich natürlich schon gerechnet, und ich dachte, wenn Mom Mrs Nesbitt einlädt, könnte ich auch Megan und ihre Mutter einladen. Aber als Jonny hörte, dass außer Mom und mir auch noch Mrs Nesbitt, Megan und Mrs Wayne zum Essen kommen würden, meinte er, das wären ihm zu viele Frauen in einem Raum und er würde lieber bei Tim zu Abend essen.

Mom sieht es immer gern, wenn Jonny Zeit bei Tim und seiner Familie verbringt, weil es da drei Jungs gibt und auch Tims Vater viel zu Hause ist. Also sagte sie, wenn Tims Eltern einverstanden wären, wäre sie es auch.

Ich rief Megan an, um ihr zu sagen, sie solle ihre Geschichtsunterlagen mitbringen, dann könnten wir zusammen für die Klausur lernen, und sie war einverstanden.

Und deshalb bin ich jetzt auch so sauer auf sie. Hätte sie Nein gesagt, wäre das was anderes gewesen. Aber sie hat Ja gesagt, und ich habe Hackbraten und Salat für fünf Personen gemacht, und als ich gerade den Tisch decken wollte, rief sie plötzlich an und meinte, sie wolle lieber in der Kirche bleiben und irgendwas mit der Jugendgruppe machen. Sie hätte sich im Datum geirrt. Und ihre Mutter würde ohne sie auch lieber nicht kommen, also wären wir gleich zwei weniger beim Sonntagsessen, und es würde mir hoffentlich nichts ausmachen.

Es macht mir aber was aus, ich hatte mich nämlich darauf gefreut, mit allen zusammen zu Abend zu essen und danach mit Megan zu lernen. Außerdem hatte ich gedacht, dass Mom mit Mrs Nesbitt und Mrs Wayne bestimmt gut über Lisas Baby reden könnte. Mrs Wayne ist zwar nicht gerade Moms beste Freundin, aber sie kann ziemlich witzig sein und hätte Mom bestimmt zum Lachen gebracht.

Megan verbringt jetzt immer ziemlich viel Zeit in der Kirche. Jeden Sonntag geht sie zum Gottesdienst, und mindestens zwei Mal pro Woche macht sie irgendwas mit der Jugendgruppe, manchmal sogar noch öfter, und auch wenn sie ständig erzählt, sie hätte Gott gefunden, kommt es mir doch eher so vor, als hätte sie bloß Reverend Marshall gefunden. Sie redet über ihn wie über einen Filmstar. Einmal habe ich ihr das sogar gesagt, und da meinte sie, ich würde doch über Brandon genauso reden, dabei ist das etwas völlig anderes. Ich bin schließlich nicht die Einzige, die Brandon für den derzeit besten Eiskunstläufer der Vereinigten Staaten hält, und außerdem rede ich gar nicht so viel über ihn und schon gar nicht so, als wäre er mein Erlöser.

Das Essen war okay, bis darauf, dass ich den Hackbraten zu lange dringelassen habe, so dass er ein bisschen trocken war. Aber Mrs Nesbitt hatte sowieso noch nie Hemmungen im Umgang mit der Ketchupflasche. Danach habe ich die beiden allein gelassen, und ich nehme an, sie haben über Lisa und das Baby gesprochen.

Wäre es doch bloß schon Sommer! Dann könnte ich endlich meinen Führerschein machen.

Und hätte ich doch bloß schon diese Lernerei für Geschichte hinter mir. ABSOLUT ÖDE!

Aber ich sollte jetzt lieber weitermachen. Schlechte Noten – kein Führerschein. So lauten die Regeln à la Mom.

11. Mai

Habe in Geschichte eine Zwei geschrieben. Hätte besser sein können.

Mom war mit Horton beim Tierarzt. Alles in Ordnung. Seit er zehn geworden ist, mache ich mir ein bisschen Sorgen um ihn. Wie alt werden Katzen eigentlich?

Sammi hat mir erzählt, dass sie mit Bob Patterson auf den Schulball geht. Man soll zwar nicht neidisch sein, aber ich bin es trotzdem – nicht, weil ich Bob so toll fände (ehrlich gesagt ist er mir irgendwie unheimlich), sondern weil mich niemand gefragt hat. Manchmal denke ich, mich wird nie jemand fragen. Ich werde mein Leben lang vorm Computer sitzen und Beiträge über Brandon Erlich und seine Eislaufkarriere ins Forum stellen.

Ich hab Megan von Sammi erzählt und dass ihr die Typen nur so hinterherlaufen, und da meinte sie: »Tja, das liegt wohl daran, dass immer ein Mann in Sa-*mann*-tha steckt«, und ich musste lachen. Aber dann machte Megan alles kaputt, indem sie wieder mit einer ihrer neuen Moralpredigten anfing und sich darüber ausließ, dass Sex vor der Ehe eine Sünde ist und dass man nur dann mit einem Jungen ausgehen darf, wenn man ernsthaft die Absicht hat, sich lebenslang zu binden.

Ich bin sechzehn. Lasst mich doch erst mal meinen Führerschein machen. Danach mache ich mir dann gern Gedanken über lebenslange Bindungen.

12. Mai

Ich bin schon schlecht gelaunt ins Bett gegangen, und heute wurde alles nur noch schlimmer. Beim Mittagessen meinte Megan zu Sammi, sie käme in die Hölle, wenn sie nicht bald ihre Sünden bereuen würde, woraufhin Sammi total ausgerastet ist (verständlicherweise) und Megan angeschrien hat, sie sei ein sehr spiritueller Mensch und brauche keine Belehrungen darüber, was Gott wolle. Gott wolle nämlich, dass sie glücklich sei, und wenn Er nicht gewollt hätte, dass die Menschen Sex haben, dann hätte Er sie als Amöben erschaffen.

Ich fand das ziemlich lustig, aber Megan nicht, und die beiden gingen so richtig aufeinander los.

Ich weiß kaum noch, wann wir drei zuletzt zusammen in der Cafeteria waren, ohne uns zu streiten. Als Becky noch gesund war, haben wir immer alles zu viert gemacht, und während Beckys Krankheit sind wir sogar noch enger zusammengerückt. Fast jeden Tag hat eine von uns Becky zu Hause oder im Krankenhaus besucht und die anderen danach meist noch angerufen oder eine Mail geschrieben, um Bescheid zu sagen, wie es ihr geht. Ich weiß nicht, wie ich Beckys Beerdigung ohne die beiden überstanden hätte. Aber seitdem haben Sammi und Megan sich sehr verändert. Sammi fing an, wahllos mit irgendwelchen Typen auszugehen, und Megan wandte sich immer mehr ihrer Kirche zu. Die beiden haben sich im letzten Jahr so sehr verändert, nur ich scheine immer dieselbe zu bleiben.

Im Herbst komme ich in mein Junior Year an der Highschool, angeblich die besten Jahre meines Lebens, und es tut sich überhaupt nichts bei mir.

Aber der wahre Grund für meine schlechte Laune ist wohl eher der Riesenkrach mit Mom.

Es fing nach dem Abendessen an. Jonny war auf sein Zimmer gegangen, um seine Hausaufgaben zu machen, und Mom und ich haben zusammen die Spülmaschine eingeräumt. Dabei hat sie mir erzählt, dass sie morgen Abend mit Dr. Elliott essen geht. Einen kurzen Moment war ich neidisch auf Moms funktionierendes Privatleben, aber das war schnell vorbei. Ich mag Dr. Elliott, und Mom hat schon länger keinen Freund mehr gehabt. Außerdem ist es immer ratsam, Mom um einen Gefallen zu bitten, wenn sie gerade gute Laune hat. Was ich dann auch tat.

»Mom, kann ich wieder Eislaufstunden nehmen?«

»Die Sommerferien über?«, fragte sie.

»Vielleicht auch noch danach«, sagte ich. »Wenn es mir Spaß macht.«

»Nach deiner Knöchelverletzung hast du doch gesagt, du willst aufhören«, sagte Mom.

»Weil der Arzt mir damals für drei Monate das Springen verboten hat«, sagte ich. »Und danach konnte ich die Wettkämpfe erst mal vergessen. Deshalb hab ich aufgehört. Aber jetzt würde ich gern nur so zum Spaß laufen. Ich dachte, du findest es gut, wenn ich Sport mache.«

»Das finde ich auch gut«, sagte Mom, aber die Art, wie sie die Spülmaschine zuknallte, verriet mir, dass sie es nicht halb so gut fand, wie ich gedacht hatte. »Aber du hast doch schon dein Schwimmen, und im Herbst wolltest du es eigentlich mal mit Volleyball versuchen. Du kannst nicht drei Sportarten gleichzeitig machen. Zwei sind wahrscheinlich das Äußerste, erst recht, wenn du auch noch bei der Schülerzeitung mitarbeiten willst.«

»Dann mach ich eben Eislaufen statt Volleyball«, sagte ich. »Mom, ich kenne meine Grenzen. Aber Eislaufen hat mir immer solchen Spaß gemacht. Ich verstehe nicht, was du dagegen hast.«

»Wenn ich sicher wäre, dass es dir nur um den Spaß geht, ließe sich vielleicht darüber reden«, sagte Mom. »Aber Eislaufstunden sind teuer, und ich werde das Gefühl nicht los, dass du sie vor allem deshalb nehmen willst, um im Internet über Brandon Erlich tratschen zu können.«

»Aber Mom, Brandon Erlich ist doch schon längst nicht mehr hier!«, rief ich. »Der trainiert jetzt in Kalifornien.«

»Aber seine Eltern leben noch hier«, sagte Mom. »Und du willst doch sicher wieder bei Mrs Daley trainieren.«

»Ich weiß nicht mal, ob sie mich noch nehmen würde«, sagte ich. »Es liegt am Geld, oder? Für Jonnys Baseball-Camp ist genug Geld da, aber für meine Eislaufstunden nicht.«

Mom lief dunkelrot an, und dann haben wir uns so richtig angeschrien. Mom brüllte irgendwas von Geld und Verpflichtungen, und ich brüllte irgendwas von Bevorzugung und dass sie mich nicht so lieb hat wie Matt und Jonny (was nicht stimmt, ich weiß, aber Moms Behauptung, ich hätte keine Ahnung von Geld und Verpflichtungen, stimmte auch nicht), und wir wurden so laut, dass Jonny aus seinem Zimmer kam, um nachzusehen, was los war.

Später kam Mom dann in mein Zimmer und wir haben uns beide entschuldigt. Mom sagte, sie würde sich das mit den Eislaufstunden überlegen. Sie meinte, Volleyball wäre besser für meine College-Bewerbungen, weil ich dann in der College-Mannschaft mitspielen kann, wenn ich gut genug bin.

Immerhin hat sie nicht gesagt, dass ich im Schwimmen sowieso nie gut genug für eine College-Mannschaft sein werde, und das war eigentlich ziemlich nett von ihr. Wenn das so weitergeht, werde ich wohl nie für irgendwas gut genug sein.

Und meine besten Freundinnen mag ich im Moment auch alle beide nicht besonders.

Und dann auch noch diese Matheklausur morgen, für die ich nicht mal ansatzweise genug gelernt habe.

Wäre ich doch bloß schon auf dem College. Ich habe keine Ahnung, wie ich die nächsten zwei Wochen überstehen soll, geschweige denn noch zwei weitere Jahre auf der Highschool.

13. Mai

Freitag, der 13. Na ja, hätte schlimmer sein können.

Die Matheklausur war leichter als erwartet.

Und Mom hat gesagt, ich kann im Juli Eislaufstunden nehmen. Im August bin ich dann sowieso bei Dad, und wenn ich danach noch weitermachen will, würden wir noch mal drüber reden.

Megan hat mit ihren Kirchenfreunden (die ich alle schrecklich finde) zu Mittag gegessen, und Sammi mit einem ihrer wöchentlich wechselnden Freunde, also hab ich mich zu ein paar Leuten vom Schwimmen gesetzt, was eindeutig netter war, als Megan und Sammi beim Streiten zuzuhören. Dan, der im nächsten Schuljahr Mannschaftskapitän werden soll, hat gesagt, ich hätte einen ziemlich guten Kraulstil und wenn ich noch ein bisschen daran arbeiten würde, könnte ich vielleicht schon in der nächsten Saison die Staffel mitschwimmen.

Und ich finde Peter nett (er hat Jonny und mir gesagt, wir sollten ihn ruhig Peter nennen; Dr. Elliott wäre er nur bei der Arbeit). Manche von den Typen, mit denen Mom was hatte, waren mit uns immer furchtbar verkrampft, aber Peter wirkte ganz entspannt. Mit Mom allerdings nicht. Wenn er mit ihr redet, fängt er manchmal sogar an zu stottern, und einmal ist er gestolpert und wäre fast hingeknallt. Aber er hat nur gelacht und gesagt, im OP würde er sich zum Glück nicht ganz so ungeschickt anstellen.

Er hat uns gefragt, ob wir von dem Asteroiden und dem Mond

gehört hätten. Mom konnte sich vage daran erinnern, weil es eine Riesensensation war, als die Astronomen das Ereignis zum ersten Mal angekündigt haben. Auf dem Mond soll demnächst irgendein Asteroid einschlagen, und Peter hatte auf der Fahrt hierher im Radio gehört, dass man das nächste Woche am Nachthimmel beobachten kann. Ich fragte Mom, ob wir Matts Teleskop dafür rausholen dürften, und sie meinte, wir sollten ihn erst fragen, aber er hätte sicher nichts dagegen.

Und Jonny und ich haben uns heute noch nicht mal um den Computer gestritten, nachdem Mom weg war. Von acht bis neun kam etwas im Fernsehen, das ich gern sehen wollte, und von neun bis zehn etwas, das Jonny sehen wollte, das passte also super zusammen. Auf der Fanseite streiten sie sich immer noch darüber, ob Brandon zwei Vierfache springen muss, um bei den Olympischen Spielen zu gewinnen, oder ob einer reicht.

Es wäre so toll, wenn Brandon eine Goldmedaille gewinnen würde. Dann gäbe es hier bestimmt eine Parade und all so was.

Jetzt ist es schon elf und Mom ist immer noch nicht zurück. Wahrscheinlich sind die beiden irgendwo draußen und bewundern den Mond.

15. Mai

Hab das ganze Wochenende an meinem Englischaufsatz gesessen.

Heute Morgen hat Dad angerufen.

Matt sagt, wir dürfen sein Teleskop nehmen. Übernächste Woche kommt er nach Hause. Er hat hoch und heilig versprochen, mir das Autofahren beizubringen.

Jonny ist an seiner Schule zum Spieler der Woche ernannt worden.

16. Mai

Plötzlich gibt es nichts Wichtigeres mehr als diese Sache mit dem Mond. Entweder das, oder meine Lehrer haben ihren Unterricht genauso satt wie wir.

Ich könnte es ja noch verstehen, wenn man in Astronomie darüber reden würde. Aber in Französisch? Die ganze Stunde lang ließ uns Madame O'Brien heute über ›la lune‹ sprechen. Zu Freitag sollen wir einen Aufsatz darüber schreiben, weil wir ja am Mittwochabend alle draußen sein werden, um zu beobachten, wie der Asteroid auf dem Mond einschlägt.

Sammi sagt, es regnet sowieso immer, wenn sie so einen Wirbel um irgendwas machen, um eine Mondfinsternis oder einen Meteoritenschwarm oder so.

Aber nicht nur Madame O'Brien ist plötzlich ganz scharf auf diesen Asteroiden. Auch in Englisch haben wir heute über den Ursprung des Wortes ›moon‹ gesprochen. Eddie machte einen Witz über ›mooning‹, aber Mr Clifford war dermaßen begeistert von seinen Wortursprüngen, dass er gar nicht sauer geworden ist. Stattdessen redete er über Slang und über Metaphern, die mit Astronomie zu tun haben, und dann gab er uns noch eine Hausaufgabe. Wir können über jedes Thema schreiben, das irgendwie mit dem Mond zu tun hat. Zu Freitag, natürlich.

Miss Hammish wiederum findet diese Sache mit dem Mond offenbar irgendwie historisch, denn auch in Geschichte haben wir über nichts anderes gesprochen. Wie die Menschen in der Vergangenheit den Mond und Kometen und Sonnen- und Mondfinsternisse wahrgenommen haben. Das war tatsächlich ganz interessant. Ich habe noch nie so richtig darüber nachgedacht, dass ja der Mond, den wir heute ansehen, genau derselbe ist, den schon Shakespeare und Marie Antoinette und George Washington und

Kleopatra angesehen haben. Ganz zu schweigen von den Trillionen von Menschen, von denen ich noch nie gehört habe. Jeder Homo sapiens und Neandertaler hat denselben Mond angeschaut wie ich, auch an ihrem Himmel ist er auf- und untergegangen.

Natürlich gab sich Miss Hammish nicht damit zufrieden, uns ein wenig inspiriert zu haben. Sie verteilte ebenfalls eine Hausaufgabe. Wir sollen einen Aufsatz schreiben, entweder über Astronomie in der Vergangenheit und ihren Einfluss auf eine historische Persönlichkeit (wenn jemand zum Beispiel beim Anblick eines Kometen Angst bekam oder ihn als Prophezeiung verstand) oder über das, was am Mittwochabend passiert.

Abgabe in beiden Fällen bis Freitag.

Ich verstehe die Lehrer nicht. Reden die denn überhaupt nicht miteinander? Sonst müsste doch wenigstens einer von ihnen merken, dass es total unfair ist, alle Hausaufgaben zum selben Tag aufzugeben. Wenn ich wenigstens einen der Aufsätze doppelt verwenden könnte, meinen Geschichtsaufsatz ins Französische übersetzen oder so (ginge vielleicht sogar, wenn mein Französisch besser wäre – ist es aber nicht). Aber da ich keine Möglichkeit sehe, zwei zum Preis von einem zu kriegen, werde ich wohl drei verschiedene Aufsätze schreiben müssen (einen davon auf Französisch), und alle drei bis Freitag.

Bis dahin hängt mir der Mond bestimmt zum Hals raus.

Diese Sache mit dem Mond soll am Mittwochabend gegen halb zehn stattfinden, und Mom fand das interessant genug, um heute Abend mit uns die Nachrichten zu gucken. Dort haben sie gesagt, es hätte schon oft Meteoriteneinschläge auf dem Mond gegeben, daher kämen schließlich die ganzen Krater, aber dieser Meteorit sei größer als alle bisherigen, und in einer klaren Nacht müsste man den Einschlag eigentlich beobachten können, vielleicht sogar mit bloßem Auge, auf jeden Fall aber mit dem Fernglas. Im Fernsehen klang es ziemlich dramatisch, aber ich glaube immer noch nicht, dass es drei Hausaufgaben wert ist.

Mom hat sich dann sogar noch die Lokalnachrichten angesehen, was sie sonst fast nie tut, weil sie die immer so deprimierend findet, und sie haben eine milde Nacht vorhergesagt. Wolkenlos und um die sechzehn Grad. Sie haben gesagt, in New York würden die Leute Partys im Central Park und auf den Dachterrassen organisieren. Ich fragte Mom, ob wir auch eine Party machen können, und sie sagte Nein, aber die Leute in unserer Straße stünden sicher auch alle draußen und das wäre doch schon fast so was wie ein Straßenfest.

Ich weiß nicht, ob die ganze Aufregung wirklich gerechtfertigt ist, aber verglichen mit dem Rest meines Lebens ist es wenigstens mal was anderes.

17. Mai

Habe eine Vier in der Matheklausur. Mindestens vier Aufgaben wären eigentlich richtig gewesen, wenn ich nicht so viele Flüchtigkeitsfehler gemacht hätte.

Ich weiß mit Sicherheit, dass Sammis Mutter sich seit Jahren keine Klausur mehr von ihr angesehen hat, und Megans Mutter will zwar immer ganz genau wissen, mit wem Megan sich gerade so rumtreibt, aber ihre Noten sind ihr, glaube ich, ziemlich egal. Nur ich bin mit einer Mutter gestraft, die zu Hause arbeitet und jede Menge Zeit hat, mich zu kontrollieren und nach meinen Klausuren zu fragen.

Es gab zwar keinen Riesenkrach (ich hab ja immerhin bestanden), aber Mom musste mir natürlich wieder eine ihrer berühmten Du-gibst-dir-einfach-nicht-genug-Mühe-Predigten halten, die ich mindestens einmal pro Woche zu hören kriege, je nach Stimmung auch noch öfter.

Dann meinte sie, da ich ja offenbar dazu neige, die Dinge vor mir herzuschieben, sollte ich doch ruhig schon mal mit meinen Mond-Aufsätzen anfangen, zumal ja nicht alle von morgen handeln müssten.

Sie schlug vor, über die Mondlandung 1969 zu schreiben, also googelte ich danach und fand heraus, dass es vielen Leuten damals ziemlich egal war, dass da Menschen auf dem Mond herumliefen. Schließlich hatten alle schon *Raumschiff Enterprise* gesehen (diese uralte ›Scotty, beam mich rauf!‹-Serie mit den lausigen Spezialeffekten) und waren es gewohnt, Captain Kirk und Mr Spock durchs All flitzen zu sehen, so dass sie die echten Menschen auf dem echten Mond nicht besonders aufregend fanden.

Ich finde das komisch. Zum allerersten Mal in der Geschichte betritt ein Mensch den Mond, aber die Leute sehen sich lieber Dr. McCoy an, wie er zum hundertsten Mal sagt: »Er ist tot, Jim.«

Ich wusste nicht so genau, wie ich das in einen Aufsatz verwandeln sollte, deshalb sprach ich mit Mom darüber, wieso Fiktion manchmal machtvoller sein kann als die Realität. Sie erzählte mir, dass 1969 wegen des Vietnamkriegs und der Hippiebewegung und so in der amerikanischen Bevölkerung viel Misstrauen herrschte und dass es sogar Leute gab, die überhaupt nicht an die Mondlandung glauben wollten, sondern das Ganze für eine Falschmeldung hielten.

Den Französischaufsatz sollte ich wohl besser über die Ereignisse morgen Abend schreiben, mein Französisch ist einfach nicht gut genug für so Sachen wie Falschmeldung und Misstrauen. In Englisch werde ich mich auf die Frage konzentrieren, warum Fiktion manchmal spannender ist als die Realität, und in Geschichte darauf, warum die Leute in den Sechzigerjahren auf alles, was von der Regierung kam, mit Misstrauen reagierten.

Ich erzählte Mom, dass Sammi gesagt hat, morgen Abend würde es bestimmt regnen, weil es immer regnet, wenn es irgendwas am Himmel zu sehen gibt, und da lachte sie und sagte, eine so pessismistische Fünfzehnjährige wäre ihr noch nie begegnet.

Wenn Sammi sechzehn wird, bin ich gerade bei Dad. Aber ich habe das Gefühl, wenn sie eine Party macht, lädt sie sowieso nur Jungs ein, also verpasse ich eh nichts.

Heute Abend gegen zehn ist dann etwas Seltsames passiert. Ich saß gerade an meinem Aufsatz und Mom diskutierte mit Jonny übers Schlafengehen, als plötzlich das Telefon klingelte. Um diese Uhrzeit ruft sonst niemand mehr bei uns an und wir sind alle zusammengezuckt. Ich war als Erste am Telefon und Matt war dran.

»Alles in Ordnung?«, fragte ich ihn. Matt ruft sonst nie so spät an, und schon gar nicht mitten in der Woche.

»Mir geht's gut«, sagte er. »Ich wollte nur mal eure Stimmen hören.«

Ich sagte Mom, dass Matt dran war. Jonny ging an den Apparat in der Küche und Mom an den in ihrem Zimmer. Wir erzählten ihm, was hier so los ist (ich jammerte über meine drei Mond-Aufsätze), und er erzählte uns, was er am College noch alles machen muss. Dann besprach er mit Mom, wann und wie er nach Hause kommen würde.

Alles eigentlich ganz normal, aber irgendwie kam es mir trotzdem komisch vor. Jonny legte als Erster auf, dann Mom, und ich konnte Matt noch kurz alleine sprechen.

»Ist wirklich alles in Ordnung?«, fragte ich ihn.

Er schwieg einen Moment. »Ich hab so ein komisches Gefühl«, sagte er. »Vielleicht ist es wegen dieser Sache mit dem Mond.«

Seit ich denken kann, ist Matt derjenige, der mir immer alles erklärt. Mom hatte Jonny und ihre Romane, und Dad war bei der Arbeit (als er noch hier war), also ging ich mit allem zu Matt. Er ist natürlich kein Hellseher, und vielleicht liegt es auch nur daran, dass er drei Jahre älter ist als ich, aber wann immer ich eine Frage hatte, schien er die Antwort zu wissen.

»Du glaubst doch nicht etwa, dass irgendetwas Schlimmes passiert?«, fragte ich. »Der Meteor schlägt doch nur auf dem Mond ein, nicht auf der Erde.«

»Ich weiß«, sagte er. »Aber vielleicht geht es morgen Abend trotzdem ein bisschen drunter und drüber. Vielleicht bricht das Telefonnetz zusammen, weil die Leute alle gleichzeitig telefonieren. Manchmal geraten die Leute auch ganz ohne Grund in Panik.«

»Glaubst du wirklich, dass die Leute wegen so was Panik kriegen?«, fragte ich. »Hier bei uns scheinen die Lehrer das Ganze nur als Vorwand zu nehmen, uns noch mehr Hausaufgaben aufzubrummen.«

Matt lachte. »Dafür brauchen Lehrer doch keinen Vorwand«, sagte er. »Egal, ich hab jedenfalls gedacht, dass ihr heute Abend sicher alle zu Hause seid und dass es eine gute Gelegenheit wäre, mich mal zu melden.«

»Du fehlst mir«, sagte ich. »Ich bin froh, dass du bald nach Hause kommst.«

»Ich auch«, sagte er. Er schwieg einen Moment. »Schreibst du eigentlich immer noch Tagebuch?«

»Klar«, sagte ich.

»Das ist gut«, sagte er. »Dann vergiss nicht, alles aufzuschreiben, was morgen passiert. In zwanzig Jahren freust du dich vielleicht, wenn du alles noch mal ganz genau nachlesen kannst.«

»Du willst doch bloß, dass ich deine klugen Aussprüche für die

Nachwelt erhalte«, gab ich zurück. »Für deine zahllosen Biografen.«

»Klar, das natürlich auch«, sagte er. »Also dann, wir sehen uns nächste Woche.«

Nachdem wir aufgelegt hatten, hätte ich nicht sagen können, ob es mir nach seinem Anruf besser oder schlechter ging. Wenn Matt sich Sorgen macht, dann mache ich mir auch welche.

Aber vielleicht weiß er bloß nicht, wie er seine ganzen Prüfungen und Klausuren schaffen soll.

ZWEI

18. Mai

Manchmal, wenn Mom sich darauf vorbereitet, ein neues Buch zu schreiben, sagt sie, dass sie gar nicht weiß, wo sie anfangen soll; ihr ist schon so klar, wie es enden wird, dass ihr der Anfang gar nicht mehr wichtig erscheint. So ähnlich geht es mir jetzt auch, mit dem Unterschied, dass mir überhaupt nicht klar ist, wie das alles enden wird, nicht einmal dieser Abend. Wir versuchen schon seit Stunden, Dad per Festnetz oder Mobiltelefon zu erreichen, aber wir kriegen immer nur dieses hektische Besetztzeichen, weil alle Leitungen belegt sind. Ich weiß nicht, wie lange Mom es noch versuchen wird und ob wir ihn noch erreichen, bevor ich einschlafe. Falls ich einschlafe.

Wenn ich an heute Morgen denke, kommt es mir vor, als wäre das schon tausend Jahre her. Ich weiß noch, dass ich den Mond am Morgenhimmel gesehen habe. Ein Halbmond, aber gut sichtbar, und ich habe ihn angeschaut und daran gedacht, dass dort oben heute Abend ein Meteor einschlagen wird und wie aufregend das sein würde.

Aber es ist auch nicht so, dass wir schon im Bus auf dem Weg zur Schule darüber gesprochen hätten. Sammi hat über die Kleiderordnung für den Schulball gemeckert, nichts Schulterfreies und auch nichts zu Kurzes, und dass sie ein Kleid haben will, mit dem sie auch mal durch die Nachtclubs ziehen kann.

Megan ist mit ein paar von ihren Kirchenfreunden eingestiegen und hat sich zu ihnen gesetzt. Ich weiß nicht, ob sie über den Meteor gesprochen haben, aber ich glaube, sie haben nur gebetet. Das machen sie manchmal im Bus, oder sie lesen Bibelverse.

In der Schule war alles wie immer.

Ich weiß noch, dass ich Französisch langweilig fand.

Nach der Schule hatte ich Schwimmtraining, und dann hat Mom mich abgeholt. Sie erzählte mir, sie hätte Mrs Nesbitt eingeladen, den Meteor mit uns zusammen anzugucken, aber die hat gesagt, sie würde lieber von zu Hause aus zusehen. Also waren wir bei dem großen Ereignis nur zu dritt, Jonny, Mom und ich. So hat sie es genannt: das große Ereignis.

Dann meinte sie noch, ich solle meine Hausaufgaben lieber gleich erledigen, damit wir nach dem Abendessen Zeit hatten, das Ganze ein bisschen zu feiern. Was ich dann auch getan habe. Ich habe zwei von meinen Mond-Aufsätzen fertig geschrieben und meine Mathehausaufgaben gemacht, und dann haben wir zu Abend gegessen und bis ungefähr halb neun CNN geguckt.

Bei CNN gab es kein anderes Thema als den Mond. Sie hatten ein paar Astronomen da, und man merkte, dass sie ziemlich aufgeregt waren.

»Vielleicht werde ich auch Astronom, wenn ich damit durch bin, Second Baseman bei den Yankees zu spielen«, sagte Jonny.

Ich hatte genau dasselbe gedacht (okay, natürlich nicht das mit dem Second Baseman bei den Yankees). Die Astronomen machten den Eindruck, als wären sie mit ganzem Herzen bei der Sache. Man sah ihnen an, wie aufgeregt sie waren, dass dieser Asteroid direkt auf dem Mond einschlagen würde. Sie hantierten zwar mit Schaubildern, Beamern und Computergrafiken, aber im Grunde wirkten sie eher wie große Kinder zu Weihnachten.

Mom hatte Matts Teleskop rausgeholt und auch das richtig gute Fernglas wiedergefunden, das seit letztem Sommer verschwunden gewesen war. Sie hatte sogar extra Schokokekse gebacken, und wir nahmen einen Teller davon mit raus. Wir wollten von der Straße aus zusehen, weil wir dachten, dass man vor dem Haus bessere Sicht haben würde. Mom und ich stellten Gartenstühle raus, aber Jonny wollte lieber durchs Teleskop schauen. Wir wussten nicht so genau, wie lange der Aufprall dauern würde und ob danach noch irgendwas Interessantes zu sehen sein würde.

An diesem Abend schienen alle aus unserer Straße draußen zu sein. Manche saßen auf der Terrasse, um noch zu grillen, aber die meisten saßen vorm Haus, genau wie wir. Nur Mr Hopkins war nirgends zu sehen, aber an dem Flimmern hinter seinem Wohnzimmerfenster erkannte ich, dass er vorm Fernseher saß.

Es war wie ein großes Straßenfest. Die Häuser stehen hier ziemlich weit auseinander, so dass man nicht viel hören konnte, nur ein fröhliches Stimmengewirr.

Als es dann auf halb zehn zuging, wurde es ziemlich still. Man konnte fast spüren, wie alle ihre Hälse reckten und in den Himmel starrten. Jonny stand am Teleskop, und er war dann auch der Erste, der rief, dass der Asteroid käme. Er könne ihn schon am Nachthimmel erkennen, und dann konnten wir ihn alle sehen, die größte Sternschnuppe, die man sich vorstellen kann. Um einiges kleiner als der Mond, aber größer als alles andere, was ich sonst bisher am Himmel gesehen habe. Es sah aus, als sprühte sie Feuer, und als sie in Sicht kam, brachen alle in Jubel aus.

Einen Moment lang fielen mir all die Menschen ein, die in den vergangenen Jahrtausenden den Halleyschen Kometen beobachtet hatten, ohne zu wissen, was das war – eine rätselhafte Erscheinung, die sie mit Angst und Ehrfurcht erfüllte. Für den Bruchteil einer Sekunde hätte ich auch ein sechzehnjähriges Mädchen aus dem Mittelalter sein können, das zum Himmel emporschaut und dessen Wunder bestaunt, oder eine Aztekin oder eine Indianerin. Einen winzigen Moment lang war ich wie jede andere Sechzehnjährige in der Geschichte der Welt, die nicht weiß, welche Zukunft der Himmel ihr verheißt.

Und dann kam der Aufprall. Obwohl wir alle wussten, dass es passieren würde, war es trotzdem ein Schock, als der Asteroid dann tatsächlich auf dem Mond einschlug. Auf unserem Mond. Ich glaube, erst in diesem Moment wurde allen klar, dass es unser Mond war und dass jeder Angriff gegen ihn auch gegen uns gerichtet war.

Ich weiß noch, dass die meisten Leute auf unserer Straße wieder anfingen zu jubeln, aber dann brach der Jubel plötzlich ab und ein paar Häuser weiter fing eine Frau an zu schreien, und dann schrie ein Mann »Oh mein Gott!« und andere riefen »Was denn? Was ist passiert?«, als wüsste einer von uns die Antwort.

Ich weiß, dass all die Astronomen, die wir noch vor einer Stunde auf CNN gesehen hatten, uns erklären könnten, was passiert ist und wie und warum, und das werden sie bestimmt auch noch tun, heute Abend und morgen früh und vermutlich noch so lange, bis die nächste Sensationsmeldung kommt. Ich weiß aber auch, dass *ich* es nicht erklären kann, weil ich nicht die geringste Ahnung habe, was passiert ist, und schon gar nicht, warum.

Jedenfalls war der Mond kein Halbmond mehr. Er war plötzlich ganz schief und irgendwie falsch und drei viertel voll, und er war größer geworden, viel größer, so groß, als würde er gerade am Horizont aufgehen, bloß ging er gerade gar nicht auf. Er stand eindeutig mitten am Himmel, viel zu groß, viel zu dicht dran. Auch ohne Fernglas waren jetzt Einzelheiten der Krater zu erkennen, die ich vorher nur durchs Teleskop gesehen hatte.

Es war nicht so, dass ein großes Stück abgebrochen und ins All geflogen wäre. Es war auch kein Einschlag zu hören gewesen, und der Asteroid hatte den Mond auch nicht genau in der Mitte getroffen. Es war eher so wie beim Murmelspielen, wenn eine Murmel die andere von der Seite trifft und diese dann schräg wegrollt.

Es war immer noch unser Mond, einfach ein großer toter Felsbrocken am Himmel, aber er sah nicht mehr so harmlos aus. Er sah ganz plötzlich zum Fürchten aus und man konnte spüren, wie um uns herum die Panik wuchs. Einige Leute rannten zu ihrem Auto und rasten einfach los. Andere weinten oder beteten. Eine Familie stimmte die Nationalhymne an.

»Ich rufe mal kurz bei Matt an«, sagte Mom, als wäre das die normalste Sache der Welt. »Kommt rein, Kinder. Mal sehen, was CNN dazu zu sagen hat.«

»Geht jetzt die Welt unter, Mom?«, fragte Jonny. Er nahm den Teller mit den Keksen vom Boden auf und stopfte sich einen davon in den Mund.

»Nein, tut sie nicht«, antwortete Mom, klappte ihren Gartenstuhl zusammen und ging damit zum Haus. »Und ja, du musst morgen zur Schule gehen.«

Wir mussten lachen. Dasselbe hatte ich mich auch gerade gefragt.

Jonny stellte die Kekse weg, und ich schaltete den Fernseher wieder ein. Aber es gab kein CNN.

»Vielleicht habe ich mich geirrt«, sagte Mom. »Vielleicht geht die Welt doch unter.«

»Soll ich Fox News versuchen?«, fragte ich.

Mom schauderte. »So verzweifelt sind wir nun auch wieder nicht«, sagte sie. »Versuch's mit einem der anderen Sender. Die haben sicher alle ihre eigene Riege von Astronomen.«

Auf den meisten Programmen kam überhaupt nichts, aber unser Regionalsender schien NBC aus Philadelphia zu übertragen.

Auch das war seltsam, weil wir sonst eigentlich immer alles aus New York City empfangen.

Mom versuchte immer wieder, Matt auf seinem Mobiltelefon zu erreichen, aber ohne Erfolg. Die Korrespondenten in Philadelphia wussten offenbar auch nicht viel mehr als wir, aber sie berichteten von Plünderungen und allgemeiner Panik auf den Straßen.

»Sieh mal nach, was draußen los ist«, forderte Mom mich auf, und ich ging noch mal raus. Ich sah das Flimmern von Mrs Nesbitts Fernseher. In irgendeinem Garten wurde noch gebetet, aber wenigstens hatte das Schreien aufgehört.

Ich zwang mich, zum Mond hinaufzublicken. Ich glaube, ich hatte Angst, dass er noch größer geworden war, dass er in Wirklichkeit schon auf die Erde zuraste, um uns alle zu zermalmen, aber größer geworden war er offenbar nicht. Dafür war er immer noch irgendwie neben der Spur, immer noch so komisch gekippt und immer noch viel zu groß für den Nachthimmel. Und er war auch immer noch drei viertel voll.

»Mein Handy geht nicht mehr!«, schrie eine Frau in der Nachbarschaft, und ihre Stimme drückte aus, was wir empfunden hatten, als es plötzlich kein CNN mehr gab: Das ist das Ende der Zivilisation.

»Probier mal, ob dein Handy noch geht«, sagte ich zu Mom, als ich wieder reinkam, und wie sich zeigte, funktionierte ihres auch nicht mehr.

»Vermutlich sind alle Handys in der Gegend ausgefallen«, sagte sie.

»Bei Matt ist bestimmt alles in Ordnung«, sagte ich. »Soll ich mal die Mails abrufen? Vielleicht hat er uns eine geschickt.«

Ich machte den Computer an und ging online, oder vielmehr, ich versuchte es, denn auch unsere Internetverbindung war tot.

»Matt geht es sicher gut«, sagte Mom, als ich ihr davon erzählte. »Es gibt überhaupt keinen Grund, was anderes anzunehmen. Der Mond ist immer noch da, wo er hingehört. Matt wird uns anrufen, sobald er kann.«

Und das war dann auch das Einzige an diesem Abend, womit sie Recht behalten sollte. Keine zehn Minuten später klingelte das Telefon und Matt war dran.

»Ich kann nicht lange sprechen«, sagte er. »Ich bin in der Telefonzelle, und hinter mir wartet eine Schlange von Leuten darauf, dass ich wieder auflege. Ich wollte mich nur mal kurz melden und Bescheid sagen, dass bei mir alles okay ist.«

»Wo bist du?«, fragte Mom.

»In der Stadt«, sagte Matt. »Als wir gemerkt haben, dass unsere Mobiltelefone nicht mehr funktionieren, sind ein paar von uns in die Stadt gefahren, um von hier aus zu telefonieren. Ich rufe morgen wieder an, wenn sich alles ein bisschen beruhigt hat.«

»Pass auf dich auf«, sagte Mom, und Matt versprach es.

Irgendwann hat Jonny dann gefragt, ob wir Dad anrufen könnten, und Mom fing an, es zu versuchen. Aber die Telefonleitungen waren vollkommen überlastet. Ich bat sie, bei Grandma in Las Vegas anzurufen, aber auch da kamen wir nicht durch.

Wir setzten uns wieder vor den Fernseher, um zu sehen, was im Rest der Welt so passierte. Das einzig Lustige war, dass Mom und ich genau gleichzeitig aufsprangen, um die Schokokekse aus der Küche zu holen. Ich war schneller und holte den Teller und wir stürzten uns gierig darauf. Jedes Mal, wenn Mom einen Keks gegessen hatte, blieb sie noch einen Moment still sitzen, um dann aufzuspringen und es noch mal bei Dad oder Grandma zu versuchen. Jonny, der sich bei Süßigkeiten sonst immer ganz gut beherrschen kann, schob sich einen Keks nach dem anderen rein. Ich hätte eine ganze Schachtel Pralinen verdrücken können, wenn wir welche im Haus gehabt hätten.

Der Fernsehempfang war immer wieder gestört, und Kabel kriegten wir überhaupt nicht mehr. Irgendwann kam Jonny auf die Idee, ein Radio zu holen, und das schalteten wir dann ein. Von den New Yorker Sendern war keiner zu kriegen, aber Philadelphia bekamen wir gut rein.

Anfangs schienen die auch nicht mehr zu wissen als wir. Der Mond war von einem Meteor getroffen worden, so, wie es angekündigt worden war. Aber irgendetwas war wohl falsch berechnet worden.

Bevor sie jedoch einen Astronomen befragen konnten, was genau da schiefgelaufen war, kamen Nachrichten. Den Anfang haben wir im Radio gehört, aber dann wurde der Fernsehempfang wieder besser und wir stellten das Radio aus.

Wer auch immer der Berichterstatter war, er schien seine Informationen über seinen kleinen Ohrstöpsel zu bekommen, denn er wurde tatsächlich blass und fragte dann: »Sind Sie sicher? Ist das offiziell bestätigt worden?« Er lauschte noch einen Moment auf die Antwort und schaute dann erst direkt in die Kamera.

Mom griff nach meiner und Jonnys Hand. »Alles wird gut«, sagte sie. »Was auch passiert sein mag, wir werden es überstehen.«

Der Reporter räusperte sich, als könnten diese zusätzlichen Sekunden etwas an dem ändern, was er zu sagen hatte. »Soeben erhalten wir Meldungen über weitverbreitete Tsunamis«, sagte er. »Die Gezeiten – wie die meisten von Ihnen wissen, werden die Gezeiten durch den Mond beeinflusst. Und der Mond, also, was immer da heute Abend um 21 Uhr 37 passiert ist – und wir wissen immer noch nicht genau, was es war –, hat die Gezeiten verändert. Ja, ja, verstanden. Die Flut ist offenbar weit über das übliche Maß gestiegen. Die eingehenden Meldungen stammen von Flugzeugpassagieren, die sich zu diesem Zeitpunkt über den betroffenen Gebieten in der Luft befanden. An der gesamten Ostküste werden starke Überschwemmungen gemeldet. Das ist teilweise bestätigt worden, aber bisher sind alle diese Meldungen nur vorläufig. Manches hört sich vielleicht schlimmer an, als es wirklich ist. Einen Moment, bitte.«

Ich überlegte kurz, wen ich an der Ostküste kannte. Matt ist in Ithaca und Dad in Springfield. Keiner von beiden befand sich auch nur in der Nähe des Atlantiks.

»New York City«, sagte Mom. »Boston.« Dort sitzen ihre Verlage, und manchmal fährt sie geschäftlich dorthin.

»Denen ist bestimmt nichts passiert«, sagte ich. »Morgen schreibst du allen eine Mail und fragst nach.«

»Verstanden, wir haben soeben weitere Bestätigungen erhalten«, sagte der Reporter. »Offizielle Meldungen sprechen von mehr als sechs Meter hohen Flutwellen in New York City. Die Stromversorgung ist zusammengebrochen, daher sind diese Berichte nur sehr lückenhaft. Das Hochwasser dauert offenbar an. Einer Meldung von AP zufolge ist die Freiheitsstatue ins Meer gespült worden.«

Mom fing an zu weinen. Jonny starrte den Fernseher an, als würde er in einer fremden Sprache senden.

Ich stand auf und versuchte es wieder bei Dad. Dann bei Grandma. Aber ich bekam immer nur das Besetztzeichen.

»Gerade erreicht uns die unbestätigte Meldung, dass Cape Cod überflutet worden ist«, fuhr der Reporter fort. »Wie gesagt, das ist bisher unbestätigt. Aber jetzt meldet auch AP, dass Cape Cod« – er unterbrach sich kurz und schluckte –, »dass Cape Cod vollständig überschwemmt worden ist. Gleiches gilt offenbar für die Inseln vor der Küste von North und South Carolina. Sie sind einfach verschwunden.« Er unterbrach sich wieder und lauschte auf die Worte, die aus seinem Ohrstöpsel drangen. »Verstanden. Soeben wurden auch die Berichte über massive Schäden in Miami bestätigt. Zahllose Tote und Verletzte.«

»Keiner weiß, ob das wirklich stimmt«, sagte Mom. »So etwas wird oft nur aufgebauscht. Vielleicht stellt sich schon morgen früh heraus, dass das alles gar nicht passiert ist. Oder, dass es nur halb so schlimm ist wie angenommen. Vielleicht sollten wir jetzt erst mal den Fernseher ausschalten und abwarten. Morgen erfahren wir dann noch früh genug, was wirklich passiert ist. Vielleicht machen wir uns ganz unnötig Sorgen.«

Aber sie schaltete den Fernseher nicht aus.

»Die Zahl der Todesopfer ist bisher noch nicht abzuschätzen«, sagte der Fernsehsprecher. »Die Verbindung zu den Nachrichtensatelliten ist zusammengebrochen, das Telefonnetz ebenfalls. Wir versuchen gerade, einen Astronomen von der Drexel University ins Studio zu bekommen, um uns zu erklären, was da möglicherweise passiert ist, aber wie Sie sich denken können, sind Astronomen im Moment sehr gefragt. Verstanden. Wir bekommen offenbar gerade wieder Verbindung nach Washington und schalten zu einem Live-Bericht in unser US-Nachrichtenstudio.«

Und dann stand plötzlich der altvertraute NBC-Moderator vor uns und sah beruhigend, professionell und sehr lebendig aus.

»Wir erwarten jeden Moment eine Nachricht aus dem Weißen Haus«, sagte er. »Ersten Berichten zufolge gibt es massive Schäden in allen größeren Städten an der Ostküste. Ich spreche zu Ihnen aus Washington, D.C. Seit einer Stunde versuchen wir vergeblich, mit unserer Zentrale in New York Kontakt aufzunehmen. Hier nun die Informationen, soweit sie uns bisher vorliegen. Alle Aussagen sind aus mehreren Quellen bestätigt worden.«

Es hörte sich an wie eine dieser Listen, welche Schulen schneefrei haben, die sie im Radio immer verlesen. Bloß, dass nicht von Schulbezirken die Rede war, sondern von Großstädten, und dass es nicht nur um Schnee ging.

»New York City hat massive Schäden erlitten«, sagte der Sprecher. »Staten Island und der östliche Teil von Long Island sind vollständig überflutet. Cape Cod, Nantucket und Martha's Vineyard sind nicht mehr zu sehen. Providence, Rhode Island – oder vielmehr ein Großteil von Rhode Island – ebenfalls nicht. Die Inseln vor der Küste von North und South Carolina sind verschwunden. Miami und Fort Lauderdale sind vollkommen verwüstet. Und das ist sicher noch nicht alles. Inzwischen wurden auch die Berichte über Flutwellen in New Haven und Atlantic City bestätigt. Die Zahl der Betroffenen an der Ostküste soll in die Hunderttausende gehen. Bisher kann natürlich noch niemand sagen, ob diese Schätzungen vielleicht überhöht sind. Wir können es nur hoffen.«

Und dann, wie aus dem Nichts, tauchte der Präsident auf. Mom findet ihn genauso schrecklich wie Fox News, aber sie blieb trotzdem wie gebannt sitzen.

»Ich spreche zu Ihnen von meiner Ranch in Texas«, sagte der Präsident. »Die Vereinigten Staaten stehen vor der schwersten Tragödie ihrer Geschichte. Aber wir sind ein starkes Volk, das auf Gott vertraut und allen die Hand reicht, die unsere Hilfe brauchen.«

»Idiot«, murmelte Mom, und das klang so normal, dass wir alle lachen mussten.

Ich stand wieder auf und versuchte zu telefonieren, aber ohne Erfolg. Als ich ins Zimmer zurückkam, hatte Mom den Fernseher abgestellt.

»Uns kann nichts passieren«, sagte sie. »Wir sind ziemlich weit im Inland. Ich lasse das Radio an, damit wir es hören, wenn irgendwelche Evakuierungen angeordnet werden, aber das glaube ich nicht. Und ja, Jonny, du musst morgen zur Schule gehen.«

Diesmal lachten wir nicht.

Ich sagte Gute Nacht und ging in mein Zimmer. Ich habe den Radiowecker eingeschaltet und höre die ganze Zeit den Berichten zu. An der Ostküste scheint das Hochwasser etwas zurückgegangen zu sein, aber dafür ist jetzt wohl auch die Westküste betroffen. San Francisco, haben sie gesagt, und sie fürchten auch um L. A. und San Diego. In einer Meldung hieß es, Hawaii sei komplett verschwunden und Teile von Alaska auch, aber das ist noch nicht sicher.

Ich habe gerade noch mal aus dem Fenster geschaut. Ich habe versucht, den Mond anzusehen, aber er macht mir Angst.

DREI

19. Mai

Heute Morgen bin ich schon gegen sechs Uhr aufgewacht, weil das Telefon klingelte. Ich warf meinen Morgenmantel über und ging rüber in Moms Zimmer.

»Dein Vater ist dran«, sagte sie und reichte mir den Hörer.

Kurz nachdem Mom und Dad sich damals getrennt hatten, setzte sich in mir der Gedanke fest, ich würde ihn nie mehr wiedersehen, würde nie mehr von ihm hören, und jedes Mal, wenn er dann anrief, überkam mich dieses lächerliche Gefühl der Erleichterung. Genau so fühlte ich mich jetzt auch – als wäre mir eine zentnerschwere Last von den Schultern genommen.

»Wie geht es dir?«, fragte ich. »Und was macht Lisa?«

»Uns geht es beiden gut«, sagte er. »Deine Mutter sagt, bei euch sei auch alles in Ordnung und ihr hättet gestern Abend noch von Matt gehört.«

»Stimmt«, sagte ich. »Wir haben immer wieder versucht, dich und Grandma zu erreichen, aber die Leitungen waren tot.«

»Grandma habe ich gestern Abend noch gesprochen«, sagte Dad. »Ihr geht es gut. Sie ist natürlich beunruhigt, aber das ist ja auch kein Wunder. Wir haben Glück gehabt, Miranda. Wir haben es alle heil überstanden.«

»Für mich fühlt es sich so an, als wäre das alles nur ein Traum«, sagte ich. »Als würde ich immer noch träumen, und wenn ich aufwache, ist nichts davon passiert.«

»Das geht uns wohl allen so«, antwortete er. »Aber deine Mutter sagt, dass heute ganz normal Schule ist. Ich denke, das Beste wird sein, wenn wir einfach weitermachen wie bisher und dankbar dafür sind, dass wir es können.«

»Alles klar«, sagte ich. »Hab schon verstanden. Grüß Lisa von mir, ja? Sag ihr, dass ich an sie und das Baby gedacht habe.«

»Mach ich«, sagte er. »Ich hab dich lieb, mein Schatz.«

»Ich dich auch, Daddy«, antwortete ich. Ich machte Mom ein Zeichen, um sie zu fragen, ob sie ihn noch mal sprechen wollte, aber sie schüttelte den Kopf, also legte ich auf.

»Wie lange warst du noch auf?«, fragte ich. »Ist sonst noch irgendwas passiert?«

»Ich bin kurz nach dir ins Bett gegangen«, sagte sie. »Ich habe noch gesehen, wie du das Licht ausgemacht hast. Aber ich konnte nicht richtig schlafen, ich bin immer wieder aufgewacht, habe das Radio angemacht und so.«

»Haben die Flutwellen aufgehört?«, fragte ich. »Und die Überschwemmungen?«

»Aufgehört und dann wieder angefangen«, sagte Mom. »Es ist ziemlich schlimm.« Sie lachte freudlos auf. »Ziemlich schlimm trifft es wohl nicht so ganz. Eher katastrophal. Niemand weiß bisher, wie groß der Schaden tatsächlich ist und wie viele Länder betroffen sind.«

»Länder?«, fragte ich. Irgendwie hatte ich vergessen, dass es auch noch andere Länder gab, dass wir uns den Mond mit anderen Ländern teilten.

»Ich weiß es nicht«, sagte Mom. »Niemand weiß es. Holland soll jedenfalls stark dezimiert worden sein. Und Australien. Dort liegen fast alle Städte an der Küste, deshalb ist es besonders schwer betroffen. Die Gezeiten spielen einfach verrückt. Man vermutet, dass die Masse des Asteroiden wesentlich größer war als angenommen, so dass auch der Aufprall viel stärker war. Wahrscheinlich hat er den Mond aus der Bahn geworfen und ein bisschen näher an die Erde herangeschoben. Das war zumindest heute Morgen um fünf die neueste Theorie.«

»Aber er wird doch nicht auf die Erde runterkrachen«, sagte ich. »Uns kann nichts passieren, oder? Wir wohnen schließlich nicht so nah an der Küste.«

»Auf die Erde runterkrachen wird er nicht, da sind sich alle sicher«, sagte Mom. »Zumindest nicht in näherer Zukunft. Aber ich glaube, darüber hinaus wagt niemand eine Prognose.«

Schon komisch, aber heute war ich tatsächlich froh, dass ganz normal Schule war, als würde das beweisen, dass alles wieder gut wird. Ich ließ Mom allein und stellte mich unter die Dusche. Als ich angezogen war und nach unten ging, war Mom schon dabei, Frühstück zu machen, und auch Jonny hörte ich oben schon rumoren.

Mom machte uns Pfannkuchen, was sie an Schultagen sonst nie tut. Ich hätte nicht gedacht, dass ich etwas runterkriegen würde, aber ich aß sogar mehr als sonst, und Jonny auch. Ich kann mich nicht erinnern, ob Mom auch Pfannkuchen gegessen hat, aber es war noch ein bisschen Teig übrig – vielleicht hat sie sich welche gemacht, nachdem wir weg waren.

Als ich rausging, um auf den Bus zu warten, schaute ich nach oben und sah den Mond am Morgenhimmel stehen. Er war immer noch viel größer, als er hätte sein sollen, und er wirkte auch nicht so verwaschen wie sonst im Tageslicht. Ich schaute schnell weg und konzentrierte mich stattdessen auf die Hartriegelbüsche.

Im Bus redeten alle nur über das, was gestern Abend passiert ist, auch wenn keiner so genau begriffen hatte, was das war. Ein paar Jungs fanden das alles anscheinend ziemlich cool, und ein paar Mädchen weinten während der ganzen Fahrt.

Ich saß neben Sammi, aber sie sagte nicht viel. Megan war nicht gekommen, und auch keiner von ihren Kirchenfreunden. Der Bus war nur halb voll.

Ich hasste die Jungs, die sich so aufführten, als wäre das alles ein Riesenspaß.

In der ersten Stunde fehlten ziemlich viele aus meinem Kurs, aber von den Lehrern waren offenbar die meisten gekommen. Wir hatten gerade mit Geschichte angefangen, als der erste Blitz einschlug. Er war so hell, dass er das ganze Klassenzimmer erleuchtete. Dann kam der Donner, laut genug, um das Gebäude zu erschüttern. Ein paar aus meinem Kurs schrien laut auf, und ich war froh, dass mir das nicht passiert war.

Miss Hammish versuchte, das Gewitter so gut es ging zu ignorieren, aber um das Thema Mond kam sie beim besten Willen nicht herum. Sie fragte, wer von uns Leute aus den Küstengebieten kannte, die womöglich betroffen waren.

Alle Hände gingen hoch.

»Eigentlich kenne ich dort überhaupt niemanden«, sagte Michelle Webster, »aber es kommt mir trotzdem so vor, weil ja viele von den Stars in Hollywood oder New York leben, und auch wenn ich weiß, dass ich die gar nicht kenne, fühlt es sich doch so an.«

Viele andere meinten, das ginge ihnen auch so.

Miss Hammish wollte wahrscheinlich gerade sagen, dass das ein ganz normales Gefühl sei, aber dann schlug plötzlich der Blitz in einen Baum auf dem Schulhof direkt vor unserem Fenster ein. Der Baum ging in Flammen auf, und dann fiel der Strom aus.

Jetzt fingen viele aus meinem Kurs an zu schreien. Michelle schluchzte los, so richtig hysterisch, und auch andere brachen in Tränen aus. Sarah holte ihr Mobiltelefon raus, vielleicht wollte sie zu Hause anrufen oder bei der Feuerwehr, aber sie bekam keine

Verbindung und pfefferte das Ding quer durch den Raum. Das Donnern hörte gar nicht mehr auf, und durch den Regen verwandelte sich das Feuer im Baum in einen Schwelbrand.

Es war fast schon grotesk. Um mich herum brach Chaos aus, und Miss Hammish versuchte, uns alle zu beruhigen, obwohl wir sie kaum verstehen konnten, weil der Donner so laut war und man in der ganzen Schule die Schüler schreien hörte, nicht nur bei uns im Klassenraum, aber ich empfand überhaupt nichts. Ich schrie oder weinte nicht. Ich nahm alles nur ganz genau wahr; dass der Wind stärker geworden war, dass draußen Äste durch die Gegend flogen und dass das Gewitter überhaupt nicht nachzulassen schien.

Miss Hammish war offenbar zu dem Schluss gekommen, dass wir es mit einem Tornado zu tun hatten, denn sie wies uns an, auf den Gang zu gehen. Ich weiß nicht, wie viele von den anderen sie überhaupt gehört hatten, aber ich stand auf, lief durch die Klasse und zog meine Mitschüler von ihren Sitzen hoch, bis schließlich alle begriffen hatten, was von ihnen erwartet wurde. Als wir aus dem Klassenzimmer kamen, saßen schon viele andere Schüler im Gang auf dem Boden und wir setzten uns dazu.

Irgendwie störte es mich, dass ich das Unwetter draußen nicht mehr sehen konnte. Mir kam es nicht vor wie ein Tornado. Mir kam es eher vor wie ein Weltuntergang, und den würde ich jetzt komplett verpassen, weil ich hier im Gang auf dem Boden saß.

Und dann dachte ich, *Typisch, ich verpasse sogar den Weltuntergang*, und musste lachen. Kein hysterisches Lachen (es war ja wirklich lustig, dass ich sogar den Weltuntergang verpasse), aber als ich erst mal angefangen hatte, konnte ich nicht mehr aufhören. Ein paar andere fingen auch an zu lachen, und irgendwann sah man überall auf dem Gang nur noch Schüler, die entweder lachten oder weinten oder schrien, und dazwischen liefen die Lehrer herum und sahen nach, ob die Klassenräume auch wirklich leer waren. Bis auf die Blitze, die wir durch die Fenster unseres Klassenzimmers sehen konnten, war es auf dem Gang stockfinster.

Irgendwann schaffte ich es, mit dem Lachen aufzuhören, aber dann dachte ich, *Wenigstens hat keiner die Nationalhymne angestimmt*, und es ging wieder los. Das Ende der ersten Zeile – ›by the dawn's early light‹ – setzte sich in meinem Kopf fest und ließ mir keine Ruhe mehr. ›By the dawn's early light‹. ›By the dawn's early light‹. Ich fragte mich, wie viele von den Menschen, die gestern ›by the dawn's early light‹ gesungen hatten, heute wohl tot waren.

Fast eine Stunde lang saßen wir auf dem Gang. Es ist schwer, so lange hysterisch zu bleiben, und am Ende der Stunde ließ das Unwetter nach und die meisten Schüler hatten sich wieder beruhigt, bis auf ein Mädchen, das die ganze Zeit schrie: »Ich will nicht sterben!«

Als ob das irgendwer von uns wollte.

Wir gingen in unseren Klassenraum zurück, obwohl die vierte Stunde schon längst begonnen hatte. Es regnete immer noch und blitzte und donnerte, aber der Wind war schwächer geworden und die Blitze waren weiter entfernt. Ein paar von denen, die geweint hatten, zitterten noch ein bisschen. Es gab immer noch keinen Strom, und ohne die ständigen Blitze in nächster Nähe war es ziemlich dunkel im Klassenraum. Der Himmel war weiterhin bedrohlich grau, und ich glaube, wir hatten alle das Gefühl, dass das Unwetter jeden Moment wieder mit voller Kraft losbrechen könnte und wir zurück auf den Gang müssten. Miss Hammish schickte uns nicht in die Kurse, die wir eigentlich hatten. Stattdessen blieben wir einfach alle dort sitzen.

Ich konnte ›by the dawn's early light‹ immer noch nicht ganz aus meinem Kopf verbannen und wünschte mir fast, Miss Hammish würde uns mit einer Geschichtsstunde auf andere Gedanken bringen, als plötzlich Mom hereinmarschierte.

Sie war bis auf die Haut durchnässt und sah wild und zu allem entschlossen aus. Sofort dachte ich, dass Matt etwas passiert war, und sofort spürte ich wieder diese Last auf den Schultern, als wäre sie nie verschwunden.

»Komm, Miranda«, sagte Mom. »Pack deine Bücher zusammen, wir gehen.«

Miss Hammish starrte sie an, sagte aber nichts. Ich nahm meine Bücher und folgte Mom aus dem Klassenzimmer.

Ich dachte, wenn ich nicht frage, was passiert ist, dann ist es auch nicht passiert, deshalb blieb ich stumm, während wir durchs Schulgebäude liefen. Auch Mom sagte kein Wort. Draußen goss es in Strömen, und der Donner war immer noch ziemlich laut, und ich dachte, wenn jetzt wirklich die Welt untergeht, möchte Mom mich vielleicht lieber zu Hause haben.

Wir rannten über den Parkplatz und Jonny hielt mir die Wagentür auf. Ich sprang hinein und war überrascht, Mrs Nesbitt auf dem Beifahrersitz zu sehen. Ich konnte verstehen, dass Mom Mrs Nesbitt nicht allein lassen wollte, wenn die Welt unterging, aber es war mir ein Rätsel, warum sie vorher noch in der Gegend herumgefahren werden musste.

»Hier, Miranda, das ist für dich«, sagte Mom und gab mir einen Briefumschlag. Ich schaute hinein und fand zehn 50-Dollar-Scheine.

Mom ließ den Motor an. Ich sah zu Jonny rüber, aber der zuckte nur die Achseln.

»Wenn wir beim Supermarkt sind, möchte ich, dass Jonny als Erstes in die Haustierabteilung geht«, sagte Mom. »Jonny, du weißt, was Horton frisst. Hol auch Katzenstreu, die legst du ganz unten in den Wagen. Nimm die größten Pakete, die reinpassen. Und dann packst den Wagen bis oben hin mit Trockenfutter voll.«

»Horton mag lieber Dosenfutter«, sagte Jonny.

»Nimm die kleinen«, sagte Mom. »Die teuren. Mit denen stopfst du die Lücken voll. Pack so viel in den Wagen, wie nur irgend geht. Und Mrs Nesbitt, wenn Sie bei den Hygieneartikeln sind, vergessen Sie nicht die Tampons für Miranda und mich. Ganz viele Schachteln.«

»Gut, dass du mich daran erinnerst«, sagte Mrs Nesbitt.

»Was ist hier eigentlich los?«, fragte ich. »Kann mir das mal jemand erklären?«

»Das ist nur für den Fall, dass die Welt untergeht«, sagte Jonny. »Mom möchte, dass wir darauf vorbereitet sind.«

»Ich bin heute Morgen zur Bank gefahren«, sagte Mom. »Und als ich getankt habe, war das Benzin schon bei einem Dollar fünfzig der Liter. Danach bin ich zum Supermarkt gefahren, und als dann der Strom ausfiel, ist dort Chaos ausgebrochen, so dass sie einfach gesagt haben, hundert Dollar für jeden Einkaufswagen, egal, was drin ist. Ich hatte genug Bargeld dabei, also habe ich einen Wagen vollgeladen und bin dann nach Hause gefahren, um Mrs Nesbitt und Jonny und dich zu holen, damit wir alle noch ein paar Wagen vollladen können.«

»Du glaubst doch nicht im Ernst, dass wir das alles brauchen?«, fragte ich. »Es wird doch bald alles wieder normal sein, oder?«

»Das werde *ich* wohl nicht mehr erleben«, sagte Mrs Nesbitt.

»Wir wissen es nicht«, sagte Mom. »Aber Katzenstreu wird nicht schlecht. Sollte sich herausstellen, dass ich mich geirrt habe und wir das ganze Geld umsonst rausgeschmissen haben, umso besser. Mir wär's auch lieber, wenn die Welt möglichst schnell wieder normal werden würde. Sollte das aber noch eine Weile dauern, kann es nicht schaden, genug Toilettenpapier im Haus zu haben. Miranda, du gehst zu den Obst- und Gemüsekonserven. Du weißt, was wir mögen.«

»Mom, wir essen kein Dosengemüse«, sagte ich.

»Ab heute schon«, erwiderte sie. »Dosengemüse. Obst. Und Suppen. Jede Menge Dosensuppen. Nimm die Kisten aus dem Kofferraum und stell sie auf die untere Ablage des Einkaufswagens. Die kannst du dann auch noch vollpacken. Mach den Wagen so voll, wie du kannst.«

Ich starrte aus dem Fenster. Es regnete immer noch und in der Ferne waren hin und wieder ein paar Blitze zu sehen. Es gab immer noch keinen Strom und an den Ampelkreuzungen ging alles drunter und drüber; die Autos bremsten und fuhren wieder an und keiner wusste, wie er sich verhalten sollte. Viele Bäume waren umgestürzt und die Autos fuhren einfach über die dünneren Äste hinweg, die auf der Straße herumlagen.

Mom pflügte einfach stur geradeaus.

»Was ist mit Süßigkeiten?«, fragte ich. »Wenn die Welt untergeht, brauche ich auf jeden Fall Kekse.«

»Wenn die Welt untergeht, brauchen wir alle Kekse«, stimmte Mrs Nesbitt zu. »Und Chips und Brezeln. Was interessiert mich mein Blutdruck, wenn die Welt untergeht?«

»Okay, dann sterben wir eben alle mit Übergewicht«, sagte Mom. »Nehmt, was ihr kriegen könnt, und stopft es in den Wagen. Aber denkt daran, sollten wir das Zeug wirklich brauchen, werden wir uns eher über eine Dosensuppe freuen als über eine Packung muffiger Kekse.«

»Du vielleicht«, sagte Mrs Nesbitt.

»Und nehmt die von Progresso«, sagte Mom. »Für die braucht man kein Wasser.«

»Mom«, sagte ich. »Wir haben Wasser.«

»Gutes Stichwort«, sagte sie. »Wenn ihr euren ersten Wagen bezahlt habt, bringt ihr alles ins Auto und geht noch mal zurück. Jonny, du holst Wasser. So viele Flaschen, wie in den Wagen passen. Mrs Nesbitt, Sie kaufen alles, wovon Sie glauben, dass Sie es vielleicht brauchen könnten. Miranda, du gehst in die Gesundheits- und Kosmetikabteilung. Hol Aspirin und Wasserstoffperoxid und Heftpflaster.«

»Na super«, sagte ich. »Die Welt geht unter, und wir flicken sie mit Heftpflaster wieder zusammen.«

»Und Vitamine«, sagte Mom. »Kauf reichlich Vitamine. Und Abführmittel. Calcium. Vitamin D. Oh Gott, es ist so schwer, an alles zu denken, was man brauchen könnte.«

»Oder auch nicht«, sagte ich. »Mom, ich hab dich wirklich lieb, aber das ist doch vollkommen verrückt.«

»Dann kriegen wir eben alle Vitamin D zu Weihnachten«, sagte Mom. »Tu's einfach, okay? Wir anderen haben alle einen Autoschlüssel, also wartest du einfach, bis einer von uns auftaucht, und lädst deinen Kram dann mit uns zusammen ein. Alles klar?«

»Alles klar«, sagte ich, weil es mir klüger schien, ihr nicht zu widersprechen.

»Wenn wir alle mit unserer zweiten Fuhre durch sind, gucken wir erst mal, wie die Lage ist«, sagte Mom. »Und entscheiden dann, ob es sich lohnt, noch mal reinzugehen.«

Sie bog auf den Supermarkt-Parkplatz ein, und ich bekam einen ersten Eindruck von dem Wahnsinn, der hier ausgebrochen war. Überall stürzten sich die Leute auf die Einkaufswagen, schrien und brüllten, und zwei Typen prügelten aufeinander ein.

»Jonny, du besorgst als Erstes einen Wagen für Mrs Nesbitt«, sagte Mom. »Bleibt ganz ruhig und denkt daran, dass ihr Bargeld habt. Was anderes nehmen sie nicht, damit sind wir echt im Vorteil. Beeilt euch. Überlegt nicht lange. Wenn ihr euch zwischen zwei Sachen nicht entscheiden könnt, nehmt beide. Packt die Einkaufswagen so voll, wie es nur geht. Wenn es Probleme gibt, geht ihr zum Auto. Versucht erst gar nicht, einen von uns im Laden zu finden. Alles klar? Seid ihr bereit?«

Wir sagten alle Ja. Jonny machte ein Gesicht, als sei es ihm ernst damit.

Mom fand eine Lücke im hinteren Teil des Parkplatzes, und in der Nähe standen zwei Einkaufswagen. Wir sprangen aus dem Auto und schnappten sie uns. Mrs Nesbitt und ich nahmen jede einen und gingen zusammen rein.

Der Supermarkt erinnerte mich an den Gang in der Schule heute Morgen, und vielleicht machte mir deshalb die Stimmung da drin nicht halb so viel Angst, wie sie es normalerweise getan hätte. Sollten die Leute doch schreien und weinen und sich prügeln. Ich pflügte stur zwischen ihnen hindurch und stürmte zum Dosengemüse.

Mir fiel ein, dass ich die Kisten im Auto vergessen hatte. Daran war jetzt nichts mehr zu ändern, ich konnte nur so viele Dosen wie möglich auf die untere Ablage stapeln und das Beste hoffen.

Ohne diese furchtbare Angst im Bauch hätte der Einkauf richtig Spaß machen können, wie in einer dieser Spielshows, wo man fünf Minuten im Supermarkt gewinnen kann, nur dass es hier noch Hunderte anderer Gewinner gab und wir alle gleichzeitig drin waren.

Ich hatte nicht viel Zeit, mich umzusehen, aber die meisten Leute schienen eher Fleisch- und Frischwaren zu kaufen, so dass sich das Gerangel um die Dosenmöhren in Grenzen hielt. Bei den Suppen hatte ich sogar richtig Glück: Campbell war viel beliebter als Progresso, was mir sehr entgegenkam.

Als der Wagen bis oben hin voll war, schob ich ihn zu den Kassenschlangen, um festzustellen, dass die Leute den verängstigten Kassiererinnen ihr Bargeld einfach in den Schoß warfen. Ich holte zwei Fünfziger raus und warf sie in dieselbe Richtung wie alle anderen. Da offenbar niemand mehr seinen Einkauf in Tüten verstaute, schob ich den ganzen Wagen raus und bahnte mir einen Weg zurück zum Auto.

Der Regen war stärker geworden und das Unwetter schien wieder näher gekommen zu sein. Es war nicht so schlimm wie heute Morgen, aber mir reichte es. Zum Glück wartete Mrs Nesbitt schon am Auto auf mich.

Wir warfen die Konserven einfach in den Kofferraum; die Gläser stellten wir etwas vorsichtiger rein.

Mrs Nesbitt grinste mich an. »Mein Leben lang hab ich mich gut benommen«, sagte sie. »Jetzt darf ich die Leute endlich auch mal rumschubsen, ohne mich zu entschuldigen.«

»Sie haben es ja faustdick hinter den Ohren«, sagte ich.

»Startklar zur zweiten Runde?«, fragte sie. Ich nickte, und wir bahnten uns einen Weg zum Laden zurück.

Aber vorher kam noch ein Typ an und wollte Mrs Nesbitt den Wagen klauen. »Gib schon her!«, schrie er. »Den brauche *ich*!«

»Hol dir selber einen«, schrie Mrs Nesbitt zurück. »Wir sind im Krieg, Mann!«

Ich befürchtete, der Mann dachte genau dasselbe, und da mir nichts Besseres einfiel, rammte ich ihm meinen Einkaufswagen ins Kreuz, was ihn ziemlich überraschte und Mrs Nesbitt genug Zeit verschaffte, sich aus dem Staub zu machen. Ich rannte ihr nach, ohne mich noch mal umzusehen.

Verglichen mit dem Kampfgetümmel auf dem Parkplatz wirkte der Supermarkt beinahe friedlich. Ich ging zu den Gesundheits-

und Kosmetikartikeln und stellte fest, dass hier kaum jemand war. Anscheinend war der Rest der Welt noch nicht darauf gekommen, dass wir alle Vitamin D brauchen würden.

Das Schönste am Plündern der Arzneimittel-Abteilung war der Gedanke, dass ich Waren im Wert von weit mehr als hundert Dollar bekommen würde. Ich lud den Wagen voll, bis er fast überquoll, machte noch einen Zwischenstopp bei den Konserven und ging dann zu den Süßwaren rüber, wo ich die untere Ablage des Einkaufswagens mit Kekspackungen vollstapelte. Ich dachte sogar an die Feigenkekse, die Matt so gern mag.

Diesmal traf ich Mom am Auto, die gerade dabei war, ihren Einkauf einzuladen. Sie hatte so viel Thunfisch, Lachs und Sardinen gekauft, dass es für *zwei* ganze Leben reichen würde.

Hinten im Van sah es jetzt genauso chaotisch aus wie im Supermarkt, weil wir nichts in Tüten verpackt hatten. Mom gab sich große Mühe beim Einladen, aber es fiel trotzdem ständig etwas raus, so dass ich die ganze Zeit, während Mom einlud, damit beschäftigt war, die Sachen wieder vom Boden aufzuheben.

Ein Mann kam auf uns zu. Er hatte einen Einkaufswagen dabei, schien aber trotzdem völlig verzweifelt. »Sie müssen mir helfen«, sagte er. »Bitte!«

»Sie haben doch einen Wagen«, sagte Mom.

»Eine von Ihnen muss mit mir kommen«, sagte er. »Meine Frau ist im siebten Monat schwanger und wir haben noch ein zweijähriges Kind und ich brauche Windeln und Babynahrung und weiß Gott was noch alles. Bitte kommen Sie mit, damit ich noch einen zweiten Wagen habe. Ich flehe Sie an, meiner Frau und meinen Kindern zuliebe.«

Mom und ich starrten ihn an. Er sah aus wie Ende zwanzig und wirkte aufrichtig.

»Miranda, du gehst in den Laden zurück und entscheidest nach eigenem Gutdünken, was wir noch brauchen«, sagte Mom. »Ich begleite diesen Mann.«

Wir stopften die letzten Sachen in den Kofferraum und gingen zu dritt wieder rein.

Ich war froh, beim Reingehen einen Blick auf Mrs Nesbitt zu erhaschen. Sie stand vor den Feinkostregalen. Wahrscheinlich dachte sie, dass man die Sache auch ebenso gut stilvoll angehen konnte.

Dann entdeckte ich Jonny, der gerade das ganze Wasser eingeladen hatte. Ihm machte die Sache offensichtlich Spaß.

Ich ging zu den Fruchtsäften rüber und nahm nur welche in Kartons. Ich hätte nie gedacht, dass wir irgendwann mal Saft aus Kartons trinken würden, aber Flaschen waren einfach zu unhandlich. Dann holte ich noch ein paar Liter von dieser ewig haltbaren Milch.

Inzwischen waren die meisten Regale so gut wie leer, und die Leute fingen an, sich um die letzten Sachen zu streiten. Eier lagen zerbrochen auf dem Boden, und überall war irgendetwas verschüttet, so dass man aufpassen musste, wo man hintrat.

Im Wagen war immer noch ein bisschen Platz, also ging ich zu den Knabbersachen und packte ein paar Tüten mit Brezeln ein. Dann entdeckte ich die Nüsse und warf auch davon noch einige Packungen dazu. Bei den Backwaren sah es schon ziemlich leer gefegt aus, deshalb stopfte ich Salz und Zucker in die letzten Lücken und aus lauter Übermut auch eine Tüte Chocolate Chips.

Ich warf der Kassiererin meine 50-Dollar-Scheine hin und ging zum Auto. Auf dem Parkplatz wurde es immer brenzliger, und es regnete immer noch in Strömen. Jonny war auch schon am Auto, aber als Mom auftauchte, sagte sie, wir sollten noch mal reingehen und alles mitnehmen, was wir noch finden konnten. Viel war nicht mehr da, aber ich packte den Wagen noch mal mit Limabohnen und Rosenkohl und anderen Weltuntergangs-Delikatessen voll.

Als endlich wieder alle im Auto saßen, verbot Mom uns so lange das Sprechen, bis sie den Van vom Parkplatz heruntermanövriert hatte. Aber wir waren sowieso alle viel zu müde, um uns zu unterhalten.

Mom schlug den Rückweg ein. Auf den Straßen sah es jetzt noch schlimmer aus. Einmal mussten Jonny und ich sogar aussteigen, um einen dicken Ast aus dem Weg zu räumen. Ein paar Leute hielten an und halfen uns, aber ich hatte trotzdem Angst, bis wir wieder im Auto saßen und Mom weiterfahren konnte.

Wir waren schon halb zu Hause, als Mrs Nesbitt plötzlich sagte: »Halt mal bei den Geschäften da vorne an!«

»Warum das denn?«, fragte Mom, aber sie bog auf den Parkplatz ein. Er war fast leer.

»Jonny, du gehst in die Zoohandlung«, sagte Mrs Nesbitt. »Ich geh in den Geschenkeladen, und du, Laura, in die Gärtnerei.«

»Gute Idee«, sagte Mom. »Ich werde ein paar Setzlinge kaufen. Dann haben wir den ganzen Sommer über frisches Gemüse.«

Da für mich sonst nichts übrig blieb, ging ich in den Antiquitätenladen. Ich wusste zwar nicht, was ich da sollte, aber ich wusste genauso wenig, was Mrs Nesbitt in dem Geschenkeladen wollte. Oder gab es etwa schon Grußkarten zum Weltuntergang?

Der Antiquitätenladen hatte den Vorteil, dass ich dort die einzige Kundin war. Es gab immer noch keinen Strom, und das Gewitter war mir für meinen Geschmack immer noch ein bisschen zu nah, aber dieser Laden war seit Stunden der erste Ort, der mir nicht wie ein Irrenhaus vorkam. Die Frau hinterm Tresen fragte sogar: »Kann ich dir helfen?«

Ich wollte ihr lieber nicht verraten, dass wir gerade dabei waren, uns mit Vorräten für den Weltuntergang einzudecken, damit sie nicht auf falsche Gedanken kam. Also sagte ich nur »Nein, danke« und sah mich weiter um.

Ich hatte immer noch 200 Dollar in meinem Umschlag und konnte noch so ziemlich alles kaufen, was wir brauchen könnten, ich wusste nur nicht, was. Dann entdeckte ich drei Petroleumlampen. Ich schnappte sie mir und ging wieder nach vorn.

»Wir haben auch Duftöl für die Lampen, wenn du möchtest«, sagte die Frau.

»Ich nehme alles Öl, das Sie haben«, sagte ich.

»Es soll aber bald wieder Strom geben«, sagte die Frau. »Habe ich zumindest im Radio gehört.«

»Meine Mutter hat da Bedenken«, sagte ich. »Die Lampen sind nur zu ihrer Beruhigung.«

Der Laden hatte eine von diesen altmodischen Registrierkassen, so dass sie meine Einkäufe eintippen konnte. Ich gab ihr zwei Fünfziger und bekam sogar noch Wechselgeld raus.

Ich war als Erste wieder am Auto. Da stand ich und wurde immer noch nasser, bis endlich Jonny auftauchte. »Horton wird nie mehr Hunger leiden müssen«, sagte er.

Es war kaum noch Platz für seine Einkäufe, aber wir räumten alles so gut es ging noch mal um. Dann kam auch Mrs Nesbitt wieder raus, mit unzähligen Tüten beladen.

»Ich habe jede einzelne Kerze in diesem Laden gekauft«, sagte sie. »Geschenkeläden haben immer Kerzen.«

»Sie sind ein Genie, Mrs Nesbitt«, sagte ich. »Ich habe Petroleumlampen gekauft.«

»Wir sind beide Genies«, sagte sie.

Wir stiegen ins Auto und warteten auf Mom. Als sie schließlich kam, hatte sie ein Dutzend Saatkisten dabei. Ich fragte mich, wo wir die noch hinpacken sollten, aber dann ging es ganz leicht. Mrs Nesbitt setzte sich auf meinen Schoß, und dann konnten wir auf ihrem Sitz die ganzen Kisten mit Tomaten, Gurken, grünen Bohnen und Erdbeeren stapeln.

»Je mehr wir anbauen, desto länger reicht das Dosengemüse«, sagte Mom. »So, fällt irgendwem noch irgendetwas ein, das wir vielleicht brauchen könnten, aber noch nicht gekauft haben?«

»Batterien«, sagte ich. Das Transistorradio in dem Antiquitätenladen hatte mich auf die Idee gebracht.

»Streichhölzer«, sagte Mrs Nesbitt.

»Die kriegen wir bestimmt in dem kleinen Laden da vorn«, sagte Mom. »Da scheint eh nicht viel los zu sein.«

Das stimmte. Auf dem Parkplatz stand nur ein anderes Auto. Mom kaufte sämtliche Batterien, Streichholzschachteln und Seifenstücke, die sie hatten. Und außerdem noch einen Kuchen und eine Packung Donuts.

»Nur für den Fall, dass morgen schon die Welt untergeht«, sagte sie. »Dann können wir's uns heute auch noch mal gut gehen lassen.«

Wir setzten Mrs Nesbitt zu Hause ab und halfen ihr dabei, die Einkäufe ins Haus zu tragen. Wir überlegten nicht lange, wem nun diese oder jene Dosensuppe gehörte oder wie viele von den Kerzen ihr zustanden. Wir teilten die Sachen einfach so auf, dass sie von allem genug hatte. Nur das Katzenfutter und die Saatkisten behielten wir für uns. Ich gab ihr auch noch eine der Petroleumlampen und das dazugehörige Öl.

Es dauerte lange, ihre Sachen reinzutragen, und noch länger, den Rest aus dem Auto auszuladen, als wir endlich wieder zu Hause waren. Mom holte Plastiktüten, in die wir alles reinstopften und erst mal im Esszimmer abstellten, bis auf die Donuts. Die aßen wir auf, als wir fertig waren.

»Den Rest verstaue ich später«, sagte Mom. »Danke, Kinder. Ohne euch hätte ich das nie geschafft.«

Und dann fing sie an zu weinen.

Das war vor zwei Stunden. Ich glaube nicht, dass sie inzwischen aufgehört hat.

VIER

20. Mai

Keine Schule heute.

Um vier heute Morgen gab es wieder Strom. Draußen ist es immer noch dunkel und bedeckt, da ist es schön, wieder das Licht einschalten zu können.

Horton führt sich in den letzten Tagen auf wie ein Irrer. Immer wieder schreckt er aus seinem Nickerchen hoch, und heute ist er die ganze Nacht durchs Haus gegeistert und von einem Bett ins nächste gehüpft. Irgendwann gegen Mitternacht kam er jämmerlich maunzend auf mein Bett gesprungen – wovon ich natürlich wach wurde. Er schnupperte an meinem Gesicht, als wollte er sichergehen, dass ich es auch wirklich bin. Dann sind wir wieder eingeschlafen, aber gegen zwei hat er mich schon wieder geweckt, als er plötzlich anfing, durchs Haus zu rennen und dabei wie verrückt zu miauen. Genau das, was keiner von uns im Moment gebrauchen kann.

Als wir online gingen, wartete eine Mail von Matt auf uns. Ihm geht es gut, bei ihnen ist alles in Ordnung, obwohl sie auch immer wieder Stromausfälle haben, aber die Kurse finden ganz normal statt. Er sagt, es sei ganz schön schwirig, im Halbdunkel eine Klausur zu schreiben, aber die Professoren hätten gesagt, das würde bei der Bewertung berücksichtigt. Er hat immer noch vor, am Mittwoch wieder hier zu sein.

Mom ließ Jonny und mich jeweils für eine halbe Stunde ins Internet. Ich nutzte einen Teil meiner Zeit, um auf Brandons Fanseite zu gehen. Es gab einen Thread, wo wir alle sagen sollten, wo wir wohnen und wie die Situation dort ist. Viele Namen fehlten, und von einigen davon weiß ich, dass sie in der Nähe von New York oder an der Westküste leben. Für mich waren vierzehn persönliche Nachrichten eingegangen. Zwölf Leute wollten wissen, wie es mir ging und ob ich irgendwas von Brandon gehört hatte. Die zwei anderen wollten nur wissen, ob ich irgendwas von Brandon gehört hatte.

In den letzten Tagen ist so viel passiert, dass ich gar nicht mehr daran gedacht hatte, dass Brandon inzwischen in L.A. trainiert. Offenbar hat niemand etwas von ihm gehört oder irgendwelche Berichte über ihn gesehen.

Ich schrieb kurz etwas über die Lage im Nordosten von Pennsylvania und fügte noch hinzu, ich hätte von Brandon weder etwas gehört noch gesehen. Es ist ja nicht so, als würde ich täglich seinen Eltern oder Mrs Daley über den Weg laufen, aber wahrscheinlich hatte ich es immer so dargestellt, als stünde ich ihnen viel näher, als es eigentlich der Fall ist. Vielleicht versuchen aber auch alle nur völlig verzweifelt, irgendwie herauszukriegen, ob Brandon noch am Leben ist.

Ich *muss* einfach glauben, dass er noch lebt.

Mom, Jonny und ich haben heute den Großteil des Tages damit verbracht, die Vorräte zu verstauen. Ich finde, Horton hat wirklich keinen Grund, sich zu beklagen. Jonny hat ihm so viel Futter gekauft, dass es Jahre reichen wird. Beim Anblick der Berge von Lebensmitteln, die sie uns hat anschleppen lassen, musste Mom über sich selbst lachen. Immer wenn es Strom gibt, wirkt alles gleich viel normaler. Und wenn es, so wie heute, bewölkt ist, sieht man auch gar nicht, wie dicht der Mond über uns hängt.

Oh-oh. Das Licht flackert. Ich hoffe, wir sitzen nicht gleich wieder

21. Mai

Heute Abend war der Präsident im Fernsehen. Er hat nicht viel gesagt, das wir nicht schon wussten. Tsunamis und Überschwemmungen. Unbekannte Zahl von Todesopfern, der Mond aus seiner Umlaufbahn geworfen, usw. Montag ist Nationaltrauertag, und wir sollen alle viel beten.

Er sagte allerdings auch, wir müssten uns auf noch Schlimmeres gefasst machen, und dabei sah er nicht besonders glücklich aus. Jonny fragte Mom, was das zu bedeuten hätte. Sie wusste es auch nicht, meinte aber, der Präsident wisse es bestimmt, würde es uns nur nicht verraten, weil er ein hinterhältiger Mistkerl sei.

Das war seit Tagen der erste Satz von Mom, der völlig normal klang, und wir mussten alle lachen.

Der Präsident sagte noch, fast alle Ölbohrinseln vor der Küste seien verschwunden und man gehe davon aus, dass auch die meisten Öltanker auf See verschollen sind. Ich nehme an, das gehörte zu dem Schlimmeren, auf das wir uns gefasst machen mussten.

Mom sagte später, das würde nicht nur die Preise in die Höhe treiben, sondern vielleicht würde es im Winter auch nicht mehr genug Gas und Öl geben, um alle Häuser zu beheizen. Aber das glaube ich nicht. Wir haben gerade erst Mai, da bleibt doch wohl noch genügend Zeit, um irgendwie Öl ranzuschaffen. Sie können die Leute schließlich nicht erfrieren lassen.

Am Ende seiner Rede sagte der Präsident, jetzt sprächen die Gouverneure der einzelnen Staaten und wir sollten dranbleiben und hören, was unser Gouverneur zu sagen hat.

Dann kam der Gouverneur, und er sah auch nicht gerade glücklich aus. Er sagte, am Montag und Dienstag blieben die Schulen im gesamten Bundesstaat geschlossen, aber am Mittwoch solle der Unterricht wieder weitergehen, soweit das in den einzelnen

Bezirken möglich sei. Er sagte, man ziehe in Erwägung, das Benzin zu rationieren, für den Moment würde er jedoch um eine Art Ehrenkodex bitten: Man solle immer erst dann wieder tanken, wenn der Tank nur noch viertel voll ist. Außerdem würden allen Tankstellen, die überhöhte Preise verlangten, ernsthafte Konsequenzen drohen. Mom lachte darüber.

Er konnte nicht sagen, wann die Stromausfälle aufhören würden. Wir seien nicht die Einzigen; fast jeder Bundesstaat habe Probleme mit der Stromversorgung.

Jonny regte sich darüber auf, dass der Gouverneur nichts über die Phillies und die Pirates gesagt hatte. Die Phillies haben am Mittwoch in San Francisco gespielt, und keiner hat erwähnt, ob sie da heil wieder rausgekommen sind.

Mom meinte, der Gouverneur hätte so viele Dinge im Kopf und so vieles zu verkünden, aber dann unterbrach sie sich und sagte: »Weißt du, eigentlich hätte er uns wirklich sagen können, was mit den Phillies und den Pirates ist. Ich wette, der Gouverneur von New York hat allen Leuten erzählt, wie es den Mets und den Yankees geht.«

Ich überlegte kurz, ob ich sagen sollte, dass schließlich auch niemand öffentlich verkündete, wie es den Eiskunstläufern geht, aber dann ließ ich es bleiben.

Ich bin froh, wenn Matt endlich wieder zu Hause ist.

22. Mai

Heute Nachmittag hat Jonny gefragt, ob wir zu McDonald's oder irgendeinem anderen Fast-Food-Laden fahren könnten. Der Strom ist in den letzten Tagen so oft ausgefallen, dass Mom den Kühlschrank ausräumen musste und wir alles, was noch drin war, aufgegessen haben.

Mom meinte, wir könnten es ja mal versuchen, und so stiegen wir in den Van und gingen auf Futterjagd.

Als Erstes fiel uns auf, dass das Benzin wieder teurer geworden ist. Es kostet jetzt fast zwei Dollar der Liter und an sämtlichen Tankstellen standen die Autos Schlange.

»Wie viel Benzin haben wir noch?«, fragte ich.

»Das reicht noch eine Weile«, sagte Mom. »Trotzdem sollten wir nächste Woche lieber auf Matts Wagen umsteigen. Dieser hier hat einen zu großen Verbrauch.«

»Was meinst du, wann die Benzinpreise wieder runtergehen?«, fragte ich. »Die können doch nicht ewig so hoch bleiben, das ist doch verrückt.«

»Sie werden erst noch weiter hochgehen, bevor sie wieder fallen«, sagte Mom. »Ab jetzt sollten wir uns gut überlegen, wofür wir das Auto brauchen. Nichts mehr mit einfach reinhüpfen und ein bisschen rumfahren.«

»Aber zum Baseballtraining bringst du mich noch, oder?«, fragte Jonny.

»Dafür können wir vielleicht Fahrgemeinschaften bilden«, sagte Mom. »Wir sitzen schließlich alle im selben Boot.«

Als wir in die Straße mit den ganzen Schnellrestaurants einbogen, stellten wir fest, dass dort kaum Verkehr war. Wir fuhren zu McDonald's, aber der war zu. Ebenso der Burger King und KFC und Taco Bell. Sämtliche Fast-Food-Läden hatten geschlossen.

»Vielleicht haben sie bloß geschlossen, weil heute Sonntag ist«, sagte ich.

»Oder weil morgen Nationaltrauertag ist«, sagte Jonny.

»Vielleicht warten sie auch nur darauf, dass es endlich wieder rund um die Uhr Strom gibt«, sagte Mom.

Es war trotzdem irgendwie beunruhigend, dass alles geschlossen hatte, genau so beunruhigend, wie wenn man den Mond anschaut, und er ist irgendwie ein bisschen zu groß und zu hell.

Ich bin wohl immer davon ausgegangen, dass McDonald's selbst dann noch geöffnet hat, wenn die Welt untergeht.

Mom fuhr noch ein bisschen herum, und wir fanden einen Pizzaladen, der geöffnet hatte. Der Parkplatz war brechend voll und die Schlange ging bis vor die Tür.

Mom setzte Jonny und mich schon mal ab, damit wir uns anstellen konnten. Die Leute waren alle ziemlich freundlich und es wurde viel darüber gesprochen, welche Läden noch geöffnet hatten und welche nicht. Das Einkaufszentrum war geschlossen, aber einer der Supermärkte hatte immer noch auf, auch wenn sie nicht mehr viel hatten.

Jonny fragte, ob irgendwer etwas von den Phillies gehört hätte, und einer der Wartenden wusste tatsächlich was. Die Phillies hätten am Mittwochnachmittag gespielt, und das Spiel sei noch vor dem Aufprall des Asteroiden zu Ende gewesen. Danach hätten sie einen Charterflug nach Colorado genommen und seien wohl alle gut angekommen.

Ich fragte, ob zufällig jemand Brandons Familie oder Mrs Daley kennen würde, nur für den Fall, dass vielleicht doch irgendwer etwas von Brandon gehört hatte, aber niemand kannte sie.

Es gingen eine Menge Gerüchte um, zum Beispiel, dass wir damit rechnen müssten, den ganzen Sommer über keinen Strom mehr zu haben, und einige Leute hatten gehört, der Mond würde noch vor Weihnachten auf die Erde runterkrachen. Ein Mann sagte, er kenne jemand im Schulvorstand und es gäbe Überlegungen, das restliche Schuljahr ausfallen zu lassen. Alle Kinder in der Schlange brachen in Jubel aus, Jonny eingeschlossen. Wenn schon

Gerüchte, dann ist mir dieses zwar immer noch lieber als das mit dem Mond, der auf die Erde runterkracht, aber ich halte beides nicht für sehr wahrscheinlich.

Obwohl ich nicht sagen könnte, was wahrscheinlicher ist.

Als Mom endlich zu uns stieß, waren wir fast schon drin. Sie wirkte irgendwie aufgeregt, wollte aber nicht sagen, warum.

Es dauerte noch mal eine halbe Stunde, bis wir endlich unsere Bestellung aufgeben konnten, und da war schon nicht mehr viel übrig. Immerhin konnten wir noch eine Pizza ohne alles und ein paar Knoblauchbrötchen ergattern. Ich glaube, ich habe mich noch nie so sehr über etwas zu essen gefreut.

Wir gingen zum Auto zurück, und beim Einsteigen sagte Mom, sie hätte eine Bäckerei entdeckt, die geöffnet hatte, und sie hätte Kekse und Kuchen und mehrere Brote gekauft. Alles nicht mehr frisch, aber noch genießbar.

Wir hielten kurz bei Mrs Nesbitt und nahmen sie zu unserem Festmahl mit. Es gab gerade wieder Strom, so dass wir die Pizza und die Knoblauchbrötchen noch mal aufwärmen konnten, und alles war superlecker. Zum Nachtisch gab es Schokokuchen, und Jonny trank diese komische haltbare Milch, die ich gekauft hatte. Wir anderen tranken Gingerale. Horton schlich um uns herum, in der Hoffnung auf ein paar Leckerbissen.

»Das werden wir so bald nicht mehr kriegen«, sagte Mom. »Mit Pizza und Burgern und Hähnchen sollten wir wohl erst wieder rechnen, wenn alles wieder normal ist.«

»Im Zweiten Weltkrieg haben sie die Lebensmittel rationiert«, sagte Mrs Nesbitt. »Das werden sie jetzt wahrscheinlich auch wieder tun. Aber wenn wir unsere Lebensmittelmarken zusammenlegen, kommen wir schon zurecht.«

»Wenn ich bloß ein bisschen mehr Vertrauen in unseren Präsidenten hätte«, sagte Mom. »Ich kann mir einfach nicht vorstellen, dass er mit dieser Situation hier fertigwird.«

»Der Mensch wächst mit seinen Aufgaben«, sagte Mrs Nesbitt. »Das tun wir schließlich auch.«

In diesem Moment fiel der Strom wieder aus. Aber irgendwie fanden wir das alle lustig und fingen an zu lachen. Mom holte das Monopoly-Spiel raus und wir spielten, bis das Tageslicht zu schwach wurde. Mom fuhr Mrs Nesbitt nach Hause, und ich ging auf mein Zimmer, wo ich jetzt bei einer Kombination aus Kerzen- und Taschenlampenlicht schreibe.

Ob wir wohl irgendwann wieder dauerhaft Strom haben werden? Ohne Klimaanlage steht uns ein verdammt heißer Sommer bevor.

23. Mai

Der Nationaltrauertag bestand im Wesentlichen daraus, dass es lauter Gedenkgottesdienste im Radio gab. Viele Geistliche, Politiker und traurige Lieder. Sie geben immer noch keine Informationen über die Zahl der Todesopfer heraus, aber das liegt vielleicht daran, dass immer noch mehr Leute sterben. Nachdem schon der gesamte Küstenstreifen verschwunden ist, dringen die Meere immer noch weiter vor und zerstören immer mehr Land und Gebäude, und viele Menschen, die ihre Häuser nicht verlassen wollten oder es wegen der völlig verstopften Highways nicht konnten, sind ertrunken.

Mom sagt, wir sind immer noch ziemlich weit im Inland und müssen uns keine Sorgen machen.

Heute Nachmittag gab es wieder eine Stunde lang Strom. Matt hat uns eine Mail geschrieben, und er hat immer noch vor, am Mittwoch nach Hause zu kommen.

Ich weiß, dass es albern ist, aber irgendwie denke ich die ganze Zeit, wenn Matt erst wieder zu Hause ist, wird alles gut. Als könnte er den Mond einfach wieder an die richtige Stelle zurückschieben.

Wenn morgen doch bloß Schule wäre. Ich muss ständig an das Essen in der Cafeteria denken – wie ich früher immer darüber gemeckert habe und wie gern ich es jetzt essen würde.

24. Mai

Heute Morgen um neun hatten wir wieder Strom und Mom packte Jonny und mich ins Auto und fuhr los, auf der Suche nach Geschäften, die vielleicht geöffnet hatten. Wir fanden tatsächlich einen offenen Supermarkt, aber dort hatten sie nur noch Schreibwaren, Tierspielzeug und Schrubber.

Es war eigenartig, durch diesen riesigen Laden zu laufen und überall nur leere Regale zu sehen. Ein paar Angestellte und ein Wachmann standen herum, auch wenn ich nicht weiß, was es da noch zu bewachen gab.

Nicht einmal Mom schien zu glauben, dass wir irgendwann vor Hunger Bleistifte essen würden, also gingen wir wieder raus, ohne etwas zu kaufen.

Einige Elektrogeschäfte hatten ihre Fenster mit Brettern vernagelt. Auf dem Boden davor lagen Glasscherben, also waren sie offenbar geplündert worden, auch wenn ich nicht verstehe, warum – schließlich gibt es doch überhaupt keinen Strom mehr, um Flachbildfernseher oder sonst irgendwelche Geräte zu betreiben.

Es war schon lustig, welche Geschäfte noch geöffnet hatten und welche nicht. Der irre teure Schuhladen hatte zwar die Fenster vernagelt, war aber trotzdem noch geöffnet. Doch Mom meinte, auch kurz vorm Weltuntergang sei sie nicht bereit, hundert Dollar für ein Paar Turnschuhe auszugeben.

Der Laden für Sportartikel wiederum war geschlossen, das Fenster war vernagelt und darauf hatte jemand in riesigen Buchstaben geschrieben: SCHUSSWAFFEN AUSVERKAUFT.

Mom hatte noch Bargeld übrig, und es war ihr anzusehen, dass sie unbedingt noch etwas kaufen wollte. Zu Hause steht sie jetzt immer öfter vor den Regalen mit Dosensuppen, Dosengemüse und Wasserstoffperoxid und sieht so aus, als wäre sie stolz auf sich.

Schließlich fanden wir ein Bekleidungsgeschäft, das offen hatte. Eine Kassiererin gab es noch, aber sonst niemanden mehr. Es war einer dieser Läden, in die wir normalerweise nie reingehen würden, klein und schlecht beleuchtet, und alles sah irgendwie schäbig aus.

Mom kaufte Unterwäsche und zwei Dutzend Paar Socken. Dann fragte sie nach Handschuhen, und als die Kassiererin schließlich in irgendeiner Schublade welche fand, kaufte Mom fünf Paar.

Dann bekam sie diesen beängstigenden *Ich hab gerade eine super Idee*-Gesichtsausdruck, den ich seit ein paar Tagen immer öfter an ihr sehe, und fragte, ob sie vielleicht auch Thermo-Unterwäsche hätten.

Ich wäre vor Scham am liebsten im Boden versunken und Jonny sah auch nicht viel glücklicher aus, aber als die Kassiererin lange Unterhosen hervorkramte, kaufte Mom auch die.

Jetzt kam die Kassiererin so richtig in Fahrt und brachte noch Schals, Wollmützen und Fäustlinge zum Vorschein. Mom drehte vollkommen durch und kaufte alles, egal ob es einem von uns passte oder nicht.

»Jetzt können Sie bald selbst einen Laden aufmachen«, sagte die Kassiererin, was wohl so viel heißen sollte wie »Gott sei Dank hab ich endlich eine gefunden, die noch verrückter ist als ich, vielleicht kauft die mir jetzt alles ab und ich kann nach Hause gehen«.

Wir trugen mehrere Tüten voller Klamotten zum Auto zurück. »Was sollen wir denn bloß mit den Kinderhandschuhen?«, fragte ich Mom. »Sie Lisas Baby schenken?«

»Du hast Recht«, sagte Mom. »Babysachen. Die hätte ich fast vergessen.« Sie ging schnurstracks in den Laden zurück und kam schließlich mit einer Armladung voll Hemdchen, Stramplern, Söckchen und sogar einem Babyjäckchen wieder heraus.

»Kein Brüderchen oder Schwesterchen von euch soll in diesem Winter frieren«, sagte sie.

Das war ja irgendwie süß von ihr, aber ich glaube, sie verliert allmählich den Verstand. Wie ich Lisa kenne, würde die ihrem Baby nie im Leben irgendetwas aus diesem Laden anziehen.

Das kann ja lustig werden, wenn Mom Lisa und Dad ihr tolles Geschenk überreicht. Wahrscheinlich macht sie das, wenn sie Jonny vom Baseball-Camp abholt und uns beide für den August zu Dad bringt. Aber bis dahin sind natürlich auch schon Lisas Eltern da gewesen, und das Baby hat mehr Klamotten, als es in seinem ganzen Leben anziehen kann. Und dann kommt Mom mit ihren Söckchen und all den anderen Sachen, und Lisa muss so tun, als würde sie sich darüber freuen.

Wenn der Laden dann noch geöffnet hat, kann Mom die Sachen vielleicht wieder zurückgeben. Ich habe jedenfalls nicht vor, im nächsten Winter lange Unterhosen zu tragen.

25. Mai

Mom und Matt sollten längst zu Hause sein. Es gibt gerade mal wieder Strom, und Jonny guckt sich eine DVD an, aber er ist auch nervös.

Heute war ein langer, merkwürdiger Tag, und der Abend kommt mir schon genauso lang und merkwürdig vor. Zum ersten Mal seit einer Woche ist der Himmel klar und der Mond deutlich zu sehen. Er ist so groß und hell, dass man das Gefühl hat, man brauchte gar kein Licht anzumachen, aber wir haben es trotzdem eingeschaltet, fast alle Lampen im Haus, auch wenn ich nicht sagen könnte, warum.

Heute hatten wir wieder Schule, aber es fühlt sich trotzdem nicht alles wieder normal an, obwohl ich das eigentlich gedacht hatte. Der Bus war nur ungefähr halb voll. Megan war auch da, aber sie saß mit ihren Kirchenfreunden zusammen und wir haben nur kurz Hallo gesagt. Sammi war nirgends zu sehen.

Eigentlich komisch, aber ich hatte in den letzten Tagen überhaupt keine Lust, sie anzurufen. Das Telefon hat zwar meistens funktioniert, aber bei uns hat trotzdem kaum jemand angerufen, und wir haben uns auch nirgends gemeldet. Als wären wir alle so sehr mit uns selbst beschäftigt, dass wir uns unmöglich auch noch mit den Problemen anderer Leute befassen könnten.

Die Schule sah zwar noch genauso aus wie in der letzten Woche, aber sie fühlte sich trotzdem anders an. Viele Schüler fehlten, und Lehrer auch, und da es keine Vertretungen für sie gibt, wurden die Kurse einfach zusammengelegt und wir saßen alle noch länger im Hausaufgabenraum.

Seit letzter Woche hatte niemand mehr Hausaufgaben gemacht, und es schien auch niemand so recht zu wissen, was wir tun sollten. Einige meiner Lehrer machten ganz normalen Unterricht, andere sprachen mit uns über die jüngsten Ereignisse.

Es war schon seltsam, worüber dabei geredet wurde und worüber nicht. Mom hatte Jonny und mir eingeschärft, niemandem zu erzählen, dass wir letzte Woche praktisch den Supermarkt leer gekauft haben. Sie meint, es wäre besser, wenn niemand wüsste, wie groß unsere Vorräte sind, als würde sonst jemand in unsere Küche einbrechen und unsere Dosensuppen stehlen. Oder die langen Unterhosen. Oder zwei Dutzend Packungen Katzenstreu.

Ich weiß nicht, ob auch andere über die Hamsterkäufe ihrer Mütter geschwiegen haben, jedenfalls haben die meisten Schüler nicht gerade viel gesagt.

In der fünften Stunde sollten wir uns alle in der Aula versammeln. Normalerweise müssen immer zwei Versammlungen nacheinander stattfinden, weil nicht alle Schüler gleichzeitig reinpassen, aber heute fehlten so viele, dass für alle Platz war.

Eigentlich war es keine richtige Versammlung, jedenfalls keine mit Programm. Es stand einfach nur Mrs Sanchez auf der Bühne und machte Ansagen.

Als Erstes sagte sie, wir sollten alle dankbar dafür sein, dass wir noch gesund und munter waren, und dann dankte sie allen Lehrern für ihren Einsatz, was ziemlich lustig war, weil ja viele von ihnen gar nicht da waren.

Dann redete sie davon, dass wir es nicht mit einer lokal begrenzten Krise zu tun hätten, auch wenn es uns vielleicht so vorkäme, weil ständig der Strom ausfiel und McDonald's geschlossen hatte. Sie lächelte bei diesen Worten, als sollte das ein Scherz sein, aber niemand lachte.

»Wir stehen vielmehr vor einer Krise, von der die ganze Welt betroffen ist«, sagte sie. »Aber ich glaube fest daran, dass wir als Bürger Pennsylvanias und der Vereinigten Staaten in der Lage sind, sie durchzustehen.«

An dieser Stelle lachten ein paar Schüler, obwohl das eindeutig kein Scherz sein sollte.

Dann sprach sie davon, dass wir alle Opfer bringen müssten. Als würden wir das nicht schon seit einer Woche tun. Als würden plötzlich, wie durch ein Wunder, alle Supermärkte wieder öffnen und das Benzin nicht mehr zwei Dollar vierzig der Liter kosten.

Es würde keine Nachmittagsveranstaltungen mehr geben. Das Klassenspiel, der Schulball, die Abschlussfahrt, alles wäre gestrichen. Das Schwimmbad stünde nicht mehr zur Verfügung. Die Mensa könne keine warmen Mahlzeiten mehr anbieten. Und ab Dienstag würden keine Schulbusse mehr eingesetzt.

Schon komisch, aber als sie das mit dem Schulball sagte und viele Schüler anfingen zu buhen, da dachte ich noch, was für ein Kindergarten. Aber als sie dann sagte, das Schwimmbad würde geschlossen, habe ich selber laut »Nein!« gebrüllt, und bei der Ankündigung, es würden keine Busse mehr eingesetzt, gab es kaum noch jemand, der nicht gejohlt und gebuht hätte.

Sie kümmerte sich gar nicht darum. Vermutlich war ihr klar, dass sie uns sowieso nicht zur Ruhe bringen konnte. Als es klingelte, ging sie von der Bühne, und die Lehrer forderten uns auf, in unseren nächsten Kurs zu gehen, was die meisten dann auch taten.

Einige Schüler gingen allerdings in ihre Klassenzimmer und schlugen dort die Scheiben ein. Ich sah, wie die Polizei kam und ein paar von ihnen mitnahm. Soweit ich weiß, wurde niemand verletzt.

Beim Mittagessen habe ich Sammi richtig vermisst. Immerhin hat Megan sich zu mir gesetzt. Ihre Augen waren groß und glänzten, so ähnlich wie die von Mom in letzter Zeit, wenn sie wieder etwas entdeckt hat, das sie bunkern kann.

»Heute bin ich zum ersten Mal seit einer Woche nicht bei Reverend Marshall«, sagte sie. »Wir haben alle in der Kirche geschlafen, aber nur ein oder zwei Stunden am Tag, damit wir möglichst viel beten können. Ist es nicht wunderbar, was Gott vollbracht hat?«

Einerseits hätte ich Megan gern gesagt, sie soll die Klappe

halten, andererseits wollte ich schon gern hören, was Gott denn so Wunderbares vollbracht hatte. Aber am allermeisten wollte ich eine warme Mahlzeit.

»Was sagt denn deine Mutter dazu?«, fragte ich. Megans Mutter hat Reverend Marshall zwar immer gemocht, aber nie so für ihn geschwärmt wie Megan.

»Sie versteht das nicht«, sagte Megan. »Sie ist eine gute Frau, wirklich, aber ihr Glaube ist nicht stark genug. Ich bete für ihre Seele, so wie ich auch für deine bete.«

»Megan«, sagte ich, als wollte ich das Mädchen, das jahrelang meine beste Freundin gewesen war, festhalten und in die Wirklichkeit zurückholen. »Es gibt keine warmen Mahlzeiten mehr. Die Hälfte der Zeit gibt es keinen Strom. Ich wohne acht Kilometer von der Schule entfernt und Benzin kostet zwei Dollar vierzig der Liter und wir können das Schwimmbad nicht mehr benutzen.«

»Das sind doch alles nur weltliche Belange«, sagte Megan. »Miranda, beichte deine Sünden und bekenne dich zu Unserem Herrn. Im Himmel werden dir warme Mahlzeiten und Benzinpreise vollkommen egal sein.«

Da könnte sie Recht haben. Nur kann ich mir leider überhaupt nicht vorstellen, wie Mom oder Dad oder Lisa oder Matt (der wohl als Letzter – im Moment tendiert er, soweit ich weiß, zum Buddhismus) oder auch Jonny ihre Sünden beichten und sich zu wem auch immer bekennen, selbst wenn sie damit direkt in den Himmel kämen. Und ich habe wenig Lust, in den Himmel zu kommen, wenn sie nicht dabei sind (okay, auf Lisa könnte ich vielleicht verzichten).

Ich überlegte, ob ich versuchen sollte, das Megan zu erklären, aber genauso gut konnte ich versuchen, Mom zu erklären, dass ich niemals lange Unterhosen anziehen werde, egal, was der Mond mit uns anstellt. Also ließ ich Megan sitzen und ging rüber zu meinem Schwimmteam, um mit denen noch ein bisschen rumzujammern.

Dan, dessen Mutter so ungefähr jeden Trainer aus der Umgebung kennt, hatte gehört, dass sämtliche Schulen in Pennsylvania ihre Schwimmbäder geschlossen haben, ebenso wie die nächstgelegenen im Nachbarstaat New York. Das liegt daran, dass die Filter ohne Strom nicht funktionieren, und ohne die Filter ist das Wasser nicht sauber. Das war's also fürs Erste mit den Wettkämpfen.

Karen fragte nach dem Schwimmbad des YMCA, aber ein paar andere erzählten, der YMCA sei geschlossen. Es gibt auch ein städtisches Schwimmbad, aber das ist ein unbeheiztes Freibad, und selbst wenn es in Betrieb bleibt, können wir vor Ende Juni nichts damit anfangen.

Daraufhin erzählte ich von Miller's Pond, und es gab tatsächlich einige, die noch nie von unserem Badesee gehört hatten. Die wohnen wahrscheinlich alle in den Neubaugebieten und kennen sich an unserem Ende der Stadt nicht so gut aus. Im Moment ist der See noch zu kalt zum Schwimmen, aber bald wird er warm genug sein und er braucht keinen Filter. Und er ist ziemlich groß.

Wir vereinbarten also, am übernächsten Wochenende in Miller's Pond mit dem Training anzufangen. Jetzt hab ich wenigstens was, worauf ich mich freuen kann. Und ich glaube, Dan war ziemlich beeindruckt, dass ich eine Lösung gefunden habe.

Jetzt muss ich nur noch das Problem mit der warmen Mahlzeit lösen. Schon erstaunlich, dass einem die Käse-Makkaroni aus der Cafeteria so fehlen können.

Da höre ich Mom und Matt! Matt ist wieder zu Hause!

28. Mai

Seit Matt wieder zu Hause ist, kommt mir alles gleich viel besser vor. Er hat mit Jonny Baseball gespielt (ich war Catcher), und das macht Jonny glücklich. Außerdem ist er mit Mom alles durchgegangen, was wir im Haus haben, sämtliche Lebensmittel von unserem Einkauf und auch das ganze Zeug, das noch von Moms Großeltern auf dem Dachboden und im Keller herumsteht. Sie haben eine Häkelnadel und Garn ausgegraben (Mom sagt, sie hätte seit Jahrzehnten nicht mehr gehäkelt, aber ihr würde sicher wieder alles einfallen) und Weckgläser und Einmachgeräte, einen mechanischen Dosenöffner, Schneebesen und was man sonst noch so in der guten alten Zeit in der Küche brauchte.

Gestern haben die beiden dann den ganzen Tag damit verbracht, die Lebensmittel zu ordnen, damit wir immer genau wissen, wie viel Thunfisch wir noch haben und wie viele Dosenpfirsiche. Ich glaube ja, dass das Zeug bis in alle Ewigkeit reicht, aber Mom sagt, sie macht drei Kreuze, wenn die Supermärkte wieder aufmachen. Allein dass sie das für möglich hielt, machte mir gleich bessere Laune.

Matt und ich hatten noch keine Gelegenheit, uns richtig zu unterhalten. Er weiß im Grunde auch nicht mehr als ich darüber, was passiert ist und noch passieren wird, aber ich habe trotzdem das Gefühl, wenn ich es noch mal von ihm höre, kann ich es eher glauben.

Am Donnerstag war es in der Schule etwas besser. Es sind wesentlich mehr Schüler aufgekreuzt (unter anderen Sammi) und auch mehr Lehrer.

Die Highschool ist acht Kilometer von hier entfernt, was man laut Mom an einem schönen Tag auch mal laufen kann. Für Jonny gibt es auch keinen Busdienst zur Mittelschule mehr, und weil die noch ein bisschen weiter weg ist, versucht Mom, eine Fahrgemeinschaft zu bilden. Matt hat all unsere Fahrräder rausgeholt, um sie am Wochenende wieder in Schuss zu bringen. Ich bin früher viel Rad gefahren, und ich finde, das ist eine ebenso gute Art, irgendwohin zu kommen, wie jede andere auch (jedenfalls komme ich mit dem Rad wesentlich schneller zur Schule als zu Fuß).

Heute Abend ist Peter noch vorbeigekommen, was eine nette Überraschung war, vor allem für Mom. Er hat uns eine Tüte Äpfel mitgebracht, die er von einem seiner Patienten bekommen hat. Mom und er konnten natürlich nicht zusammen ausgehen, also haben sie stattdessen einen Apfelauflauf für uns alle gebacken. Nachdem es heute zum ungefähr zehnten Mal in dieser Woche Nudeln mit Tomatensoße gab, war der warme Nachtisch ein echter Genuss. Matt holte auch Mrs Nesbitt rüber, und so wurde es ein richtiges Fest, ein Abendessen für sechs Personen mit Hauptgang und Nachspeise.

Als wir gerade anfangen wollten zu essen, fiel natürlich der Strom wieder aus. Es hatte fast den ganzen Tag lang keinen gegeben, aber daran haben wir uns inzwischen schon gewöhnt. Als er gestern in der Schule plötzlich für eine Stunde wieder anging, da wussten wir schon gar nicht mehr so richtig, was wir damit anfangen sollten. Wenn zu Hause der Strom angeht, rennen alle immer als Erstes zum Fernseher. Radio könnten wir den ganzen Tag hören, aber Mom will Batterien sparen, deshalb schalten wir es nur einmal morgens und einmal spätabends ein.

Was für ein absurdes Leben. Ich kann einfach nicht glauben, dass das noch lange so weitergehen wird. Andererseits vergesse ich langsam schon, wie unser normales Leben aussah, als die Uhren noch richtig gingen und das Licht anging, wenn man auf den Schalter drückte, als es noch Internet und Straßenbeleuchtung und Supermärkte und McDonald's gab ...

Eine Sache hat Matt doch noch zu mir gesagt, und zwar, dass wir im Moment eine ganz besondere Ära der Weltgeschichte durchleben, wie auch immer die Zukunft aussehen mag. Er hat gesagt, dass die Geschichte uns zu dem macht, was wir sind, aber dass wir selbst auch Geschichte machen können und dass jeder ein Held sein kann, wenn er nur will.

Matt war sowieso schon immer mein Held, und ich glaube, es ist nicht ganz so leicht, einer zu sein, wie er behauptet, aber ich weiß schon, was er meint.

Trotzdem würde ich schrecklich gern mal wieder ein Eis essen, ein paar Bahnen schwimmen und ohne Angst in den Nachthimmel schauen.

29. Mai

Heute Morgen um zehn war der Strom plötzlich wieder da, und Mom tat, was sie dann immer tut: Sie warf eine Waschmaschine an.

Nach einer Viertelstunde war er allerdings schon wieder weg und kam dann auch für den Rest des Tages nicht mehr wieder.

Vor zehn Minuten hat uns dann plötzlich dieses eigenartige Dröhnen geweckt. Wir sind alle aus dem Bett gestürzt, aber es war bloß die Waschmaschine, die wieder angegangen war.

Wer hätte gedacht, dass das Schleuderprogramm so beängstigend sein kann?

Mom hat gesagt, sie bleibt auf, bis die Sachen in den Trockner können. Sie glaubt zwar nicht, dass es lange genug Strom gibt, um alles trocken zu kriegen, aber einen Versuch war es wert.

Ich wünschte wirklich, es gäbe auch mal um zwei Uhr mittags Strom statt immer nur um zwei Uhr nachts. Aber dafür ist Mom jetzt wohl unsere Heldin der Mitternachts-Wäsche.

30. Mai

Manchmal weiß ich gar nicht, wie lange der Strom schon weg ist. Heute kam er mitten in der Nacht zurück, aber als ich morgens aufgewacht bin, gab es schon wieder keinen mehr.

Wir sind jetzt viel draußen, weil es im Freien einfach netter ist und die Sonne für natürliche Beleuchtung sorgt. Inzwischen haben wir uns auch an den Anblick des Mondes gewöhnt, er macht uns jetzt nicht mehr solche Angst.

Aber wir lassen immer eine Lampe im Wohnzimmerfenster brennen, damit wir mitbekommen, wenn es wieder Strom gibt, und schnell alles erledigen können, was erledigt werden muss. Heute war er um eins plötzlich wieder da, und alle rannten ins Haus.

Mom ging sofort ins Internet, was mich ziemlich wunderte. Normalerweise wirft sie erst mal den Staubsauger an oder die Waschmaschine. Die Uhren zu stellen hat sie inzwischen aufgegeben.

Aber heute hat sie das alles ausgelassen und ist gleich ins Internet gegangen. Sie hatte morgens im Radio gehört, dass erste Listen mit den Namen der Toten veröffentlicht werden sollten.

Sie fand die Namen der meisten Lektoren, mit denen sie zusammengearbeitet hat, den ihres Agenten und einer Menge Schriftsteller, die sie im Lauf der Jahre kennengelernt hatte. Außerdem fand sie zwei Freunde vom College, und eine Freundin aus der Zeit, bevor wir hierhergezogen sind, und Dads Trauzeugen und seine Familie. Dazu noch eine ganze Reihe von Cousins und Cousinen zweiten Grades und deren Kinder. In knapp zehn Minuten hatte sie mehr als dreißig Namen gefunden. Eine gute Nachricht gab es immerhin: Weder Mrs Nesbitts Sohn noch seine Frau und seine Kinder waren auf einer der Listen zu finden.

Ich bat sie, nach Brandon zu suchen, aber auch den konnte sie nicht finden. Natürlich gelten immer noch Millionen von Menschen als vermisst, aber zumindest besteht Hoffnung, dass er noch am Leben ist. Ich komme selten ins Forum, aber offenbar hat bisher noch niemand etwas von ihm gehört. Das muss ich einfach als gutes Zeichen nehmen.

Ich hätte natürlich auch noch nach anderen Namen suchen können: nach Leuten, die ich aus Sommerzeltlagern oder vom Schwimmen kenne, oder nach alten Freundinnen aus der Grundschule, die nach New York oder Kalifornien oder Florida gezogen sind. Aber ich habe gar nicht erst versucht, sie zu finden. Sie gehören ja sowieso schon lange nicht mehr zu meinem Alltag, und es kommt mir irgendwie falsch vor, auf einer Liste von Toten nach ihnen zu suchen, obwohl ich doch schon zu Lebzeiten kaum noch an sie gedacht habe.

Jonny suchte natürlich nach Baseballspielern. Viele von ihnen waren bei den Toten aufgeführt und noch mehr gelten als vermisst.

Matt suchte nach Klassenkameraden von der Highschool. Bei den Toten waren nur drei aufgeführt, aber eine ganze Reihe von ihnen gilt als vermisst.

Als Gegenprobe hat er nach unseren Namen gesucht, aber wir standen auf keiner der Listen.

Und so wissen wir jetzt ganz genau, dass wir heute, am Memorial Day, noch am Leben sind.

31. Mai

Der erste Tag ohne Schulbus. Da musste es natürlich regnen.

Kein beängstigender Regen wie beim letzten Mal. Kein Unwetter, kein Tornado. Nur ein harmloser, altmodischer Dauerregen.

Also hat Matt Jonny und mich dann doch mit dem Auto zur Schule gebracht. Mom ist zu Hause geblieben, weil es gerade

Strom gab, den sie dazu nutzen wollte, an ihrem Buch weiterzuschreiben. Ich habe noch gar nicht darüber nachgedacht, wie schwierig es für sie sein muss, ohne Computer überhaupt zu arbeiten. Noch dazu ohne ihren Agenten, ihre Lektoren und Verleger.

Heute hat wieder mehr als die Hälfte der Schüler gefehlt, und in der Mittelschule waren es noch mehr, sagte Jonny. Aber von unseren Lehrern waren die meisten gekommen, so dass wir tatsächlich mal richtig Unterricht gemacht haben. Und es gab bis kurz vor zwei Strom, so dass die Schule, obwohl es draußen so dunkel war, geradezu fröhlich wirkte. Leer, aber fröhlich.

Als Jonny heute nach Hause kam, hat er uns erzählt, dass in seiner Schule sämtliche Prüfungen abgesagt worden sind. Ich habe mich auch schon gefragt, was wohl aus unseren Abschlussprüfungen wird, die eigentlich in zwei Wochen anfangen sollten. Wir haben seit Wochen kaum noch richtigen Unterricht gehabt, und niemand gibt Hausaufgaben auf, weil niemand weiß, ob es abends überhaupt Licht gibt.

Peter hat am Wochenende erzählt, er hätte das Gerücht gehört, sie würden die Schulen vielleicht schon nächste Woche einfach schließen und uns alle in die nächsthöhere Klasse versetzen, in der Hoffnung, dass bis September alles wieder normal ist.

Ich weiß nicht so recht, wie ich das finden soll. Bis darauf, dass bis September vielleicht alles wieder normal ist: Das fände ich auf jeden Fall gut.

FÜNF

2. Juni

In der Schule haben heute alle ein Schreiben mit nach Hause bekommen, in dem steht, dass es in diesem Schuljahr keine Abschlussprüfungen geben wird und dass sich unsere Zensuren nur aus den Klausuren zusammensetzen werden, die wir vor dem 19. Mai geschrieben haben. Diese Zensuren werden uns morgen in den jeweiligen Kursen mitgeteilt. Falls wir unsere Note in irgendeinem Kurs verbessern wollen, sollen wir in der kommenden Woche mit unserem Lehrer besprechen, welche Möglichkeiten es da gibt. Der Unterricht endet offiziell am 10. Juni und beginnt wieder am 31. August, sofern wir nichts anderes hören.

Die Schulabschlussfeier soll aber doch noch stattfinden. Draußen, mit einem Ausweichtermin bei Regen.

Ich finde es schon irgendwie komisch, dass es keine Abschlussprüfungen geben soll, aber man kann auch nicht gerade behaupten, ich hätte dafür gelernt. Oder überhaupt irgendetwas für die Schule getan in den letzten Wochen.

Für die Schüler, die auf der Kippe stehen, tut es mir allerdings ziemlich leid: Mit nur einer einzigen guten Note würden sie den Kurs noch schaffen. Sammi zum Beispiel. Ich weiß, dass sie das ganze Jahr über in Französisch immer so gerade nicht bestanden hat. Aber ich hab auch gesehen, wie sie für eine Abschlussprüfung büffeln und dann eine Supernote schreiben kann, was sie vermutlich auch für dieses Jahr geplant hatte.

Aber wahrscheinlich ist es ihr sowieso völlig egal. Ich glaube, letzten Endes ist es den meisten völlig egal, außer vielleicht ein paar hochbegabten Elite-Uni-Kandidaten.

3. Juni

Ich habe meine Zensuren bekommen, und sie sind alle ungefähr so, wie ich erwartet hatte. Meine Mathenote ist durch diese blöden Klausuren (oder vielmehr durch die Klausuren, in denen ich mich blöde angestellt habe) ziemlich runtergezogen worden, darüber werde ich am Wochenende wohl mit Mom sprechen müssen.

In der Mensa gab es heute nur Erdnussbutter-Marmelade-Sandwiches aus altem Weißbrot. Ein Sandwich für jeden.

Ich will nicht darüber jammern, dass ich Hunger habe, weil ich weiß, dass ich im Vergleich zu vielen anderen Schülern noch ziemlich gut zu essen kriege. Zum Frühstück gab es heute Müsli mit Milchpulver. Das schmeckt zwar nicht so wie richtige Milch, ist aber besser als nichts, und das haben wir Mom zu verdanken, die bei unserer Wahnsinns-Supermarkt-Aktion mehrere Packungen von dem Zeug gekauft hat.

Und auch wenn mir Thunfisch und Nudeln und Dosenhuhn allmählich zum Hals raushängen, kann ich zumindest nicht behaupten, ich würde kein Abendessen bekommen. Für mich ist es also wirklich kein Weltuntergang, wenn das Mittagessen aus einem Erdnussbutter-Marmelade-Sandwich besteht. Ich sollte froh sein, dass wir überhaupt etwas bekommen. Jeder weiß, dass die Ferien nur deshalb so früh anfangen, weil sie nichts mehr zu essen für uns haben und nicht wissen, wie sie das ändern sollen.

Ich war heute mit Megan, Sammi, Dave, Brian und Jenna zusammen in der Cafeteria. Megan hat ausnahmsweise mal nicht mit ihrer Kirchengruppe zusammen gegessen, was ich eine nette

Abwechslung fand. Das halbe Schwimmteam war heute nicht in der Schule.

Wir haben uns angestellt und die Sandwiches bekommen, und alle haben gemeckert und gejammert. Dann sind wir zu unserem Tisch gegangen, und obwohl wir an den Sandwiches eigentlich nur hätten knabbern dürfen, damit sie sich wie eine ganze Mahlzeit anfühlen, haben wir sie gierig runtergeschlungen. Drei Bissen und noch 25 Minuten totzuschlagen.

Bis auf Megan. Die hat ihr Sandwich in zwei etwa gleich große Hälften geteilt und nur ganz damenhaft kleine Häppchen abgebissen. Sie hat für ihr halbes Sandwich länger gebraucht als wir für unser ganzes, und dann fragte sie, ob jemand die andere Hälfte haben wolle.

Alle außer mir sagten Ja.

Sie schaute einmal in die Runde und dann gab sie Dave das halbe Sandwich. Keine Ahnung, warum gerade ihm, aber er hat natürlich auch nicht nachgefragt. Er hat es nur schnell verdrückt, bevor es ihm jemand streitig machen konnte.

Ich weiß nicht, warum, aber irgendwie macht mir das Angst.

4. Juni

Mom und ich haben über meine Noten gesprochen. Ich habe in Englisch eine Eins, in Geschichte eine Zwei plus, in Französisch eine Zwei minus, in Bio eine Zwei und in Mathe eine Vier.

»Ich könnte fragen, ob ich eine Matheklausur wiederholen kann«, sagte ich. »Wenn ich die gut schreibe, komme ich vielleicht noch auf eine Drei.«

»Ach, was soll's«, sagte Mom.

Ich war so froh, dass sie nicht geschimpft hatte, dass ich bloß »Okay« sagte und schnell das Thema wechselte. Aber heute

Abend fiel es mir plötzlich wie Schuppen von den Augen. Ich suchte nach Matt, und wir setzten uns draußen unter den Trompetenbaum. Mom nennt ihn immer nur ›das Riesenunkraut‹, aber ich mag ihn, weil er so schön blüht und im Herbst als Letztes die Blätter verliert.

»Matt, ob Mom wohl glaubt, dass wir bald alle sterben?«, fragte ich ihn. Sie selbst könnte ich das niemals fragen, sie würde lieber lügen, als so etwas zuzugeben.

Matt schwieg länger, als mir lieb war. Ich hatte gehofft, er würde lachen und »natürlich nicht« sagen. Und dass alles gut wird, sobald die Stromversorgung wiederhergestellt ist und es neue Möglichkeiten gibt, Öl zu beschaffen, damit die Lkw wieder fahren und Lebensmittel transportieren können.

»Mom macht sich Sorgen«, sagte er stattdessen. »Wie wir alle.«

»Dass wir bald sterben werden?«, fragte ich, und meine Stimme wurde schrill. »Dass wir verhungern oder so was?«

»Ich glaube nicht, dass Mom befürchtet, dass wir verhungern«, sagte er. »Sie hat den Garten bepflanzt, und wir haben noch jede Menge Konserven. Bis zum Herbst ist vielleicht alles schon wieder normal; vielleicht ein bisschen früher, vielleicht ein bisschen später. Wenn mit dem Garten alles gut geht, haben wir bis dahin auf jeden Fall genug zu essen. Und selbst wenn dann noch nicht wieder alles ganz normal ist, ist es vielleicht wenigstens ein bisschen besser. Mom hofft immer das Beste, genau wie ich.«

»Und warum sagt sie dann, dass meine Mathenote nicht so wichtig ist?«, fragte ich. »Seit wann sind Mom meine Noten egal?«

Matt lachte. »Ach, daher weht also der Wind«, sagte er.

»Das ist überhaupt nicht lustig, Matt«, sagte ich. »Ich bin zwar kein Kind mehr, aber trotzdem redet Mom wahrscheinlich eher mit dir als mit mir. Was glaubt sie, wie es weitergeht? Du bist den ganzen Tag mit ihr zusammen. Sie muss doch ab und zu mit dir reden.«

»Im Moment ist Jonnys Baseball-Camp ihre größte Sorge«, sagte er. »Sie möchte, dass Jonny einen möglichst normalen Sommer verbringt. Wer kann schon wissen, wie der nächste wird? Außerdem ...« Er zögerte. »Das bleibt jetzt aber unter uns, okay?«

Ich nickte.

»Solange Jonny im Camp ist, braucht Mom ihn nicht zu ernähren«, sagte Matt. »Und wenn du und Jonny im August bei Dad seid, braucht sie euch beide auch nicht zu ernähren. Mom isst jetzt schon weniger als sonst. Sie frühstückt nicht mehr, und sie isst nur dann zu Mittag, wenn ich sie dazu überrede. Was mir ungefähr jedes zweite Mal gelingt. Wenn die Schule jetzt zwei Wochen früher aufhört, bedeutet das zwei Wochen zusätzliche Mittagessen für Jonny und dich. Solche Dinge sind Mom im Augenblick wichtiger als deine Mathenote.«

Darauf konnte ich nichts mehr sagen. Ich schaute in den Himmel. Es war kurz vor Sonnenuntergang. Früher war das meine Lieblingstageszeit, aber jetzt ist der Mond bei Sonnenuntergang immer so groß, dass er aussieht, als könnte er jeden Moment auf uns herunterfallen. Ich schaue fast nie mehr in den Himmel.

»Hör mal«, sagte Matt, und er griff nach meiner Hand und hielt sie fest. »Wenn irgendwann wieder alles normal ist, wird sich kein College der Welt für deine Vier in Mathe interessieren. Sie wissen doch alle, was in diesem Frühjahr los war. Eine Vier in Mathe in der zehnten Klasse wird dich nicht daran hindern, aufs College zu gehen.«

»Und wenn nicht wieder alles normal wird?«, fragte ich.

»Dann ist es sowieso egal«, sagte er. »Versprich mir, dass du Mom nicht erzählst, worüber wir geredet haben.«

»Versprochen«, sagte ich.

»Und fang bloß nicht an, Mahlzeiten auszulassen«, sagte er. »Du musst stark bleiben, Miranda, auch für uns.«

»Versprochen«, sagte ich wieder.

Aber eigentlich denke ich die ganze Zeit, dass ich gar nicht stark bin. Würde ich Jonny zuliebe weniger essen, wenn es so weit käme? Ist es das, was Megan am Freitag in der Mensa getan hat?

Wird jemals wieder alles normal sein?

5. Juni

Mrs Nesbitt kam heute gegen fünf mit dem Auto zu uns rüber. Sie war so glücklich und aufgeregt wie schon lange nicht mehr.

Dieser Tage ist sogar ein Besuch von Mrs Nesbitt eine willkommene Abwechslung. Strom gibt es tagsüber fast überhaupt nicht mehr und auch nachts nur noch selten, so dass wir weder fernsehen noch ins Internet gehen können. Hausaufgaben haben wir auch keine, und niemand hat Lust, sich mit Freunden zu treffen.

»Ich hab euch was Leckeres mitgebracht«, sagte Mrs Nesbitt und trug eine Schüssel herein, die mit einem Geschirrtuch abgedeckt war.

Wir umringten sie neugierig. Sie zog mit großer Geste das Tuch beiseite, wie ein Zauberer, der sein Kaninchen aus dem Hut zieht, aber zunächst sah man nur ein paar Waschlappen. Sie lachte über unsere Gesichter. Dann faltete sie vorsichtig die Waschlappen auseinander. Und da lagen zwei Eier.

Sie waren nicht sehr groß, aber trotzdem die schönsten Eier, die ich je gesehen habe.

»Wo haben Sie die denn her?«, fragte Mom.

»Einer meiner früheren Schüler hat sie mir gebracht«, erklärte Mrs Nesbitt. »Ist das nicht nett von ihm? Er hat eine Farm, ungefähr fünfzehn Kilometer außerhalb, und immer noch Futter für seine Hühner, so dass sie auch immer noch Eier legen. Er hat mir und noch ein paar anderen Leuten jeweils zwei davon gebracht. Er meinte, er hätte genug für seine Familie, wenn sie sich ein bisschen einschränken, und sie wollten uns gern eine Freude machen. Ich konnte sie unmöglich ganz alleine essen.«

Eier. Richtige, echte Eier. Ich berührte eins davon, weil ich kaum noch wusste, wie sich die Eierschale anfühlt.

Mom nahm zwei Kartoffeln und eine Zwiebel, schnitt sie klein und briet sie in Olivenöl. Allein vom Geruch der Bratkartoffeln mit Zwiebeln wurde uns schon ganz schwindelig. Während sie braun wurden, diskutierten wir die Vor- und Nachteile aller nur denkbaren Eiergerichte. Mit vier zu eins entschieden wir uns schließlich für Rührei. Wir standen dabei und sahen zu, wie Mom ein bisschen Milchpulver zu den Eiern gab und sie dann schlug. Wir hatten natürlich keine Butter mehr, wollten aber auch kein Speiseöl nehmen, also verwendete Mom ein bisschen von diesem Backspray-Zeug und eine beschichtete Pfanne.

Wir teilten Eier, Kartoffeln und Zwiebeln gerecht untereinander auf. Ich beobachtete Mom ganz genau, damit sie sich nicht zu wenig nahm. Jeder bekam ein paar Teelöffel voll Rührei, und wir nahmen alle immer nur ganz kleine Häppchen, damit wir länger was davon hatten.

Dann sprang Matt plötzlich auf und sagte, er hätte auch noch etwas Besonderes für uns aufgespart und heute Abend wäre eigentlich eine gute Gelegenheit dafür. Er rannte in sein Zimmer hinauf und kam mit einer Tafel Schokolade zurück.

»Die hab ich beim Auspacken in meiner Tasche gefunden«, sagte er. »Keine Ahnung, wie alt die schon ist, aber Schokolade wird ja nicht schlecht.«

Und so bekam jeder auch noch ein Stück Schokolade zum Nachtisch. Ich hatte fast schon vergessen, wie gut die schmeckt und dass einem das Leben mit Schokolade gleich wieder ein bisschen schöner vorkommt.

Nach dem Abendessen sind wir noch am Tisch sitzen geblieben und haben gesungen. Wir können zwar alle nicht besonders gut singen, und wir kannten auch nicht alle die gleichen Lieder, aber Horton war unser einziges Publikum und dem war es egal. Wir haben mehr als eine Stunde lang gesungen und gelacht, und Mrs Nesbitt hat uns Geschichten über Mom erzählt, als sie noch ein kleines Mädchen war.

Es fühlte sich fast so an, als wären wir wieder glücklich.

6. Juni

Heute beim Mittagessen hat Megan wieder dasselbe mit ihrem Erdnussbutter-Sandwich gemacht. Diesmal hat sie die andere Hälfte Sammi gegeben.

Wenn sie so weitermacht, ist sie bald das beliebteste Mädchen der ganzen Schule.

Ich passte sie nach der Schule ab und zog sie von ihren Kirchenfreunden weg. »Warum isst du dein Sandwich nicht selbst?«, fragte ich.

»Ich habe keinen Hunger«, sagte sie.

Megan ist nicht dick, aber ich hab sie schon problemlos doppelte Burger mit extra Pommes und einem Milchshake verdrücken sehen. Ich schaute sie mir genauer an und stellte fest, dass sie abgenommen hatte, mindestens fünf Kilo. Im Moment nehmen wir natürlich alle ab, weshalb ich lieber gar nicht so sehr darauf achte. Es ist ein bisschen wie beim Mond: Solange ich nicht hinschaue, kann ich mir einbilden, er wäre immer noch der alte.

»Isst du überhaupt noch was?«, fragte ich.

»Natürlich«, sagte Megan. »Aber ich brauche einfach nicht mehr so viel. Gott erhält mich, nicht das Essen.«

»Warum isst du dann noch das halbe Sandwich?«, fragte ich. Ich weiß nicht, warum. Es war eine völlig irrationale Frage, daher konnte ich wohl kaum eine rationale Antwort erwarten.

»Ich dachte, es fällt nicht so auf, wenn ich wenigstens die Hälfte esse«, sagte sie.

»Natürlich fällt es auf«, sagte ich. »Mir fällt es auf.«

»Aber nur noch ein paar Tage«, sagte sie. »Nächste Woche merkt keiner mehr, was ich esse und was nicht.«

»Erzählen sie dir das etwa in deiner Kirche, dass du nichts essen sollst?«, fragte ich.

Megan warf mir einen dieser mitleidigen Blicke zu, für die ich sie immer am liebsten schlagen würde. »Reverend Marshall braucht uns nicht zu sagen, wie viel wir essen sollen«, sagte sie. »Er vertraut darauf, dass wir Gottes Stimme hören.«

»Dann hat Gott dir also gesagt, du sollst nichts essen?«, fragte ich. »Ja? Hat er bei dir angerufen und gesagt: ›Teile dein Erdnussbutter-Sandwich mit den armen Unglücklichen‹?«

»Ich glaube allmählich, du bist hier die arme Unglückliche«, sagte Megan.

»Und ich glaube allmählich, du bist verrückt geworden«, erwiderte ich. Eigentlich glaube ich das schon länger, habe es aber noch nie laut gesagt.

»Wieso?«, fragte Megan, und einen Moment lang war sie richtig sauer, so wie früher, als wir zwölf waren. Aber dann senkte sie den Kopf, schloss die Augen und bewegte die Lippen, im Gebet, nehme ich an.

»Was soll das?«, fragte ich.

»Ich habe Gott um Vergebung gebeten«, sagte sie. »Und an deiner Stelle, Miranda, würde ich das auch tun.«

»Gott will nicht, dass du dich zu Tode hungerst«, sagte ich. »Wie kannst du an einen Gott glauben, der so was von dir verlangt?«

»Aber Er verlangt das doch gar nicht«, sagte sie. »Also wirklich, Miranda, was für ein Theater um ein halbes Sandwich.«

»Versprich mir, dass du nicht aufhörst zu essen«, sagte ich.

Megan lächelte, und ich glaube, das war das, was mir am meisten Angst gemacht hat. »Gott wird mich nähren, wie es ihm gefällt«, sagte sie. »Es gibt viele Arten, hungrig zu sein, weißt du. Einige Menschen hungern nach Nahrung, andere nach der Liebe Gottes.« Der Blick, den sie mir dabei zuwarf – Megan, wie sie leibt und lebt –, ließ keinen Zweifel daran, welchem Lager ich zuzurechnen war.

»Iss morgen bitte dein ganzes Sandwich«, sagte ich. »Mir zuliebe. Wenn du unbedingt hungern willst, dann warte bis Samstag, wenn ich dir nicht mehr dabei zusehen muss.«

»Du musst mir auch jetzt schon nicht dabei zusehen«, sagte sie und ging zu ihren Kirchenfreunden zurück.

7. Juni

Letzte Nacht hab ich von Becky geträumt. Sie war im Himmel, der verdächtig nach der Küste von New Jersey aussah, so wie ich sie aus den letzten Sommerferien in Erinnerung habe, als die Gezeiten noch nicht verrückt spielten und der Atlantik der schönste Swimmingpool der Welt war. Becky sah aus wie früher, als sie noch nicht krank war, mit langen blonden Zöpfen. Als Kind habe ich sie immer um ihre Haare beneidet.

»Ist das hier der Himmel?«, habe ich sie gefragt.

»Ja«, antwortete sie. Aber dann schloss sie das riesige Tor, so dass ich auf der einen und sie und das Meer auf der anderen Seite waren.

»Lass mich rein«, sagte ich. »Hat Megan dir gesagt, du sollst mich nicht in den Himmel lassen?«

Becky lachte. Ich habe schon lange nicht mehr an Beckys Lachen gedacht. Früher hat sie ständig gekichert, und das war so ansteckend, dass ich irgendwann immer mitlachen musste. Manchmal haben wir fünf Minuten am Stück gelacht, ohne überhaupt zu wissen, warum.

»Megan kann nichts dafür«, sagte sie. »Du bist selber schuld.«

»Was hab ich denn falsch gemacht?«, fragte ich. Oder vielmehr: jammerte ich. Noch im Schlaf hab ich gedacht, das hätte ich besser formulieren können.

»Du kannst nicht in den Himmel kommen, weil du nicht tot bist«, sagte Becky. »Du bist nicht gut genug, um tot zu sein.«

»Ich werde gut genug sein. Das verspreche ich«, sagte ich, und dann bin ich aufgewacht. Ich zitterte am ganzen Körper, so sehr hatte mich der Traum verstört. Obwohl es gar kein Albtraum gewesen war, sondern eher … ich weiß auch nicht. Mir fehlen die Worte, um zu beschreiben, was für ein Gefühl es war, nicht in den Himmel eingelassen zu werden und so verzweifelt zu sein, dass ich am liebsten sterben wollte.

Schule ist inzwischen komplette Zeitverschwendung. Wir haben sowieso nur noch Englisch und Geschichte; die anderen Lehrer sind alle verschwunden. In Englisch liest Mr Clifford uns immer irgendwas vor, Kurzgeschichten und Gedichte. Und Miss Hammish versucht, die Ereignisse aus historischem Blickwinkel zu betrachten, aber meistens bricht irgendwer aus dem Kurs in Tränen aus. Ich habe bis jetzt noch nicht in der Schule geweint, aber ein paarmal war ich ziemlich kurz davor. Wenn wir keinen Unterricht haben, schlendern wir ziellos durchs Schulgebäude und tauschen Gerüchte aus. Einer der Schüler hat erzählt, er weiß einen Fast-Food-Laden, der immer noch in Betrieb ist, aber er wollte uns nicht verraten, wo. Und eine Schülerin hatte gehört, es würde nie wieder Strom geben und die Wissenschaftler würden daran arbeiten, die Solarenergie zu optimieren. Viele behaupten natürlich auch, der Mond käme immer näher an die Erde heran und spätestens Weihnachten wären wir alle tot. Sammi scheint das auch zu glauben.

Heute beim Mittagessen hat Megan ihr Sandwich in zwei Hälften geteilt und eine davon Sammi und die andere Michael gegeben. Dabei hat sie mich angesehen und mir zugezwinkert.

8. Juni

In letzter Zeit versuche ich immer, gar nicht erst mitzukriegen, was in der Welt los ist. Zumindest ist das meine Entschuldigung dafür, dass es mich eigentlich überhaupt nicht interessiert, was außerhalb meines kleinen Ausschnitts von Pennsylvania passiert. Wen interessiert schon ein Erdbeben in Indien oder Peru oder Alaska?

Okay, das ist ungerecht. Ich weiß, wen es interessiert. Matt zum Beispiel, und Mom, und sobald irgendwelche Baseballspieler betroffen sind, auch Jonny. Und wie ich Dad kenne, interessiert es ihn auch. Und Mrs Nesbitt auch.

Nur mich interessiert es nicht. Ich tue so, als läge die Welt ringsherum nicht in Trümmern, weil ich einfach nicht will, dass es so ist. Ich will nicht wissen, ob es in Missouri ein Erdbeben gegeben hat. Ich will nicht wissen, dass im Mittleren Westen die Leute sterben, dass es nicht nur Tsunamis und Überschwemmungen gibt. Ich will nicht noch mehr Angst haben müssen.

Ich habe dieses Tagebuch nicht angefangen, um immer nur vom Tod zu erzählen.

9. Juni

Der vorletzte Schultag, was immer das heißen mag.

Irgendwann in dieser Woche, als es gerade mal wieder Strom gab, muss jemand die Gelegenheit dazu genutzt haben, ein paar Hundert Handzettel zu drucken, auf denen steht, dass man am Freitag Wolldecken und Essen und Kleidung für die Bedürftigen in New York und New Jersey spenden kann.

Ich hab mich darüber gefreut. Mir gefiel der Gedanke, jemandem helfen zu können. Bis nach Missouri können wir wohl kaum etwas schicken, weil das Benzin inzwischen drei Dollar der Liter kostet und kaum noch Tankstellen geöffnet sind.

Ich legte Mom den Zettel hin. Sie saß am Küchentisch und starrte aus dem Fenster. Das tut sie in letzter Zeit immer öfter. Nicht, dass es viel anderes zu tun gäbe.

Ihr Blick fiel auf den Zettel und sie las ihn sorgfältig durch. Dann nahm sie ihn und riss ihn erst in zwei, dann in vier und schließlich in acht Teile. »Von uns kriegen sie nichts«, sagte sie.

Einen Moment lang fragte ich mich ernsthaft, ob das noch meine Mutter war oder ob irgendein außerirdisches Monster von ihrem Körper Besitz ergriffen hatte. Mom ist sonst immer die Erste, die irgendetwas spendet. Sie ist die Königin der Essensspenden, der Blutspendeaktionen und der Teddybären für Pflegekinder. Ich habe sie immer dafür bewundert, auch wenn ich weiß, dass ich nie auch nur halb so großzügig sein werde wie sie.

»Aber Mom«, sagte ich. »Wir könnten doch wohl auf ein, zwei warme Decken verzichten?«

»Woher willst du das wissen?«, fragte sie. »Woher willst du jetzt schon wissen, was wir im Winter brauchen werden?«

»Im Winter?«, wiederholte ich. »Bis zum Winter ist doch längst alles wieder normal.«

»Und wenn nicht?«, fragte sie. »Was, wenn es kein Heizöl mehr gibt? Was, wenn uns genau eine einzige Decke fehlt, um nicht zu erfrieren, und wir sie dummerweise im Juni verschenkt haben?«

»Heizöl?«, fragte ich. Ich kam mir vor wie eine Idiotin, weil ich ihr alles nachplapperte wie ein Papagei. »Bis zum Winter wird es doch wohl wieder Heizöl geben.«

»Hoffentlich hast du Recht«, sagte sie. »Aber in der Zwischenzeit kriegt niemand etwas von uns, der nicht zur Familie gehört.«

»Wenn Mrs Nesbitt so denken würde, hätte sie ihre Eier für sich behalten«, sagte ich.

»Mrs Nesbitt gehört zur Familie«, sagte Mom. »Die armen Unglücklichen in New York und New Jersey sollen sich ihre Decken gefälligst selbst besorgen.«

»Schon gut«, sagte ich. »Entschuldige, dass ich gefragt habe.«

Spätestens jetzt hätte sich Mom normalerweise einen Ruck gegeben und wäre wieder sie selbst geworden, sie hätte sich entschuldigt und gesagt, dass ihr wohl der Stress an die Nieren geht. Aber sie tat es nicht. Stattdessen starrte sie wieder aus dem Fenster.

Ich machte mich auf die Suche nach Matt, der nicht schwer zu finden war, weil es für ihn auch nicht gerade viel zu tun gibt. Er lag auf seinem Bett und starrte an die Decke. Ich schätze, das Gleiche werde ich ab nächster Woche wohl auch tun.

»Heizöl«, sagte ich zu ihm.

»Ach«, sagte er. »Dann weißt du es also schon?«

Ich wusste nicht, ob ich Ja oder Nein sagen sollte, also zuckte ich bloß die Achseln.

»Ich bin überrascht, dass Mom dir das erzählt hat«, sagte er. »Wahrscheinlich hat sie gedacht, dass du es im Herbst sowieso herausfinden würdest, wenn wir bis dahin keins kriegen.«

»Wir kriegen kein Heizöl mehr?«, fragte ich. Vielleicht war ich in meinem früheren Leben Papagei.

»Also hat sie es dir doch nicht erzählt«, sagte Matt. »Wie bist du dann darauf gekommen?«

»Wie sollen wir denn ohne Heizöl überleben?«, fragte ich.

Matt setzte sich auf und sah mich an. »Erstens gibt es bis zum Herbst vielleicht schon wieder Öl«, sagte er. »Und dann werden wir uns welches beschaffen, egal, was es kostet. Zweitens haben die Menschen Jahrmillionen ohne Heizöl überlebt. Wenn die das konnten, können wir das auch. Außerdem haben wir einen Kaminofen. Zur Not nehmen wir den.«

»Einen einzigen Kaminofen«, sagte ich. »Mit dem man gerade mal den Wintergarten warm kriegt. Und vielleicht noch die Küche.«

»Womit wir immer noch um einiges besser dran sind als die Leute ohne Ofen«, sagte er.

Nicht einmal ich war so blöd, elektrisches Heizen vorzuschlagen. »Was ist mit Erdgas?«, fragte ich stattdessen. »In der Stadt heizen fast alle Leute mit Gas. Das wird von einem Gasunternehmen geliefert. Könnten wir unsere Heizung nicht auf Gas umrüsten?«

Matt schüttelte den Kopf. »Mom hat schon mit jemandem vom Gasunternehmen gesprochen. Sie geben keine Garantie dafür, dass es im nächsten Winter überhaupt noch Gas gibt. Wir können froh sein, dass wir den Kaminofen haben.«

»Das ist doch lächerlich«, sagte ich. »Wir haben Juni. Draußen sind fast dreißig Grad. Wer weiß, wie es im Winter sein wird? Vielleicht wärmt der Mond die Erde auf. Vielleicht finden die Wissenschaftler heraus, wie man aus Felsen Öl gewinnen kann. Vielleicht sind wir bis dahin alle längst in Mexiko.«

Matt lächelte. »Vielleicht«, sagte er. »Aber in der Zwischenzeit erzählst du Jonny bitte nichts davon, okay? Ich weiß immer noch nicht, wie du es herausgefunden hast, aber Mom möchte nicht, dass wir uns mehr Sorgen machen als unbedingt nötig.«

»Wie viele Sorgen müssen wir uns denn machen?«, fragte ich, aber Matt antwortete nicht. Er starrte wieder an die Decke.

Ich ging zu unserem Wäscheschrank und zählte die Wolldecken. Dann ging ich nach draußen und ließ mich von der Sonne wärmen, bis das Frösteln nachließ.

10. Juni

Der letzte Schultag. Das letzte Mal Erdnussbutter-und-Marmelade-auf-immer-muffiger-schmeckendem-Weißbrot.

Heute gab es nur ein halbes Sandwich. Offenbar ist der Mensa das Brot ausgegangen, was ein ziemlich guter Grund ist, das Schuljahr zu beenden.

Megan schnitt ihre Erdnussbutter-Marmelade-Sandwich-Hälfte in vier Teile. Eins davon bot sie mir an, aber ich lehnte ab.

»Ich nehm's gern«, sagte Sammi. »Ich bin nicht zu stolz zum Betteln.«

»Du brauchst nicht zu betteln«, sagte Megan und gab Sammi zwei Stücke. Brian und Jenna bekamen die anderen beiden.

Nach dem Mittagessen gingen fast alle nach Hause. Es hatte wenig Sinn, in der Schule zu bleiben, wenn es kein Essen mehr gab.

Ich ging auch nach Hause, zog meinen Badeanzug an und lief zu Miller's Pond. Die Luft ist schon seit Wochen warm genug zum Baden, aber das Wasser ist immer noch ziemlich kalt. Immerhin lenkte mich das Schwimmen und Bibbern von meinem knurrenden Magen ab.

Aber sobald ich aus dem Wasser raus war und mich abtrocknete, fing ich an, über die Gläser mit Erdnussbutter und Marmelade nachzudenken. Ob noch welche davon übrig waren? War der Mensa nur das Brot ausgegangen, während sie noch jede Menge Erdnussbutter und Marmelade herumstehen hatten?

Wer bekam eigentlich die Reste – die Lehrer, der Hausmeister, die Angestellten der Cafeteria? Oder etwa der Schulvorstand? Wovon war wohl mehr übrig, Erdnussbutter oder Marmelade? Vielleicht gab es ja überhaupt keine Marmelade mehr, nur noch Erdnussbutter, oder es gab noch reihenweise Marmeladengläser, aber keine Erdnussbutter mehr. Vielleicht war sogar noch ganz viel Brot übrig und sie wollten es bloß nicht den Schülern geben.

Zum Abendessen gab es heute eine Dose Thunfisch und eine Dose grüne Erbsen. Aber ich musste die ganze Zeit an Erdnussbutter und Marmelade denken.

SOMMER

SECHS

11. Juni

Dad hat angerufen. Oder vielmehr, er hat angerufen *und* ist durchgekommen. Er hat gesagt, er versucht schon seit zwei Wochen mehrmals am Tag, uns zu erreichen. Das glaube ich gern, wir versuchen es auch schon ewig und kommen nie durch.

Es war toll, seine Stimme zu hören. Ihm und Lisa geht es gut, und es gibt keine Probleme mit ihrer Schwangerschaft. Die Supermärkte in Springfield sind alle geschlossen, sagt er, aber sie haben eine ganze Menge Lebensmittel im Haus. »So weit, so gut.«

Außerdem hat Mom einen Anruf von Jonnys Baseball-Camp bekommen, und es soll immer noch wie vereinbart stattfinden. Es bleibt also bei dem Plan, dass Jonny ins Camp fährt, Mom und ich ihn zusammen abholen und sie uns dann beide in Springfield abliefert. Dad hat Matt gefragt, ob er nicht auch kommen will, aber Matt meinte, dass Mom ihn im August wahrscheinlich zu Hause braucht, deshalb würde er lieber hierbleiben.

Ich weiß, dass er Dad damit verletzt hat, auch wenn es wahrscheinlich stimmt und Dad das wahrscheinlich auch weiß. Egal, jedenfalls schlug Dad vor, Matt solle uns doch einfach auf der Fahrt begleiten, dann würden sie sich wenigstens kurz mal sehen. Wir könnten alle zusammen essen gehen. Einen Moment lang hatten wir vergessen, dass sämtliche Restaurants geschlossen sind. Einen Moment lang war alles wieder normal.

Matt fand das eine gute Idee, und Mom meinte, sie wäre froh, nicht allein zurückfahren zu müssen.

Jonny fragte Dad, ob er irgendetwas von den Red Sox gehört hätte. Dad sagte, wahrscheinlich gehe es ihnen gut, aber sicher wüsste er das nicht. Ich finde, Dad hätte mit Jonnys Frage rechnen und eine Antwort parat haben müssen. Er hätte ihm eigentlich auch vorlügen können, sie wären alle topfit.

Obwohl, wenn man bedenkt, was für ein Yankees-Fan Jonny ist, hätte er vielleicht einfach sagen sollen, das Fenway-Park-Stadion sei ins Meer gespült worden.

12. Juni

Peter ist heute Nachmittag vorbeigekommen und hat uns eine Dose Spinat mitgebracht.

»Ich weiß, dass der gesund ist«, sagte er. »Aber ich kann das Zeug einfach nicht ausstehen.«

Mom lachte, so wie früher. »Bleibst du zum Essen?«, fragte sie. »Ich verspreche auch, dass es keinen Spinat gibt.«

»Ich kann nicht«, sagte er. »Eigentlich dürfte ich gar nicht weg, aber ich musste einfach mal raus, und sei es auch nur für eine Stunde.«

Wir saßen alle im Wintergarten, froh über den unerwarteten Besuch. Aber es war offensichtlich, dass Peter sich nicht entspannen konnte.

Schließlich sagte Mom: »Wenn das hier ein Hausbesuch ist, dann sag uns doch wenigstens, was uns fehlt.«

Peter lachte, aber es war dieses halbherzige Lachen, an das sich inzwischen alle schon gewöhnt haben. »Euch fehlt überhaupt nichts«, sagte er. »Aber ich wollte euch tatsächlich etwas raten: verwendet Mückenschutz, wenn ihr rausgeht, egal welchen, was ihr gerade dahabt. Und wenn ihr wisst, wo man noch welchen kriegen kann, dann kauft ihn auf – egal, wie viel er kostet.«

»Warum?«, fragte Jonny. Ich glaube, wir anderen drei wollten es gar nicht so genau wissen.

»In der letzten Woche habe ich drei Fälle von West-Nil-Fieber in der Praxis gehabt«, erklärte Peter. »Andere Ärzte berichten Ähnliches. Und ich hab auch gerüchteweise von Malaria gehört. Alles nur aus dritter Hand, aber das bedeutet noch lange nicht, dass es nicht stimmt.«

»Von Mücken übertragene Krankheiten«, sagte Matt.

»Genau«, sagte Peter. »Anscheinend sind wenigstens die Mücken glücklich, wenn auch sonst niemand.«

»Wir haben noch ein bisschen Mückenschutz vom letzten Sommer übrig«, sagte Mom. »Aber ich weiß nicht, wie lange der reichen wird.«

»Zieht euch entsprechend an, wenn ihr rausgeht«, sagte Peter. »Socken, lange Hosen und lange Ärmel. Kein Parfüm. Und immer gleich draufhauen, sobald ihr auch nur glaubt, eine Mücke zu spüren.«

Alles sicher sehr nützliche und wohlmeinende Ratschläge, aber ich habe trotzdem vor, weiterhin in Miller's Pond schwimmen zu gehen. Ich weiß nicht, was ich tue, wenn Mom versucht, mir das zu verbieten.

15. Juni

In den letzten Tagen hat es ständig geregnet, schlimme Unwetter. Aber wenigstens gab es keine Stromausfälle. Ohne Strom kein Stromausfall.

Heute Morgen ging der Strom wieder für ein paar Minuten an, und da meinte Jonny: »Hey, wir haben einen Stromeinfall.«

So was gilt hier zurzeit als Humor.

Eigentlich war es ganz gemütlich mit dem Regen. Man konnte sowieso nicht rausgehen, also blieben wir drin und lasen oder machten Gesellschaftsspiele und taten alle ganz unbesorgt. Ein bisschen so, als wäre man eingeschneit, nur eben ohne Schnee.

Aber heute kam wieder die Sonne raus, und auch wenn der Mond am helllichten Tag ein bisschen befremdlich wirkt, war die Sonne doch eine erfreuliche Abwechslung. Niedrige Luftfeuchtigkeit, Temperatur um die achtundzwanzig Grad, besser geht's nicht.

Also schlüpfte ich in meinen Badeanzug, zog Jeans und T-Shirt drüber und ging, ohne Mom Bescheid zu sagen, zu Miller's Pond. Gegen zehn kam ich dort an, und es waren auch schon ein paar andere Leute da, die das schöne Wetter nutzen wollten.

Dan war auch dabei, und es war toll, ihn wiederzusehen. Wir sind erst ein paar Bahnen geschwommen, dann um die Wette gekrault (er hat gewonnen, aber nur knapp), und danach haben wir mit ein paar anderen im Wasser Fangen gespielt.

Es fühlte sich fast so an wie Sommerferien.

Danach haben wir uns von der Sonne trocknen lassen. Um Miller's Pond herum ist es ein bisschen sumpfig, und wir mussten ständig Mücken totschlagen, aber auch das fühlte sich nach Sommer an.

Während wir in der Sonne lagen, haben Dan und ich uns unterhalten. Anfangs haben wir versucht, über belanglose Dinge zu reden, aber im Moment gibt es natürlich nicht allzu viel Belangloses.

»Nächstes Jahr mache ich meinen Abschluss«, sagte er. »Vorausgesetzt, wir haben nächstes Jahr überhaupt noch Schule. Vorausgesetzt, es gibt ein nächstes Jahr.«

»Es gibt bestimmt ein nächstes Jahr«, sagte ich. In diesem Moment konnte ich mir einfach nichts anderes vorstellen.

Dan grinste. »Für die Schule willst du anscheinend lieber keine Garantie abgeben«, sagte er.

»Bei meinem Glück haben wir mit Sicherheit Schule«, sagte ich. »Und genauso sicher werden meine diesjährigen Noten zählen.«

»Meine Eltern und ich wollten uns in diesem Sommer eigentlich ein paar Colleges ansehen«, sagte er. »Auf dem Weg zu meinen Großeltern. Die leben in Florida.« Er zögerte einen Moment. »Lebten«, sagte er. »Wir haben ihre Namen auf einer der Listen gefunden.«

»Das tut mir leid«, sagte ich.

»Ihnen gefiel es da unten«, sagte er. »Sie hatten immer was zu tun. Wir nehmen an, dass es gleich bei den ersten Tsunamis passiert ist. Ihr Haus stand direkt am Meer, daher ist das ziemlich wahrscheinlich.«

»Die Eltern meiner Mutter sind schon vor Ewigkeiten gestorben«, sagte ich. »Als meine Mutter noch ganz klein war. Sie ist bei ihren Großeltern aufgewachsen, in dem Haus, in dem wir jetzt wohnen. Die Mutter meines Vaters lebt in Las Vegas, und wir sind einigermaßen sicher, dass es ihr gut geht.«

»Ich versuche, möglichst nicht daran zu denken«, sagte er. »Was noch alles passieren kann, meine ich. Aber ich tu's natürlich doch. Und dann rege ich mich jedes Mal furchtbar auf. Ich weiß, dass man niemandem die Schuld geben kann, aber ich finde, die Regierung hätte trotzdem etwas unternehmen müssen.«

»Was denn zum Beispiel?«, fragte ich.

»Sie hätten die Leute warnen können«, sagte er. »Sie hätten die Bevölkerung aus den Küstengebieten evakuieren können. Selbst wenn es sich am Ende als falscher Alarm herausgestellt hätte. Und irgendetwas müsste man doch auch wegen der Stromversorgung unternehmen können. Und der Benzinpreise. Und der Lebensmittel. Irgendwo muss es doch noch Lebensmittelvorräte geben, sie kommen bloß nicht bei uns an.«

»Ich glaube nicht, dass es viel Sinn hat, sich aufzuregen«, sagte ich.

Wir schlugen beide gleichzeitig nach einer Mücke und mussten lachen. Wie beim Ballett, synchrones Mückentothauen. Und dann sagte Dan etwas absolut Verblüffendes.

»Wenn es die Welt bis dahin noch gibt«, sagte Dan, »und die Schule auch, würdest du dann nächstes Jahr mit mir zum Schulball gehen?«

»Aber nur mit Ansteckssträußchen«, sagte ich. »Und Limousine.«

»Mit Stretchlimousine«, sagte er. »Und Orchideen.«

»Du im Smoking«, sagte ich. »Ich im langen Kleid.«

»Wir werden die Könige des Schulballs sein«, sagte Dan.

»Ich fühle mich geehrt, Majestät«, sagte ich.

Dan beugte sich vor und küsste mir die Hand. Unsere Gesichter trafen sich und dann küssten wir uns, so richtig. Es war der romantischste Moment meines Lebens, und er wäre noch viel romantischer gewesen, hätte nicht irgendein kleiner Junge »Iiih, die küssen sich!« gerufen, was die Stimmung ruinierte.

Dan brachte mich nach Hause, und an der Hintertür küssten wir uns noch mal.

»Die Verabredung steht«, sagte er.

»Aber wir sehen uns doch vorher noch mal, oder?«, fragte ich. »Der Schulball ist schließlich erst in einem Jahr.«

Er lachte. »Komm doch morgen wieder zum See«, sagte er. »Um zehn, wenn es nicht regnet.«

»Mach ich«, sagte ich, und wir küssten uns zum Abschied. Es war ein ganz und gar verzauberter Moment, aber natürlich musste Jonny ihn ruinieren.

Er riss die Tür auf, warf Dan einen kurzen Blick zu und sagte: »Mom ist auf dem Kriegspfad. Du solltest besser mal mit ihr reden.«

Ich fand Mom im Wintergarten. »Wo bist du gewesen?«, schrie sie.

»Weg«, sagte ich. Tolle Antwort, passt immer: Weg.

»Das weiß ich auch. Aber wo? Was hast du gemacht?«

»Ich war schwimmen«, sagte ich. »In Miller's Pond. Was ich auch für den Rest des Sommers zu tun gedenke, also halt mir jetzt bitte keinen Vortrag über Mücken, okay?«

Ich glaube, ich habe Mom noch nie so wütend gesehen. Einen Moment lang dachte ich tatsächlich, sie würde mich schlagen, was sie noch nie getan hat.

Ich bin ja nicht völlig bescheuert, also habe ich mich erst mal entschuldigt. »Tut mir leid«, sagte ich. »Aber was hab ich denn eigentlich falsch gemacht?«

»Du bist weggegangen, ohne mir zu sagen, wo du hingehst und wie lange du wegbleibst«, sagte Mom.

»Mir war nicht klar, dass ich das tun muss«, sagte ich. »Ich gehe schon seit Jahren aus dem Haus, ohne dir Bescheid zu sagen.«

»Die Zeiten haben sich geändert«, sagte sie, aber ich sah, dass sie sich ein bisschen beruhigt hatte. »Ich dachte, du wärst alt genug, um das zu begreifen.«

»Und ich dachte, ich wäre alt genug, am helllichten Tage vor die Tür zu gehen, ohne dass hier gleich die Krise ausbricht«, sagte ich.

»Mit dem Alter hat das nichts zu tun«, sagte sie. »Wie würdest du dich fühlen, wenn du dich umdrehst und mich plötzlich nicht mehr finden kannst und nicht die geringste Ahnung hast, wo ich hingegangen bin und wann ich zurückkomme? Denk mal darüber nach, Miranda. Wie würdest du dich fühlen?«

Ich dachte darüber nach und mein Magen zog sich zusammen. »Ich würde schreckliche Angst bekommen«, gab ich zu.

Mom deutete ein Lächeln an. »Gut«, sagte sie. »Ich hatte schon befürchtet, du würdest mich gar nicht vermissen.«

»Tut mir leid, Mom«, sagte ich. »Ehrlich gesagt hatte ich bloß Angst, du könntest mir verbieten, zum See zu gehen. Und ich wollte so gern hin. Deshalb hab ich mich rausgeschlichen. Es tut mir wirklich leid.«

»Warum hätte ich es dir verbieten sollen?«, fragte sie.

»Wegen der Mücken«, sagte ich. »West-Nil-Fieber, Malaria und das alles.«

»Ach ja«, sagte Mom. »Das alles.«

Ich holte tief Luft und wartete darauf, dass Mom mir verbieten würde, jemals wieder das Haus zu verlassen. Aber sie sagte nichts.

»Also was?«, fragte ich, damit sie Nein sagen und ich sie anbrüllen und wir uns so richtig in die Wolle kriegen konnten.

»Was, also was?«, fragte sie zurück.

»Darf ich nun zu Miller's Pond oder nicht?«

»Natürlich darfst du«, sagte sie. »Ich würde euch drei zwar am liebsten in Watte packen und vor der ganzen Welt schützen, aber mir ist schon klar, dass ich das nicht kann. Ihr habt schließlich auch das Recht auf ein bisschen Spaß. Für dich bedeutet das eben schwimmen gehen. Für Jonny Baseball spielen und für Matt Joggen.«

»Und für dich?«, fragte ich.

»Im Garten arbeiten«, sagte Mom. »Auch wenn ich in diesem Jahr nur Gemüse statt Blumen gepflanzt habe. Ich werde jedenfalls nicht mit der Gartenarbeit aufhören, nur weil ich mir dabei unter Umständen das West-Nil-Virus einfange. Und ich erwarte auch nicht von dir, dass du mit dem Schwimmen aufhörst. Waren noch andere Leute am See?«

»Ziemlich viele«, sagte ich. »Unter anderen auch Dan aus dem Schwimmteam.«

»Gut«, sagte sie. »Mir ist es lieber, wenn auch noch andere Leute da sind, sicherheitshalber. Sag mir von jetzt an einfach Bescheid, wenn du hingehst.«

»Ich hab dich lieb«, sagte ich. Ich konnte mich nicht erinnern, wann ich das zuletzt zu ihr gesagt hatte.

»Ich hab dich auch lieb, mein Schatz«, sagte sie. »Hast du Hunger? Möchtest du etwas zu Mittag essen?«

Mir fiel auf, dass sie mich gar nicht gefragt hatte, *was* ich essen wollte, sondern nur, *ob* ich überhaupt etwas essen wollte. »Ich hab keinen großen Hunger«, sagte ich. »Vielleicht esse ich später noch was.«

»In Ordnung«, sagte sie. »Ich bin im Garten, wenn du mich brauchst. Ich hab noch eine dringende Verabredung mit dem Unkraut da draußen.«

Ich ging auf mein Zimmer, pellte mich aus dem immer noch feuchten Badeanzug und zog Shorts und T-Shirt über. Ich dachte an Mom und daran, wie Dan mich geküsst hat, und daran, wie hungrig ich in Wirklichkeit war und wie lange ich wohl ohne Essen auskommen würde. Ich dachte an Mücken und an den Schulball und an den Weltuntergang.

Und dann ging ich raus und half Mom beim Unkrautjäten.

16. Juni

Dan und ich waren wieder schwimmen. Und geküsst haben wir uns auch. Beides ist so toll, ich könnte gar nicht sagen, was ich schöner finde.

17. Juni

Mom kam heute mit einem Lächeln auf dem Gesicht vom Postamt zurück. Die Post wird nicht mehr nach Hause zugestellt, deshalb fährt Mom mehrmals in der Woche in die Stadt, um sie zu holen. Es gibt aber sowieso nur noch Briefe (die Leute schreiben jetzt wieder mehr, weil es keine anderen Kommunikationsmöglichkeiten mehr gibt). Ach ja, und Rechnungen. Die Rechnungen nehmen kein Ende. Aber keine Werbung und keine Kataloge mehr. Nur Briefe und Rechnungen, und keiner weiß, wie lange das noch so bleibt.

Ich sah, wie Mom irgendetwas mit Jonny besprach, und abends hat sie es dann uns allen erzählt.

»Ich habe einen Brief von Jonnys Baseball-Camp bekommen«, sagte sie beim Abendessen (Lachs, Dosenpilze und Reis). »Sie wollen das Camp wie geplant stattfinden lassen. Sie haben Vorräte für mehrere Wochen, und genauso lange wollen sie auch mindestens geöffnet bleiben. Die Sache hat allerdings einen Haken.«

»Einen Haken«, sagte Matt an mich gewandt. »Einen rechten oder einen linken?«

Ich zog ihm eine lange Nase. »Was für einen Haken?«, fragte ich.

»Die Leute, denen das Camp gehört, haben eine Farm auf dem angrenzenden Gelände«, erklärte Mom. »Neben dem Training sollen die Jungs auch auf der Farm helfen. Sie bekommen dafür frische Milch, Eier und Gemüse.«

»Wahnsinn«, sagte ich, und das war ernst gemeint. Ich muss immer noch an diese beiden Eier denken, die Mrs Nesbitt mitgebracht hat. »Klingt doch super. Meinen Glückwunsch, Jonny.«

»Jaja, schon okay«, sagte er. Vermutlich würde er lieber einfach nur Baseball spielen.

Ich schaute Mom an, die vor Glück regelrecht strahlte. Zwei

Wochen lang, vielleicht sogar länger, würde Jonny zu essen bekommen, und nicht bloß Dosenfutter. Eier und Milch und Gemüse. Zwei Wochen lang würde es einen Menschen weniger geben, um den sie sich Sorgen machen musste.

Kein Wunder, dass sie lächelte.

19. Juni

Vatertag. Wir haben ein paarmal versucht, Dad zu erreichen, aber ohne Erfolg. Bei Ortsgesprächen kommt man manchmal noch durch, aber ich kann mich nicht erinnern, wann wir das letzte Mal bei einem Ferngespräch Glück hatten.

Ich wüsste gern, ob Dad versucht hat, uns zu erreichen, ob er traurig war, weil wir nicht angerufen haben, oder ob er überhaupt an uns gedacht hat. Vielleicht ist es ganz gut, dass Lisa schwanger ist.

Ich weiß, dass das Quatsch ist. In ein paar Wochen werde ich Dad wiedersehen und einen ganzen Monat mit ihm und Lisa und Jonny in Springfield verbringen. Er denkt bestimmt genauso oft an uns wie wir an ihn.

Wahrscheinlich sogar öfter. Manchmal vergeht ein ganzer Tag und erst abends merke ich, dass ich überhaupt nicht an ihn gedacht habe.

21. Juni

Draußen wird es langsam hell, und ich schreibe ein bisschen, weil ich gerade aus einem Albtraum aufgewacht bin und es zu spät ist, um noch mal einzuschlafen, und zu früh, um schon aufzustehen.

Gestern war mal wieder einer dieser Tage. Es ist furchtbar heiß, seit einer Woche jeden Tag um die fünfunddreißig Grad, und die

Nächte sind auch nicht viel kühler. Meistens haben wir nur mitten in der Nacht Strom und auch nie viel länger als eine Stunde, so dass das Haus kaum abkühlen kann, selbst wenn die Klimaanlage läuft. Mom hat letzte Woche tatsächlich einen Brief von unserem Stromversorger bekommen, in dem er sich für diese Unannehmlichkeiten entschuldigt. Mom sagt, das sei das erste Mal, dass sich ein Versorgungsunternehmen bei ihr entschuldigt.

Das Schönste am Tag ist immer das Schwimmen im See. Im Wasser habe ich das Gefühl, als wäre überhaupt nichts passiert. Ich denke an die Fische, die gar keine Ahnung haben, was los ist. Für sie hat sich nichts geändert. Wahrscheinlich ist man als Thunfisch, Sardine oder Lachs im Moment sogar besser dran als sonst. Die Gefahr, in irgendeinem Kochtopf zu landen, hat sich enorm verringert.

Die Mückenplage wird immer schlimmer, aber vielleicht ist auch nur die Angst vor dem West-Nil-Fieber gewachsen, jedenfalls kommen nicht mehr so viele Leute an den See. Für Dan und mich ist das gut, nur dass Karen und Emily aus unserem Schwimmteam jetzt auch immer um die gleiche Zeit kommen wie wir.

Das Schwimmen macht mit ihnen mehr Spaß, weil wir dann um die Wette schwimmen, uns gegenseitig Tipps geben und im Wasser Fangen spielen können, mit richtig fiesen Regeln, aber nach dem Schwimmen macht es natürlich viel weniger Spaß, weil Dan und ich nicht einfach in den Wald flüchten können, um ein bisschen Zeit für uns zu haben.

Ich weiß nicht, warum Karen und Emily immer genau um diese Zeit auftauchen – ob das Zufall ist oder ob Dan ihnen gesagt hat, dass wir dann auch immer da sind.

Aber mir fehlt das Küssen. Mir fehlt das lächerliche Gefühl, einen Freund und so was wie ein Date zu haben. Ob ich wohl jemals ein richtiges Date haben werde? Im Moment ist alles geschlossen: die Restaurants, die Kinos, die Eislaufhalle. Dan hat zwar einen Führerschein, aber man kann ja nicht mehr einfach so herumfahren, und er wohnt am anderen Ende der Stadt.

Das ist alles bloß Quatsch. Aber es ist wahrscheinlich einer der Gründe für meinen Albtraum.

Gestern Abend kam Peter vorbei. Er brachte eine Packung Nüsse mit. Mom starrte sie an wie ein Fünf-Gänge-Thanksgiving-Menü: gefüllter Truthahn und Kartoffelpüree und Süßkartoffeln und grüne Bohnen und Salat und Suppe und Kürbiskuchen. Aber vielleicht hab ich das auch nur selber gedacht, als ich die Packung sah.

»Ich bin allergisch gegen Erdnüsse«, meinte Peter fast entschuldigend. »Ich hab sie vor Monaten geschenkt bekommen, und seitdem liegen sie bei mir im Schrank herum.«

Mom lud ihn zum Abendessen ein, und ihm zu Ehren gab es ein richtiges Festmahl. Sie öffnete eine Dose Hühnerfleisch und tat ein paar helle Rosinen dazu, was fast schon als Hähnchensalat durchgehen konnte, wenn man unter Hähnchensalat Dosenhuhn mit Rosinen versteht. Dazu gab es Rote Beete und grüne Bohnen mit Perlzwiebeln. Zum Nachtisch bekam jeder eine Feige und eine Dattel.

»Besser eine Dattel als gar kein Date«, sagte ich, und alle lachten ein bisschen zu lange.

Als Mom die grünen Bohnen mit Perlzwiebeln auftischte, fragte Jonny, ob schon Weihnachten sei. Ich muss zugeben, dass ich die Zwiebeln auch etwas übertrieben fand. Mir fiel auf, dass Mom von allem nur ganz wenig nahm, genau wie Peter, auch wenn der behauptete, noch nie etwas so Leckeres gegessen zu haben. Dadurch blieb umso mehr für Matt, Jonny und mich übrig, und wir aßen natürlich alles auf.

Außer Spinat und Nüssen bringt Peter auch immer den Tod mit ins Haus. Er erzählte, in der letzten Woche hätte er zwanzig Fälle von West-Nil-Fieber gesehen, fünf davon mit tödlichem Ausgang. Außerdem seien zwei Leute an Lebensmittelallergien gestorben.

»Manche haben so großen Hunger, dass sie das Risiko eingehen, auch solche Lebensmittel zu essen, auf die sie stark allergisch reagieren«, sagte er.

Nach dem Abendessen setzten sich Peter und Mom draußen auf die Gartenschaukel. Ich hörte, wie sie leise miteinander sprachen, versuchte aber, nicht zu lauschen. Ich stelle es mir schrecklich vor, in diesen Zeiten Arzt zu sein. Früher hat Peter die Leute gesund gemacht. Jetzt sterben sie ihm unter den Händen weg.

Peter brach noch vor Sonnenuntergang wieder auf. Er kommt jetzt immer mit dem Fahrrad, und ohne Straßenbeleuchtung ist es ziemlich gefährlich, nachts unterwegs zu sein. Außerdem gehen die meisten Leute sowieso ins Bett, sobald die Sonne untergeht, seit es keinen Strom mehr gibt.

»Wir machen's jetzt wie die Hühner – mit der Sonne auf und mit der Sonne zu Bett«, sagt Mom. Sie muss uns auch nicht mehr daran erinnern, die Taschenlampen nur zum Ausziehen und Insbettgehen zu benutzen. Wir haben inzwischen alle begriffen, wie kostbar unser Vorrat an Batterien ist.

Vielleicht lag es am Schwimmen oder an meinem Witz mit der Dattel, jedenfalls habe ich geträumt, dass Dan und ich ein richtiges Date hatten. Er holte mich zu Hause ab, brachte mir ein Anstecksträußchen mit, und dann stiegen wir ins Auto und fuhren in einen Vergnügungspark.

Es war einfach wunderschön. Wir fuhren Karussell und Riesenrad und dann waren wir auf dieser irren Achterbahn, die mit fast 160 Sachen von oben runtersaust, aber ich hatte keine Angst, ich fand's toll, und während wir in die Tiefe stürzten, haben wir uns geküsst. Es war unglaublich aufregend.

»Ich hab Hunger«, sagte ich, und dann verschob sich der Traum und Dan war nicht mehr da. Ich war in einem Zelt, in dem lange Reihen von Tischen standen, mit Bergen von Essen darauf. Die Auswahl war riesig, Brathühnchen, echter Thunfischsalat, Pizza, Gemüse und Obst. Apfelsinen so groß wie Pampelmusen. Und sogar Eis.

Ich entschied mich für einen Hotdog mit allem Drum und Dran. Ich packte mir so viel Senf und Ketchup und Soße und Sauerkraut und gehackte Zwiebeln drauf, wie ich nur konnte. Als ich gerade reinbeißen wollte, hörte ich jemanden sagen: »Du darfst erst essen, wenn du bezahlt hast.«

Ich drehte mich um und sah, dass es eine Kassiererin gab. Ich holte mein Portemonnaie hervor und ging auf sie zu, um ihr das Geld zu geben, als ich plötzlich bemerkte, dass die Kassiererin Becky war.

»Du kannst nicht mit Geld bezahlen«, sagte sie. »Das hier ist der Himmel, und du musst sterben, bevor du den Hotdog essen kannst.«

Ich sah mich etwas genauer um. Alle anderen im Zelt waren Leute, die ich gekannt hatte und die schon gestorben waren, Mr Nesbitt zum Beispiel und Grandpa und Moms Großeltern und mein Mathelehrer aus der Siebten, Mr Dawkes. Das Essen wurde von Engeln serviert. Auch Becky war ganz in Weiß und hatte Flügel.

»Ich möchte schrecklich gern diesen Hotdog essen«, sagte ich. »Aber ich will nicht sterben.«

»Man kann nicht alles haben«, sagte Becky.

»Du solltest besser aufpassen«, sagte Mr Dawkes. Das hatte er jedes Mal gesagt, wenn er eine Mathearbeit zurückgab, in der ich wieder haufenweise Flüchtigkeitsfehler gemacht hatte. Was eigentlich ziemlich lustig war, schließlich ist er damals gestorben, weil er auf der Washington Avenue eine rote Ampel überfahren hat.

Ich erinnere mich, dass ich um den Hotdog gebettelt habe und dass Becky ihn mir dann weggenommen und selber gegessen hat. Ich habe mir noch nie etwas so sehr gewünscht wie diesen Hotdog.

Beim Aufwachen tat mir der Hals weh und ich hatte einen bitteren Geschmack im Mund. Eigentlich mag ich Hotdogs gar nicht so gern.

Was ich wirklich gern essen würde, wären Pfannkuchen, solche, wie Mom sie zu besonderen Anlässen macht. Pfannkuchen mit Butter und Ahornsirup. Dabei fällt mir ein, dass wir eine Pfannkuchen-Backmischung und Ahornsirup im Haus haben. Ob wir vielleicht wirklich mal Pfannkuchen machen können? Ob es wohl als besonderer Anlass ausreicht, beim Aufwachen noch am Leben zu sein?

Sobald Mom aufgestanden ist, werde ich sie nach den Pfannkuchen fragen, aber lieber nicht nach dem besonderen Anlass. Mom möchte bestimmt, dass wir glauben, dass wir noch viele Jahre jeden Morgen aufwachen werden.

Vielleicht hat sie ja auch Recht. Der Sonnenaufgang ist wunderschön. Wir sind alle noch am Leben, und ich bin wirklich noch nicht bereit für den Himmel. Nicht, solange ich noch in Miller's Pond schwimmen, mich mit Dan zu Fantasie-Dates verabreden und von dick mit Ahornsirup bestrichenen Pfannkuchen träumen kann.

22. Juni

Der beste Tag seit Ewigkeiten.

Es fing damit an, dass Mom für uns Pfannkuchen machte. Okay, keine Pfannkuchen, wie wir sie von früher kennen, aber ziemlich nahe dran. Wasser statt Milch, Trockeneiweiß statt Eiern (wodurch sie fluffiger und leichter wurden), keine Butter, aber dafür jede Menge Ahornsirup.

Wir fanden sie jedenfalls superlecker. Mom lächelte, wie sie seit Wochen nicht mehr gelächelt hat. Jonny wollte noch mehr, und Mom machte noch welche für ihn, und für alle anderen auch, denn wir futterten wie die Scheunendrescher. Mom schickte Matt rüber, um Mrs Nesbitt zu holen, und so kam auch die zu ihren Pfannkuchen.

Es war ein tolles Gefühl, mal so richtig satt zu sein, ohne immer noch mehr oder irgendetwas anderes haben zu wollen.

Nachdem ich in Ruhe verdaut hatte (worauf Mom bestand), ging ich zum See. Dan war schon da, Emily auch, aber Karen ließ sich nicht blicken. Der Himmel war bedeckt, aber es war immer noch stickig und heiß, und das Wasser war wunderbar erfrischend. Wir sind geschwommen, erst unsere Bahnen, dann um die Wette, und hatten viel Spaß, und dann – es war wirklich mein Glückstag! – musste Emily nach Hause, weil sie noch irgendetwas zu erledigen hatte, so dass Dan und ich allein waren. (Na gut, es waren noch ein halbes Dutzend anderer Leute am See, aber die kannten wir nicht, also waren wir trotzdem irgendwie allein.)

Wir sind noch ein bisschen länger im Wasser geblieben, dann haben wir uns abgetrocknet (nicht ganz das Wetter, um sich in der Sonne trocknen zu lassen) und einen Spaziergang durch den Wald gemacht.

Es war wunderschön. Wir haben Händchen gehalten und uns

umarmt und geküsst. Wir haben viel geredet, aber manchmal haben wir auch einfach gar nichts gemacht, haben nur zwischen den Bäumen gestanden und den Vögeln gelauscht.

Ganz tief drinnen frage ich mich manchmal, ob Dan mich unter normalen Umständen überhaupt wahrgenommen hätte. Klar ist er immer nett zu mir gewesen, in der Schule und auch beim Training, aber es ist schon ein ziemlicher Unterschied, ob er mich für meinen Kraulstil lobt oder mich im Wald in die Arme nimmt und küsst.

Sollte jemals wer dieses Tagebuch lesen, dann sterbe ich.

Dan brachte mich nach Haus, kam aber nicht mit rein. Es war Mittagszeit, und es gibt die unausgesprochene Abmachung, während der Essenszeiten nirgendwo reinzuschneien (für Peter scheint sie nicht zu gelten, aber der bringt ja auch immer was zu essen mit).

Als ich in die Küche kam, empfing mich ein ungewohnter, köstlicher Duft, den ich nicht genau identifizieren konnte, und dann sah ich, wie Mom einen dicken weißen Klumpen mit den Fäusten bearbeitete. Dabei grinste sie regelrecht übers ganze Gesicht.

»Ich backe Brot«, sagte sie. »Die Pfannkuchen haben mich auf den Gedanken gebracht, mal nachzusehen, was wir sonst noch so haben, und mir fiel ein, dass ich Hefe gekauft habe. Sie lag noch im Kühlschrank, ich hatte sie dort einfach vergessen. Ich nehme Wasser statt Milch, aber das geht auch. Heute Abend gibt es frisch gebackenes Brot.«

»Du machst Witze«, sagte ich. Es schien zu schön, um wahr zu sein.

»Die Hefe reicht für ungefähr sechs Brote«, sagte Mom. »Heute backe ich zwei, eins für uns, ein halbes für Mrs Nesbitt und ein halbes für Peter. Und sobald wir das aufgegessen haben, backe ich das nächste. Es gibt keinen Grund, damit zu warten. Wir werden so lange Brot essen, wie wir können. Und danach werde ich Rezepte ohne Hefe ausprobieren, und es wird noch so lange irgendetwas Brotähnliches geben, bis das Mehl alle ist. Warum ist mir das nicht bloß schon früher eingefallen!«

»Vielleicht können wir einen Teil davon bis zum Herbst aufsparen«, sagte ich. »Wenn Jonny und ich wieder aus Springfield zurück sind.«

Und weil heute eben ein Glückstag war, hatte ich das noch nicht ganz ausgesprochen, als auch schon das Telefon klingelte. Das Geräusch hatte ich schon so lange nicht mehr gehört, dass ich fast einen Herzinfarkt bekam. Ich ging dran, und es war Dad. Jonny und Matt waren im Park, die konnten also nicht mit ihm sprechen, aber ich dafür umso länger.

Es war so schön, seine Stimme zu hören. Ihm geht es gut und Lisa auch. Sie war beim Gynäkologen und mit dem Baby ist auch alles in Ordnung. Dad sagt, dass er jeden Tag drei Mal versucht, uns oder Grandma oder Lisas Eltern zu erreichen. Vor ein paar Tagen hat er mit Grandma gesprochen, und es geht ihr gut. Und vor einer Woche hat Lisa ihre Eltern erreicht, bei denen war auch alles in Ordnung.

Er meinte, er könne es kaum noch erwarten, uns zu sehen, und wir würden das schon irgendwie hinkriegen. Springfield hat zwar auch schon seit Wochen keine Lebensmittellieferungen mehr bekommen, aber er und Lisa haben sich gleich zu Anfang mit Vorräten eingedeckt, und außerdem haben ihnen ein paar Freunde, die nach Süden gegangen sind, all ihre Konserven und haltbaren Lebensmittel überlassen. Im Übrigen hätte er gehört, dass die ansässigen Farmer ihre Felder bebauen und auch schon wieder einige Lastwagen unterwegs seien, und es könne schließlich nicht ewig so bleiben.

Es reichte, Dads Stimme zu hören und das Brot in der Küche zu riechen, um mich gleich wieder ein bisschen optimistischer zu stimmen.

Mom war superstolz, als die Brote aus dem Ofen kamen. Sie waren goldbraun und schmeckten viel besser als gekauftes Brot. Matt fuhr mit dem Rad zu Mrs Nesbitt und zu Peters Praxis, um ihnen ihren Gaumenschmaus vorbeizubringen.

Zum Abendessen gab es frisch gebackenes Brot mit Erdnussbutter und Marmelade, ganz dicke Scheiben und ganz dick bestrichen.

Mom meinte, wenn wir so weiteressen, würden wir glatt noch Übergewicht und Mangelerscheinungen bekommen, aber das ist mir egal. Es war einfach köstlich.

Und weil heute eben ein Glückstag war, hatten wir plötzlich auch wieder Strom, und das um sieben Uhr abends, wo man ihn tatsächlich auch mal gebrauchen kann. Und er blieb für volle drei Stunden.

Mom wusch drei Waschmaschinenladungen hintereinander und bekam zwei von ihnen sogar noch trocken. Ich saugte einmal durchs ganze Haus, und wir schickten das gesamte Geschirr durch die Spülmaschine. Wir stellten die Klimaanlage an und kühlten das Haus runter. Und zur Krönung des Ganzen steckte Matt noch eine Scheibe Brot in den Toaster und wir knabberten alle ein Stückchen davon. Ich hatte schon vergessen, wie lecker Toast sein kann: außen knusprig und innen weich.

Vor ein paar Tagen hat Matt einen echten alten Schwarz-Weiß-Fernseher mit Zimmerantenne vom Dachboden geholt. Mom sagt, diese Antennen hätte man früher Hasenohren genannt, was ich ziemlich albern finde.

Da es gerade Strom gab, schalteten wir den Fernseher ein und bekamen zwei Sender rein. Mit unseren anderen Geräten haben wir überhaupt keinen Empfang mehr – der Kabelanschluss ist komplett ausgefallen.

Überhaupt mal ein Bild zu bekommen war schon ziemlich aufregend. Der eine Sender war ein Kirchensender, der andere zeigte Wiederholungen von *Seinfeld* und *Friends*. Na, für welchen haben wir uns da wohl entschieden?

Sitcoms gucken war so ähnlich wie Toast essen. Vor zwei Monaten gehörte beides noch so selbstverständlich zu meinem Leben, dass ich es nicht einmal bemerkt habe. Aber jetzt fühlte es sich an wie Weihnachten, Ostern und die Zahnfee an einem Tag.

Wir haben wieder saubere Laken auf den Betten, ein sauberes Haus, saubere Klamotten und sauberes Geschirr. Wir haben den ganzen Abend gelacht. Als wir ins Bett gingen, waren keine 35 Grad mehr im Haus. Wir haben keinen Hunger. Wir müssen uns wegen Dad keine Sorgen machen. Ich weiß, wie es sich anfühlt, von einem Jungen geküsst zu werden.

Am liebsten würde ich diesen Tag immer noch mal von vorn erleben. Ich kann mir keinen schöneren vorstellen.

24. Juni

Ich bin so wütend auf Mom, dass ich schreien könnte. Und dass sie mindestens genauso sauer auf mich ist wie ich auf sie, macht die Sache nicht besser.

Der Tag hatte eigentlich wieder richtig gut angefangen. Die Sonne schien, optimales Badewetter. Es war noch so viel Brot übrig, dass jeder von uns eine Scheibe zum Frühstück essen konnte. Mom holte ein paar Erdbeeren aus dem Garten, und wir bekamen jeder zwei.

Ich ging zum See, und es störte mich nicht einmal, dass Karen und Emily auch da waren. Wir sind geschwommen, einfach so und um die Wette, und hatten unseren Spaß.

Ich nehme an, sie haben inzwischen mitgekriegt, dass zwischen Dan und mir irgendetwas läuft, denn wir waren noch nicht ganz aus dem Wasser raus, da haben sie sich auch schon verkrümelt. Dan und ich haben unseren Spaziergang durch den Wald gemacht. Wenn wir zusammen sind, habe ich immer das Gefühl, als könnte mir nichts passieren. Ich stelle mir gern vor, dass ich ihm das gleiche Gefühl gebe.

Dan brachte mich nach Hause, und in der Einfahrt kam uns Mom entgegen. »Ich fahr tanken«, sagte sie. »Soll ich dich in die Stadt mitnehmen, Dan?«

Dan sagte Ja, und ich fragte, ob ich auch mitkommen könne. Mom war einverstanden. Mrs Nesbitt holten wir auch noch ab, die wollte zur Bücherei.

Es gibt zwei Tankstellen in der Stadt, die noch Benzin verkaufen. Das funktioniert nach dem Prinzip, dass man sich in die Warteschlange stellt und dann im Voraus zahlt. Drei Dollar zwanzig der Liter oder 30 Dollar für zehn, nur abgezähltes Kleingeld und höchstens zehn Liter. Das Tanken dauert ungefähr eine Stunde, und dann fährt man zu der anderen Tankstelle und tankt noch mal zehn Liter. Wer dann noch Zeit und Geld hat, fährt zur ersten Tankstelle zurück und fängt wieder von vorne an.

Während Mom in der Schlange steht, bleibt also reichlich Zeit, in die Bücherei zu gehen oder irgendetwas anderes zu tun. Häufig nimmt Mom Matt und Jonny bis zum Park mit, wo sie sich dann ein paar Leute zum Baseballspielen suchen, während Mom an der Tankstelle wartet. Aber da es heute nach Regen aussah, wollten die beiden lieber zu Hause bleiben, so dass Platz war für Mrs Nesbitt, Dan und mich.

Mom reihte sich in die Schlange vor der Zapfsäule ein, und Dan und ich gingen mit Mrs Nesbitt in die Bücherei. In der Stadt hat kaum noch etwas geöffnet, daher ist die Bücherei inzwischen richtig beliebt. Aber auch hier hat sich natürlich einiges verändert. Ohne Strom ist es da drin ziemlich finster, und weil sie die Bücher nicht mehr einscannen können, gibt es jetzt eine Art Ehrenkodex. Vier Bücher pro Benutzer, im Vertrauen darauf, dass man sie so schnell wie möglich wieder zurückbringt.

Wir haben haufenweise Bücher zu Hause, aber Mom ermahnt uns immer wieder, so viel wie möglich die Bücherei zu nutzen. Wahrscheinlich hat sie Angst, dass sie nicht mehr lange geöffnet sein wird.

Jeder von uns fand ein paar Bücher, die er mitnehmen wollte. Ich packte Mrs Nesbitts und meine Bücher in meine Schultasche. Dan und ich haben uns zwischen den Regalen geküsst, und als wir dann aus der Bücherei herauskamen, machte er sich auf den Heimweg, während Mrs Nesbitt und ich zur Tankstelle zurückgingen, um Mom beim Warten Gesellschaft zu leisten.

Aber unterwegs entdeckten wir auf dem Pausenhof der Grundschule eine lange Warteschlange. Ungefähr fünfzig Leute warteten dort geduldig, und es standen auch ein paar Polizisten herum und sorgten dafür, dass niemand aus der Reihe tanzte.

Ich lief hin, um nachzusehen, was da los war. »Sie verteilen Lebensmittel«, erklärte mir ein Mann. »Eine Tüte pro Haushalt.«

Ich winkte Mrs Nesbitt und hielt ihr einen Platz in der Schlange frei. »Ich hole Dan zurück«, erklärte ich ihr. »Wir treffen Sie dann wieder hier.«

Also rannte ich los, und damit meine ich wirklich: rannte, in die Richtung, in der Dan wohnt. Es dauerte nicht lange, bis ich ihn gefunden und ihm alles erklärt hatte. Gemeinsam rannten wir zum

Schulhof zurück. Mrs Nesbitt war inzwischen ungefähr zwanzig Leute weiter vorn. Mir war klar, dass wir uns nicht einfach vordrängeln und zu ihr stellen konnten, aber wir riefen ihr zu, dass wir wieder da waren.

Es war nicht so schlimm, Schlange zu stehen, vielleicht weil die Polizisten darauf achteten, dass sich alle benahmen. Die Kinder turnten auf den Rutschen und Schaukeln herum, anstatt zu jammern, und es machte Spaß, sie dabei zu beobachten. Alle waren aufgeregt, dass es Lebensmittel geben sollte, auch wenn keiner wusste, was genau uns erwartete. Es war ein bisschen wie beim Weihnachtseinkauf.

Ab und zu wiederholte einer der Polizisten für alle die Regeln. Nur eine Tüte pro Haushalt. Alle Tüten sind gleich. Wer Ärger macht, kriegt keine Tüte. Keine Kosten, aber ein Dankeschön werde man sicher zu schätzen wissen.

Es machte uns nicht einmal etwas aus, als es zu regnen begann. Es war so ein sanfter Sommerregen, und weil es jetzt immer so schwül ist, hofften wir alle, der Regen würde für Abkühlung sorgen und danach würde es wieder schön werden.

Dan und ich hielten Händchen und alberten herum und freuten uns, zusammen zu sein. Stück für Stück rückten wir weiter vor und brachen in Jubel aus, als Mrs Nesbitt schließlich das Schulgebäude betrat. Und jubelten erneut, als sie mit einer Tüte wieder herauskam.

Endlich waren wir auch drin. Hier gab es noch mehr Polizisten, die offensichtlich die Tüten bewachen sollten. Sie trugen richtige Waffen, und das machte mir Angst.

Aber alle benahmen sich ganz vorbildlich. Jeder, der dran war, musste einen gültigen Ausweis mit Adresse vorlegen. Zum Glück hatten Dan und ich unsere Büchereiausweise dabei. Wir bekamen beide jeweils eine Plastiktüte überreicht. Beim Rausgehen sahen wir noch, dass die Polizisten die Leute aufforderten, sich nicht mehr anzustellen; die Vorräte gingen zur Neige.

Vor dem Schultor wartete Mrs Nesbitt auf uns. »Da ist Reis drin«, sagte sie. »Und Bohnen und noch viele andere leckere Sachen.«

Ich freute mich so sehr, dass ich Dan vor Mrs Nesbitts Augen einen Kuss gab. Nicht, dass sie besonders schockiert gewesen wäre. Dan umarmte mich noch einmal und verabschiedete sich. »Meine Mutter wird sich schrecklich freuen«, sagte er noch, was die Sache so ziemlich auf den Punkt brachte.

»Vielleicht gibt es bald noch mehr«, sagte ich. »Vielleicht wird jetzt alles besser.«

»Wollen wir's hoffen«, sagte er. Er gab mir noch einen letzten Kuss und ging los.

Ich nahm Mrs Nesbitt ihre Tüte ab, und wir liefen zur Tankstelle zurück. Immer wieder stellte ich mir vor, wie sich Mom freuen würde, dass ich etwas zu essen mitbrachte.

Bis zur Tankstelle war es ungefähr ein Kilometer, und der Regen war inzwischen stärker geworden, mit Gewittergrollen aus der Ferne. Als ich zu Mrs Nesbitt sagte, ich hätte leider keinen Schirm für sie dabei, da lachte sie nur und meinte: »Ich bin doch nicht aus Zucker.«

An der Tankstelle war Moms Auto nirgends zu entdecken, was nur bedeuten konnte, dass sie schon auf dem Weg zur zweiten Tankstelle war. Das verlängerte unseren Weg um weitere fünf Blocks, und wir waren beide bis auf die Haut durchnässt, als wir sie endlich fanden, aber das machte nichts. Reis und Bohnen und Milchpulver und Salz und verschiedene Fertigsuppen und Trockengemüse und Cornflakes und Zitronen-Götterspeise!

Mom hatte nur noch zehn Autos vor sich, als wir bei ihr ankamen. Da ich sowieso schon nass war, bot ich mich an, auszusteigen und zu bezahlen. Es ist schon ein komisches Gefühl, in einen Tankstellen-Shop zu gehen und überall nur leere Regale zu sehen und Schilder, auf denen steht: KASSIERER IST BEWAFFNET.

Vermutlich hat Mrs Nesbitt Mom die ganze Geschichte mit den Lebensmitteln und der Warteschlange erzählt, während ich drinnen das Benzin bezahlt habe. Jedenfalls war Mom noch bester Dinge, als ich losging, aber äußerst schweigsam, als ich wieder zurückkam.

Ich weiß nicht, ob Mom fand, zwanzig Liter seien genug für einen Tag, oder ob sie Mrs Nesbitt so bald wie möglich nach Hause bringen wollte, weil sie völlig durchnässt war, jedenfalls fuhren wir auf schnellstem Weg zurück und setzten Mrs Nesbitt vor ihrer Haustür ab. Jegliche Anstrengung von Moms Seite, wenigstens noch so lange halbwegs freundlich zu bleiben, wie Mrs Nesbitt mit im Auto saß, endete in dem Moment, als wir nur noch zu zweit waren.

»Was ist los?«, fragte ich, als sie endlich ausgestiegen war. »Was hab ich jetzt wieder angestellt?«

»Darüber reden wir zu Hause«, sagte sie und hatte dabei die Zähne so fest aufeinandergepresst, dass sie klang wie ein Bauchredner.

Wir gingen in die Küche, und ich schleuderte die Schultasche und die Lebensmitteltüte auf den Tisch. »Ich dachte, du freust dich«, sagte ich. »Über das ganze Essen. Was hab ich denn falsch gemacht?«

»Manchmal verstehe ich dich einfach nicht«, sagte sie, als wäre ich hier das geheimnisvolle Wesen. »Du siehst die Leute in der Schlange stehen, und was machst du?«

»Ich stelle mich hinten an«, sagte ich. »Hätte ich das nicht tun sollen?«

»Du rennst los und suchst nach Dan«, sagte Mom. »Den Teil hast du wohl vergessen.«

»Stimmt«, sagte ich. »Ich hab Dan zurückgeholt, und dann haben wir uns sofort hinten angestellt.«

»Und wenn bis dahin schon nichts mehr übrig gewesen wäre?«, fragte Mom. »Was dann?«

»Dann hätten wir all diese leckeren Sachen nicht bekommen«, sagte ich. »Reis, Bohnen und Zitronen-Götterspeise. Ich konnte doch nicht ahnen, dass die Vorräte so schnell zur Neige gehen würden. Außerdem, was spielt das für eine Rolle? Wir haben doch alle unsere Tüte bekommen. Ich verstehe nicht, warum du dich so aufregst!«

»Wie oft muss ich dir das denn noch erklären?«, fragte Mom. »Das Einzige, was zählt, ist die Familie. Dan muss sich um seine Familie kümmern und du dich um deine. Und fang mir jetzt bitte nicht von Peter an, der bringt uns schließlich jedes Mal etwas zu essen mit, und es war das Mindeste, was ich tun konnte, ihm im Gegenzug mal ein halbes Brot zu schenken.«

Ich hatte tatsächlich vorgehabt, Peter aufs Tapet zu bringen, wenn sie es nicht selbst getan hätte. Aber nicht einmal ich war so blöd, jetzt wieder von Mrs Nesbitt anzufangen.

»Es hat für alle gereicht«, sagte ich.

»Reine Glücksache«, sagte Mom. »Ich lasse nicht zu, dass meine Kinder hungern müssen, bloß weil du einem Freund helfen willst. Jetzt ist nicht die Zeit für Freundschaften, Miranda. Wir müssen jetzt zuallererst an uns selber denken.«

»So hast du uns bisher aber nicht erzogen«, sagte ich. »Was ist denn aus ›brüderlich teilen‹ und so geworden?«

»Teilen ist Luxus«, sagte sie. »Und im Moment können wir uns keinen Luxus erlauben.«

Einen Moment lang sah Mom nicht mehr wütend, sondern nur noch furchtbar traurig aus. Etwas in ihrem Blick erinnerte mich an die Zeit, als sie und Dad sich getrennt haben.

»Du glaubst doch sowieso, dass wir bald alle sterben«, sagte ich.

Jegliche Trauer schwand aus ihrem Gesicht und wurde durch Zorn ersetzt. »Das will ich nie wieder von dir hören!«, brüllte sie. »Keiner von uns wird sterben. Das werde ich nicht zulassen.«

Ich streckte die Hand nach ihr aus, um sie zu trösten. »Schon gut, Mom«, sagte ich. »Ich weiß, dass du alles für uns tust, was du kannst. Aber das zwischen Dan und mir ist wirklich wunderschön. So wie zwischen dir und Peter. Etwas Besonderes. Sonst hätte ich ihm doch nie von den Lebensmitteln erzählt.«

Aber das tröstete Mom nicht im Geringsten. Auf ihrem Gesicht lag ein Entsetzen, das fast so groß zu sein schien wie an jenem ersten Abend. »Schläfst du mit ihm?«, fragte sie. »Geht ihr zusammen ins Bett?«

»Mom!«, sagte ich.

»Denn wenn ihr das tut, solltet ihr euch besser nie mehr wiedersehen«, fuhr sie fort. »Dann werde ich dir verbieten zum See zu gehen. Dann lasse ich dich nicht mehr allein aus dem Haus. Hast du mich verstanden? Ich kann nicht riskieren, dass du schwanger wirst.« Sie packte mich bei den Schultern und zog mein Gesicht ganz dicht an ihres heran. »Hast du mich verstanden?«

»Hab ich!«, brüllte ich zurück. »Ich hab verstanden, dass du mir nicht vertraust!«

»Dir würde ich vielleicht noch vertrauen, aber Dan ganz bestimmt nicht!«, sagte sie. »Ihr beide dürft nirgendwo mehr allein sein. Ich verbiete es.«

»Versuch's doch«, brüllte ich. »Ich liebe Dan, und er liebt mich, und daran wirst auch du nichts ändern!«

»Geh sofort auf dein Zimmer!«, sagte Mom. »Und komm ja nicht wieder raus, bevor ich es dir erlaube. SOFORT!«

Eine weitere Aufforderung war nicht nötig. Ich rannte in mein Zimmer hinauf und knallte die Tür hinter mir zu, so laut ich konnte. Und dann weinte ich. Heftige, hemmungslose Schluchzer.

Ich bin nicht Sammi. Und ich bin auch nicht blöd. Klar würde ich gern mit Dan schlafen. Ich würde überhaupt gern noch mal mit jemandem schlafen, bevor diese ganze bescheuerte Welt untergeht. Aber auch wenn ich Mom gegenüber behauptet habe, Dan und ich würden uns lieben, ist mir im Grunde klar, dass wir das nicht tun. Jedenfalls nicht so, wie ich den ersten Mann, mit dem ich schlafe, lieben möchte.

Meistens weiß ich nicht einmal genau, was Dan überhaupt empfindet. Ich hätte gedacht, dass er mich bedrängen würde, aber das tut er nicht. Wir küssen uns und wir nehmen uns in den Arm, mehr nicht.

Und jetzt kommt Mom und benimmt sich, als wären wir läufige Hunde.

Das ist wirklich ungerecht. Ich habe Sammi und Megan nicht mehr gesehen, seit die Schule vorbei ist. Dan ist praktisch der einzige Freund, der mir auf der Welt noch geblieben ist. Selbst wenn wir nicht miteinander schlafen, selbst wenn wir nicht mal ein richtiges Paar sind, ist er doch außer Peter der einzige Mensch, den ich öfter sehe und der nicht zur Familie gehört. Ich lache mit ihm. Ich rede mit ihm. Er ist mir wichtig. Aber bei Mom klingt das so, als sei das etwas Schlechtes, als dürfte ich keine Freunde mehr haben, als sei die Familie von jetzt an das Einzige, was zählt.

Wenn *das* die Welt ist, wie sie von jetzt an sein soll, dann kann ich nur hoffen, dass sie bald untergeht.

Ich hasse Mom dafür, dass es mir jetzt wieder schlecht geht.

Dass sie mir das Gefühl gibt, als müsse es für jeden guten Tag zehn oder zwanzig oder hundert schlechte geben.

Ich hasse sie dafür, dass sie mir nicht vertraut. Und dass sie mir immer noch mehr Angst macht.

Ich hasse sie dafür, dass sie mich zwingt, sie zu hassen.

Ich hasse sie.

25. Juni

Bis auf ein paar Ausflüge ins Bad (und das auch nur, wenn ich dachte, dass mich niemand sieht) bin ich gestern den ganzen Tag über in meinem Zimmer geblieben. Ich habe die Tür zugemacht und in einem Anfall von Trotz, den ich selbst albern fand, vier Stunden lang beim Licht der Taschenlampe gelesen.

Heute Morgen hat Matt an meine Tür geklopft. »Es gibt Frühstück«, sagte er.

»Ich esse nie mehr was«, sagte ich. »Dann bleibt mehr für dich und Jonny übrig.«

Matt kam rein und machte die Tür hinter sich zu. »Hör auf, dich wie ein Baby zu benehmen«, sagte er. »Du hast deinen Standpunkt klargemacht. Und jetzt gehst du schön in die Küche und frühstückst. Und wo du schon mal dabei bist, könntest du Mom vielleicht auch gleich noch ein Küsschen geben.«

»Erst muss sie sich bei mir entschuldigen«, sagte ich. Schon komisch, meine Wut war immer noch größer als mein Hunger. Aber vielleicht war mir auch nur klar, dass ich auch nach dem Frühstück noch Hunger haben würde, wozu also das Ganze?

Matt schüttelte den Kopf. »Ich hätte dich für vernünftiger gehalten«, sagte er. »Ich hätte mehr von dir erwartet.«

»Mir doch egal, was du von mir erwartest«, sagte ich, was eine komplette Lüge war. Es ist mir alles andere als egal, was Matt von mir hält. »Ich hab nichts falsch gemacht. Mom hatte überhaupt keinen Grund, mir Vorwürfe zu machen. Warum sagst du *ihr* nicht mal, du hättest mehr von ihr erwartet?«

Matt seufzte. »Ich war nicht dabei«, sagte er. »Ich kenne nur Moms Version der Geschichte.«

»Und sie hat nicht zufällig erwähnt, dass sie sich unmöglich aufgeführt hat?«, fragte ich. »Dass sie mich behandelt hat wie eine Verbrecherin? Oder hat sie den Teil ausgelassen?«

»Wenn du hören willst, ob sie in Tränen ausgebrochen ist und gesagt hat, ihr täte das alles furchtbar leid, dann lautet die Antwort Nein«, sagte Matt. »Aber sie hat gesagt, wie furchtbar leid es ihr tut, dass du das alles durchmachen musst. Miranda, Mom ist einfach mit den Nerven am Ende. Sie hat uns drei, für die sie sorgen muss, und dazu noch Mrs Nesbitt. Und du kennst Mom. Sie sorgt sich auch um Dad, und um Lisa, um das Baby, und um Peter. Vor allem wegen Peter ist sie fast verrückt vor Sorge. Er arbeitet zwölf Stunden am Tag, sieben Tage die Woche, und sie hat nicht die geringste Ahnung, ob er überhaupt etwas isst.«

Ich spürte, wie mir wieder die Tränen kamen, was ich unbedingt vermeiden wollte. »Mom glaubt, dass wir sowieso bald sterben, oder?«, sagte ich. »Und du, was glaubst du? Ist das alles hier umsonst? Sind wir sowieso bald alle tot?«

»Das glaubt Mom mit Sicherheit nicht, genauso wenig wie ich«, sagte Matt. Es war offensichtlich, dass er schon oft darüber nachgedacht hatte und es nicht nur so dahingesagt war. »Was nicht heißen soll, dass wir das Schlimmste schon hinter uns haben, denn das glauben wir alle beide nicht. Wenn alles so bleibt, wie es ist, dann haben wir eine echte Chance. Alle arbeiten fieberhaft daran, die Situation in den Griff zu kriegen. Diese Tüte mit Lebensmitteln gestern ist ein Beweis dafür, dass es bergauf geht.«

»Aber schlimmer kann es doch gar nicht mehr werden«, sagte ich. »Was könnte denn noch schlimmer werden, als es jetzt schon ist?«

Matt grinste. »Willst du das wirklich wissen?«, fragte er.

Ich schüttelte den Kopf, und wir mussten beide lachen.

»Mom macht sich fast noch größere Sorgen um Mrs Nesbitt als um uns«, sagte Matt. »Sie hat sie gefragt, ob sie bei uns einziehen will, aber Mrs Nesbitt hat sich in den Kopf gesetzt, dass sie eine Belastung für uns wäre. Was die Sache für Mom nicht leichter macht.«

»Ich weiß, dass Mom nicht will, dass wir sterben«, sagte ich. Ich überlegte ganz genau, was ich sagen wollte, damit es auch wirklich richtig herauskam. »Aber irgendwie will sie auch nicht, dass wir leben. Wir sollen uns in unsere Zimmer verkriechen und am besten überhaupt nichts mehr fühlen, und wenn wir gerettet werden, wunderbar, aber wenn nicht, na ja, dann leben wir vielleicht wenigstens ein bisschen länger. Wenn man das leben nennen kann. Ich weiß, dass Mom dir Sachen erzählt, die sie mir nicht erzählt, aber liege ich da so falsch? Mir kommt es jedenfalls immer mehr so vor. Ich hätte gern Unrecht, weil es mir Angst macht, wenn Mom so denkt. Aber ich fürchte, ich habe Recht, oder?«

»Mom kann genauso wenig hellsehen wie ich oder du oder Müllers Kuh«, sagte Matt. »Wenn Horton demnächst bei CNN auftreten würde – vorausgesetzt, dass es CNN noch gibt –, könnte er mit seinen Voraussagen genauso richtigliegen wie jeder andere. Aber sie ist, genau wie ich, davon überzeugt, dass wir schweren Zeiten entgegengehen. Dass es eher noch schlimmer wird als besser. Und aus ihrer Sicht stehen unsere Chancen, wenn es wirklich hart auf hart kommen sollte, besser, wenn wir auch jetzt schon gut auf uns aufpassen. Also: Ja, es kann durchaus sein, dass sie im Moment ein bisschen überängstlich wirkt. Ich weiß, dass sie Angst davor hat, Jonny ins Camp zu schicken, aber sie ist fest entschlossen, es trotzdem zu tun und ihn nichts davon merken zu lassen. Also erzähl es ihm bitte nicht.«

»Mach ich nicht«, versprach ich. »Aber um mich braucht Mom sich wirklich keine Sorgen zu machen. Ich bin nicht blöd, Matt. Aber ich will auch nicht aufhören, Gefühle zu haben. Ich glaube wirklich, ich würde lieber sterben, als keine Gefühle mehr zu haben.«

»Kein Mensch erwartet das von dir«, sagte er. »Und Mom erwartet auch nicht, dass du jetzt aufhörst schwimmen zu gehen oder Dan zu treffen. Sie ist glücklich, wenn du glücklich bist. Aber auch unter normalen Umständen würde es ihr nicht gefallen, wenn Dan der einzige Freund wäre, mit dem du dich noch triffst. Warum besuchst du nicht mal Megan oder Sammi? Ich würde gern mal wieder eine gute Story über Sammi hören.«

Die Wahrheit ist, dass ich eigentlich kaum noch an Sammi oder Megan denke – so, als wäre dieser Teil meiner Welt tatsächlich schon untergegangen. Aber da ich gerade noch große Reden über Gefühle geschwungen hatte, konnte ich das natürlich nicht zugeben. Also nickte ich und sagte, ich würde mich anziehen und die Sache mit Mom in Ordnung bringen.

Aber als ich Mom dann in der Küche sitzen sah, hatte ich plötzlich gar keine Lust mehr auf Küsschen hier, Küsschen da. Und sie sah auch nicht so aus, als wäre sie besonders scharf darauf, mir um den Hals zu fallen. Sie saß mit Jonny am Tisch, und beide wirkten irgendwie niedergeschlagen.

Ohne auch nur darüber nachzudenken, sagte ich: »Jonny, hast du Lust, heute Vormittag mit mir zum See zu gehen?«

Jonnys Miene hellte sich schlagartig auf, und es sah so aus, als hätte ich auch in Bezug auf Mom das Richtige gesagt. »Das wär super«, sagte er.

Keine Ahnung, warum Jonny sich nicht einfach mal selbst dazu eingeladen hat. Es ist ja nicht so, als würde der See mir gehören. Aber Jonny hat meistens Baseball gespielt, oder zumindest mit Matt trainiert. Und Matt ist joggen gegangen, wenn er nicht gerade Baseball gespielt hat. Vielleicht haben sie gedacht, Schwimmen wäre eben *mein* Ding, und haben sich deshalb zurückgehalten.

Während ich frühstückte, zog Jonny seine Badehose unter die Jeans, und sobald wir beide fertig waren, gingen wir los. Bei meinem Glück war natürlich klar, dass Emily und Karen ausgerechnet heute nicht da waren, so dass Dan und mir kostbare Stunden zu zweit entgingen.

Aber das war es mir wert, als ich sah, was für einen Spaß Jonny im Wasser hatte. Es waren noch zwei Jungs aus seiner Schule dort, und die drei haben zusammen gespielt. Dann sind wir alle zusammen geschwommen, haben Wasserball gespielt und ein Staffelschwimmen gemacht. Es war wieder ein heißer, sonniger Tag, und so legten wir uns nach dem Schwimmen in die Sonne, um uns trocknen zu lassen.

Wie sich herausstellte, ist Dan ein großer Phillies-Fan, und er und Jonny haben stundenlang über Baseball geredet, was Jonny endgültig glücklich machte.

Ich bin immer so sehr mit meinen eigenen Problemen beschäftigt gewesen, dass ich kaum darüber nachgedacht habe, wie es Jonny wohl mit alldem geht. Erst als ich jetzt sah, mit welcher Begeisterung er mit Dan über die besten Second Basemen aller Zeiten redete, ist mir klar geworden, wie sehr er sich gelangweilt haben muss. Natürlich hat er Matt, und Matt ist wirklich toll mit ihm, aber zu dieser Jahreszeit hat Jonny sonst eigentlich immer nur Baseball im Kopf: Wenn er nicht gerade selber spielt, dann verfolgt er irgendwelche Spiele im Fernsehen oder Internet.

Jonny findet Baseball genauso toll wie ich früher Eislaufen. Ich bin wirklich froh, dass sein Baseball-Camp stattfinden soll. Er hat es verdient, ein paar Wochen lang mal nur das zu tun, was ihm am meisten Spaß macht.

Dan hat mich heute nicht nach Hause gebracht, vermutlich, weil Jonny dabei war. Aber so hatte ich wenigstens mal Gelegenheit, mich in Ruhe mit Jonny zu unterhalten.

»Ich wollte dich mal was fragen«, sagte er, und es schien ihm wirklich wichtig zu sein. Was gleichzeitig bedeutete, dass es nichts Erfreuliches sein konnte. »Du weißt doch, dass ich später mal bei den Yankees Second Baseman spielen will, oder?«

Da Jonny seit seiner Geburt nichts anderes will, überraschte mich das nicht besonders und ich nickte bloß.

»Ich weiß, dass Mom tut, was sie kann«, fuhr Jonny fort. »Aber ich glaube nicht, dass ich mich im Moment besonders ausgewogen ernähre. Was Proteine und all so was angeht. Ich bin jetzt eins fünfundsechzig, aber ich weiß nicht, wie viel größer ich noch werde, wenn ich nicht bald mal wieder Hamburger oder Roastbeef zu essen kriege.«

»Wir essen noch wesentlich besser als viele andere Leute«, sagte ich.

»Als viele andere Leute hier«, sagte Jonny. »Aber was, wenn es in Japan oder in der Dominikanischen Republik haufenweise Dreizehnjährige gibt, die Hamburger zu essen kriegen und immer größer werden? Ich weiß nicht, wie ich mit Dosenthunfisch eins dreiundachtzig werden soll. Was, wenn bei eins achtundsechzig einfach Schluss ist?«

Ich hätte darüber gelacht, wenn er nicht ein so ernstes Gesicht dabei gemacht hätte. Außerdem wusste ich, dass Matt nicht darüber lachen würde. Über meine dämlichen Fragen lacht er schließlich auch nicht.

»Nimmst du deine Vitamine?«, fragte ich.

Jonny nickte.

»Die helfen auf jeden Fall schon mal«, sagte ich. »Hör zu, Jonny, ich weiß auch nicht, was morgen sein wird, geschweige denn in ein paar Jahren. Selbst wenn alles wieder normal wird, kann es durchaus sein, dass alle Spieler noch auf Jahre hinaus ein bisschen kleiner sein werden als früher. Oder du hast sowieso nicht mehr so viel Konkurrenz, weil, na ja, weil es dann gar nicht mehr so viele Second Basemen gibt. Ich glaube nicht, dass es den Leuten in der Dominikanischen Republik oder in Japan sehr viel besser geht. Vielleicht werden die Jungs in deinem Alter auch dort keine eins dreiundachtzig groß, und vielleicht haben sie auch gar nicht so viel Zeit fürs Baseballtraining wie du.«

»Glaubst du, die sind sowieso alle tot?«, fragte Jonny.

»Nicht unbedingt«, sagte ich und wusste plötzlich zu schätzen, wie geschickt Matt in letzter Zeit mit mir umgegangen war. »Ich meine eher, dass im Moment die ganze Welt eine schwere Zeit durchmacht, nicht nur wir in Pennsylvania. Und sicher gibt es jede Menge Jungs in der Dominikanischen Republik und in Japan, die sich die gleichen Sorgen machen wie du. Ich weiß bloß nicht, ob die auch alle Vitamine und Thunfisch aus der Dose kriegen. Aber eins weiß ich genau: Es stimmt, was Dad immer sagt. Man kann nur dann der Beste in irgendetwas werden, wenn man selber so gut wird, wie man kann. Wenn du der beste Second Baseman wirst, der du jemals sein kannst, dann hast du eine ebenso gute Chance wie jeder andere, irgendwann für die Yankees zu spielen.«

»Findest du das auch alles so schrecklich?«, fragte Jonny.

»Ja«, antwortete ich. »Und ich würde auch gern wieder Hamburger essen.«

Als wir nach Hause kamen, fand ich Mom in der Küche, Mehl, Hefe und Messbecher über den ganzen Tresen verstreut. In der Küche waren bestimmt fast 40 Grad, wo es doch draußen schon so heiß war und dann auch noch der Ofen lief.

»Kann ich dir helfen, Mom?«, fragte ich. »Ich würde gern lernen, wie man Brot backt.«

Mom lächelte mich an. Mit einem richtigen Lächeln. So, als wäre ich ihre lang vermisste Tochter, die gute, die sie für immer verloren geglaubt hatte. »Das wäre schön«, sagte sie.

Und so buken und schwitzten wir gemeinsam. Am meisten hat mir Spaß gemacht, den Teig zu kneten und zu walken. Ich hab mir vorgestellt, es wäre der Mond, und ihn einfach k. o. geschlagen.

SIEBEN

2. Juli

Mom hat Jonny heute zum Baseball-Camp gefahren. Sie kam ganz aufgeregt zurück, weil sie in der Nähe von Liberty eine Tankstelle entdeckt hat, wo man zwanzig Liter Benzin auf einmal bekommt, für 75 Dollar. Das ist zwar teurer als bei uns, aber hier sind die Tankstellen runter auf maximal acht Liter, und Mom hat gesagt, so viel Benzin auf einmal zu bekommen sei ihr das Geld wert gewesen.

Eins der Dinge, nach denen ich Mom nie frage, ist, wie lange ihr Bargeld noch reichen wird. Andererseits ist Benzin inzwischen das Einzige, wofür man überhaupt noch Geld ausgeben kann, also ist es wahrscheinlich egal.

Draußen waren heute wieder fast vierzig Grad, und seit drei Tagen haben wir keinen Strom mehr gehabt. Matt beschloss, es sei an der Zeit, den ersten Baum zu fällen. Mich schickte er los, um Kleinholz zu sammeln. Das kam mir zwar ziemlich albern vor, aber im Wald gab es wenigstens Schatten. Außerdem ist es nicht halb so anstrengend, Holz zu sammeln, wie einen Baum zu fällen.

Nachdem ich vier Säcke voll gesammelt hatte, brachte ich sie zum Haus. Matt sägte immer noch an dem Baum herum. Bei diesem Tempo wird er wohl noch die ganze Woche brauchen, um ihn umzulegen.

Ich fragte ihn, ob er Hilfe brauche, aber er sagte Nein.

Andererseits konnte ich wohl kaum einfach irgendwo rumsitzen und lesen, während er sich abrackerte. Und im Haus gab es auch nicht allzu viel für mich zu tun. Also jätete ich Unkraut im Gemüsegarten, weil Mom das auch jeden Tag tut, und machte den Abwasch, und danach, nur zum Beweis, dass ich auch zu etwas nütze war, putzte ich noch die Badezimmer und wischte den Küchenboden.

Matt kam rein und trank einen Schluck Wasser. »Sehr beeindruckend«, sagte er. »Hast du sonst noch irgendwelche Pläne für heute?«

Ich wollte ungern zugeben, dass ich keine hatte, deshalb murmelte ich nur irgendwas vor mich hin.

»Wie wär's, wenn du mal bei Sammi und Megan vorbeigehst?«, fragte er. »Hast du die überhaupt schon mal besucht, seit die Schule vorbei ist?«

Hatte ich nicht. Sie mich allerdings auch nicht.

Ich beschloss trotzdem, ihnen einen Besuch abzustatten, und sei es auch nur, damit Matt nicht noch länger darauf herumreiten konnte. Besuche abzustatten fühlte sich ziemlich Jane-Austen-mäßig an. Keine ihrer Heldinnen hatte ein Telefon oder einen Computer, und genauso geht es mir im Moment ja auch.

Es dauerte eine Viertelstunde, zu Sammi rüberzulaufen, und ich schwitzte auf dem ganzen Weg dorthin. Leider musste ich bei meiner Ankunft feststellen, dass niemand zu Hause war.

Einen Moment lang dachte ich schon, die ganze Familie hätte ihre Sachen gepackt und die Stadt verlassen (manche Familien machen das und gehen in den Süden, weil es da unten angeblich besser sein soll), aber es hing noch Wäsche auf der Leine. Komische Vorstellung, Sammis Mutter beim Wäscheaufhängen. Natürlich machen wir das jetzt auch, aber Sammis Mutter war nie so der hausfrauliche Typ.

Ich fand es sinnlos, zu warten, bis jemand auftauchte, also lief ich weiter zu Megan. Ich klopfte an die Tür, und Megans Mutter machte gleich auf.

Sie schien überglücklich mich zu sehen. Ich hatte ein echtes Déjà-vu-Gefühl. Genauso hatte Beckys Mutter mich immer angeschaut, wenn ich zu Besuch kam.

»Miranda!«, sagte Mrs Wayne und zog mich ins Haus. »Da wird Megan sich aber freuen. Megan, Miranda ist hier!«

»Ist sie in ihrem Zimmer?«, fragte ich.

Mrs Wayne nickte. »Sie verlässt es kaum noch«, sagte sie. »Außer, um in die Kirche zu gehen. Ich bin so froh, dass du hier bist, Miranda. Vielleicht kannst du sie ein bisschen zur Vernunft bringen.«

»Ich werd's versuchen«, sagte ich, aber uns war beiden klar, dass nichts, was ich sagte, Megan von ihrer Entscheidung abbringen würde. Ich habe es noch nie geschafft, Megan von irgendetwas abzubringen.

Megan öffnete ihre Zimmertür und schien sich wirklich zu freuen, mich zu sehen. Ich sah sie mir ganz genau an. Sie hatte weiter abgenommen, aber nicht so viel, wie ich befürchtet hatte.

Was mir hingegen Angst machte, war das Leuchten in ihren Augen. Sie strahlte regelrecht vor Freude. Ich dachte, jetzt ist sie endgültig übergeschnappt.

»Wie geht es dir?«, fragte sie und schien sich aufrichtig für alles zu interessieren, was ich ihr erzählte. Und ich erzählte ihr auch beinahe alles: dass Dan und ich uns fast jeden Tag sehen, dass Jonny auf dem Weg ins Camp ist und dass Matt gerade einen Baum fällt. Ich erzählte ihr nicht, wie viele Lebensmittel wir noch haben, denn über so etwas spricht man nicht mehr.

Nachdem wir mit mir fertig waren, fragte ich sie, wie es ihr denn ging. Da fing sie noch mehr zu strahlen an, wenn das überhaupt möglich ist. Sie war fast schon radioaktiv.

»Oh Miranda«, sagte sie. »Wenn du wüsstest, was für ein tiefes Glück ich empfinde.«

»Freut mich, dass du glücklich bist«, sagte ich, obwohl ich eigentlich glaubte, dass sie verrückt geworden war, und so schlimm die Lage auch sein mag, es freut mich immer noch nicht, wenn die Leute verrückt werden.

»Du könntest auch glücklich sein, wenn du dich endlich zu Gott bekennen würdest«, sagte sie. »Beichte deine Sünden, treibe den Satan aus und biete Gott dein Herz an.«

»Gehst du noch viel in die Kirche?«, fragte ich. Megan hatte geduldig mein endloses Gerede über Dan angehört, da konnte ich jetzt auch mal ihr Gerede über Reverend Marshall ertragen.

»Jeden Tag«, antwortete Megan. »Mom weiß, dass ich jeden Morgen hingehe, aber sie wird sauer, wenn ich nachmittags noch nicht wieder zurück bin. Und ich möchte nicht, dass sie sauer wird, denn ich möchte sie ja im Himmel wiedersehen. Aber manchmal schleiche ich mich abends, wenn sie schläft, noch mal raus. Und egal, wann ich komme, der Reverend ist immer da. Er betet Tag und Nacht für uns Sünder.«

Irgendwie habe ich meine Zweifel, dass er für mich betet, und sollte er es doch tun, bin ich mir nicht sicher, ob ich das überhaupt will. Aber wenigstens kommt Megan, wenn sie zur Kirche geht, mal aus dem Haus.

Ein paar Fragen musste ich aber noch loswerden. »Isst du denn immer noch nicht mehr?«, fragte ich. Lustig, dass ›nicht mehr‹, je nach Betonung, zwei verschiedene Dinge bedeuten kann.

»Ich esse, Miranda«, sagte Megan und lächelte mich an wie ein schwachsinniges Kind. »Es wäre Selbstmord, wenn ich gar nicht mehr essen würde. Es entspricht nicht Gottes Willen, dass wir Selbstmord begehen.«

»Freut mich zu hören«, sagte ich.

Sie sah mich so voller Mitleid an, dass ich mich abwenden musste. »Du bist genauso, wie ich damals war«, sagte sie. »Nachdem Becky gestorben ist.«

Schon komisch, aber Megan, Sammi und ich haben kaum noch über Becky gesprochen, nachdem sie gestorben war, obwohl wir ihr alle so nahe standen. Stattdessen gingen wir immer mehr unserer eigenen Wege, als wäre Becky, oder vielleicht sogar ihre Krankheit, der Klebstoff gewesen, der uns zusammenhielt.

»Was meinst du damit?«, fragte ich. Ich hätte gern gewusst, ob Megan auch von Becky träumt, so wie ich, in letzter Zeit drei oder vier Mal die Woche.

»Ich war total wütend«, sagte Megan. »Wütend auf Gott. Wie konnte Er so jemanden wie Becky sterben lassen? Warum musste ausgerechnet Becky sterben, wo es doch so viele schreckliche Menschen auf der Welt gab? Ich hatte einen richtigen Hass auf Gott. Ich hasse alles und jeden und sogar Gott.«

Ich versuchte mich zu erinnern, wie Megan damals gewesen war. Das hätte eigentlich nicht so schwierig sein dürfen, es war ja erst etwas über ein Jahr her. Aber es war eine schreckliche Zeit damals. Becky war so lange krank gewesen, und gerade als es so aussah, als würde die Behandlung anschlagen, ist sie plötzlich doch noch gestorben.

»Mom hatte Angst um mich«, sagte Megan. »Und Reverend Marshall hatte damals gerade angefangen hier zu predigen, deshalb brachte sie mich zu ihm. Ich schrie ihn an. Wie konnte Gott Becky so etwas antun? Wie konnte Er mir so etwas antun? Ich dachte, Reverend Marshall würde mich nach Hause schicken und sagen, wenn ich etwas älter wäre, würde ich das schon verstehen, aber das tat er nicht. Er sagte, wir könnten niemals wahrhaft Gottes Willen verstehen. Wir müssten Gott vertrauen, an Ihn glauben, und die Gebote befolgen, die Er uns gegeben hat, auch ohne Ihn jemals zu verstehen. Der Herr ist wirklich mein Hirte, Miranda. Nachdem Reverend Marshall mir das klargemacht hatte, sind all meine Zweifel und meine Wut verschwunden. Gott hat Seine ganz eigenen Gründe für das, was wir erdulden. Vielleicht werden wir sie verstehen, wenn wir im Himmel sind, aber bis dahin können wir nur um Seine Vergebung bitten und Seinem Willen gehorchen.«

»Aber es kann doch nicht Sein Wille sein, dass du dich zu Tode hungerst«, sagte ich.

»Warum nicht?«, fragte sie. »Es war ja auch Sein Wille, dass Becky stirbt. Der Tod kann auch ein Segen sein, Miranda. Denk doch mal, wie viel Leid Becky dadurch erspart geblieben ist.«

»Aber du kannst doch nicht darum beten, zu sterben«, sagte ich.

»Ich bete darum, dass ich Gottes Willen annehmen kann, ohne zu zweifeln«, erwiderte sie. »Ich bete darum, Seiner Liebe würdig zu sein. Ich bete um das ewige Leben im Himmel. Ich bete für dich, Miranda, und für Mom und Dad und sogar für Dads andere Familie. Und ich bete für die Seelen aller Sünder, wie Reverend Marshall es uns aufgetragen hat, auf dass sie das Licht erblicken und von den ewigen Flammen der Hölle verschont bleiben.«

»Danke«, sagte ich, in Ermangelung einer besseren Antwort.

Megan sah mich voller Mitleid an. »Ich weiß, dass du nicht an Gott glaubst«, sagte sie. »Und ich sehe das Unglück in deinen Augen. Kannst du sagen, dass du glücklich bist, Miranda? Kannst du sagen, dass du mit der Welt in Frieden lebst?«

»Nein, natürlich nicht«, sagte ich. »Aber ich glaube auch nicht, dass ich das tun sollte. Warum sollte ich glücklich sein, wenn es nicht genug zu essen gibt und die Leute krank werden und ich nicht mal die Klimaanlage anstellen kann?«

Megan lachte. »Das ist doch alles so unwichtig«, sagte sie. »Dieses Leben ist doch nur ein Lidschlag im Vergleich zum ewigen Leben. Bete mit mir, Miranda. Das Einzige, was meinem Glück noch im Wege steht, ist das Wissen, dass viele Menschen, die ich liebe, noch nicht erlöst worden sind.«

»Na ja, man kann schließlich nicht über alles glücklich sein«, sagte ich. »Ich weiß, dass ich mich für dich freuen sollte, Megan, aber um ehrlich zu sein, glaube ich eher, dass du verrückt geworden bist. Und wenn es Reverend Marshall war, der dich so weit gebracht hat, dann glaube ich, dass er ein schlechter Mensch ist. Dieses Leben, unser ganz normales Alltagsdasein, ist das einzige, das uns geschenkt worden ist. Dieses Leben wegzuwerfen, sterben zu wollen, das ist für mich die größte Sünde.«

Die Megan, die einmal meine beste Freundin war, hätte sich jetzt mit mir gestritten. Und irgendwann hätten wir dann beide angefangen zu lachen. Aber diese Megan hier sank auf die Knie und fing an zu beten.

Als ich nach Hause kam, ging ich in den Wald und sammelte noch drei weitere Säcke voll Kleinholz. Vielleicht werde ich tatsächlich irgendwann in den ewigen Flammen der Hölle schmoren, wie Megan behauptet. Aber vorher gedenke ich mich noch eine Weile an den Flammen eines Kaminofens zu wärmen.

3. Juli

Nachdem wir heute zu Abend gegessen hatten, sagte Mom: »Gestern auf der Rückfahrt habe ich mir etwas überlegt. Was haltet ihr davon, wenn wir uns von jetzt an auf zwei Mahlzeiten am Tag beschränken würden?«

Ich glaube, sogar Matt war überrascht, denn er sagte nicht auf Anhieb »geht klar«.

»Auf welche zwei denn?«, fragte ich, als würde das irgendeine Rolle spielen.

»Wir werden auf jeden Fall weiterhin zu Abend essen«, sagte Mom. »Eine gemeinsame Mahlzeit am Tag sollten wir unbedingt beibehalten. Aber wir könnten uns jeden Tag überlegen, ob wir lieber Frühstück oder Mittag essen wollen. Ich werde auf jeden Fall das Frühstück weglassen. Ich bin noch nie ein Frühstücksmensch gewesen.«

»Am College lasse ich öfter mal das Mittagessen ausfallen«, sagte Matt. »Das könnte ich hier also auch ohne größere Probleme machen.«

»Das Ganze ist natürlich freiwillig«, sagte Mom. »Es ist keinesfalls so, als würden uns schon die Vorräte ausgehen. Aber ich dachte, solange Jonny weg ist, könnten wir drei vielleicht mit etwas weniger auskommen.«

Ich sah Jonny auf seiner Farm vor mir, wie er Eier aß und Milch trank, und hatte kurzzeitig einen richtigen Hass auf ihn. »Ist gut, Mom«, sagte ich. »Ich lasse ab jetzt auch eine Mahlzeit aus. Ich werd's überleben.«

Ich frage mich oft, wie es wohl sein wird, wenn wir Dad und Lisa besuchen. Allmählich wird Springfield für mich zu einer richtigen Wahnvorstellung. Ich sehe eine Küche voller Lebensmittel vor mir, einen funktionierenden Kühlschrank und Bauernmärkte mit frischem Obst und Gemüse, mit Eiern und Pasteten und Gebäck und Pralinen. Ich stelle mir eine Klimaanlage vor und einen Fernseher und Internet und fünfundzwanzig-Grad-Wetter und Hallenbäder und keine Mücken.

Ich würde mich schon mit einem einzigen dieser Dinge zufriedengeben. Na gut, einem einzigen plus Pralinen.

4. Juli

Independence Day. Herzlichen Glückwunsch, Amerika.

Ha!

Horton hat die ganze Nacht vor Jonnys Zimmertür gemaunzt und keinen von uns schlafen lassen. Er ist ziemlich schlecht gelaunt und hat gestern nur die Hälfte seines Futters gefressen (und Mom musste ihn nicht mal darum bitten).

Schon drei Tage kein Strom mehr. Tagsüber bewegt sich die Temperatur um die 38 Grad und nachts wird es auch nicht viel kühler.

Ich hab geträumt, der Himmel wäre ein Eispalast, kalt und weiß und verlockend.

Ich habe heute nicht gefrühstückt und bin hungrig schwimmen gegangen. Morgen versuche ich lieber, das Mittagessen auszulassen. Während der ganzen Zeit, die ich mit Dan verbracht habe (nicht genug und auch nicht allein, weil Emily uns nicht eine Sekunde lang von der Seite gewichen ist), konnte ich immer nur ans Essen denken. Wie sehr mir mein Frühstück fehlte. Was ich mittags essen würde. Wie viele Brote wir noch backen können, bevor uns die Hefe ausgeht.

Wenn ich darüber nachdenke, dass Jonny drei Mahlzeiten am Tag bekommt, richtiges Essen, frisch vom Bauernhof, und dass Mom uns diese Sache mit den zwei Mahlzeiten am Tag aufgedrückt hat, kaum dass er weg war, dann werde ich echt wütend. Als brauchte Jonny ihrer Meinung nach eine Sonderbehandlung. Der Junge muss schließlich was zu essen kriegen, wenn er eins dreiundachtzig werden soll. Und damit das auch klappt, kriegt Miranda halt ein bisschen weniger.

Ich hoffe, meine schlechte Laune kommt nur daher, dass heute der vierte Juli ist. Das war sonst immer mein Lieblingsfeiertag. Ich mag die Paraden und die Kirmes und das Feuerwerk so gern.

Dieses Jahr hat Matt Mrs Nesbitt zum Abendessen rübergeholt, und nach dem Essen haben wir uns auf die Veranda gesetzt und patriotische Lieder gesungen. Horton hat die ganze Zeit mitgekreischt, und es war schwer zu sagen, wer von uns sich schlimmer anhörte.

Das sind mit Abstand die schlimmsten Sommerferien meines Lebens, und ich habe immer noch zwei Monate vor mir.

6. Juli

Seit fünf Tagen kein Strom mehr. Keiner von uns spricht es aus, aber alle fragen sich, ob wir je wieder Strom haben werden.

Heute nachmittag waren siebenunddreißig Grad. Mom lässt uns literweise Wasser trinken.

Matt fällt immer noch Bäume, und ich sammle immer noch Kleinholz. Unvorstellbar, dass uns je wieder kalt sein könnte.

Ich glaube, Brunchen wäre für mich die beste Lösung. Morgens gehe ich schwimmen, und wenn ich dann zurückkomme, esse ich was. Auf diese Weise muss ich Matt nicht beim Frühstücken zusehen, und ich muss nicht mit Mom Mittag essen und ein schlechtes Gewissen kriegen, weil ich doppelt so viel verdrücke.

7. Juli

Kurz nachdem ich heute vom Schwimmen zurückkam, gab es plötzlich wieder Strom. Wir haben schon seit knapp einer Woche keinen mehr und hätten vor Freude fast gejubelt.

Mom lässt immer die Sachen gleich in der Waschmaschine, die am dringendsten gewaschen werden müssen, und warf die Maschine sofort an. Ich schnappte mir den Staubsauger und fing an, das Wohnzimmer zu saugen. Mom brachte Geschirrspüler und Klimaanlage in Gang (heute Morgen hatten wir schon beim Aufwachen dreiunddreißig Grad). Matt schaltete den Fernseher ein, aber er bekam nur ein Testbild, was immer das zu bedeuten hat.

Nach glorreichen zehn Minuten war der Strom dann wieder weg. Alles ging aus, der Staubsauger, die Klimaanlage, die Waschmaschine, der Geschirrspüler und der Gefrierschrank, der uns die ersten Eiswürfel seit einer Woche machen sollte.

Wir verharrten alle, wo wir waren, und warteten darauf, dass die Geräte wieder ansprangen. Mom starrte die Waschmaschine an; ich hielt weiter den Staubsauger umklammert.

Nach etwa einer Viertelstunde gab ich dann auf und räumte den Staubsauger weg. Mom holte das Geschirr aus der Maschine, spülte es ab und stellte es weg.

Mit der Wäsche wartete sie bis zum Nachmittag. Dann räumten wir die Waschmaschine wieder aus und schleppten die seifigen, klatschnassen Sachen in die Badewanne, wo ich gefühlt mehrere Stunden damit verbrachte, alles wieder auszuspülen und auszuwringen, um es auf die Leine hängen zu können.

Und ausgerechnet jetzt, keine Viertelstunde nachdem wir sie aufgehängt hatten, brach ein Gewitter los. Ich dachte schon, Mom würde gleich anfangen zu weinen (ich war jedenfalls kurz davor), aber sie nahm sich zusammen, bis Matt schließlich irgendwann ins Haus zurückkam. Er macht im Moment den ganzen Tag nichts anderes als Holz hacken, und wahrscheinlich wollte er sich von ein bisschen Blitz und Donner nicht davon abhalten lassen.

Aber Mom drehte vollkommen durch. Sie schrie ihn an, was ihm einfallen würde, während eines Gewitters im Wald zu bleiben. Ihr Gesicht wurde so rot, dass ich schon dachte, sie kriegt einen Schlaganfall. Matt brüllte auch los, er wisse sehr gut, was er tue, und jede Minute sei kostbar; wenn es für ihn gefährlich geworden wäre, wäre er schon reingekommen.

In diesem Moment ging der Strom wieder an. Wir rannten alle raus, um die Wäsche von der Leine zu holen und in den Trockner zu stopfen. Mom warf sofort eine zweite Ladung Wäsche an. Wir schalteten die Klimaanlage ein, und Matt ging ins Internet, um nachzusehen, ob es was Neues gab (nichts, nur eine sieben Tage alte Liste mit Toten und Vermissten).

Diesmal hatten wir fast eine Dreiviertelstunde lang Strom, jedenfalls lange genug für eine zweite Ladung Wäsche. Es hatte aufgehört zu regnen, und Mom hängte sie draußen auf die Leine.

Die Eiswürfel waren noch nicht ganz fest, aber trotzdem eine Wohltat in unseren Wassergläsern. Im Haus war es etwas kühler geworden und auch draußen war es weniger drückend.

Mom und Matt reden noch miteinander. Horton will immer noch wissen, wo wir Jonny versteckt haben.

Ich könnte nicht sagen, was schlimmer ist: diese ständigen Stromausfälle oder gar kein Strom.

Und ich frage mich, ob ich irgendwann mal sagen muss, was schlimmer ist: ein Leben, wie wir es führen, oder gar kein Leben.

9. Juli

Draußen sind fast vierzig Grad, seit Samstag hat es keinen Strom mehr gegeben, und ich habe meine Regel. Für ein Schokoeis mit Schokostückchen würde ich glatt einen Mord begehen.

10. Juli

Eins ist echt komisch am Weltuntergang: Wenn er erst mal angefangen hat, ist er offenbar nicht mehr zu bremsen.

Heute Morgen beim Aufwachen habe ich sofort gemerkt, dass irgendetwas anders ist. Ich weiß nicht, wie ich es erklären soll. Es war kühler als sonst (sehr angenehm), aber der Himmel hatte so eine seltsame graue Farbe. Nicht so, als wäre es bewölkt oder neblig; eher so, als hätte jemand einen durchsichtigen grauen Schleier über den blauen Himmel gezogen.

Ich ging runter in die Küche, weil ich hörte, dass Mom und Matt unten miteinander sprachen. Mom hatte Teewasser aufgesetzt, und obwohl ich Tee nicht besonders mag, machte ich mir auch eine Tasse, weil er mir wenigstens die Illusion gab, etwas im Magen zu haben.

»Was ist los?«, fragte ich, denn offensichtlich *war* irgendwas los.

»Wir wollten dich nicht unnötig beunruhigen«, fing Mom an.

Ich weiß nicht, was mir als Erstes durch den Kopf schoss: Jonny. Dad. Lisas Baby. Mrs Nesbitt. Grandma. Strom. Essen. Mücken. Der Mond kracht auf die Erde runter. Alles ist komplett überflutet. Ich habe bestimmt ein ziemlich entsetztes Gesicht gemacht, aber Mom verzog keine Miene. Kein beruhigendes Lächeln, kein Lachen angesichts meiner Überreaktion. Und auch Matt starrte nur düster vor sich hin. Ich machte mich auf das Schlimmste gefasst.

»Matt, Peter und ich hatten die Möglichkeit schon in Betracht gezogen«, sagte Mom. »Aber die Wissenschaftler haben nichts darüber gesagt, jedenfalls nicht, soweit wir im Radio gehört haben. Wir haben natürlich gehofft, dass es so schlimm nicht kommen würde. Dass wir uns unnötig Sorgen gemacht haben.«

»Mom, was ist passiert?«, fragte ich. Immerhin schien es nichts Persönliches zu sein. Dem Radio wäre es schließlich völlig egal, wenn Jonny oder Dad etwas zugestoßen wäre.

»Du weißt doch, dass der Mond jetzt viel näher an der Erde steht als früher«, sagte Matt. »Dadurch ist auch seine Anziehungskraft viel größer geworden.«

»Klar«, sagte ich. »Deshalb haben sich ja auch die Gezeiten verändert. Und deshalb gibt es jetzt so viele Erdbeben.«

»Wovor wir Angst hatten – und zwar offenbar berechtigt –, sind die Vulkane«, sagte Mom.

»Vulkane?«, wiederholte ich. »Es gibt keine Vulkane in Pennsylvania.«

Mom lächelte gequält. »Soweit wir wissen, nicht«, sagte sie. »Für uns sind die Vulkanausbrüche auch keine direkte Gefahr, genauso wenig wie Tsunamis oder Erdbeben.«

Aber es gab natürlich jede Menge indirekte Gefahren. Für den Fall, dass ich das vergessen haben sollte, landete eine Mücke auf meinem Arm. Ich brachte sie um, bevor sie mich umbrachte.

»Okay«, sagte ich. »Aber wie können Vulkane alles noch schlimmer machen?«

Ich hatte gehofft, Matt würde lachen oder Mom würde sagen, ich soll mir das Selbstmitleid sparen, aber sie starrten beide nur grimmig vor sich hin.

»Was denn nun?«, fragte ich. »Schlimmer kann's doch gar nicht werden. Was kann ein Vulkan denn tun, das nicht schon längst passiert wäre?«

»Eine Menge.« Matt klang fast schon wütend. Ich weiß nicht, ob er auf mich wütend war oder auf die ganze Welt. »Nach dem, was wir gestern Abend und heute Morgen im Radio gehört haben, brechen zurzeit auf der ganzen Welt ehemals schlafende Vulkane wieder aus. Das geht nun schon seit ein paar Tagen so, und niemand kann mit Sicherheit sagen, ob es je wieder aufhören wird. Die Erdbeben haben jedenfalls noch nicht wieder aufgehört, und die Flutwellen auch nicht. Also werden die Vulkanausbrüche vielleicht auch nicht mehr aufhören.«

»Keiner weiß, was passieren wird«, sagte Mom. »Auf jeden Fall gibt es im Moment mehr vulkanische Aktivitäten als je zuvor.«

»Aber ich verstehe immer noch nicht, was das mit uns zu tun

hat«, sagte ich. »Du hast doch gesagt, dass es hier keine Vulkane gibt. Sind denn viele Menschen umgekommen?«

»Sehr viele«, sagte Matt. »Und es werden noch viel mehr Menschen umkommen. Und nicht nur Menschen, die in der Nähe eines Vulkans leben.«

»Matt«, sagte Mom und legte ihm die Hand auf den Arm. Ich glaube, das hat mir am meisten Angst gemacht. Seit Matt nach Hause gekommen ist, hat er eigentlich nichts anderes getan, als mich zu trösten, und jetzt musste er plötzlich von Mom getröstet werden.

»Guck doch raus«, sagte Matt. »Sieh dir den Himmel an.«

Das tat ich. Er war immer noch so merkwürdig grau.

»Wenn ein größerer Vulkan ausbricht, dann verdunkelt er den Himmel«, sagte Matt. »Nicht nur im Umkreis von einem Kilometer oder von hundert Kilometern, sondern von Tausenden von Kilometern, und das auch nicht nur für ein oder zwei Tage.«

»Man befürchtet, dass die Vulkanasche an vielen Orten auf der Erde die Sonne verdecken wird«, sagte Mom. »So wie es hier offenbar schon passiert. Und wenn das lange genug so bleibt ...«

»Die Pflanzen«, sagte Matt. »Keine Sonne, keine Ernte. Ohne Sonnenlicht kann nichts wachsen.«

»Oh Mom«, sagte ich. »Dein Gemüsegarten? Wie kann das sein? Hier gibt es doch nirgendwo einen Vulkan. Die Sonne kommt bestimmt bald wieder raus.«

»Sie geben schon Warnungen durch«, sagte Mom. »Die Wissenschaftler im Radio. Ihrer Meinung nach müssen wir uns auf einschneidende klimatische Veränderungen gefasst machen. Dürren sind zu erwarten, und Minustemperaturen im Rekordbereich. Es hat sich schon jetzt ziemlich stark abgekühlt. Als ich gestern Abend ins Bett ging, hatten wir 31 Grad, und jetzt sind es nur noch

22 Grad. Aber fühlt mal, wie drückend es trotzdem noch ist. Die Luft ist nicht wegen eines Gewitters abgekühlt, sondern weil das Sonnenlicht nicht durch die Asche am Himmel dringt.«

»Aber lange kann das doch nicht so bleiben«, sagte ich. »Eine Woche? Einen Monat? Können wir denn irgendetwas tun, damit das Gemüse weiterwächst?«

Mom holte tief Luft. »Ich glaube, wir müssen davon ausgehen, dass es noch eine ganze Weile so bleiben wird«, sagte sie. »Und wir sollten mit dem Schlimmsten rechnen: monatelang nur sehr wenig und sehr schwaches Sonnenlicht. Vielleicht auch ein ganzes Jahr oder noch länger.«

»Noch länger?«, fragte ich, und ich hörte die Hysterie in meiner Stimme. »Länger als ein Jahr? Warum? Wo ist denn überhaupt der nächste Vulkan? Was zum Teufel ist denn passiert?«

»Es gibt einen Vulkan im Yellowstone Park«, sagte sie. »Der ist gestern ausgebrochen. Phoenix und Las Vegas versinken in Asche.«

»Las Vegas?«, fragte ich. »Ist bei Grandma alles in Ordnung?«

»Das wissen wir nicht«, sagte Matt.

Ich sah Springfield vor mir, *mein* Springfield, mit Strom und Lebensmitteln. »Sieht es denn östlich von uns besser aus?«, fragte ich.

»Miranda, das ist kein lokal begrenztes Problem«, sagte Mom. »Es gibt ja nicht nur einen Vulkan. Allein gestern sind ein halbes Dutzend davon ausgebrochen. So etwas ist bisher noch nie passiert. Vieles hängt auch von den Windströmungen ab, aber keiner kann den Wind vorhersagen. Vielleicht haben wir Glück. Vielleicht tritt irgendein Glücksfall ein, den wir uns jetzt noch gar nicht vorstellen können. Aber wir sollten uns trotzdem auf das Schlimmste gefasst machen. Du und ich und Matt und Jonny, wir sollten uns auf das Schlimmste gefasst machen. Wir sollten davon ausgehen, im August die ersten Fröste zu bekommen. Wir sollten davon ausgehen, dass es keinen Strom mehr gibt, keine Lebensmittellieferungen, kein Benzin und kein Öl für die Heizung. Verglichen mit dem, was auf uns zukommt, war bisher alles ein Kinderspiel. Jetzt wird es bitterer Ernst.«

»Ein Kinderspiel?«, rief ich empört. »Glaubst du, mir hätte das alles Spaß gemacht?«

»Schau mal«, sagte Matt, und ich hätte nicht sagen können, wen von uns er zu beruhigen versuchte. »Das Klügste, was wir tun können, ist doch, davon auszugehen, dass alles noch viel schlimmer wird. Mom und ich haben gerade darüber gesprochen, welche Vorkehrungen wir jetzt schon treffen können, um möglichst gut vorbereitet zu sein, falls es wirklich ein harter Winter wird.«

»Zum Beispiel weniger essen«, sagte ich. »Weil wir nicht wissen, was aus dem Garten wird.«

Matt nickte. »Ich bin von der Vorstellung auch nicht gerade begeistert«, sagte er. »Aber wir müssen diese Möglichkeit in Betracht ziehen.«

»Ich könnte mich auf eine Mahlzeit am Tag beschränken«, sagte Mom. »Ich bin in letzter Zeit sowieso viel zu aufgeregt, um zu essen. Aber ich möchte nicht, dass ihr Kinder das auch tut. Nicht, solange es nicht wirklich sein muss.«

»Vielleicht könnten wir einen Tag in der Woche fasten«, schlug ich vor. »Oder ich könnte jeden zweiten Tag auf meinen Brunch verzichten.«

»Das hört sich beides nach einer guten Idee an«, sagte Matt. »Ich könnte montags, mittwochs und freitags frühstücken, und Miranda könnte dienstags, donnerstags und samstags ihren Brunch essen, und am Sonntag fasten wir beide. Aber wenn du sowieso nur einmal am Tag isst, Mom, solltest du nicht auch noch fasten.«

Mom sah aus, als würde sie gleich in Tränen ausbrechen. »Ich komm schon zurecht«, sagte sie stattdessen. »Ich glaube auch, dass wir unseren Wasserverbrauch nach Möglichkeit einschränken sollten. Solange es fließendes Wasser gibt, können wir es ruhig verwenden, aber wir sollten möglichst sparsam damit umgehen.«

»Du meinst, der Brunnen könnte austrocknen?«, fragte ich.

»Das ist nicht auszuschließen«, sagte Matt. »Für alles Wasser, das wir jetzt nicht verbrauchen, werden wir in sechs Monaten vielleicht dankbar sein.«

»Außerdem steht zu befürchten, dass das Regenwasser, falls es überhaupt regnet, verschmutzt sein wird«, sagte Mom. »Wir sollten unser Trinkwasser von jetzt an immer abkochen. Bisher hatten wir zwar noch nie Probleme mit unserem Brunnenwasser, aber bei einer solchen Luftverschmutzung gehen wir besser kein Risiko ein.«

»Was ist mit dem See?«, fragte ich. »Kann ich weiter schwimmen gehen?«

»Ich denke schon«, sagte Mom. »Vorerst jedenfalls. Wenn die Temperaturen so richtig in den Keller gehen, könnte es allerdings zu kalt werden.«

»Wir haben Juli«, sagte ich. »Wie kalt kann es da werden?«

»Genau das fragen wir uns auch«, sagte Matt. »Aber wir werden es sicher bald herausfinden.«

Ich bin heute Morgen trotzdem schwimmen gegangen, und sei es nur, um sie alle Lügen zu strafen – Mom und Matt und die ganzen Wissenschaftler. Außer mir waren nur zwei andere da, und keiner von uns blieb sehr lang.

Obwohl ich wusste, dass das Wasser noch genauso sauber war wie gestern, fühlte ich mich irgendwie schmutzig, als ich rauskam. Die Luft war nicht kalt, aber so feucht, dass ich nicht aufhören konnte zu zittern. Gestern noch habe ich mir gewünscht, es würde endlich kühler werden, aber jetzt, wo es kühler ist, vermisse ich plötzlich die Hitze. Und ich vermisse es sogar, den Mond zu sehen.

Heute ist Samstag, also habe ich heute gebruncht. Morgen fasten wir. Ich bin gespannt, wie das wird, aber wir werden uns schon dran gewöhnen.

Hoffentlich ist bei Grandma alles in Ordnung.

Die Liste mit den Namen der Toten wird wohl wieder ein ganzes Stück länger werden.

ACHT

11. Juli

Mom hat die Regeln geändert, so dass ich jetzt montags brunche. Sie meint, es sei ungerecht, dass ich, wenn ich sonntags faste, erst montagabends wieder etwas zu essen bekomme. Sie selber isst natürlich auch erst am Montagabend wieder was, aber das sollen wir nicht merken.

Das Fasten war nicht so schlimm, wie ich gedacht hatte. Um die Mittagszeit hatte ich plötzlich einen schrecklichen Heißhunger, aber der ließ dann im Laufe des Nachmittags wieder nach. Ich werde mich schon irgendwie dran gewöhnen.

Ich bin mir nicht ganz sicher, aber ich glaube, es wird draußen immer grauer.

Heute Nachmittag kam Peter vorbei. Wir erzählten ihm von unseren Plänen, und er fand sie gut, vor allem die Idee, das Trinkwasser abzukochen.

Ich fragte ihn nach dem Schwimmen.

»Es wäre wahrscheinlich besser, wenn du damit aufhörst«, sagte er. »Die Leute, die ihr Wasser von der Stadt beziehen, haben mir erzählt, es sei verfärbt, und sie befürchten, dass es bald keins mehr gibt. Das kostet ja auch alles Strom, und jeder weiß, wie zuverlässig die Kraftwerke im Moment arbeiten.«

»Aber was hat das mit dem See zu tun?«, fragte ich.

»Man kann nur schwer vorhersagen, was die Leute tun werden, wenn es kein fließendes Wasser mehr gibt«, sagte Peter. »Womöglich fangen sie an, ihre Wäsche im See zu waschen. Oder sie waschen sich selber dort. Der See könnte ein richtiger Bakterienherd werden. Heutzutage kann man gar nicht vorsichtig genug sein.«

Immerhin hat er mir nicht die Symptome der Cholera aufgezählt. Damit hat er sich für seine Verhältnisse schon ziemlich zurückgehalten.

Ich glaube, ich werde morgen trotzdem schwimmen gehen. Vielleicht kommt Dan ja auch. Und vielleicht scheint sogar die Sonne.

12. Juli

Kein Dan. Keine Sonne. Kein Strom. Keine Nachricht von Jonny oder Dad.

13. Juli

Matt hat mit dem Joggen aufgehört. Es hat fünf Tage gedauert, bis ich es gemerkt habe. Irgendwann habe ich ihn dann gefragt und er hat gesagt, er hätte am Samstag damit aufgehört, erstens, weil er sich um die Luftqualität Sorgen macht, und zweitens, weil er seine Kräfte schonen will.

Die Tage kommen mir viel kürzer vor als noch vor einer Woche. Zumindest wird es früher dunkel. Mom hat uns erlaubt, abends im Wintergarten eine der Petroleumlampen anzuzünden. Sie ist nicht hell genug, dass alle dabei lesen können, deshalb müssen Matt und ich uns immer abwechseln. Mom häkelt jetzt abends immer, dafür braucht sie nicht viel Licht.

Ich benutze gerade die Taschenlampe, um das hier zu schreiben. Ich sollte jetzt besser aufhören. Batterien halten nicht ewig.

14. Juli

Heute habe ich etwas unglaublich Bescheuertes gemacht. Ich könnte mich umbringen, so sauer bin ich auf mich selbst.

Wir haben abends wie üblich zusammengesessen und unser Wir-teilen-uns-das-trübe-Licht-Programm abgespult, und gegen neun hat Mom verkündet, für heute hätten wir genug Öl verbraucht und sollten jetzt alle ins Bett gehen.

Wir richten uns ja schon eine ganze Weile nach dem Sonnenauf- bzw. -untergang, aber seit dieser fiese graue Schleier die Sonne verdeckt, ist unser Zeitgefühl völlig durcheinander. Man kann zwar immer noch sagen, ob die Sonne aufgegangen ist oder nicht, aber ansonsten gibt es kaum Veränderungen. Grau um sechs Uhr morgens, grau um sechs Uhr abends.

Ich weiß auch nicht, warum, aber ich hatte einfach noch keine Lust, ins Bett zu gehen. Vielleicht liegt es an den Albträumen, die ich in den letzten Tagen hatte. Von Becky, die mich in einen Vulkankrater schubst, und solchen Sachen.

Ich habe also gesagt, ich würde mich noch ein bisschen auf die Veranda setzen, und da das Sitzen auf der Veranda keinerlei Energie verbraucht, konnte Mom nicht viel dagegen sagen. Also ging ich auf die Veranda und saß dort eine Weile, vielleicht eine halbe Stunde lang. Jedenfalls so lange, dass Mom und Matt schon in ihren Zimmern verschwunden waren, als ich wieder reinkam.

Bloß habe ich dann beim Reingehen überhaupt nicht mehr an Horton gedacht. Horton läuft tagsüber immer draußen herum, aber nach Sonnenuntergang darf er nicht mehr raus. Diese Regel galt sogar schon, als wir noch Strom hatten. Der Kater bleibt nachts im Haus.

Wahrscheinlich kann Horton, genau wie wir, inzwischen kaum noch unterscheiden, wann Tag ist und wann Nacht. Jedenfalls hatte ich die Tür noch nicht ganz aufgemacht, da schoss er auch schon an mir vorbei.

Ich bin wieder rausgegangen, um nach ihm zu rufen, aber er reagierte nicht. Eine ganze Stunde lang bin ich noch draußen auf der Veranda geblieben und habe nach ihm gerufen und gehofft, er würde vielleicht von allein zurückkommen, aber bisher hat er sich nicht blickenlassen.

Ich sollte jetzt nicht noch mehr Taschenlampenbatterien verbrauchen. Ich kann nur hoffen, dass er morgen früh wieder vor der Tür sitzt und sich beschwert, dass er die Nacht im Freien verbringen musste.

15. Juli

Kein Horton.

Ich hab heute immer abwechselnd Holz gesammelt und nach Horton Ausschau gehalten. Auch Mom und Matt haben nach ihm gesucht, aber keiner von uns hat ihn gesehen.

Mom sagt, das hätte jedem von uns passieren können, ich solle mir keine Vorwürfe machen, aber ich weiß, dass es meine Schuld ist. Ich bin einfach zu unachtsam. Meine Unachtsamkeit hat mich schon so oft in Schwierigkeiten gebracht, aber bisher habe ich mir damit nur selbst geschadet.

Ich weiß nicht, was Jonny sagt, wenn er nach Hause kommt und Horton immer noch nicht zurück ist.

16. Juli

Immer noch keine Spur von Horton.

Mom und ich hatten einen Riesenstreit.

»Seit zwei Wochen haben wir nichts mehr von Jonny gehört! Und du denkst ständig nur an diese verdammte Katze!«

»Jonny geht's gut!«, brüllte ich zurück. »Jonny kriegt drei Mahlzeiten am Tag! Du hast extra gewartet, bis er weg ist, bevor du uns diese Hungerdiät verordnet hast. Meinst du, ich hätte das nicht gemerkt? Meinst du, ich wüsste nicht, auf wen von uns du gesetzt hast?«

Ich kann noch immer nicht glauben, dass ich das gesagt habe. Klar ist mir der Gedanke schon mal durch den Kopf gegangen, aber ich fand ihn so furchtbar, dass ich ihn nicht einmal hier aufgeschrieben habe. Aber was, wenn Mom tatsächlich glaubt, dass nur einer von uns eine Chance hat durchzukommen? An sich selber würde sie dabei nicht denken, so viel ist sicher.

Aber würde sie sich, wenn es so weit käme, tatsächlich zwischen Matt und Jonny und mir entscheiden? Wird irgendwann der Zeitpunkt kommen, an dem sie zwei von uns bittet, dem Dritten unser Essen zu überlassen?

Die Sache ist nur, dass Matt das Essen nicht annehmen würde, wenn es wirklich so weit käme. Und das weiß Mom so gut wie ich. Und wenn ich genauer darüber nachdenke – was ich sonst immer gern vermeide –, dann glaube ich, Mom denkt, dass ich es auf eigene Faust sowieso nicht schaffen kann, dass keine Frau es allein schaffen kann.

Womit nur noch Jonny übrig bleibt.

Ich hasse mich für solche Gedanken. Ich hasse mich dafür, dass ich meine Sorge um Horton an Mom ausgelassen habe. Ich hasse mich dafür, dass ich vor lauter Selbstsucht gar nicht auf die Idee gekommen bin, Mom könnte sich Sorgen machen, weil wir immer noch nichts von Jonny gehört haben.

Von Dad haben wir auch noch nichts gehört, aber ich mache mir deshalb keine Sorgen mehr. Ich stelle mir einfach nur vor, dass ich bald für einen Monat weg bin. Weg von Mom. Ein Monat in

Springfield, wo aus unerfindlichen Gründen die Sonne scheint, der Strom funktioniert und ich niemals Hunger habe.

17. Juli

Drei Tage, und immer noch keine Spur von Horton.

Sogar Mrs Nesbitt hat schon nach ihm gesucht, weil er sich manchmal auch bei ihr herumtreibt. Sie glaubt ihn gestern gesehen zu haben, ist sich aber nicht sicher. Matt sagt, wir sollten uns lieber nicht darauf verlassen.

»Man sieht, was man sehen will«, sagte er.

Mom und ich haben seit unserem schrecklichen Streit gestern nicht mehr miteinander gesprochen, was die Stimmung beim Abendessen nicht unbedingt hebt. Nach dem Essen machte ich mich auf die Suche nach Horton, bis es zu dunkel wurde, um noch irgendetwas zu erkennen, geschweige denn eine grau getigerte Katze. Dann setzte ich mich auf die Veranda und wünschte mir mit aller Macht, dass er nach Hause kam.

Matt kam zu mir auf die Veranda hinaus. »Vielleicht taucht er ja heute Abend wieder auf«, sagte er. »Aber ich fürchte, wir müssen uns langsam an den Gedanken gewöhnen, dass er vielleicht gar nicht zurückkommt.«

»Das glaube ich nicht«, sagte ich. »Ich glaube, er sucht nur nach Jonny. Sobald er richtig Hunger hat, wird er schon zurückkommen. Es ist ja nicht zu erwarten, dass ihn irgendjemand füttert.«

Selbst in der trüben Dunkelheit konnte ich Matts Gesichtsausdruck erkennen. In letzter Zeit schaut er mich oft so an. Es war dieser Wie-soll-ich-ihr-das-bloß-beibringen-Blick.

»Du weißt, dass es uns noch ziemlich gut geht, oder?«, sagte er. »Im Vergleich zu vielen anderen Leuten können wir uns wirklich nicht beklagen.«

So macht er das immer. Schleicht sich quasi von hinten an. Erinnert mich noch einmal daran, wie toll es uns doch geht, bevor er mir den Todesstoß versetzt.

»Nun sag's schon«, forderte ich ihn auf.

»Es kann sein, dass jemand Horton getötet hat«, sagte Matt. »Um ihn zu essen.«

Einen Moment lang dachte ich, ich müsste mich übergeben. Keine Ahnung, warum ich nicht längst selber darauf gekommen bin. Vielleicht, weil ich bis vor ein paar Monaten noch nicht in einer Welt gelebt habe, in der man Haustiere als Nahrungsmittel betrachtet.

»Hör zu«, sagte Matt. »Wir haben Horton sowieso jeden Tag rausgelassen. Wenn ihn jemand hätte fangen wollen, egal, aus welchem Grund, dann hätte er schon immer reichlich Gelegenheit dazu gehabt. Alles, was du getan hast, war, ihn nachts rauszulassen. Du kannst nichts dafür. Niemand kann etwas dafür.«

Aber ich kann sehr wohl etwas dafür, und das weiß er genau, und Mom weiß es auch, und Jonny wird es wissen, und vor allem weiß ich es selbst. Wenn Horton tot ist, wenn er tatsächlich getötet worden ist, dann bin ich dafür verantwortlich.

Ich habe es wirklich nicht verdient zu leben, und das nicht nur wegen Horton. Wenn es sowieso kaum noch was zu essen gibt, dann bin ich die Letzte, die es sich verdient hat. Was mach ich denn schon groß? Holz sammeln? Tolle Leistung!

Ich hasse Sonntage. Sonntags ist alles immer noch schlimmer.

18. Juli

Montag.

Ich war den ganzen Tag draußen, Horton suchen und Holz sammeln.

Heute Nachmittag bin ich im Wald eingeschlafen, einfach zusammengeklappt und eingeschlafen. Die Mücken waren sicher begeistert. Ich habe jetzt ein halbes Dutzend Stiche, an die ich mich von heute Morgen nicht erinnern kann.

Gegen vier war ich wieder zurück, und Mom wartete in der Küche auf mich.

»Hast du heute schon was gegessen?«, fragte sie.

»Ich habe meinen Brunch ausgelassen«, antwortete ich. »Ich hab's vergessen.«

»Man vergisst nicht zu essen«, sagte sie. »Gestern hast du gefastet. Und heute isst du. So lautet die Regel.«

»Im Aufstellen von Regeln bist du ganz groß, was?«, sagte ich.

»Glaubst du etwa, ich mache das gern?«, brüllte Mom. »Glaubst du, es gefällt mir, meine Kinder hungern zu sehen? Glaubst du, mir macht das alles hier Spaß?«

Natürlich glaube ich das nicht. Und eigentlich hätte ich mich auf der Stelle bei ihr entschuldigen und sie in den Arm nehmen müssen und ihr sagen sollen, wie lieb ich sie habe.

Stattdessen bin ich auf mein Zimmer gerannt und habe die Tür hinter mir zugeknallt. Als wäre ich plötzlich wieder zwölf. Gleich gibt es Abendessen, und ich weiß, wenn ich nicht von allein rauskomme, wird Matt mich holen. Und dafür muss er nicht mal Gewalt anwenden, es reicht, wenn er mich bei meinen Schuldgefühlen packt.

Das Komische ist, dass ich jetzt auch genauso gut weiterhin nichts essen könnte. Wenn man lange genug nichts gegessen hat, wird einem offenbar schon beim Gedanken ans Essen schlecht. So geht es wahrscheinlich auch Megan. Bloß, dass *sie* denkt, Hungern ist gut, während *ich* weiß, dass es voll daneben ist.

Das Abendessen wird bestimmt ein Riesenspaß.

19. Juli

Kein Horton.
Keine Nachricht von Jonny.
Mom und ich reden nicht miteinander.
Und Matt redet auch nicht gerade viel.

20. Juli

Heute ist der Jahrestag der Mondlandung. Das weiß ich, seit ich diese ganzen Aufsätze über den Mond schreiben musste.

Ich hasse den Mond. Ich hasse Gezeiten und Erdbeben und Vulkane. Ich hasse eine Welt, in der Dinge, die absolut nichts mit mir zu tun haben, mein Leben und das der Menschen, die ich liebe, zerstören können.

Ich wünschte, die Astronauten hätten diesen verdammten Mond einfach in die Luft gejagt, als sie noch konnten.

21. Juli

Ich hab inzwischen genug Kleinholz gesammelt, um daraus ein Haus zu bauen, aber Matt sagt ständig, es sei nicht genug und wir brauchten noch mehr. Da ich nichts Besseres zu tun habe, sammele ich einfach weiter.

In einer Woche fahre ich zu Dad nach Springfield. Ich weiß, dass dort alles besser sein wird, ich weiß es einfach, und dass dieser ganze Albtraum vorbei sein wird, wenn ich wieder nach Hause komme.

Ich war gerade wieder draußen mit meiner Sammelei beschäftigt, als Mom plötzlich auftauchte. »Sammi ist da«, sagte sie. »Geh ruhig rein.«

So viel hatte Mom schon seit Tagen nicht mehr mit mir geredet, daher nahm ich an, Sammis Besuch hatte sie in diese Hochstimmung versetzt. Vielleicht hatte sie uns ja eine Packung Spinat mitgebracht.

Sammi sah tatsächlich ziemlich gut aus. Sie hat immer schon sehr auf ihr Gewicht geachtet, aber es sah nicht so aus, als hätte sie sehr viel abgenommen, seit ich sie im Juni zuletzt gesehen habe.

Wir gingen auf die Veranda hinaus und starrten ins Leere. »Ich wollte mich von dir verabschieden«, sagte sie. »Ich reise morgen früh ab.«

»Wo fahrt ihr denn hin?«, fragte ich und sah wieder die Wäsche auf der Leine vor mir. Sammi hat einen Bruder, der ein Jahr jünger ist als Jonny und den sie hasst, und mit ihren Eltern hat sie auch ständig Streit. Ich war heilfroh, nicht in ihrem Auto mitfahren zu müssen.

»Ich habe einen Typen kennengelernt«, sagte Sammi, und ich brach in schallendes Gelächter aus, zum ersten Mal seit einer Woche. Ich weiß gar nicht, was ich daran so lustig fand, außer dass es so naheliegend war und ich trotzdem nicht darauf gekommen war.

»Miranda«, sagte Sammi.

»Entschuldige«, sagte ich und unterdrückte ein letztes Kichern. »Du hast einen Typen kennengelernt.«

»Ich ziehe mit ihm weg«, sagte sie. »Er hat gehört, dass es unten im Süden besser sein soll. Viele Leute sagen das. Wir gehen nach Nashville, und wenn das nicht funktioniert, versuchen wir es in Dallas.«

»Wissen deine Eltern Bescheid?«, fragte ich.

Sammi nickte. »Sie sind einverstanden. Er bringt uns immer Lebensmittel mit, deshalb finden sie ihn toll, und das ist er auch. Er ist vierzig und kennt alle möglichen Leute. Er versorgt uns schon seit Wochen mit Lebensmitteln und hat sogar Benzin für das Auto meines Vaters besorgt und kistenweise Mineralwasser. Meine Eltern fänden es natürlich toll, wenn er bei uns bleiben würde, aber er hat schon länger vor wegzugehen. Er sagt, er hat nur gewartet, bis ich so weit bin.«

»Wie lange kennst du ihn schon?«, fragte ich. »In der Schule hast du nie von ihm erzählt.«

»Seit ungefähr vier Wochen«, antwortete sie. »Liebe auf den ersten Blick. Zumindest für ihn, und das ist auch gut so. Er könnte schließlich jedes Mädchen kriegen, das er haben will. Aber zum Glück will er mich haben.«

»Du klingst aber nicht besonders glücklich«, sagte ich.

»Bin ich auch nicht«, sagte Sammi. »Jetzt stell dich nicht blöd, Miranda. Mag ja sein, dass ich auf ältere Typen stehe, aber doch nicht *so* alt! Einundzwanzig, zweiundzwanzig, dreiundzwanzig, das war sonst immer die absolute Schmerzgrenze, und auch das erst nach dieser Mondgeschichte und wenn ich betrunken war. Aber er hat meiner Familie ganze Kisten voll Konserven mitgebracht und Benzin, und meine Mutter meint, vielleicht ist es in Nashville tatsächlich besser und ich hätte dort wenigstens eine Chance. Sie meint, das Beste, was Eltern jetzt für ihre Kinder tun können, ist, sie irgendwohin zu schicken, wo sie eine Chance haben. Aber man braucht natürlich Schutz, und den kann er mir geben.«

»Hat er auch einen Namen?«, fragte ich.

»George«, murmelte Sammi, und wir mussten beide lachen. »Ich hätte ja auch nie gedacht, dass ich irgendwann bei einem Vierzigjährigen namens George landen würde«, sagte sie. »Aber vielleicht bleiben wir auch gar nicht zusammen. Vielleicht suche ich mir in Nashville einen netten Zweiundzwanzigjährigen, der mich versorgen kann, und schieße George einfach ab. Oder er schießt mich ab. Da wäre er schließlich nicht der Erste. Auf jeden Fall komme ich erst mal hier raus, und genau das wollte ich schließlich immer.«

»Ich wollte dich besuchen«, sagte ich. »Vor ein, zwei Wochen. War keiner zu Hause.«

»Ich wollte dich auch schon lange besuchen, aber George nimmt sehr viel Zeit in Anspruch«, sagte Sammi. »Auf dem Hinweg habe ich kurz bei Megan vorbeigeschaut. Die ist anscheinend total genervt, dass sie immer noch am Leben ist.«

»Ich hoffe, dass du irgendwann zurückkommst«, sagte ich. »Ich hoffe, dass wir uns noch mal wiedersehen.«

»Du warst das einzig Gute, was nach Beckys Tod geblieben ist«, sagte Sammi. »Weißt du, als sie gestorben ist, da hab ich begriffen, dass das Leben kurz ist und dass man aus dem bisschen Zeit, die einem bleibt, das Beste machen sollte. Dass es *so* kurz sein würde, hätte ich allerdings nicht gedacht, und auch nicht, dass das Beste irgendwann mal ein vierzigjähriger Typ namens George sein würde. Aber so ist es nun mal. Du wirst mir jedenfalls wirklich fehlen, und deshalb wollte ich mich von dir verabschieden.«

Sie stand auf und wir umarmten uns. Sie hat kein einziges Mal gefragt, wie es mir geht oder Mom und Matt und Jonny. Sie ist gekommen, hat mir ihre Neuigkeiten erzählt und ist wieder verschwunden.

Ich weiß, dass ich sie nie mehr wiedersehen werde. Ich hasse sie dafür, dass sie fortgeht, und gleichzeitig tut sie mir leid, weil sie unter diesen Umständen fortgehen muss, und ausnahmsweise kommen meine Bauchschmerzen mal nicht vom Hunger. Oder jedenfalls nicht nur.

22. Juli

Der beste Tag seit langem.

Er fing damit an, dass Horton vor der Küchentür saß. Er kratzte daran und maunzte und wollte auf der Stelle reingelassen werden.

Wir haben ihn alle gehört. Es war kurz nach Sonnenaufgang, oder was man heutzutage so nennt, und wir stürzten aus unseren Zimmern und rannten die Treppe hinunter. Matt war als Erster an der Tür, aber ich war direkt hinter ihm und Mom hinter mir.

Matt öffnete die Tür und Horton trottete herein, als hätte es die vergangene Woche nicht gegeben. Er rieb seinen Kopf an unseren Beinen und lief dann zu seinem Futternapf. Zum Glück war noch ein bisschen Trockenfutter drin, das er mit zwei Bissen runterschlang.

Mom machte ihm eine Dose Katzenfutter auf und stellte ihm frisches Wasser hin. Wir sahen ihm alle beim Fressen zu. Und dann – einfach weil er eine Katze ist und Katzen einen gerne zum Wahnsinn treiben – benutzte er das Katzenklo.

»Das hätte er doch nun wirklich draußen machen können«, sagte Mom, aber sie lachte dabei. Wir lachten alle, und ich wette, Horton hat auch mitgelacht.

Er rollte sich auf Jonnys Bett zusammen und schlief sechs Stunden am Stück. Als ich von meiner Kleinholzjagd zurückkehrte, lag er immer noch schlafend auf dem Bett. Ich streichelte ihn, kraulte ihn hinter den Ohren und sagte ihm, wie lieb wir ihn hatten. Er war anscheinend ganz meiner Meinung, denn ich hörte ihn schnurren.

Dann fuhr Mom in die Stadt, um unsere Post zu holen, und auf dem Postamt warteten fünf Briefe von Jonny auf sie. Der letzte trug das Datum vom vergangenen Montag. Ihm geht es gut, das Camp ist super, das Essen okay, Baseball macht Spaß usw. Keiner der Briefe war länger als eine halbe Seite und in allen stand fast das Gleiche, aber das war uns egal. Wir hatten endlich Nachricht von Jonny – Mom konnte aufhören sich Sorgen zu machen.

Beim Abendessen haben wir dann gefeiert. Mom erklärte den Tag zum Nationalen Gute-Nachrichten-Tag. Sie holte Mrs Nesbitt rüber und es gab ein richtiges Festmahl. Mom wärmte eine Dose Hühnerfleisch auf und dazu gab es Nudeln und verschiedene Gemüse. Sogar einen Nachtisch gab es: Pfirsiche aus der Dose. Und Mrs Nesbitt spendete eine Flasche Apfelsaft.

Es wird allmählich immer kühler, deshalb gingen wir nach dem Abendessen alle in den Wintergarten und machten Feuer im Ofen. Kein großes, prasselndes Feuer, aber genug, um die Kälte zu vertreiben. Mom zündete ein paar Kerzen und die Petroleumlampe an, und der Ofen verbreitete einen schwachen Schein.

Wir verbrachten den Abend damit, an unserem Apfelsaft zu nippen (Mom tat so, als wäre es Wein) und Geschichten zu erzählen. Mrs Nesbitt erzählte uns von der Weltwirtschaftskrise und vom Zweiten Weltkrieg und was jetzt anders war und was genauso. Mr Nesbitt war während des Krieges auf einem U-Boot stationiert gewesen, und sie erzählte uns, was sie von ihm über das Leben dort erfahren hatte.

Horton saß abwechselnd bei jedem von uns auf dem Schoß, bis er schließlich bei Matt sitzen blieb. Aus Hortons Sicht ist Matt wohl derjenige, der Jonny am nächsten kommt.

Mir geht es wieder besser. Nach einem Tag wie heute glaube ich fest, dass wir es schaffen werden, dass wir am Leben bleiben werden, wenn wir uns nur lieb haben und genügend anstrengen – egal, was noch kommen mag.

25. Juli

Ich habe geträumt, dass Becky in einem Süßwarenladen arbeitet. Sie sagte zu mir, ich solle reinkommen und mir so viele Süßigkeiten nehmen, wie ich wollte. Die Ladentische quollen über von allen nur denkbaren Schokoladensorten, und nach einem wundervollen Moment der Unschlüssigkeit entschied ich mich für eine Marshmallow-Schokoschnitte. Ich konnte sogar ein- oder zweimal davon abbeißen, bevor ich wach wurde, und ich schwöre, dass ich wirklich den Geschmack von Schokolade im Mund hatte, bis mir klar wurde, dass es nur ein Traum gewesen war.

Unten war noch niemand zu hören, also blieb ich liegen und hing meinen Schokoladenfantasien nach. Ich dachte an Schokoladenkuchen und Kekse mit Kakaocremefüllung und Schokoeis mit Schokostückchen und Eisbecher mit Schokoladensoße und heiße Schokolade; an Schokotafeln und Schokoriegel und Minzschokolade, an Schokoladentorte (die ich eigentlich gar nicht mag), Schwarzwälder Kirschtorte und Erdnussbutter-Cups. An Schokomilch. Schokoshakes. Vanille-Softeis mit Schokoüberzug.

Von Schokolade kann ich jetzt wohl nur noch träumen.

27. Juli

»Hast du einen Augenblick Zeit?«, fragte mich Mom heute, woraus ich schloss, dass irgendetwas Unangenehmes passiert sein musste. Mom und ich haben uns die ganze letzte Woche super verstanden und ich konnte mir nicht vorstellen, etwas allzu Schlimmes angestellt zu haben, ohne überhaupt davon zu wissen, also würde es wohl wieder irgendwas Neues vom Weltuntergang sein.

Wir gingen in den Wintergarten, der seinem Namen in diesem trüben grauen Licht inzwischen alle Ehre macht.

»Unsere Pläne haben sich geändert«, sagte Mom. »Ich habe einen Brief von deinem Vater bekommen, der auch dich betrifft.«

»Ist alles in Ordnung bei ihm?«, fragte ich. »Oder ist irgendwas mit Grandma?«

»Deinem Vater geht es gut«, sagte Mom. »Und Lisa auch. Er weiß nicht, wie es Grandma geht; er hat schon länger nichts mehr von ihr gehört. Hör zu, Miranda, ich weiß, wie sehr du dich auf Springfield gefreut hast, aber in diesem Jahr wird das leider nichts.«

»Warum nicht?«, fragte ich und versuchte, erwachsen und vernünftig zu klingen. Auch wenn mir eher nach Schreien, Schmollen oder einem Wutausbruch zu Mute war.

Mom seufzte. »Du weißt doch, wie es ist«, sagte sie. »Lisa möchte unbedingt ihre Eltern besuchen und bei ihnen sein, wenn das Baby kommt. Und dein Vater macht sich Sorgen um Grandma. Sie haben also beschlossen, das Haus in Springfield aufzugeben, Jonny vom Camp abzuholen und dann für ein paar Tage bei uns vorbeizukommen, bevor sie weiterfahren. Du wirst deinen Vater also auf jeden Fall sehen, aber wohl nur kurz. Es tut mir wirklich leid, Liebes.«

Und das glaube ich ihr auch. Ich weiß, dass sie mich lieb hat und dass sie alles dafür getan hat, damit Matt, Jonny und ich Dad weiterhin sehen und sprechen können und das Gefühl haben, er sei immer noch unser Vater.

Aber ich weiß auch, dass unsere Vorräte, wenn Jonny und ich im August in Springfield wären, um einiges länger halten würden, und zwar ziemlich genau sechzig Abendessen länger, ganz zu schweigen von den sechzig Frühstücken und Mittagessen. Manchmal frage ich mich, was Mom wohl sieht, wenn sie mich anschaut: ihre Tochter oder eine Dose Karotten.

Ich weiß, dass es verrückt von mir war, mir Springfield als eine

Art vor-mondliches Paradies vorzustellen. Die Situation kann dort auch nicht viel anders sein als hier. Dad hat sicher ungefähr mitbekommen, wie es bei uns aussieht, und wenn in Springfield alles im Überfluss vorhanden wäre, hätte er zumindest uns Kinder zu sich geholt. Und ich möchte wetten, dass er auch Mom gefragt hätte, ob sie kommen will, auch wenn das Lisa bestimmt nicht gefallen würde.

Ich kann mir gut vorstellen, wie beängstigend es für Lisa sein muss, schwanger zu sein, während die Welt in einem solchen Zustand ist. Ich wäre auch lieber bei Mom, wenn ich schwanger wäre.

Obwohl Mom mich natürlich umbringen würde, wenn ich schwanger wäre.

Apropos schwanger oder nicht schwanger. Ich habe Dan schon seit Wochen nicht mehr gesehen, seit ich nicht mehr zu Miller's Pond gehe. Ich weiß, dass er nicht anrufen kann, weil es kein Telefon mehr gibt, und es ist auch nicht gerade einfach, kurz mal bei jemandem vorbeizuschauen, aber er weiß schließlich, wo ich wohne, und ich verstehe nicht, warum er sich überhaupt nicht mehr meldet. Sogar Peter kommt ab und zu mal vorbei, und sei es auch nur, um uns wieder von einem Dutzend neuer Todesarten zu erzählen.

Ich frage mich, wo Sammi wohl inzwischen gelandet ist und wie Dad und Lisa unterwegs an Benzin herankommen wollen. Vielleicht ist es unten im Süden oder Westen tatsächlich besser als hier. Vielleicht sollten wir auch fortgehen. Hierbleiben bringt ja auch nichts.

Als Matt heute Abend nach seinem Holzfällertag ins Haus kam, hat er mir stolz seine Oberarmmuskeln vorgeführt. Ein trauriger Anblick, ehrlich gesagt. Nicht die Muskeln, die waren wirklich beeindruckend, aber sonst ist er so dünn geworden. Es sah aus, als wäre seine gesamte Muskelmasse in die Oberarme gewandert.

Aber er hat gesagt, für die Beine sei die Holzfällerei eigentlich auch ein gutes Training und er hätte sich, von seinem Hunger mal abgesehen, noch nie so stark gefühlt wie im Moment.

Ich bin froh, dass sich wenigstens einer von uns stark fühlt, denn ich fühle mich alles andere als stark.

Vielleicht bringt Dad uns Lebensmittel aus Springfield mit.

Vielleicht gibt es den Weihnachtsmann ja doch.

29. Juli

Jonny, Dad und Lisa müssten eigentlich morgen im Laufe des Tages ankommen. Mom sagt, sie hätte an Jonnys Camp geschrieben, dass Dad ihn abholen kommt. Sie kann nur hoffen, dass der Brief rechtzeitig eingetroffen ist.

Das Leben war um einiges leichter, als man sich noch darauf verlassen konnte, dass das Telefon funktioniert.

Heute beim Abendessen hat Mom gesagt, dass sie nicht genau weiß, wie lange Dad und Lisa bleiben wollen, aber sie nimmt an, ungefähr eine Woche, vielleicht auch weniger.

»Ich möchte nicht, dass er sich den ganzen Weg nach Las Vegas Sorgen um uns macht«, verkündete sie dann. »Solange er und Lisa bei uns sind, werden wir also wieder drei volle Mahlzeiten am Tag essen.«

»Mom«, sagte Matt. »Ist das denn realistisch?«

»Das schaffen wir schon«, sagte Mom. »Bisher haben wir es ja auch immer geschafft.«

Eine Hälfte von mir, oder sagen wir lieber, drei Viertel von mir sind natürlich begeistert von dem Gedanken an drei Mahlzeiten pro Tag. Selbst wenn man bedenkt, was hier im Moment so als Mahlzeit durchgeht, ist das ziemlich göttlich. Ich habe mich inzwischen daran gewöhnt, Hunger zu haben, und es ist auch gar nicht so schlimm, aber trotzdem. Einfach mal satt zu sein klingt wie ein Traum.

Aber dann gibt es da auch noch diesen kleinen, fiesen Teil von mir, der sich fragt, ob Mom vielleicht nur deshalb die Regeln ändert, weil sie nicht weiß, was sie mit Jonny machen soll. Bei seiner Abreise waren wir alle (außer Mom) noch bei drei Mahlzeiten am Tag, zumindest offiziell.

Manchmal, wenn ich abends nicht einschlafen kann, denke ich über die Zukunft nach (was das Einschlafen nicht unbedingt erleichtert, aber ich tu's trotzdem, so wie man ständig mit der Zunge in einem Loch im Zahn herumpult). Nicht über die unmittelbare Zukunft, die schon schlimm genug wäre, sondern über die Zukunft in sechs Monaten oder einem Jahr, falls wir dann noch am Leben sind.

Mom versucht sicher auch manchmal, in die Zukunft zu schauen. Ob sie wohl glaubt, es wäre besser für uns, wenn Matt von hier weggeht, wie es so viele gerade tun, oder wenn ich einen Typen fände, der mich beschützt, so wie Sammi? Dann käme alles, was sie noch an Lebensmitteln hat, ausschließlich Jonny zugute, bis er alt genug wäre, um für sich selbst zu sorgen. Aber ich weiß, dass sie Matt und mich viel zu lieb hat, um uns zu opfern. Und Jonny braucht *jetzt* etwas zu essen, damit er wachsen und bei Kräften bleiben kann.

Was Mom vor echte Probleme stellt. Probleme, mit denen sie sich anscheinend erst dann befassen will, wenn Dad und Lisa wieder weg sind.

30. Juli

Jonny, Dad und Lisa sind da.

Heute Abend sind sie angekommen, und es war wunderschön.

Jonny sieht super aus. Er sagt, sie hätten ziemlich gut zu essen bekommen, aber die Arbeit auf der Farm sei ganz schön hart gewesen und hätte viel von ihrer Baseball-Zeit gekostet.

Dad hat ein paar Kilo abgenommen, aber er ist immer schon dünn gewesen und sieht nicht schlimm ausgemergelt aus. Einfach nur dünner. Aber auch eindeutig älter als im April, als ich ihn zuletzt gesehen habe. Er hat jetzt viel mehr graue Haare und viel mehr Falten im Gesicht.

Lisa sieht ganz okay aus. Man kann zwar schon sehen, dass sie schwanger ist, aber so richtig dick ist der Bauch noch nicht. Keine Ahnung, ob sie eigentlich schon schwangerer aussehen müsste, ihr Gesicht ist jedenfalls noch ziemlich rund und ihre Haut glatt und rosig. Ich glaube, Dad wird schon dafür sorgen, dass sie vernünftig isst, auch wenn er selbst dann vielleicht weniger bekommt.

Ich konnte sehen, dass Dad uns prüfend musterte, genauso wie wir ihn und Lisa gemustert haben. Ich wünschte, ich würde etwas mehr wiegen (ich hätte nie gedacht, dass ich das mal sagen würde!), denn es war offensichtlich, dass er sich Sorgen machte. Ich nehme an, weil Jonny sich kaum verändert hat, hat er gehofft, bei Mom, Matt und mir wäre es genauso.

Nicht, dass er irgendetwas gesagt hätte, außer, wie gut wir alle aussehen und wie schön es sei, uns wiederzusehen, und wie viel Spaß es ihnen gemacht hätte, Jonny nach Hause zu fahren und sich alles über das Baseball-Camp anzuhören.

Aber so schön es auch war, mit eigenen Augen zu sehen, dass es Dad wirklich gut geht – wenn man jemand so lange nicht gesehen hat, macht man sich einfach Sorgen –, das Beste waren am Ende doch all die Sachen, die er uns mitgebracht hat.

Er und Lisa sind mit einem Kleintransporter gekommen, der vom Boden bis zur Decke vollgeladen war. Dad hat alle Kartons beschriftet und mindestens die Hälfte davon im Auto gelassen (das wir in der Garage versteckt haben, heutzutage kann man nichts mehr draußen lassen). Trotzdem hat es fast eine Viertelstunde gedauert, nur die für uns bestimmten Kartons auszuladen.

Es war wirklich wie Weihnachten. Dad hat uns kistenweise Konserven mitgebracht: Dosen mit Hühnersuppe und Gemüse und Obst und Thunfisch. Ich habe irgendwann nicht mehr mitgezählt, aber es waren bestimmt dreißig Kisten mit jeweils zwei Dutzend Konservendosen. Dazu noch Nudeln und Milchpulver und Kartoffelpüree, Hackfleischsoße und Apfelmus. Außerdem mehrere Kisten Mineralwasser und ein halbes Dutzend Kanister mit destilliertem Wasser.

»Wo kommt das alles her?«, fragte Matt. Mom weinte zu sehr, um sprechen zu können.

»Vom College«, antwortete Dad. »Sie machen im Herbst nicht wieder auf, und in den Wohnheimküchen standen noch all diese Vorräte herum. Viele aus dem Kollegium waren schon weg, also haben wir den Rest unter uns aufgeteilt. Ich habe auch noch eine ganze Menge im Auto, für die Reise und Lisas Eltern und meine Mutter.«

Aber das war noch längst nicht alles. Sie schenkten uns außerdem noch vier warme Decken und Batterien und Streichhölzer und Laken und Handtücher und Waschlappen und Zahnpasta. Für mich gab es parfümierte Seife. Dann noch Petroleum. Insektenschutzmittel und Sonnencreme (über die haben alle gelacht). Trainingsanzüge für uns alle, natürlich viel zu weit, aber gerade noch tragbar. Und zwei funktionierende Motorsägen und eine große Bügelsäge.

»Ich dachte, solange ich hier bin, könnte ich ein bisschen mit dem Brennholz helfen«, sagte Dad.

Ach, und eine batteriebetriebene Lampe, die den Wintergarten viel heller und fröhlicher macht.

Mom hatte sich inzwischen so weit beruhigt, dass sie in ihr Zimmer gehen und die Kartons mit den Sachen für Lisas Baby hervorholen konnte. Die ganzen Billigklamotten, die sie mit solcher Begeisterung gekauft hatte.

Und Lisa brach tatsächlich in Tränen aus, als sie sah, was Mom alles besorgt hatte. Immer wieder fiel sie uns beiden um den Hals und bedankte sich dafür, dass wir an sie und ihr Baby gedacht hatten. Dad fing auch an zu weinen, und das Einzige, was mich davon abhielt, ebenfalls loszuheulen, war der Gedanke, wie absolut schräg die Situation war. Außerdem sah ich, wie Jonny die Augen verdrehte und Matt betreten danebenstand, und das hätte mich fast eher zum Lachen als zum Weinen gebracht.

Lisa breitete jedes einzelne Kleidungsstück aus und wir machten alle »Oh« und »Ah« wie auf einer Babyparty. Na ja, Matt und Jonny haben sich das »Oh« und »Ah« gespart und lieber angefangen, die Lebensmittel zu verstauen.

Aber ich muss sagen, die kleinen Strampler waren wirklich süß.

Es war schon nach zehn, als Mom, die Dad und Lisa ihr Schlafzimmer überlassen hat und so lange im Wintergarten schläft, uns schließlich rausscheuchte.

Aber ich bleibe noch ein bisschen auf, weil ich jetzt das Gefühl habe, Batterien im Überfluss zu besitzen. Es macht Spaß, so verschwenderisch zu sein. Auch wenn mir klar ist, dass dieses Gefühl nicht lange vorhalten wird und dass nicht einmal die Berge von Lebensmitteln, die Dad mitgebracht hat, lange reichen werden.

Aber wenigstens heute Abend kann ich mal so tun, als ob.

31. Juli

Dad sagt, wir würden mit Sicherheit viel mehr Holz brauchen, als wir uns jetzt auch nur vorstellen könnten, und Holzhacken sei das Wichtigste, was er tun könne, solange er hier sei. Außerdem meinte er, wir sollten das Holz auf keinen Fall draußen lagern, nicht einmal direkt an der Hauswand.

»Spätestens im Oktober ist das alles weg«, sagte er. »Heutzutage ist nichts mehr sicher.«

Mom hat darüber nachgedacht und dann gesagt, wir sollten das Holz am besten im Esszimmer lagern, das würden wir sowieso kaum noch nutzen (nicht, dass wir es früher viel häufiger genutzt hätten).

Und so haben wir dann heute Morgen nach dem Frühstück, zu dem wir alle etwas gegessen haben, die Möbel aus dem Esszimmer ins Wohnzimmer geschafft. Als Erstes musste natürlich alles Zerbrechliche rübergebracht werden, was gar nicht so einfach war, weil wir nichts mehr in Zeitungspapier einwickeln konnten, wie damals, als es noch Zeitungen gab. Aber es ist trotzdem alles heil geblieben. Dann waren die Möbel an der Reihe: der Vitrinenschrank, das Sideboard, Tisch und Stühle. Sogar Lisa hat ein paar Stühle rausgetragen, obwohl Dad über sie gewacht hat, als wäre sie auch zerbrechlich.

»Jetzt sieht das Wohnzimmer aus wie ein Gebrauchtmöbelladen«, meinte Jonny.

»Wie ein Antiquitätenladen«, korrigierte ihn Mom.

In jedem Fall ist das Wohnzimmer jetzt auch kaum noch benutzbar, aber wir haben sowieso nie viel Zeit darin verbracht.

Sobald die Möbel umgestellt waren, gingen Dad und Matt wieder raus, Bäume fällen.

Jonny und ich haben dann die Scheite, die wir schon hatten,

ins Esszimmer geschleppt. Mom hat den Boden mit Laken abgedeckt, damit er nicht völlig zerkratzt. Als wir mit dem Brennholz fertig waren, ist Jonny rausgegangen, um Dad und Matt zu helfen, und ich bin in den Wald gegangen, um noch mehr Kleinholz zu sammeln. Ich glaube, ab und zu bin ich dabei auch auf Mrs Nesbitts Grundstück geraten, aber es stört sie bestimmt nicht, wenn ich ein bisschen Holz von ihr nehme. Sie sollte wirklich besser bei uns einziehen. Ich weiß nicht, wie sie sonst den Winter überstehen will.

Ich habe mich schon so daran gewöhnt, meinen Brunch auszulassen, dass ich das auch heute getan habe, ohne überhaupt darüber nachzudenken, was ziemlich komisch ist. Zum ersten Mal seit ewigen Zeiten müssen wir uns keine Sorgen ums Essen machen, und ich lasse trotzdem eine Mahlzeit aus.

Das Abendessen war eine Enttäuschung, es gab nur Thunfisch und grüne Bohnen aus der Dose. Irgendwie hatte ich auf etwas Besonderes gehofft.

Als Mom und Lisa sahen, wie ich reagierte, haben sie doch tatsächlich gekichert. »Am Dienstag machen wir ein richtiges Festessen«, sagte Mom. »So lange musst du dich noch gedulden.«

Ein richtiges Festessen. Ich wünschte, wir hätten unser Esszimmer noch so lange behalten.

Aber auch ohne ein besonderes Gericht hat das Abendessen richtig Spaß gemacht. Es war schön, Jonny wieder dabeizuhaben, und er hatte endlich mal Gelegenheit, uns in Ruhe von seinem Camp zu erzählen. Viele von denen, die angemeldet waren, sind gar nicht gekommen, was bedeutete, dass alle anderen zwar mehr zu essen hatten, aber auch, dass es weniger Spieler gab. Und die Arbeit auf der Farm war anstrengend, vor allem zu Anfang, aber als sich dann der Himmel so grau bezog, haben die Tiere nach einer

Weile darauf reagiert; die Hühner haben weniger Eier gelegt und auch die Milchproduktion ist zurückgegangen.

Darüber wollte natürlich keiner reden, und so wechselten wir schnell das Thema. Dad fing an, Witze zu erzählen, und es war lustig zu beobachten, wie Mom und Lisa beide gleichzeitig die Augen verdrehten.

Aber am schönsten fand ich, dass Horton Jonny anscheinend endlich verziehen hat, dass er so lange weg war. Bisher hatte er Jonny seit seiner Rückkehr nämlich einfach ignoriert. Er hat bei Matt auf dem Schoß gesessen, bei mir, bei Mom und sogar bei Dad. Und Lisa hat er sich regelrecht an den Hals geworfen, obwohl – oder gerade weil – die überhaupt nichts mit ihm zu tun haben will.

Alle haben darüber gelacht, nur Lisa und Jonny nicht, und ich auch nicht, weil ich nicht vergessen kann, wie hysterisch ich allein schon bei dem Gedanken daran gewesen war, Jonny sagen zu müssen, sein geliebter Horton sei für immer verschwunden.

Aber heute Abend haben wir nach dem Essen alle im Wintergarten gesessen, beim Licht unserer schönen Batterielampe, und Mom hat gehäkelt, während Lisa ihr zusah. Dad, Matt, Jonny und ich haben auf dem Boden gesessen und Monopoly gespielt, was Horton immer wieder dazu verführte, unsere Spielsteine umzuschubsen. Nachdem er uns hinreichend klargemacht hatte, dass der Boden sein Revier war und wir ihn nur mit seiner wohlwollenden Zustimmung benutzen durften, ging er noch mal von einem zum anderen und rollte sich dann direkt neben Jonny zusammen, mit der unmissverständlichen Aufforderung, ihn am Kopf zu kraulen.

Was Jonny auch tat. Horton schnurrte wie ein Kätzchen und einen herrlichen Moment lang fühlte es sich so an, als wäre die Welt wieder in Ordnung.

1. August

Wie sich herausstellt, hatte Mom bei ihrem Festessen nicht nur an uns vier plus Dad und Lisa gedacht, sondern auch an Mrs Nesbitt und Peter. Ich fand es ein bisschen komisch, dass sie Peter eingeladen hat, aber es ist ja eigentlich genauso komisch, dass Lisa bei uns zu Besuch ist, also warum nicht.

Mom bat mich, mit dem Fahrrad bei Mrs Nesbitt und bei Peter vorbeizufahren, um ihnen die Einladung zu überbringen. Jonny war gerade dabei, die Bäume, die Dad und Matt gefällt haben, zu Brennholz zu verarbeiten, deshalb hatte ich als Einzige Zeit dafür.

Mrs Nesbitt ist seit der Scheidung nicht mehr so gut auf Dad zu sprechen, aber als ich ihr die Einladung überbrachte, strahlte sie regelrecht vor Begeisterung. »Ich komme dieser Tage ja nicht mehr viel raus«, sagte sie mir ganz im Vertrauen, worüber wir beide so lachen mussten, dass uns die Tränen kamen.

Ich radelte durch die muffige, mit Asche verschmutzte Luft in die Stadt zu Peters Praxis, aber an der Tür hing ein Schild, auf dem stand, die Praxis sei geschlossen und er ab jetzt im Krankenhaus tätig.

Es überraschte mich nicht, dass Peter seine Praxis geschlossen hatte, aber es führte mir wieder mal vor Augen, wie sehr sich die Welt verändert hat. Die letzten Tage waren so schön gewesen, dass ich fast vergessen hatte, was hier tatsächlich los ist. Sogar dieses ewige Grau, von dem ich gedacht hatte, ich würde mich nie daran gewöhnen, gehört jetzt zum Leben dazu.

Vieles sieht plötzlich ganz anders aus, wenn man weiß, wo die nächste Mahlzeit herkommt.

Ich fuhr zum Krankenhaus, wo ein unglaublicher Betrieb herrschte. Im Foyer wurde ich gefragt, zu wem ich wollte. Ich sagte, zu Peter, in einer privaten Angelegenheit.

Das Krankenhaus hat immer noch Strom, und es war seltsam, ein so hell erleuchtetes Gebäude zu sehen. Wie ein Märchenland oder ein Themenpark. Besuchen Sie das fantastische Krankenhaus! Mir fiel der Traum von dem Vergnügungspark ein, den ich vor einer Weile hatte.

Natürlich war auch im Krankenhaus nicht mehr alles wie früher. Die Geschenkboutique war geschlossen, ebenso das Café. Ein bisschen wie ein Low-Budget-Krankenhaus, aber es kam mir trotzdem vor wie ein Traum.

Der Wachmann (bewaffnet) piepte Peter an und schickte mich in den dritten Stock im Ostflügel. »Die Aufzüge sind für die Alten, Kranken und Behinderten reserviert«, sagte er. Ich befolgte seinen Hinweis und nahm die Treppe.

Peter sah erschöpft aus, ansonsten aber okay. Ich erzählte ihm, dass Dad und Lisa bei uns sind und Jonny wieder gut zu Hause angekommen ist und dass es morgen Abend ein Festessen geben würde, zu dem Mom ihn einladen wollte.

Falls Peter das irgendwie seltsam fand, ließ er es sich jedenfalls nicht anmerken. Er grinste fast so breit wie Mrs Nesbitt und sagte, es sei ihm eine Freude. »Ich bin hier seit fast einer Woche nicht mehr rausgekommen«, sagte er. »Ich hab mir einen freien Abend verdient.«

Schon komisch, aber irgendwie graut mir immer vor Peters Besuchen. Er bringt uns jedes Mal etwas mit, selbst wenn es nur eine Dose Spinat ist. Aber man hat trotzdem das Gefühl, als könne er über nichts anderes reden als über Krankheit und Tod.

Aber als ich seine Freude über die Einladung sah, fand ich es dann doch schön, dass er morgen zu uns kommen würde, zu einem richtigen Essen und einem netten Abend, auch wenn es nur mit seiner Beinahefreundin und ihren Kindern war, dazu ihrem

Exmann, seiner zweiten, schwangeren Frau und natürlich noch Mrs Nesbitt.

Als ich den Gang entlang zum Treppenhaus lief, stand auf einmal Dan vor mir. Ich war so verblüfft, dass ich nach Luft schnappte. Er sah genauso überrascht aus.

»Was machst du denn hier?«, fragte ich ihn, bevor er mich dasselbe fragen konnte.

»Meine Mutter liegt hier«, sagte er. »West-Nil-Fieber. Es geht ihr schon wieder besser, aber die letzten Wochen waren ziemlich hart.«

Voller Scham dachte ich daran, wie sauer ich auf ihn gewesen war.

Dan fasste mich am Arm. »Ich muss dir etwas erzählen«, sagte er. »Wohin gehst du jetzt?«

»Zur Treppe«, sagte ich. »Ich meine, zurück nach Hause.«

»Ich komme mit raus«, sagte er und ließ meinen Arm los, was ich schade fand. Irgendwie hatte ich gedacht, seine Hand würde zu meiner hinuntergleiten und sie festhalten, so wie früher. Stattdessen liefen wir wie zwei Fremde nebeneinanderher, jeder mit seinen eigenen Problemen im Kopf.

Wir gingen raus zum Fahrradständer, wo ich mein Rad doppelt angeschlossen hatte. »Miranda«, setzte Dan an und stockte.

»Schon okay«, erwiderte ich. »Sag's einfach.«

»Ich gehe bald von hier weg«, sagte er. »Vielleicht schon nächsten Montag. Ich wäre schon früher gefahren, aber ich wollte erst noch sichergehen, dass Mom auch wirklich gesund wird.«

Ich dachte an Sammi, Dad und Lisa, und ich fragte mich, wie viele Menschen wohl noch aus meinem Leben verschwinden würden. »Weißt du schon, wohin?«, fragte ich.

Dan schüttelte den Kopf. »Eigentlich wollten wir alle zusammen weggehen«, sagte er. »Meine Eltern und ich. Nach Kalifornien, wo meine Schwester lebt. Aber dann haben wir ihren Namen auf einer der Listen entdeckt. So findet man das heutzutage heraus. Es sagt einem keiner Bescheid. Man entdeckt einfach nur den Namen auf irgendeiner Liste. Mein Vater hat es ganz gut verkraftet. Jedenfalls ist er nicht durchgedreht oder so. Aber meine Mutter wurde vollkommen hysterisch, sie wollte es einfach nicht wahrhaben, darum habe ich gesagt, sobald ich kann, fahre ich sie suchen.«

Ich hätte ihm gern gesagt, wie leid mir das alles tat. Ich hätte ihn gern geküsst und in den Arm genommen und getröstet. Stattdessen stand ich einfach nur da und hörte zu.

»Mein Vater hielt das für einen Fehler, er meinte, das Leben ginge nun mal weiter, und meine Mutter war sowieso kaum ansprechbar«, fuhr Dan fort. »Du kannst dir das nicht vorstellen, Miranda. Aber ich bin froh, dass du das nicht kannst, dass dir so was bisher erspart geblieben ist. Hoffentlich bleibt das auch so. Und dann wurde es Sommer, und ich wusste nicht so recht, was ich machen sollte. Also ging ich schwimmen. Und ich wollte gerne richtig mit dir zusammen sein, aber irgendwie schien mir das nicht fair, weder dir noch mir selbst gegenüber, denn mein Vater hatte beschlossen, dass ich fortgehen sollte. Es war seine Idee, und er hat zuerst auch nur mit mir darüber gesprochen, nicht mit meiner Mutter, weil er wusste, dass sie sich furchtbar aufregen würde. Er tauschte sein Auto gegen ein Motorrad ein und brachte mir das Fahren bei.

Ich wollte nicht weg. Ich wollte hierbleiben, bei meinen Eltern, bei dir. Aber mein Vater bestand darauf, und ich wäre schon seit Wochen weg, wäre meine Mutter nicht krank geworden. Mein Vater und ich hatten beide die Befürchtung, dass sie es nicht überleben würde, wenn ich fortgehe, solange sie noch krank ist. Aber jetzt ist sie bald wieder gesund, und ich muss aufbrechen, solange das Wetter noch halbwegs mitspielt. Mein Vater meint, in ein paar Wochen kriegen wir schon den ersten Frost.«

»Im August?«, fragte ich.

Dan nickte. »Seiner Meinung nach können wir von Glück reden, wenn bis September kein schwerer Frost kommt. Habt ihr schon mal daran gedacht, von hier fortzugehen?«

»Mein Vater und meine Stiefmutter gehen weg«, antwortete ich. »Sie machen gerade ein paar Tage bei uns Zwischenstation, und danach wollen sie in den Westen.«

»Vielleicht treffe ich sie ja unterwegs«, sagte Dan. »Miranda, ich wünschte, es wäre alles ganz anders gekommen. Und ich wollte dir noch sagen, dass ich dich auch schon sehr mochte, bevor das alles hier passiert ist. Ich wollte mir vorher schon ein Herz fassen und dich zum Schulball einladen.«

Ich dachte daran, wie viel mir diese Einladung bedeutet hätte. »Ich hätte Ja gesagt«, antwortete ich. »Vielleicht können wir das ja irgendwann noch mal nachholen.«

»Sollte ich dann hier sein, haben wir jetzt ein Date«, sagte er. »Ich werde versuchen zu schreiben, aber ich habe keine Ahnung, ob überhaupt noch Briefe durchkommen. Ich werde dich niemals vergessen, Miranda. Was auch passieren mag, ich werde mich immer an dich und an Miller's Pond erinnern. Das war das einzig Schöne in all der Zeit.«

Wir küssten uns. Schon verrückt, wie viel Bedeutung in diesem Kuss lag. Vielleicht werde ich nie wieder einen anderen Jungen küssen, jedenfalls nicht so, wie ich Dan geküsst habe.

»Ich muss wieder rein«, sagte Dan. »Mom wird sich schon wundern.«

»Viel Glück«, sagte ich. »Ich hoffe, wo auch immer du landest, ist es besser als hier.«

Wir küssten uns noch einmal, aber es war nur ein kurzer Abschiedskuss. Dan ging ins Krankenhaus zurück, und ich stand da und sah ihm nach.

Ich weiß, Dan glaubt, ich hätte Glück gehabt, weil mir bisher noch so vieles ›erspart‹ geblieben ist. Und ich weiß auch, dass es pures Selbstmitleid ist, wenn ich anders darüber denke. Trotzdem frage ich mich manchmal, ob so eine absolute Horrornachricht, die Nachricht, dass jemand, den man liebt, gestorben ist, wirklich so viel schlimmer ist als dieser zermürbende Alltag.

Aber eigentlich weiß ich ganz genau, dass das viel schlimmer ist. Dan hat seine Schwester verloren, während ich bisher niemanden verloren habe, zumindest nicht an den Tod, jedenfalls soweit ich weiß. Und den zermürbenden Alltag hat Dan ja genauso wie ich, nur dass zu allem Überfluss auch noch seine Mutter beinahe gestorben wäre.

Wenn ich ehrlich bin, weiß ich genau, dass ich mich glücklich schätzen kann.

Und trotzdem bricht es mir fast das Herz, dass er mich nicht schon im Mai wegen des Schulballs gefragt hat. Das hätte mir niemand mehr nehmen können. Jetzt ist es zu spät, und ich glaube kaum, dass es jemals wieder etwas geben wird, über das ich mich so freuen würde.

2. August

Was für ein Festmahl!

Mom und Lisa haben Brot gebacken (wobei sie die restliche Hefe verbraucht haben). Es gab natürlich keinen richtigen, frischen Salat (schon erstaunlich, was einem so alles fehlen kann – wer hätte gedacht, dass ich mich jemals nach Eisbergsalat zurücksehnen würde?), aber Mom nahm eine Dose mit grünen Bohnen und eine mit roten, machte sie mit Essig und Olivenöl an und erklärte das Ganze zu einem Bohnensalat. Als Hauptgericht gab es Spaghetti mit Hackfleischsoße. Klar, auch das Fleisch kam nur aus dem Glas, aber ich kann mich nicht erinnern, wann ich überhaupt das letzte Mal Rind gegessen habe, außer in meinen Träumen. Als Gemüse dazu gab es Champignons.

Peter brachte zwei Flaschen Wein mit, einen Weißen und einen Roten, weil er nicht wusste, was es geben würde. Mom erlaubte auch Jonny und mir ein Gläschen Wein – die Welt geht schließlich sowieso bald unter, also was soll's.

Mrs Nesbitt hat den Nachtisch gemacht. Sie hat Baisertörtchen gebacken, aus Trockeneiweiß, und sie mit Schokoladenpudding gefüllt.

Wir haben im Wintergarten den Metall-Klapptisch aufgebaut, eine hübsche Tischdecke draufgelegt und die Esszimmerstühle aus dem Wohnzimmer geholt. Mom hat Kerzen angezündet, und im Kaminofen brannte ein Feuer.

Mom war früher immer ziemlich stolz auf ihre Kochkünste. Sie hat ständig neue Rezepte ausprobiert. In einer Welt, wie sie früher war, hätte Mom uns niemals fertige Fleischsoße oder Pilze aus der Dose vorgesetzt. Aber heute Abend war sie trotzdem ganz stolz und aufgeregt wegen des Essens, und auch Mrs Nesbitts Dessert wurde mit großer Begeisterung aufgenommen.

Ob es nun der Duft nach frischem Brot war oder der Wein oder einfach nur die Tatsache, genug zu essen zu haben, jedenfalls waren wir alle bester Laune. Ich war gespannt, wie Peter und Dad miteinander auskommen würden, aber sie haben beide so getan, als wären sie uralte Freunde, genau wie Mom und Lisa, und als wäre ein gemeinsames Essen das Normalste auf der Welt.

Alle haben geredet, gelacht und ihren Spaß gehabt.

Nach dem Essen haben Matt und ich den Tisch abgeräumt. Keiner wollte den Abend schon ausklingen lassen, und so blieben wir einfach noch sitzen.

Ich weiß nicht mehr, worüber wir gerade sprachen – es kann nichts Ernstes gewesen sein, weil wir den ganzen Abend über nichts Ernstes gesprochen haben (sogar Peter behielt seine Horrorgeschichten für sich) –, als Jonny auf einmal fragte: »Müssen wir alle bald sterben?«

»Na komm«, sagte Mom. »So schlecht war das Essen nun auch wieder nicht.«

»Nein, ich meine es ernst«, sagte Jonny. »Müssen wir alle bald sterben?«

Mom und Dad wechselten einen Blick.

»Nicht in unmittelbarer Zukunft«, sagte Matt. »Wir haben Lebensmittel und Brennstoff. Wir kommen schon klar.«

»Aber was passiert, wenn uns die Lebensmittel ausgehen?«, fragte Jonny.

»Entschuldigt mich bitte«, sagte Lisa. »Darüber möchte ich jetzt wirklich nicht diskutieren.« Sie stand auf und ging aus dem Zimmer.

Dad schien hin- und hergerissen. Schließlich stand er auf und ging ihr nach.

Und so waren wir wieder unter uns, der kleine Kreis, der mir in den letzten Monaten so vertraut geworden ist.

»Du hast eine ehrliche Antwort verdient, Jon«, sagte Peter. »Aber wir wissen selbst nicht, was noch passiert. Vielleicht kann die Regierung uns bald wieder mit Lebensmitteln versorgen. Irgendwo muss es ja noch Vorräte geben. Uns bleibt nichts anderes übrig, als immer nur an den nächsten Tag zu denken und das Beste zu hoffen.«

»Ich werde das alles nicht überleben, das weiß ich«, sagte Mrs Nesbitt. »Aber ich bin eine alte Frau, Jonny. Du bist noch jung, und gesund und kräftig dazu.«

»Aber was ist, wenn alles immer noch schlimmer wird?«, fragte ich. Ich weiß nicht genau, warum – vielleicht, weil Jonny gerade bescheinigt worden war, dass er überleben würde, während sich niemand die Mühe machte, mir das auch zu bestätigen. »Was, wenn nach den Vulkanausbrüchen noch mehr schlimme Sachen passieren? Was, wenn die Erde überlebt, aber die Menschen nicht? Das wäre doch möglich, oder? Und auch nicht erst in ein paar Millionen Jahren. Das kann jederzeit passieren, heute oder nächstes Jahr oder in fünf Jahren. Was ist dann?«

»Als Kind habe ich mich brennend für Dinosaurier interessiert«, sagte Peter. »Wie Kinder so sind. Ich habe alles über sie gelesen, was ich in die Finger kriegen konnte, ich konnte sämtliche lateinischen Namen auswendig und jeden einzelnen an seinem Skelett erkennen. Und ich konnte einfach nicht begreifen, wie diese faszinierenden Tiere so mir nichts, dir nichts verschwinden konnten. Dabei sind sie ja gar nicht verschwunden. Sie haben sich zu Vögeln weiterentwickelt. Vielleicht wird das Leben nicht so weitergehen, wie wir es kennen, aber es wird auf jeden Fall weitergehen. Leben wird es immer geben. Daran glaube ich fest.«

»Insekten überleben alles«, sagte Matt. »Die werden auch das hier überleben.«

»Na super«, sagte ich. »Hoch entwickelte Kakerlaken? Mücken so groß wie Adler?«

»Vielleicht werden ja auch die Schmetterlinge größer«, sagte Matt. »Stell dir vor, Miranda, Schmetterlinge mit dreißig Zentimetern Flügelspanne. Eine ganze Welt voll riesiger bunter Schmetterlinge.«

»Also, ich würde eher auf die Mücken setzen«, sagte Mrs Nesbitt, und ihre zynische Bemerkung kam so unerwartet, dass wir alle in schallendes Gelächter ausbrachen. Wir lachten so laut, dass Horton zusammenzuckte und erschreckt von Jonnys Schoß heruntersprang, was uns nur noch lauter lachen ließ.

Kurz darauf kam Dad wieder runter, aber Lisa ließ sich nicht mehr blicken.

3. August

Dad und Matt haben den ganzen Tag gearbeitet. Erst beim Abendessen erzählte uns Dad, dass Lisa und er morgen in aller Frühe aufbrechen wollen.

Ich weiß, dass mich das eigentlich nicht überraschen sollte, aber es tat trotzdem weh, es zu hören.

Lisa hat fast den ganzen Tag im Bett verbracht. Mom ist ein paarmal zu ihr raufgegangen, um nach ihr zu sehen, aber das schien nicht viel zu helfen.

»Sie macht sich Sorgen um ihre Eltern«, sagte Mom zu mir. »Und natürlich auch um das Baby. Sie möchte sich so bald wie möglich irgendwo niederlassen, und je länger sie warten, desto schwieriger könnte die Reise werden.«

Ich frage mich, ob Lisa es auch dann so eilig hätte, wenn Jonny nicht nach dem Weltuntergang gefragt hätte.

Dad machte für sich und Lisa ein paar Thunfisch-Sandwiches und nahm sie mit nach oben. Ich dachte schon, er würde bis zu ihrer Abreise morgen früh oben bleiben, so dass ich ihn gar nicht mehr sehen würde.

Aber nach einer Stunde oder so kam er zu uns in den Wintergarten. »Wollen wir uns ein bisschen auf die Veranda setzen, Miranda?«, fragte er.

»Gern«, antwortete ich, und wir gingen zusammen raus.

»Ich hatte noch nicht viel Gelegenheit, mit dir zu sprechen«, sagte Dad, als wir auf der Gartenschaukel saßen. »Ich hab viel Zeit mit Matt und Jonny verbracht, aber mit dir nicht.«

»Schon in Ordnung«, sagte ich. »Holzhacken war nun mal das Wichtigste.«

»Du und deine Brüder, ihr seid das Wichtigste«, erwiderte Dad. »Miranda, ich möchte, dass du weißt, wie stolz ich auf dich bin.«

»Auf mich?«, fragte ich. »Wieso?«

»Dafür gibt es viele Gründe«, sagte Dad. »Weil du klug bist und witzig und schön. Weil du das Schwimmen für dich entdeckt hast, als das Eislaufen nicht mehr ging. Weil du alles tust, um deiner Mutter das Leben zu erleichtern. Weil du dich nicht beklagst, obwohl du reichlich Grund dazu hättest. Weil du eine Tochter bist, auf die jeder Vater stolz sein könnte. Es war eine gute Idee, dich zu fragen, ob du die Patentante des Babys werden willst, das ist mir in den letzten Tagen noch mal richtig klar geworden. Ich bin so froh, dass ich dein Vater bin. Ich hab dich sehr lieb.«

»Ich hab dich auch lieb«, sagte ich. »Und mit dem Baby wird bestimmt alles gut. Alles wird gut, das weiß ich einfach.«

»Ich weiß es auch«, sagte Dad, und wir umarmten uns. Eine Weile saßen wir beide still da; wir wussten, dass jedes weitere Wort die Stimmung zerstören würde.

Dann stand Dad auf und ging wieder zu Lisa hinauf. Ich blieb noch ein bisschen auf der Veranda sitzen und dachte an Babys und Schmetterlinge und wie der Rest meines Lebens wohl verlaufen würde. Als ich jeden Gedanken, den ich nur denken konnte, zu Ende gedacht hatte, ging ich wieder rein und lauschte eine Zeit lang der Stille.

4. August

Heute Morgen um sechs sind Dad und Lisa losgefahren.

Wir sind alle mit ihnen zusammen aufgestanden und haben gemeinsam gefrühstückt. Mom hat ein Glas Erdbeermarmelade gefunden und das letzte Brot auf den Tisch gestellt. Es gab Pfirsiche aus der Dose und Getränkepulver mit Orangengeschmack. Dad und Mom tranken Kaffee, Lisa Tee.

Dad nahm uns alle der Reihe nach in den Arm und gab uns einen Abschiedskuss. Ich musste meine ganze Willenskraft aufbieten, um mich nicht an ihm festzuklammern. Allen ist klar, dass wir uns vielleicht nie mehr wiedersehen werden.

Dad versprach, uns so oft wie möglich zu schreiben und Bescheid zu sagen, sobald er etwas von Grandma hört.

Als sie ins Auto stiegen, setzte sich Lisa ans Steuer, wahrscheinlich deshalb, weil Dad so furchtbar weinte, dass er unmöglich fahren konnte.

NEUN

6. August

Heute Morgen bin ich aufgewacht und habe gedacht: Ich werde Sammi nie mehr wiedersehen. Ich werde Dan nie mehr wiedersehen.

Ich hab solche Angst, dass ich Dad nie mehr wiedersehen werde.

Und ich weiß nicht, wie ich es überleben soll, nie mehr die Sonne wiederzusehen.

7. August

Vor dem Abendessen bin ich in Matts Zimmer gegangen und habe nachgesehen, ob er noch irgendwelche Bücher aus der Bücherei hat, die wir zurückgeben müssen.

Während ich noch suchte, kam plötzlich Matt rein. »Was zum Teufel machst du hier in meinem Zimmer?«, schrie er.

Ich war so verblüfft, dass ich wie angewurzelt dastand.

»Ich hab den ganzen Tag Holz gehackt«, sagte er. »Ich bin müde und dreckig und hungrig, und ich bin jede verdammte Minute mit Jonny zusammen, und ich schwör dir, ich könnte Dad umbringen, weil er nicht bei uns geblieben ist, um für uns zu sorgen.«

»Tut mir leid«, stotterte ich.

»Mir auch«, gab er zurück. »Aber das hilft uns jetzt auch nicht weiter.«

9. August

Alle sind schlecht gelaunt. Nicht einmal das viele Essen im Haus muntert uns auf.

Ich habe bemerkt, dass Mom wieder das Frühstück auslässt, und seit ein paar Tagen scheint sie auch nicht mehr zu Mittag zu essen. Matt hackt den ganzen Tag Holz, deshalb nehme ich an, dass er mittags ebenfalls nichts isst. Er ist nicht gerade gesprächig in letzter Zeit.

Keiner hat mir gesagt, was ich tun soll, aber ich werde mich wohl auch wieder auf meinen Brunch beschränken.

Es macht mir Angst, dass Mom wieder weniger isst, obwohl wir noch so viele Lebensmittel im Haus haben. Das kann nur bedeuten, dass sie nicht glaubt, dass unsere Vorräte lange genug reichen.

Irgendetwas in dieser Welt müsste doch mal wieder normal werden. Ich kann mich nicht erinnern, wann wir das letzte Mal Strom hatten, nicht mal für ein paar Minuten mitten in der Nacht. Mom sorgt dafür, dass mindestens einer von uns einmal am Tag in die Stadt fährt, um nachzusehen, ob es bei der Post etwas Neues gibt (die ist jetzt zum Anschlagbrett der Gemeinde geworden) oder ob vielleicht Lebensmittel verteilt werden, aber wir kommen immer mit leeren Händen nach Hause.

Kälter geworden ist es auch. Heute sind es nicht einmal 15 Grad.

11. August

Der erste Frost. Nur ein ganz leichter, aber trotzdem.

»Wieso bleiben wir eigentlich hier?«, hat mich Jonny heute Morgen gefragt. »Alle anderen gehen in den Süden.«

»Es gehen gar nicht alle anderen in den Süden«, erwiderte ich, hauptsächlich deshalb, weil mich die Frage aus der Fassung brachte. Jonny hat noch nie viel geredet, aber seit seiner Rückkehr aus dem Camp ist er noch stiller als sonst. Als wäre er während dieser ganzen Geschichte erwachsen geworden, ohne überhaupt ein Teenager gewesen zu sein.

»Die meisten Jungs im Camp haben erzählt, ihre Familien hätten vor wegzugehen«, sagte Jonny. »Und das Lager war noch nicht mal halb voll. Gestern habe ich Aaron in der Stadt getroffen, und er hat erzählt, es wären schon so viele Schüler weggegangen, dass sie überlegten, einige der Schulen komplett zu schließen.«

»Aaron ist nicht gerade eine zuverlässige Quelle«, sagte ich.

»Sein Vater ist im Schulvorstand«, sagte Jonny.

»Na gut«, sagte ich. »Also ist er doch eine zuverlässige Quelle. Aber wir gehen trotzdem nirgendwohin, und ich würde Mom auch lieber nicht darauf ansprechen.«

»Meinst *du* denn, dass wir weggehen sollten?«, fragte Jonny. Das war ein merkwürdiges Gefühl, weil er sich genauso anhörte wie ich, wenn ich Matt etwas frage.

»Wir können Mrs Nesbitt nicht alleinlassen«, sagte ich. »Und wir können nicht einfach ins Auto steigen und irgendwo hinfahren, ohne zu wissen, wo wir landen und ob es dort etwas zu essen und einen Platz zum Wohnen gibt. Manche Leute können das vielleicht. Aber ich glaube, Mom nicht.«

»Vielleicht sollte nur einer von uns gehen«, sagte Jonny. »Matt oder ich. Du könntest hier bei Mom und Mrs Nesbitt bleiben.«

»Dafür bist du noch nicht alt genug«, sagte ich. »Also denk gar nicht erst drüber nach. Wir kommen schon zurecht. Wir haben zu essen, wir haben Holz und wir haben sogar noch ein bisschen Heizöl. Irgendwann muss es einfach wieder besser werden. Schlimmer kann es jedenfalls nicht mehr werden.«

Jonny grinste. »Jaja, das sagen alle«, entgegnete er. »Und alle haben sich geirrt.«

14. August

Heute beim Abendessen (Hühnchen aus der Dose und Mischgemüse) meinte Jonny: »Ich hab zwar bald Geburtstag, aber ich erwarte keine Geschenke, also macht euch keinen Stress.«

Ich hatte Jonnys Geburtstag total vergessen.

Wenn ich auflisten sollte, was mir alles fehlt, würde Shoppen auf jeden Fall dazugehören.

Mom sagte, das sei wirklich sehr erwachsen von Jonny, und sie gab zu, dass sie tatsächlich kein Geschenk für ihn hatte, was aber nicht heißen sollte, dass es nicht trotzdem ein ganz besonderer Tag werden würde. Es läuft also wahrscheinlich auf ein Extragemüse beim Abendessen oder einen Dosenobstsalat zum Nachtisch hinaus.

Oder wir betrinken uns alle gemeinsam mit der zweiten Flasche Wein, die Peter mitgebracht hat.

Irgendwie nervt es mich, dass Jonny hier ständig einen auf erwachsen macht und ich nicht. Ich kann nun mal nicht sagen, macht euch keine Gedanken um meinen Geburtstag, denn der ist schließlich erst im März, und bis dahin werden wir noch reichlich andere Sorgen haben.

Ich bin inzwischen wieder bei zwei Mahlzeiten am Tag, aber das ist auch nichts, womit man hier im Moment groß Eindruck schinden kann.

Außerdem machen wir uns alle Sorgen, weil wir noch nichts von Dad gehört haben, auch wenn keiner von uns darüber spricht. Die Post spielt völlig verrückt, manche Briefe sind wochenlang unterwegs und ein Großteil kommt wahrscheinlich überhaupt nicht an. Es gibt also keinen Grund zu der Annahme, wir müssten schon etwas von ihnen gehört haben, aber die Vorstellung, wie Dad und Lisa ins Leere fahren, macht mir einfach Angst.

Mom hört jeden Morgen Radio, und wenn der Rest der Vereinigten Staaten sich in Luft aufgelöst hätte oder so was, hätte sie das bestimmt schon mal erwähnt. Also sind Dad und Lisa wahrscheinlich einigermaßen sicher, egal, wo sie gerade stecken.

Trotzdem würden wir es gern von ihnen selbst hören.

15. August

Ich habe Mom gefragt, ob sich die Lage inzwischen gebessert hätte. Ob all die schlimmen Sachen, die Flutwellen, Erdbeben und Vulkanausbrüche, inzwischen aufgehört hätten.

Sie sagte Nein, wenn sich die Anziehungskraft des Mondes erst einmal verändert habe, könne es nie mehr so werden wie früher.

»Aber schlimmer ist es doch auch nicht geworden«, sagte ich.

Mom hatte offenbar keine Lust, darauf zu antworten.

»Wie viel schlimmer kann es denn noch werden?«, fragte ich.

Mom erklärte mir, dass im Moment an allen möglichen Stellen Vulkane ausbrechen, auch dort, wo man es nie erwartet hätte – in Montreal zum Beispiel. Anscheinend gibt es dort einen Vulkan, der nur deshalb nie ausgebrochen ist, weil die Erdkruste zu dick war, aber jetzt, wo die Anziehungskraft des Mondes so groß geworden ist, hat die Lava es doch geschafft, die Kruste zu durchbrechen. Die Vulkanausbrüche verursachen Brände, die Erdbeben verursachen Brände, und die Tsunamis werden immer schlimmer, so dass immer mehr Küste verloren geht, und die Menschen flüchten aus den Gebieten mit Vulkanen und Erdbeben und Flutwellen, so dass die Lage auch in den stabileren Gebieten immer schlimmer wird.

Und dann gibt es natürlich noch die Seuchen.

Nachdem Mom erst mal losgelegt hatte, war sie nicht mehr zu bremsen. Wir haben zwar auch schon drei Nächte mit Frost gehabt, aber in Neuengland und im oberen Mittelwesten friert es jetzt schon seit Wochen. Die gesamte Ernte ist dort erfroren.

Ach, und dann gab es noch ein Erdbeben ganz in der Nähe eines Atomkraftwerks und alles ist explodiert oder so. Ich glaube, das war in Kalifornien.

»Verstehst du jetzt, warum wir uns glücklich schätzen können?«, fragte sie schroff.

»Ich habe nie etwas anderes behauptet!«, rief ich wütend, denn das hatte ich ja tatsächlich nicht. Zumindest nicht heute. Ich hatte einfach nur gefragt, ob sich die Lage inzwischen gebessert hat. Ich habe schließlich nicht gesagt, ich will wieder Strom haben und warmen Kakao und Fernsehen und einen Schulball, mit einem richtigen Date, auf das ich mich freuen kann.

Alles Dinge, an die ich jeden Morgen beim Aufwachen und jeden Abend vorm Einschlafen denke.

»Ich verbitte mir diesen Ton!«, schrie Mom.

»Was denn für einen Ton?«, schrie ich zurück. »Du hast doch damit angefangen. Seit wann darfst du mich anschreien, und ich muss mir das einfach so gefallen lassen?«

Und dann haben wir richtig losgelegt. Das erste Mal seit Wochen, seit dieser schrecklichen Sache mit Horton. Ich wäre undankbar. Ich würde nur rumsitzen und nichts tun. Ich würde mich selbst bemitleiden.

»Da hast du verdammt Recht, dass ich mich selbst bemitleide«, brüllte ich sie an. »Warum auch nicht? Ist ja wohl schlimm genug, mein Leben, zumal ich nicht die geringste Ahnung habe, wie lange ich überhaupt noch lebe. Und dann bin ich auch noch mit einer Mutter gestraft, die mich nicht liebt. Ich hätte mit Dad und Lisa weggehen sollen. Der hat mich wenigstens lieb, im Gegensatz zu dir!«

»Raus«, sagte Mom. »Verschwinde. Ich will dich nicht mehr sehen.«

Ich war so perplex, dass es einen Moment lang dauerte, bis ich aus dem Haus rannte. Und als ich dann draußen war, hatte ich nicht die geringste Ahnung, wo ich hingehen oder was ich tun sollte. Ich stieg auf mein Rad und ließ meine Beine entscheiden, wo ich hinfuhr. Zu meiner großen Überraschung (wohl kaum zur Überraschung meiner Beine) landete ich schließlich bei Megan.

Megans Mutter sah mindestens zehn Jahre älter aus als bei meinem letzten Besuch vor einem Monat. Aber sie lächelte, als sie mich sah, als wäre es das Normalste auf der Welt, dass ich kurz mal vorbeischaute. Wenigstens erinnerte sie mich jetzt nicht mehr an Beckys Mutter.

»Megan ist in ihrem Zimmer«, sagte sie. »Sie wird sich freuen, dich zu sehen.«

Ich stieg die Treppe zu Megans Zimmer hinauf. Einen Moment lang fragte ich mich, was zum Teufel ich dort eigentlich zu suchen hatte. Aber ich klopfte trotzdem an ihre Tür und trat ins Zimmer.

Megan lag auf ihrem Bett und las in der Bibel. Ich erschrak, als ich sah, wie dünn sie geworden war. Aber wenigstens wirkte sie nicht irgendwie verrückt oder so, und dafür muss man dieser Tage ja schon dankbar sein.

»Miranda!«, quiekte sie, und einen Moment lang war sie wieder meine Megan. »Das ist ja toll, dass du kommst. Setz dich hin. Du musst mir alles erzählen.«

Und das tat ich. Absolut alles. Bis ins letzte Detail. Von meinem Streit mit Mom und von Jonny und Matt und Dad und Lisa und Horton. Und dass Dan mich zum Schulball einladen wollte und jetzt weggegangen ist. Ich habe bestimmt eine halbe Stunde am Stück geredet, wobei Megan mich nur unterbrach, um eine Frage zu stellen oder irgendein mitfühlendes Geräusch zu machen.

»Junge, Junge«, sagte sie, als ich endlich fertig war. »Dein Leben ist ja wirklich schrecklich.«

Ich wusste nicht, ob ich lachen oder weinen sollte. Das Lachen gewann.

»Ich hab gerade einen von diesen ›sonst ist eigentlich alles bestens‹-Momenten«, sagte ich.

»Die haben wir alle«, sagte Megan.

»Du etwa auch?«, fragte ich.

Megan nickte. »Ich weiß, was ich tun muss«, sagte sie. »Und ich tue es, so gut ich kann. Ich weiß, dass es Gottes Wille ist, den ich nicht in Frage stellen kann, aber trotzdem möchte ich gern, dass Moms Seele gerettet wird, und Dads und deine und die aller anderen Menschen, die ich jemals lieb hatte. Ich bete und bete, aber ich glaube nicht, dass es irgendetwas hilft. Wir sind alle in der Hölle, Miranda. Gott weiß, was das Beste für uns ist, aber es ist trotzdem die Hölle.«

»Denkt Reverend Marshall auch so darüber?«, fragte ich. Ich war ziemlich schockiert über Megans Worte.

»Er sagt, dass Gott uns für unsere Sünden straft«, antwortete sie. »Wir sind alle Sünder. Ich weiß, dass ich eine Sünderin bin. Ich habe Begierden, Miranda. Nach Dingen. Nach Essen. Manchmal packt mich die Begierde nach Essen. Und ich habe lustvolle Gedanken. Jetzt guck nicht so entsetzt. Ich bin sechzehn. Meinst du, ich hätte noch nie auf jemanden Lust gehabt?«

»Auf wen denn?«, fragte ich.

Megan lachte. »Tim Jenkins«, sagte sie. »Und James Belle. Und Mr Martin.«

»Für Mr Martin haben wir alle geschwärmt«, sagte ich. »Wenn

das eine Sünde ist, dann wird mindestens die Hälfte aller Mädchen an der Highschool in der Hölle landen. Aber Tim Jenkins? Ich hätte nicht gedacht, dass der dein Typ ist. Das ist doch ein ziemlicher Draufgänger, Megan.«

»Ich weiß«, sagte sie. »Ich habe immer gedacht, wenn er mich lieben würde, könnte ich ihn vielleicht bekehren. Aber das war es nicht, weshalb ich Lust auf ihn hatte, wenn du verstehst, was ich meine. Ich hatte nicht nur Lust darauf, seine Seele zu retten.«

»Und Reverend Marshall glaubt, dass all diese schrecklichen Dinge nur passiert sind, weil du scharf auf Tim Jenkins warst?«, fragte ich.

»Das wäre ein bisschen sehr vereinfacht«, erwiderte Megan. »Ich wollte damit nur sagen, dass ich genauso eine Sünderin bin wie alle anderen auch, und das, obwohl ich bisher kaum Gelegenheit hatte, irgendetwas zu tun. Ich habe zwar lustvolle Gedanken, aber Sammi hat ihre gleich in die Tat umgesetzt. Und wenn Gott auf mich schon sauer ist, dann ist Er es wohl erst recht auf sie und auf so ziemlich jeden anderen Menschen auf der Welt. Wir haben wirklich einen fürchterlichen Schlamassel angerichtet.«

»Du vielleicht«, murrte ich, und wir mussten beide lachen.

»Ich kann einfach nicht glauben, dass der Mond nur deshalb aus seiner Bahn geflogen ist, weil ich mit Dan auf den Schulball gehen will«, sagte ich. »Warum sollte Gott uns zu Menschen machen, wenn Er nicht will, dass wir uns auch wie Menschen benehmen?«

»Um zu sehen, ob wir uns über unsere Natur erheben können«, sagte Megan. »Eva hat Adam dazu gebracht, den Apfel zu essen, und dann war es aus mit dem Garten Eden.«

»Am Ende geht es immer nur ums Essen, oder?«, sagte ich, und wir lachten wieder.

Ich kann gar nicht beschreiben, was für ein Gefühl es war, mit

Megan zu lachen. Ich weiß, dass sie verrückt ist, sich dem Tod in die Arme zu werfen. Im Moment sterben schließlich so viele Menschen, dass man fast schon Schlange stehen muss. Und sie sah schon aus wie ein wandelndes Skelett. Aber sie war immer noch Megan. Zum ersten Mal, seit das alles passiert ist, hatte ich das Gefühl, wieder etwas zurückzubekommen.

»Ich gehe dann mal wieder nach Hause«, sagte ich. »Ich wüsste nicht, wo ich sonst hingehen soll.«

Megan nickte. »Miranda«, sagte sie und machte eine von diesen langen Pausen, auf die ich inzwischen immer schon warte. »Miranda, ich weiß nicht, ob wir uns jemals wiedersehen werden.«

»Natürlich werden wir das«, sagte ich. »Oder wollt ihr auch weggehen, du und deine Mutter?«

»Ich denke, sie wird fortgehen, wenn ich tot bin«, sagte Megan. »Aber bis dahin bleiben wir noch hier.«

»Wenn das so ist, sehen wir uns bestimmt wieder«, sagte ich.

Megan schüttelte den Kopf. »Komm nicht noch mal her«, sagte sie. »Ich muss Gott zeigen, dass ich wirklich bereue, und das kann ich nicht, wenn du mich dazu bringst, an Tim Jenkins zu denken und ans Essen und wie schrecklich alles jetzt ist. Ich will Gott nicht böse sein, aber wenn ich dich sehe, dann werde ich das ein ganz kleines bisschen. Also darf ich dich nicht wiedersehen. Ich muss unsere Freundschaft opfern, um Gott zu beweisen, wie sehr ich Ihn liebe.«

»Ich hasse deinen Gott«, sagte ich.

»Dann such dir deinen eigenen«, sagte sie. »Geh jetzt, Miranda, bitte. Und solltest du jemals wieder etwas von Sammi hören, dann sag ihr, ich hätte jeden Tag für sie gebetet, genau wie für dich.«

»Mach ich«, sagte ich. »Leb wohl, Megan.«

Und dann passierte das Allerschlimmste. Während der ganzen

Zeit hatte sie mit ein paar Kissen im Rücken auf ihrem Bett gesessen. Aber als ich jetzt aufstand, um zu gehen, versuchte sie verzweifelt, von ihrem Bett hochzukommen, und ich sah, dass sie kaum noch die Kraft hatte, sich aufrecht zu halten. Sie musste sich festhalten, während wir uns umarmten, und fiel dann wieder auf ihr Bett zurück.

»Alles in Ordnung«, sagte sie. »Geh jetzt, Miranda. Leb wohl.«

»Leb wohl«, sagte ich und rannte weg, weg von ihr und aus ihrem Haus, ohne mich von ihrer Mutter zu verabschieden. Ich sprang auf mein Rad und fuhr auf dem kürzesten Weg nach Hause. Ich bin so schnell gefahren, dass ich wahrscheinlich so viele Kalorien verbrannt habe wie sonst in drei Tagen.

Ich brachte das Fahrrad in die Garage und stürzte ins Haus. Mom saß weinend in der Küche.

»Mom!«, rief ich und warf mich in ihre Arme.

Sie drückte mich so fest an sich, dass ich kaum noch Luft bekam. »Ach Miranda, Miranda«, rief sie immer wieder weinend. »Es tut mir leid. Es tut mir so leid.«

»Mir auch«, sagte ich, und das war auch so. Nicht wegen der Sachen, die ich vorhin gesagt hatte. Sondern weil ich ein Grund dafür bin, dass Mom sich Sorgen machen muss, und weil ich daran einfach nichts ändern kann.

Ich hab sie so lieb. In einer Welt, in der es nur noch so wenig Gutes gibt, ist sie trotzdem gut geblieben. Manchmal vergesse ich das, oder ich nehme es ihr übel. Aber sie ist ein guter Mensch, und sie hat mich lieb, und jeder ihrer Gedanken kreist darum, Matt, Jonny und mich zu schützen.

Wenn Gott jemanden sucht, der Opfer bringt, dann braucht Er sich nur Mom anzusehen.

18. August

Jonnys Geburtstag.

Matt hat sich den Nachmittag freigenommen und wir haben Baseball gespielt. Wir haben uns auf allen Positionen abgewechselt, Fänger, Werfer, Feldspieler und Schlagmann.

Einmal hat Mom den Ball so weit geschlagen, dass Matt fünf Minuten lang nach ihm suchen musste.

Dann gingen wir zum Abendessen zu Mrs Nesbitt rüber. Ich muss zugeben, dass es eine willkommene Abwechslung war, mal an einem anderen Küchentisch zu sitzen.

Sie hat uns ein richtiges Festmahl serviert. Als Vorspeise gab es einen herzhaften Obstsalat, dann einen Nudelauflauf mit Thunfisch und Erbsen. Zum Nachtisch hatte sie Haferkekse mit Rosinen gebacken, die mochte Jonny schon immer gern. Mom machte sich Sorgen, dass all das gute Hafermehl für Kekse draufgegangen war, aber sie hat trotzdem zwei gegessen. Wir anderen haben uns regelrecht damit vollgestopft – ich habe mindestens vier Kekse gegessen, womit ich mir vermutlich ein Erste-Klasse-Ticket in die Hölle gesichert habe, wegen Völlerei.

Aber Mrs Nesbitt strahlte übers ganze Gesicht. Sie muss diese Kekse schon seit Wochen geplant haben, und die Überraschung war ihr gelungen.

Dann wollte Jonny eine Rede halten. Also klatschten wir alle und feuerten ihn an. Er stand auch tatsächlich auf, und ich nehme an, dass er sich die Worte schon vorher zurechtgelegt hatte, denn es war ziemlich perfekt.

Er sagte, ihm sei klar, dass niemand wisse, was die Zukunft bringt, aber das Wichtigste sei doch, dass wir einander hätten, und solange wir zusammenhielten, könnten wir es trotzdem schaffen.

Mom weinte, aber es waren Freudentränen. Das weiß ich, weil ich selbst ein paar vergossen habe.

Schon komisch, aber ich kann mich noch genau an *meinen* letzten Geburtstag erinnern, an die Kämpfe, die Mom und ich ausgefochten haben, weil ich eine Riesenparty mit Mädchen *und* Jungs machen wollte, während Mom es lieber etwas kleiner haben wollte. Ich brüllte »Vertrauen«, und sie brüllte »Versuchung« zurück. Der Streit begann einen Tag nach ihrem Geburtstag und endete am letzten Tag vor meinem. Sechs Wochen Streit darüber, was für eine Party ich machen durfte.

Am Ende war alles ganz toll, Jungen und Mädchen, Pizza, Kuchen, kein Bier, und ein gewisses Maß an unbeaufsichtigter Knutscherei.

Kaum zu glauben, dass ich mal so jung gewesen bin.

Jonny wird es wohl niemals sein.

ZEHN

22. August

Mom ist heute zur Post gefahren (immer noch keine Nachricht von Dad), und beim Abendessen hat sie uns erzählt, dass dort eine Mitteilung aushängt, in der alle Betroffenen am Freitag zu einer großen Versammlung in der Highschool eingeladen werden. Es gebe Ankündigungen bezüglich des nächsten Schuljahrs.

Normalerweise gibt es um diese Zeit im August immer einen Wetterwechsel, der einem in Erinnerung ruft, dass die guten Zeiten bald vorbei sind. Die Abende werden ein bisschen kühler, die Tage sind nicht mehr ganz so lang.

Aber in letzter Zeit sind die Tage immer alle gleich gewesen: kühl, grau und trocken. Manchmal ist es schwül, aber regnen tut es nie. Und weil die Sonne nie scheint, ist es auch schwer zu sagen, ob die Tage kürzer werden.

Ich hatte gar nicht mehr an die Schule gedacht. Aber jetzt merke ich, dass ich mich darauf freue. Auch wenn es nicht mehr so sein wird wie früher. Wahrscheinlich wird es sogar noch schlimmer als im Juni, und da war es schon ziemlich schlimm. Aber wenigstens hätte ich dann was zu tun. Würde mal ein paar andere Leute sehen. Und auch wenn ich Klausuren und Hausaufgaben überhaupt nicht mag (wer tut das schon?), geben sie einem wenigstens das Gefühl, als hätte man irgendeine Perspektive. In der Schule geht es immer um irgendetwas, das vor einem liegt: eine Klausur am Freitag, das Zwischenzeugnis am Monatsende, die Abschlussprüfung in zwei Jahren.

Wir reden nicht mehr über die Zukunft. Nicht mal mehr über den nächsten Tag. Als könnte es Unglück bringen, ihn auch nur zu erwähnen.

Egal, wie schlimm es in der Schule wird, ich finde trotzdem gut, dass sie wieder anfängt. Am Freitag gehe ich mit Mom zu dieser Versammlung, und dann werden wir ja sehen, was geplant ist.

26. August

Ich schreibe hier zwar alles Mögliche rein, aber lesen tue ich es nicht. Es ist schließlich alles auch so schon schlimm genug, ohne dass ich mir das ständig in Erinnerung rufen muss.

Aber gerade habe ich noch mal gelesen, was ich vor ein paar Tagen geschrieben habe. Wie toll es in der Schule wird und dieser ganze Quatsch. Klausuren. Ho-ho. Zeugnisse. Ho-ho. Die Zukunft. Größtes Ho-ho von allen.

Mom, Jonny und ich sind heute Abend zu dieser Versammlung gegangen. Matt wollte mal ein bisschen Ruhe haben und ist zu Hause geblieben.

Die Aula der Highschool war voll, was ich eigentlich für ein gutes Zeichen hielt, aber sie war voll mit Eltern *und* Schülern, und zwar Schülern aus allen Altersstufen. Wer weiß, ob es nicht sogar sämtliche Eltern und Schüler waren, die überhaupt noch im Schulbezirk übrig sind.

Vorne auf der Bühne standen der Vorsitzende des Schulvorstands (Aarons Vater, wie sich herausstellte – was Jonny ziemlich aufregend fand), die Vorstandsmitglieder, die noch in der Stadt waren, sowie mehrere Schulleiter. Aarons Vater ergriff das Wort.

»Unbestätigten Zahlen zufolge wird voraussichtlich die Hälfte aller schulpflichtigen Kinder dieses Bezirks nicht mehr an unsere Schulen zurückkehren«, sagte er. »Und ein noch höherer Prozentsatz der Lehrer, Schulleiter und Schulbediensteten hat bereits signalisiert, dass auch sie nicht mehr zurückkommen werden.«

Schon komisch. Ich fahre mindestens zwei Mal pro Woche in die Stadt, und obwohl mir aufgefallen ist, dass weniger Leute auf der Straße sind, habe ich nie richtig darüber nachgedacht. Alle Geschäfte sind geschlossen und die einzige Tankstelle hat nur dienstags geöffnet. Ich bin immer davon ausgegangen, dass nur deshalb keiner zu sehen ist, weil es in der Stadt nichts mehr zu tun gibt. Mir war nicht klar, dass es eher daran liegt, dass die Leute weggehen. Oder zu krank sind, um in die Stadt zu fahren. Oder gestorben sind.

»Unsere Möglichkeiten sind begrenzt«, sagte Aarons Vater. »Der Gouverneur hat in der letzten Woche allen Schulvorständen in Pennsylvania mitgeteilt, dass wir vom Staat keine Hilfe zu erwarten haben. Jeder Bezirk ist auf sich allein gestellt. Wir stehen sicher nicht schlechter da als viele andere Bezirke, aber das will natürlich nicht viel heißen.«

Im Saal war es ganz still geworden. Sogar ein paar kleinere Kinder, die gerade noch geweint hatten, waren verstummt.

»Der Vorstand, oder was noch von ihm übrig ist, hat versucht, eine Lösung für diese Situation zu finden«, fuhr Aarons Vater fort. »Wir haben uns diese Entscheidung nicht leicht gemacht. Auch wir haben Kinder hier.«

Ich dachte schon, jetzt würde er gleich sagen, dass überhaupt keine Schule mehr stattfinden würde, aber das tat er nicht. Jedenfalls nicht direkt.

»Wir glauben, dass wir für den Moment unsere Möglichkeiten am besten nutzen, wenn wir nur zwei Schulen weiterführen«, sagte er. »Und zwar die Highschool und die Maple-Hill-Grundschule. Schicken Sie Ihre Kinder einfach zu der Schule, die Ihrem

Wohnort am nächsten liegt. Der Schulbetrieb wird am 31. August wieder aufgenommen.«

»Was ist mit Schulbussen?«, rief jemand von den Eltern in den Raum.

»Es gibt keine Schulbusse«, sagte Aarons Vater. »Jedenfalls nicht in absehbarer Zukunft.«

»Wir wohnen zehn Kilometer von der Highschool entfernt«, rief jemand anderes. »Und nach Maple müssen es ungefähr fünfzehn Kilometer sein. Ich habe zwei Kinder im Grundschulalter. Wie sollen die jetzt zur Schule kommen?«

»Darum müssen Sie sich selber kümmern«, sagte Aarons Vater. »Vielleicht können Sie Fahrgemeinschaften mit den Nachbarn bilden.«

Darüber gab es viel Gelächter.

»Was ist mit Essen?«, rief jemand anderes. »Meine Kinder haben Hunger. Ich hatte gehofft, sie würden in der Schule etwas zu essen bekommen.«

»Wir können kein Mittagessen anbieten«, sagte Aarons Vater. »Geben Sie Ihren Kindern morgens ein reichhaltiges Frühstück und dann wieder etwas, sobald sie nach Hause kommen.«

»Können Sie uns denn auch sagen, wo dieses reichhaltige Frühstück herkommen soll?«, rief eine Frau.

Aarons Vater beachtete sie gar nicht, und auch nicht all die anderen Leute, die jetzt immer lauter wurden. »Natürlich gibt es in den Schulen auch keinen Strom«, fuhr er fort. »Wir bitten alle Eltern, ihren Kindern eine Taschenlampe zur Schule mitzugeben. Wir werden versuchen, möglichst viel Tageslicht zu nutzen, aber wie wir alle wissen, ist das in letzter Zeit auch nur noch schwach. Wir beginnen mit einem Schultag von 9 bis 14 Uhr, aber wenn die Tage kürzer werden, müssen wir das sicher noch mal ändern.«

»Was ist mit der Heizung?«, rief jemand.

Ich konnte Aarons Vater nur bewundern. Ich an seiner Stelle wäre längst aus dem Saal gerannt, aber er ließ sich nicht aus der Ruhe bringen.

»Die Schulen werden mit Erdgas beheizt«, erklärte er. »Ich habe letzte Woche mit dem stellvertretenden Geschäftsführer des Unternehmens gesprochen. Er konnte mir nicht zusichern, dass über den September hinaus überhaupt noch Erdgas durch die Pipelines fließt.«

»Moment mal«, rief ein Mann. »Gilt das nur für die Schulen oder für alle anderen auch?«

»Für alle anderen auch«, sagte Aarons Vater. »Sie können mir glauben, dass ich mich genauestens erkundigt habe. Unsere Gasvorräte reichen nach derzeitigen Schätzungen bestenfalls bis Anfang Oktober.«

»Und das Krankenhaus?«, fragte jemand. »Die haben schließlich auch noch Strom. Können die auch weiterhin heizen?«

»Für das Krankenhaus kann ich nicht sprechen«, sagte Aarons Vater. »Vielleicht haben die irgendein elektrisches Heizsystem. Die Schulen haben das jedenfalls nicht. Wir sind auf Erdgas angewiesen, und wir müssen davon ausgehen, dass es ab Oktober keins mehr gibt.«

»Dann sollen meine Kinder also jeden Morgen fünfzehn Kilometer laufen, nur um dann hungernd und frierend in der Schule zu sitzen?«, rief eine Frau. »Wollen Sie das damit sagen?«

Aarons Vater ließ sich nicht beirren. »Falls darüber noch Unklarheit herrschen sollte: Es wird keinerlei Nachmittagsaktivitäten geben«, sagte er. »Und viele Highschool-Kurse können ebenfalls nicht mehr angeboten werden. Wir werden versuchen, die Lehrkräfte möglichst gleichmäßig auf beide Schulen zu verteilen, aber niemand sollte davon ausgehen, einen bestimmten Lehrer oder ein bestimmtes Fach zu bekommen. Keine Laborstunden und kein Sportunterricht mehr. Wir haben das Glück, dass Mrs Underhill, die Schulschwester, weiterhin für uns arbeiten wird. Sie wird ihre Arbeitstage zwischen beiden Schulen aufteilen. Sie bittet aber darum, dass Kinder, die über irgendwelche Beschwerden klagen, nicht zur Schule geschickt werden. Wir haben keinerlei Möglichkeit, die Eltern zu informieren, wenn ein Kind nach Hause geschickt werden muss. Außerdem möchten wir natürlich vermeiden, dass infizierte Kinder ihre Mitschüler anstecken.«

»Woher wissen wir denn, wie lange Mrs Underhill überhaupt noch bleibt?«, rief ein Mann. »Oder sonst irgendeiner von den Lehrern? Was, wenn sie beschließen, sich doch aus dem Staub zu machen?«

»Das könnte passieren«, sagte Aarons Vater. »Keiner von uns kann mit Sicherheit sagen, wie es im nächsten Monat aussehen wird, oder im übernächsten oder im überübernächsten. Wir versuchen, das Beste aus der Situation zu machen, und unserer Meinung nach ist ein kleines bisschen Schule immer noch besser als gar keine. Wenn Sie glauben, dass Ihre Kinder lieber zu Hause lernen sollten, dann gehen Sie einfach zu einer der beiden Schulen und lassen sich die der Klassenstufe entsprechenden Lehrbücher aushändigen.« Er harrte tapfer noch einen Moment lang aus und sagte dann: »Gibt es sonst noch Fragen?«

Wie sich zeigte, gab es eine Menge davon, aber die meisten hatten mit Erdgas zu tun. Offenbar hatten viele Leute gerade zum ersten Mal davon gehört, dass die Gasvorräte zur Neige gingen.

Erst als wir wieder zu Hause waren, wurde mir plötzlich klar, dass wir Erdgas für den Herd und für den Warmwasserbereiter brauchen.

Ich fragte Mom danach, und sie sagte, wir könnten auf unserem Kaminofen kochen und Wasser heiß machen, das würde schon gehen. Sie weiß aber nicht, was die Leute machen, die keinen Ofen haben; sie nimmt an, dass die dann in den Süden gehen oder so. Obwohl sie heute Morgen im Radio gehört hat, dass es selbst in North Carolina schon Frost gegeben hat, daher ist sie sich nicht so sicher, dass es woanders besser ist.

Die Ernten sind jedenfalls überall schlecht, weil es seit über einem Monat nirgendwo mehr Sonnenschein gegeben hat. Regen übrigens auch nicht. Wir werden also alle frieren und hungern, egal, wo wir leben.

Das hat sie allerdings nicht gesagt. Genau genommen hat sie sogar gesagt, dass es uns weiterhin gut gehen würde, weil wir Wärme, Lebensmittel und einander hätten.

Und dann hat sie Jonny und mich noch gebeten, uns das mit der Schule zu überlegen. Wenn wir es ausprobieren wollten, wäre das für sie in Ordnung. Wenn wir zu Hause bleiben wollten, könnten sie und Matt uns unterrichten, und das wäre auch in Ordnung. Es wäre auch nicht schlimm, wenn einer von uns zur Schule gehen und der andere zu Hause bleiben wollte. Wir sollten uns einfach jeder für sich entscheiden und sie würde sich dann danach richten.

Ich glaube, ich werde das mit der Schule mal versuchen. Es wird ein bisschen merkwürdig sein, Schule ohne Megan, Sammi und Dan und die meisten anderen Schüler, die ich kenne. Aber wenn ich mich jetzt noch nicht an Merkwürdigkeiten gewöhnt habe, wann dann?

27. August

Mom sagt, dass wir ziemlich genau in der Mitte zwischen der Schule in Maple Hill und der Highschool wohnen und dass es wohl kaum jemanden interessieren wird, für welche Schule wir uns entscheiden. Sollten wir aber beide zur Schule gehen wollen, fände sie es besser, wenn wir beide auf die gleiche gingen.

Ich habe heute Nachmittag mit Jonny darüber gesprochen. Er meinte, er sei nicht gerade scharf darauf, zur Schule zu gehen, aber wenn, dann würde er lieber nach Maple Hill gehen. Ich nehme an, weil er die schon kennt.

Ich würde natürlich lieber zur Highschool gehen. Maple Hill ist eine richtige Babyschule: Vorschule bis dritte Klasse. Ich weiß nicht mal, ob ich da noch an die Tische passe.

Was eigentlich ziemlich lustig ist, weil Jonny ja größer ist als ich.

28. August

Ein rundum blöder Tag.

Als Erstes ist meine Armbanduhr stehen geblieben. Wahrscheinlich ist bloß die Batterie leer, aber ich kann ja nicht mal eben schnell zum Einkaufszentrum fahren und mir eine neue reinmachen lassen. Und mein Wecker läuft mit Strom, der geht schon seit Wochen nicht mehr.

Früher brauchte ich bloß aus dem Fenster zu gucken, um ungefähr sagen zu können, wie viel Uhr es ist. Natürlich konnte ich nicht sehen, ob es zwei oder drei Uhr morgens war, aber zur Morgendämmerung sah es schon anders aus als um Mitternacht.

Jetzt, wo der Himmel ständig grau ist, kann man die Morgendämmerung kaum noch erkennen. Man sieht zwar, dass es ein bisschen heller wird, aber so was wie einen Sonnenaufgang gibt es überhaupt nicht mehr. Wenn ich im Bett liege, habe ich nicht mehr die geringste Ahnung, wie spät es sein könnte. Ich weiß nicht, warum mir das so wichtig ist, aber so ist es nun mal.

Als ich heute Morgen dann endlich aus dem Bett kam, machte

Mom ein ziemlich finsteres Gesicht. Es gab gleich eine ganze Reihe schlechter Neuigkeiten.

Zum einen hatten wir in der letzten Nacht den ersten klirrenden Frost. Die Bäume werfen schon die Blätter ab, und spätestens jetzt sind alle Gartenpflanzen endgültig erfroren. Es fühlt sich an wie Ende Oktober, und allen ist klar, wenn es im August schon so ist, dann wird der Winter die Hölle.

Mom hat schon so viel wie möglich von dem Gemüse geerntet, das sie im Frühjahr gepflanzt hat, aber das ist natürlich alles nicht besonders gut gediehen. Winzige Tomaten. Noch winzigere Zucchini. Wir haben uns trotzdem darüber gefreut, und in Olivenöl gebraten waren sie ein echter Genuss. Aber ihren Traum, ein Weckglas nach dem anderen mit Gemüse zu füllen, muss Mom jetzt wohl begraben, und ich weiß, dass sie sich Sorgen um unsere Vorräte macht.

Heute haben wir den ganzen Tag damit verbracht, das Wurzelgemüse, das sie gepflanzt hat – Kartoffeln, Möhren und Steckrüben –, aus der Erde zu holen. Das war zwar auch alles kleiner als normal, aber immer noch besser als nichts, und wir können damit ein paar Tage Konserven sparen.

Als Mom dann mit den klirrenden Nachtfrösten fertig war, erzählte sie uns, sie hätte schon seit zwei Tagen keinen Radioempfang mehr gehabt.

Wir haben drei Radios mit Batterien, und sie hat alle drei durchprobiert. Dann hat jeder von uns auch noch mal alle drei durchprobiert, weil keiner ihr glauben wollte. Aber natürlich hatte sie Recht. Wir haben alle nur Rauschen reingekriegt.

Ich habe schon seit Monaten keine Nachrichten mehr gehört. Ich wollte nicht mehr wissen als unbedingt nötig. Aber ich weiß, dass Mom jeden Morgen für ein paar Minuten reinhört und dass sie uns dann erzählt, was wir wissen müssen.

Jetzt erzählt uns keiner mehr, was wir wissen müssen.

Wahrscheinlich ist den Radiosendern einfach der Strom ausgegangen. Matt sagt, einige der größeren Sender hätten zwar eigene Generatoren, deren Leistung sei aber sehr begrenzt.

Wenn man nicht mehr mitkriegt, was im Rest der Welt passiert, kommt man schnell auf die Idee, dass es gar keinen Rest der Welt mehr gibt, dass Howell in Pennsylvania der letzte Ort auf der Landkarte ist.

Was, wenn es New York, Washington oder L. A. plötzlich nicht mehr gibt? Von London, Paris oder Moskau mal ganz zu schweigen.

Wie sollen wir das jetzt noch erfahren? Ich weiß ja nicht mal mehr, wie spät es ist.

29. August

Heute habe ich etwas Schreckliches erlebt, und ich weiß nicht, ob ich es Mom oder Matt erzählen soll.

Ich hatte mich morgens angeboten, die Radtour in die Stadt zu übernehmen. Ich wollte mal ausprobieren, wie es ist, mit dem Fahrrad zur Highschool zu fahren, falls Jonny und ich vielleicht doch dort hingehen. Nach Maple Hill kann man über Landstraßen fahren, aber zur Highschool fährt man am besten durch die Stadt.

Außerdem musste ich noch ein paar Bücher zurückgeben. Ich weiß nicht, was wir machen sollen, wenn die Bücherei irgendwann mal zumacht. Zurzeit ist sie zwei Tage pro Woche geöffnet, montags und freitags, genau wie die Post.

Ich mummelte mich ein (draußen waren es fünf Grad, und bei dieser ewigen Dunkelheit und der schlechten Luft fühlt es sich noch viel kälter an), bepackte das Fahrrad und fuhr in Richtung Stadt. Als ich die Main Street hinunterrollte, merkte ich plötzlich, dass irgendetwas anders war als sonst. Es dauerte einen Moment, bis ich kapierte, was es war: Ich hörte jemanden lachen.

Weil inzwischen fast niemand mehr Auto fährt, sind alle Geräusche sehr weit zu hören. Nur gibt es kaum noch Geräusche. An der Post herrscht immer ein ziemlicher Andrang, und manchmal stehen auch ein paar Leute vor der Bücherei, aber das war's dann auch schon. Am Krankenhaus ist es wahrscheinlich auch ziemlich laut und voll, aber da bin ich schon länger nicht mehr gewesen. Obwohl also jedes Geräusch sehr weit trägt, gibt es meist kaum noch etwas zu hören.

Das Lachen hatte jedenfalls einen ungutten Klang. Es machte mir Angst, und so bremste ich ab und blieb halb versteckt an einer Stelle stehen, von der aus ich die nächsten paar Häuserblocks übersehen konnte.

Weiter unten auf der Main Street entdeckte ich fünf Jungs. Zwei von ihnen kannte ich: Evan Smothers, der ein Jahr über mir in der Highschool war, und Ryan Miller – der war mal in Matts Hockey-Team. Die anderen Jungs schienen ungefähr das gleiche Alter zu haben, vielleicht ein bisschen älter.

Ryan und ein anderer Junge hatten Gewehre im Anschlag, obwohl es niemanden gab, auf den sie hätten schießen können. Außer den fünfen war auf der Straße niemand zu sehen.

Zwei andere waren gerade dabei, die Sperrholzplatten vor der Ladenfront wegzureißen. Dann schlug einer von ihnen die Scheibe ein und ging in den Laden.

Die Geschäfte in der Stadt sind alle leer. Nirgendwo ist mehr viel zu holen, und ich weiß nicht, warum sie sich überhaupt noch die Mühe machten. Aber offenbar waren sie vor allem an dem Sperrholz interessiert. Sie rissen die Platten eine nach der anderen ab und warfen sie auf einen Pick-up.

Ich beobachtete sie vielleicht fünf Minuten lang (seit ich keine Uhr mehr habe, kann ich die Zeit nur noch schätzen). Niemand versuchte sie aufzuhalten. Niemand ließ sich auf der Straße blicken. Soweit ich weiß, war ich die einzige Person, die sah, was die Jungen da machten.

Dann fiel mir ein, dass ein oder zwei Häuserblocks weiter zurück eine kleine Seitenstraße zu einer Polizeiwache führte.

Ich glaube, ich habe noch nie im Leben solche Angst gehabt. Die Bande schien mich nicht zu bemerken, aber wenn, dann hätten sie mich glatt erschießen können. Vielleicht hätten sie mich auch bloß ausgelacht. Wer kann das schon wissen?

Gleichzeitig machte es mich furchtbar wütend, dass ich mit ansehen musste, wie sie einfach Geschäfte zerstörten, Sperrholz klauten und einen Pick-up fuhren, für den sie offenbar auch noch Benzin hatten. Ich dachte an Sammi und an den Typen, mit dem sie verschwunden war, und dass es hier sicher Dutzende solcher Banden gab, die den Leuten etwas wegnahmen, das sie dringend brauchten, um es anderen zu verkaufen, die dafür bezahlen konnten. Womit auch immer.

Am Ende war die Wut dann stärker als die Angst, und ich zog mich leise bis zur nächsten Straße zurück, um zur Polizeiwache zu fahren. Ich wusste zwar nicht, ob die Polizei noch rechtzeitig in der Main Street ankommen würde, aber zwei von den Typen hatte ich ja erkannt.

Als ich jedoch dort ankam, war die Polizeiwache geschlossen und die Tür verriegelt.

Ich hämmerte mit der Faust dagegen. Ich wollte nicht schreien, weil die Bande sich ja nur ein paar Straßen weiter befand und ich Angst hatte, sie könnten mich hören. Ich lugte durchs Fenster. Drinnen war natürlich alles dunkel und es war niemand zu sehen.

Man kann nicht behaupten, Howell hätte eine große Polizeistation. Die haben wir nie gebraucht. Trotzdem hätte ich gedacht, dass dort immer jemand anzutreffen ist.

Da hatte ich mich offenbar geirrt.

Ich überlegte, wo ich sonst noch hingehen konnte. Mein erster Gedanke war die Feuerwache. Aber dann fiel mir ein, wie Peter bei seinem letzten Besuch erzählt hatte, dass viele Leute wegen der Kälte in ihren Häusern Feuer machen und die Häuser dann in Brand geraten, und weil die Feuerwache geschlossen sei, hätten sie jetzt viele Fälle von Verbrennungen im Krankenhaus. Wir sollten uns mit Feuer in Acht nehmen.

Was Peter eben immer so erzählt. Wenigstens hat er aufgehört, uns wegen der Mücken zu ermahnen, denn die sind mit dem ersten Frost verschwunden.

Beim Gedanken an Peter fiel mir das Krankenhaus ein. Dort gab es wenigstens viele Leute. Ich machte einen kleinen Umweg, um die Innenstadt zu meiden, und fuhr zum Krankenhaus.

Dort hatte sich seit meinem letzten Besuch eine Menge verändert. Vorm Haupteingang standen zwei bewaffnete Wachmänner und zwei weitere an der Notaufnahme, vor der mindestens zwanzig Leute Schlange standen.

Ich ging zum Haupteingang.

»Kein Zutritt für Besucher«, sagte einer der Wachmänner. »Wenn du medizinische Hilfe brauchst, musst du zur Notaufnahme gehen und warten, bis dich eine Krankenschwester einlässt.«

»Ich muss mit einem Polizisten sprechen«, sagte ich. »Ich bin zur Wache gefahren, aber da war keiner.«

»Da können wir dir leider auch nicht helfen«, sagte der Wachmann. »Wir sind privat engagiert worden. Wir haben nichts mit der Polizei zu tun.«

»Wofür sind Sie denn hier?«, fragte ich. »Wo ist die Polizei?«

»Wir sorgen dafür, dass nur Leute das Krankenhaus betreten, die medizinische Hilfe brauchen«, sagte der Wachmann. »Wir halten die Leute draußen, die nur etwas stehlen wollen – Lebensmittel, sonstige Vorräte und Medikamente. Ich kann dir auch nicht sagen, wo die Polizei ist.«

»Vielleicht sind die alle von hier weggegangen«, sagte der andere Wachmann. »Ich weiß, dass ein paar von ihnen mit ihren Familien vorigen Monat nach Süden aufgebrochen sind. Was willst du denn von der Polizei? Bist du überfallen worden?«

Ich schüttelte den Kopf.

»Trotzdem sollte ein Mädchen in deinem Alter nicht mehr allein herumlaufen«, sagte der Wachmann. »Ich würde meine Frau und meine Töchter jedenfalls nicht mehr vor die Tür lassen, es sei denn, ich bin dabei.«

Der andere Wachmann nickte. »In Zeiten wie diesen kann man nicht vorsichtig genug sein«, sagte er. »Für eine Frau ist es hier nirgends mehr sicher.«

»Vielen Dank«, sagte ich, auch wenn ich keine Ahnung hatte, wofür ich mich eigentlich bedankte. »Dann fahre ich jetzt wohl besser nach Hause.«

»Tu das«, sagte der Wachmann. »Und bleib dort. Und sag deinen Eltern, sie sollen besser auf ihre Kinder aufpassen. Du wärst nicht das erste Mädchen, das eine Radtour macht und nicht wieder nach Hause kommt.«

Auf dem Heimweg hörte ich gar nicht mehr auf zu zittern. Jeder Schatten, jedes unerwartete Geräusch ließ mich zusammenzucken.

Ich werde nicht zur Highschool gehen. Da kommt man nur durch die Innenstadt hin. Aber nach Maple Hill kommt man nur über kleine Nebenstraßen und dort könnte mir genauso jemand auflauern. Ich kann mich wohl kaum darauf verlassen, dass Jonny mich beschützt.

Als ich reinkam, hat Mom gar nicht bemerkt, dass die Büchereibücher dieselben waren, mit denen ich schon losgefahren war. Sie fragte mich, ob Post von Dad gekommen sei, und ich log und sagte, es wäre keine da gewesen.

Wahrscheinlich ist das nicht mal eine Lüge, aber ich hab trotzdem ein schlechtes Gewissen.

Ich weiß nicht, was ich machen soll.

30. August

Heute beim Abendessen hat Mom Jonny und mich gefragt, wofür wir uns nun entschieden hätten.

»Ich glaube, ich möchte lieber nicht zur Schule gehen«, hat Jonny gesagt. »Von den anderen geht doch auch keiner hin.«

»Es sollte dir aber klar sein, dass du dann hier zu Hause lernen musst«, sagte Mom. »Du kannst nicht einfach nur rumsitzen und nichts tun.«

»Ich weiß«, sagte Jonny. »Ich werde hart arbeiten.«

»Was ist mit dir, Miranda?«, fragte Mom.

Sofort brach ich in Tränen aus.

»Ach Miranda«, sagte Mom in ihrem Nicht-schon-wieder-Tonfall.

Ich rannte aus der Küche und die Treppe hinauf in mein Zimmer. Selbst mir war klar, dass ich mich wie eine Zwölfjährige benahm.

Ein paar Minuten später klopfte Matt an meine Tür, und ich sagte ihm, er solle reinkommen.

»Geht's wieder?«, fragte er.

Ich putzte mir die Nase und nickte.

»Gibt es irgendwas Bestimmtes, das dich bedrückt?«, fragte er, und die Frage kam mir so blöd vor, dass ich hysterisch zu lachen anfing.

Ich dachte schon, Matt würde mir eine knallen, aber dann stimmte er plötzlich in mein Lachen ein. Es dauerte ein paar Minuten, bis wir uns beruhigt hatten, und dann erzählte ich ihm von meinem Erlebnis in der Stadt. Alles. Ich erzählte ihm, wer die Typen waren und dass die Polizeiwache geschlossen war und was die Wachleute vorm Krankenhaus gesagt hatten.

»Und Mom hast du nichts davon erzählt?«, fragte er. »Warum nicht?«

»Sie hat auch so schon genug Sorgen«, sagte ich.

Matt schwieg einen Moment. »Die Wachmänner haben vermutlich Recht«, sagte er dann. »Du und Mom, ihr solltet lieber nicht mehr alleine rausgehen. Bis zu Mrs Nesbitt ist es wohl noch in Ordnung, aber weiter auf keinen Fall.«

»Dann sind wir hier jetzt also eingesperrt«, sagte ich.

»Wir sind hier alle eingesperrt, Miranda«, sagte Matt. »Meinst du, mir gefällt dieses Leben? Ich kann nicht ans College zurück. Ich weiß nicht mal, ob es überhaupt noch ein College gibt, aber selbst wenn, kann ich trotzdem nicht mehr hin, nicht mit dem Auto, nicht mit dem Fahrrad und auch nicht per Anhalter. Ich komme hier auch nicht mehr weg. Und das gefällt mir nicht besser als dir.«

Ich weiß nie, was ich sagen soll, wenn Matt mir gegenüber zugibt, dass er unglücklich ist. Also hielt ich den Mund.

»Was die Highschool angeht, hast du sicher Recht«, sagte er. »Du solltest lieber nicht mehr in die Stadt fahren. Von jetzt an gehe *ich* zur Post und zur Bücherei. Aber wenn du nach Maple Hill fahren willst, kann ich dich morgens hinbringen und nachmittags wieder abholen.«

Ich dachte darüber nach. Ich bin auch nicht gerade scharf darauf, zur Schule zu gehen. Andererseits werde ich schon allein bei dem Gedanken, ständig zu Hause hocken zu müssen, verrückt. Wer weiß, ob ich jemals wieder aus Howell wegkomme? Da möchte ich wenigstens ab und zu mal aus dem Haus gehen.

»Einverstanden«, sagte ich. »Ich versuch's mit Maple Hill. Aber erzähl Mom besser nicht, was passiert ist. Sie soll sich nicht mehr Sorgen machen als unbedingt nötig.«

Matt nickte.

Dann ist morgen wohl mein erster Schultag. Ho-ho.

HERBST

ELF

31. August

Als Matt und ich heute Morgen zur Schule kamen, standen die Schüler in drei Gruppen aufgeteilt vorm Eingang und warteten darauf, eingelassen zu werden. In der ersten Gruppe (der mit Abstand größten) waren die Schüler von der Vorschule bis zur fünften Klasse zusammengefasst, in einer zweiten Gruppe die sechste bis achte Klasse und in der dritten die neunte bis zwölfte Klasse.

Ich verabschiedete mich von Matt und ging rüber zu der dritten Gruppe.

Wir in der Highschool-Gruppe zählten uns selber durch und kamen auf 31. Ich kannte ein paar vom Sehen, konnte mich aber nicht erinnern, mit einem von ihnen schon mal einen Kurs gehabt zu haben, geschweige denn befreundet gewesen zu sein. Unsere inoffizielle Umfrage ergab vierzehn Neuntklässler, sieben Zehntklässler, vier Elftklässler und sechs Abschlussschüler.

»Über zu große Klassen müssen wir uns wohl keine Sorgen machen«, sagte einer von den Zwölftklässlern, was sich natürlich als vollkommen falsch herausstellen sollte.

Endlich wurden die Türen geöffnet und wir gingen rein. Den Kleinen wurde gesagt, sie sollten in die Cafeteria gehen, die Mittelschüler wurden in die Turnhalle geschickt und die oberen Klassen in den Musikraum.

Dort gab es nicht genügend Stühle, und die paar, die es gab, waren eher für Siebenjährige gedacht. Also setzten wir uns auf den Fußboden und warteten. Und warteten. Und warteten.

Ich habe keine Ahnung, wie lange wir warteten, aber es kam mir wie eine Ewigkeit vor.

Irgendwann kam dann Mrs Sanchez herein. Ich hätte fast geweint, so froh war ich, ein bekanntes Gesicht zu sehen.

Mrs Sanchez lächelte uns an. »Herzlich willkommen in der Maple Hill High School«, sagte sie. »Ich freue mich über jeden Einzelnen von euch, der heute hergekommen ist.«

Ein paar Schüler lachten.

»Ich weiß, wie schwierig die Situation für euch sein muss«, sagte Mrs Sanchez. »Und ich würde euch gerne versprechen, dass alles wieder besser wird, aber das kann ich natürlich nicht mit Sicherheit sagen. Ich kann nur ehrlich zu euch sein und darauf vertrauen, dass ihr die für euch richtigen Entscheidungen trefft.«

»Heißt das, es wird gar keine Highschool geben?«, fragte einer der Jüngeren. Ich hätte nicht sagen können, ob er froh oder traurig darüber war.

»Wie du siehst, sind von den Schülern der oberen Klassen nicht viele gekommen«, sagte Mrs Sanchez. »Wir haben gehört, dass sie drüben an der Highschool insgesamt 44 Neunt- bis Zwölftklässler haben. Viele Familien sind weggezogen, und eine ganze Reihe hat vermutlich beschlossen, ihre Kinder zu Hause zu unterrichten.«

Auch wenn es niemand sagte, war uns allen klar, dass eine ganze Reihe von Familien jetzt einfach andere Sorgen hatte, als ihre Kinder zur Schule zu schicken. Und einige Schüler waren vielleicht auch gestorben. Aber das sagte natürlich erst recht niemand.

»Mehr werden wir also nicht?«, fragte ein Junge.

»Das kann man nicht mit Sicherheit sagen«, antwortete Mrs Sanchez. »Es haben ja nicht alle Eltern an der Versammlung teilgenommen. Wir hoffen jedenfalls sehr, dass es noch mehr Schüler werden.«

»Sie hätten kostenloses Essen anbieten sollen«, sagte eines der Mädchen, und alle lachten.

»Wie viele Highschool-Lehrer sind denn noch da?«, wollte das Mädchen wissen. »Und wie werden die Gruppen aufgeteilt?«

Mrs Sanchez bekam diesen unbehaglichen Gesichtsausdruck, den ich jetzt bei Erwachsenen immer öfter sehe. »Das ist leider ein Problem«, sagte sie. »An der Highschool gibt es vier Lehrer für die Fächer Chemie, Spanisch, Mathematik und Biologie. Hier gibt es eine Englischlehrerin und mich. Ich bin ausgebildete Geschichtslehrerin, auch wenn ich nicht mehr unterrichtet habe, seit ich Direktorin geworden bin.«

»Na toll«, sagte das Mädchen. »Zusammen ergibt das ja schon fast ein komplettes Kollegium.«

Mrs Sanchez überging die Bemerkung. »Natürlich wird es keinen Unterricht geben, wie wir ihn von früher kennen, aber wir sollten es trotzdem schaffen, eine Art Lehrplan zusammenzuschustern«, sagte sie. »Das geht allerdings nur, wenn wir alle im selben Gebäude sind.«

»Dann gehen wir also doch nicht hier zur Schule?«, fragte einer der jüngeren Schüler.

»Wir halten es für sinnvoller, alle Schüler der oberen Klassen in die Highschool zu schicken«, erwiderte Mrs Sanchez. »Wir werden uns das Gebäude natürlich mit anderen Schülern teilen, aber wir haben darin einen eigenen Bereich. Unser Plan sieht vor, zwei 9. Klassen zu bilden und alle übrigen Schüler gemeinsam zu unterrichten. Ob das funktioniert, werden wir dann sehen.«

Ich dachte an die Bande, an die zwei Jungs mit den Gewehren. Mein Magen zog sich zusammen.

»Und was machen wir, wenn der Weg zur Highschool nicht mehr sicher ist?«, fragte ich. »Ich müsste mit dem Rad quer durch die Stadt fahren, und ein Wachmann hat zu mir gesagt, dass man als Mädchen besser nicht mehr allein unterwegs sein sollte.«

Ich mag Mrs Sanchez, und ich weiß, dass es unfair war, sie so in die Enge zu treiben. Schließlich muss nicht jeder durch die Innenstadt fahren, um zu Highschool zu kommen. Und ich hatte Matt als Beschützer. Aber ich konnte das Bild von den beiden Jungs mit den Gewehren einfach nicht abschütteln.

»Wir müssen alle selbst entscheiden, was für uns das Beste ist«, sagte Mrs Sanchez. »Auf diese Situation gibt es nun mal keine richtigen Antworten. Ihr habt nach wie vor die Möglichkeit, zu Hause zu lernen. Ihr müsst nur ins Sekretariat gehen und Bescheid sagen, welche Fächer ihr belegen wollt. Dann könnt ihr euch die entsprechenden Lehrbücher holen. Mehr können wir da leider nicht machen.«

»Das ist doch verrückt«, sagte einer der älteren Jungs. »Ich habe geschuftet wie ein Wahnsinniger, damit ich auf ein gutes College gehen kann. Alle haben mir in den Ohren gelegen: Sieh zu, dass du auf ein gutes College kommst. Und jetzt kommen Sie und erzählen mir, dass es gerade mal ein halbes Dutzend Lehrer gibt, von denen ich nicht mal weiß, ob sie ausreichend qualifiziert sind. Ist da einer dabei, der einen College-Vorbereitungskurs in Mathe geben kann? Oder in Physik? Oder Geschichte?«

»Was spielt das noch für eine Rolle?«, fragte ein anderer Junge. »Es gibt doch eh keine Colleges mehr.«

»Ich weiß, wie ungerecht das alles ist«, sagte Mrs Sanchez. »Aber wir tun, was wir können. Und wir respektieren eure Entscheidung. Wer auf die Highschool gehen will, der bleibt einfach hier. Alle anderen gehen bitte ins Sekretariat und holen sich ihre Lehrbücher. Ich lasse euch jetzt allein, damit ihr das in Ruhe besprechen könnt.«

Die meisten von uns blieben sitzen. Nur ein paar folgten Mrs Sanchez hinaus.

»Ist es denn wirklich so gefährlich in der Stadt?«, fragte mich ein Mädchen.

»Keine Ahnung«, sagte ich. »Ich habe nur gehört, dass da bewaffnete Typen rumlaufen sollen.«

»Ich habe gehört, dass schon mehrere Mädchen verschwunden sind«, sagte eine der jüngeren Schülerinnen.

»Vielleicht haben sie bloß die Stadt verlassen«, sagte ich. »Viele Leute gehen weg.«

»Michelle Schmidt soll verschwunden sein«, sagte ein anderes Mädchen.

»Das ist nicht dein Ernst«, sagte ich. Michelle war in meinem Französischkurs gewesen.

»Sie war mit ihrer kleinen Schwester auf dem Weg von der Kirche nach Hause, und da soll sie sich irgend so ein Typ geschnappt haben«, sagte das Mädchen. »Habe ich jedenfalls gehört.«

Drei weitere Schüler standen auf und gingen raus.

Keine Ahnung, warum ich nicht gleich mitgegangen bin. Zur Highschool würde ich jedenfalls garantiert nicht gehen. Aber es war schön, mit anderen Schülern meines Alters zusammenzusitzen und wenigstens so zu tun, als würde ich zur Schule gehen. Endlich war ich mal wieder unter Leuten und nicht bloß mit Mom, Matt, Jonny und Mrs Nesbitt zusammen.

Dieses schöne Gefühl wollte ich mir so lange wie möglich erhalten. Denn die Highschool hatte sich gerade in eine Art Springfield verwandelt, in einen weiteren unerreichbaren Traum.

»Aber warum macht denn da keiner was?«, fragte eines der Mädchen. »Zur Polizei gehen oder zum FBI oder so.«

»Es gibt keine Polizei mehr«, sagte ich.

»Und das FBI wohl auch nicht«, fügte ein anderes Mädchen hinzu. »Meine Mutter kennt jemanden, der wen in Washington kennt, und der hat gesagt, die Regierung ist gar nicht mehr da. Der Präsident und der ganze Rest hätten sich nach Texas verzogen. In Texas soll es angeblich noch Strom, Benzin und reichlich zu essen geben.«

»Vielleicht sollten wir alle nach Texas gehen«, sagte ich.

Zwei oder drei weitere Schüler standen auf und gingen raus.

»War's das jetzt?«, fragte der ältere Junge von vorhin. »Wir Übrigen wollen alle auf die Highschool gehen?«

»Ich glaub schon«, sagte einer der anderen Jungs.

»Ich muss erst noch meine Eltern fragen«, meinte ein Mädchen. »Sie wollten eigentlich nicht, dass ich auf die Highschool gehe, aber zu Hause wollen sie mich wahrscheinlich auch nicht haben.«

»Fragt sich eigentlich niemand außer mir, was wir hier eigentlich noch machen?«, meinte eines der Mädchen. »Alle tun so, als gäbe es noch eine Zukunft. Dabei wissen wir doch alle, dass es keine mehr gibt.«

»Das wissen wir gar nicht«, widersprach ein anderes Mädchen. »Wir wissen überhaupt nichts.«

»Ich glaube, wenn wir alle nur ganz viel beten, wird Gott uns bestimmt beschützen«, sagte eine der Jüngeren.

»Erzähl das mal Michelle Schmidt«, meinte ein Junge.

Ich hatte plötzlich das Gefühl, als gäbe es nur noch den Tod, wo ich auch hinschaue. So fühle ich mich auch immer, wenn Peter wieder mit irgendwas Neuem kommt, vor dem man Angst haben muss. Und dass Kinder verschwunden sind, wollte ich nun wirklich nicht wissen.

Also stand ich auf. Ich dachte, wenn ich schon sterben musste, dann lieber im Kreis der Familie.

Ich ging ins Sekretariat, wo eine Frau saß, die erschöpft und unglücklich wirkte.

»Willst du zu Hause lernen?«, fragte sie. »Die Bücher für die Highschool liegen da drüben.«

Sie zeigte auf einen Nebenraum, in dem der ganze Boden von Bücherstapeln übersät war.

Mir fiel ein, dass ich auch gleich für Jonny Bücher mitnehmen sollte. Ich fing mit seinen an, denn das gab mir das Gefühl, etwas Gutes zu tun, statt einfach nur wegzulaufen.

Ich hatte natürlich überhaupt keine Ahnung, welche Fächer Jonny belegen wollte. Zuerst dachte ich, wenn ich mich mit Französisch abquälen muss, soll er das gefälligst auch tun. Aber dann fiel mir ein, dass er wahrscheinlich lieber Spanisch machen würde. Als Baseballspieler braucht man Spanisch sicher eher als Französisch.

Ich nahm einfach beide. Dann suchte ich noch Lehrbücher für Erdkunde und Bio aus, Mathe für zwei Klassenstufen, ein Buch zur allgemeinen und eins zur amerikanischen Geschichte und dazu noch vier verschiedene Englischbücher, alle nur für Jonny. Für mich selber hätte ich am liebsten gar keine Bücher mitgenommen, aber ich wusste, dass ich damit nicht durchkommen würde. Also suchte ich mir einen Band Französisch III heraus und dazu noch je ein Lehrbuch für Mathe, Chemie und Englisch. Am Schluss nahm ich sogar noch ein Buch über Wirtschaftswissenschaften und eins über Psychologie, weil ich irgendwann mal daran gedacht hatte, diese Fächer zu belegen.

Ich stapelte die Bücher sorgfältig auf und ging ins Sekretariat zurück, um zu fragen, ob ich irgendwo unterschreiben musste, ehe ich sie mitnehmen konnte. Aber die erschöpft aussehende Frau war nicht mehr da.

Und dann habe ich etwas Unglaubliches getan. In einer Ecke entdeckte ich mehrere Kartons mit Schreibmaterial – Kulis, Bleistifte, Aufsatzhefte und Notizblöcke –, die einfach dort herumstanden.

Ich ging hin, schaute mich um, ob keiner zu sehen war, leerte dann meine Schultasche aus und stopfte sie mit Kulis, Bleistiften, Aufsatzheften und Notizblöcken voll.

Soweit ich weiß, bin ich der einzige Mensch auf der Welt, der über alles, was passiert ist, Tagebuch führt. Die Tagebücher, die ich im Laufe der Jahre geschenkt bekommen habe, sind inzwischen alle voll, und in letzter Zeit habe ich immer Moms Druckerpapier benutzt. Ich habe sie nicht gefragt und bin mir auch nicht sicher, ob sie es mir erlaubt hätte. Vielleicht will sie ja irgendwann wieder mit dem Schreiben anfangen.

Ich kann mich nicht erinnern, wann ich das letzte Mal so aufgeregt und glücklich war. Es fühlte sich an wie Weihnachten, als ich den ganzen Kram in meine Tasche stopfte. Sogar noch besser als Weihnachten, weil mir klar war, dass ich einen Diebstahl beging, und das machte es noch aufregender. Wer weiß, ob das Stehlen von Aufsatzheften nicht schon ein Schwerverbrechen ist. Vorausgesetzt, es gibt noch irgendwelche Polizisten, die einen dafür verhaften können.

Ich hätte am liebsten immer noch mehr genommen. Am Ende schob ich mir sogar noch ein halbes Dutzend Hefte unter den Gürtel. Meine Sachen sind mir sowieso alle viel zu weit, daher dachte ich, die Hefte könnten auch gleich noch verhindern, dass mir die Hose runterrutscht. Ich stopfte auch noch ein paar Stifte in meine Hosentasche.

Dann hörte ich die erschöpfte Frau zurückkommen und huschte schnell von den Kartons hinüber zu meinem Bücherstapel.

»Vielleicht könnte mir jemand mit den Büchern helfen«, sagte ich. »Ich habe auch gleich welche für meinen Bruder mitgenommen.«

»Und was erwartest du jetzt von mir?«, blaffte sie mich an.

Eigentlich hatte ich gar nichts von ihr erwartet. Ich lief vier Mal hin und her, um die Bücher zur Eingangstür zu tragen, und wartete dort auf Matt. Als er kam, teilten wir die Bücher zwischen uns auf und fuhren mit den Rädern nach Hause.

Dort angekommen erzählte ich Mom, was Mrs Sanchez gesagt hatte. Sie fragte mich, warum ich nicht auf die Highschool gehen wolle.

»Ich glaube, es bringt mehr, wenn ich hier zu Hause lerne«, sagte ich.

Falls Mom anderer Meinung war, brachte sie jedenfalls nicht die Energie auf, sich mit mir darüber zu streiten. »Ich erwarte von dir, dass du auch wirklich was tust«, sagte sie. »Schule ist Schule, egal, wo sie stattfindet.«

Ich antwortete, das sei mir klar, und ging rauf in mein Zimmer. Manchmal habe ich das Gefühl, mein Zimmer ist der letzte sichere Ort auf der Welt. Ob es Megan wohl genauso geht und sie deshalb ihr Zimmer nicht mehr verlässt?

Das Leben ist echt beschissen.

Ich wünschte, ich hätte ein paar Karamellbonbons.

1. September

Ich habe die Lehrbücher schon mal in die Hand genommen. Entweder sind sie jetzt viel schwerer als früher oder ich bin viel schwächer als noch vor drei Monaten.

2. September
Es kam mir irgendwie sinnlos vor, an einem Freitag mit dem Lernen anzufangen.

5. September
Labor Day. Morgen nehme ich mir die Bücher vor.

ZWÖLF

6. September

Ich habe Mom heute Morgen gesagt, ich würde für Geschichte lernen (bei Mathe hätte sie mir niemals geglaubt), und bin den ganzen Vormittag im Bett geblieben.

Gegen elf bin ich dann endlich aufgestanden und nach unten gegangen, um etwas zu essen. Draußen hatten wir fünf Grad unter null, aber die Heizung war aus und der Ofen auch. Ich machte mir eine Dosensuppe warm und aß sie. Dann ging ich wieder ins Bett.

Am Nachmittag hörte ich, wie Mom nach oben in ihr Zimmer ging. In letzter Zeit macht sie öfter mal einen Mittagsschlaf, was sie früher nie getan hat. Ich hätte gedacht, dass sie Jonny unterrichten würde oder so was, aber ich glaube, seine Schulleistungen sind ihr inzwischen genauso egal wie meine. Nicht, dass ich ihr deshalb böse wäre.

Ich lag also im Bett, mit Flanellschlafanzug, Morgenmantel und zwei Paar Socken, drei Wolldecken und einer Steppdecke, und versuchte zu entscheiden, was schlimmer war: die Kälte oder der Hunger. Ein Teil von mir behauptete, das Schlimmste sei die Langeweile, und wenn ich etwas für die Schule täte, hätte ich ein bisschen Ablenkung, aber ich sagte diesem Teil, er solle die Klappe halten.

Irgendwann bin ich dann aufgestanden und in die Speisekammer gegangen – warum, weiß ich auch nicht. Ich vermeide es nach Möglichkeit immer, nach unseren Vorräten zu sehen, weil ich gar nicht so genau wissen will, wie viele wir noch haben. Ich hoffe lieber darauf, dass sich das Problem irgendwann von allein erledigt, dass wie durch ein Wunder plötzlich wieder Lebensmittel da sind. In gewisser Weise ist das ja auch schon passiert, und ich rede mir ein, das müsste immer so sein.

Mom hat uns zu verstehen gegeben, dass sie lieber nicht möchte, dass wir in die Speisekammer gehen. Sie stellt uns immer alles, was wir essen dürfen, in den Küchenschrank. Wahrscheinlich will sie nicht, dass wir uns Sorgen machen.

Matt und Jonny waren draußen und kümmerten sich um unseren Brennholzvorrat. Mir war klar, dass ich ihnen eigentlich helfen sollte, dass ich zu ihnen rausgehen und Kleinholz sammeln sollte, aber um ehrlich zu sein, habe ich sogar vor dem Wald neuerdings Angst.

Der Anblick der Speisekammer wirkte auf mich aber eher beruhigend. Für mich sah es nach sehr vielen Konservendosen, Reis- und Nudelpackungen aus. In einer Ecke standen die Vorräte für Horton – jede Menge Dosen- und Trockenfutter und säckeweise Katzenstreu. Mom hatte schon immer einen Hang zur Vorratshaltung, deshalb war unsere Speisekammer auch in früheren Zeiten immer gut gefüllt. Wahrscheinlich war sie letzten Mai sogar noch fast voll.

Andererseits machte mich der Anblick all dieser Dosen, Packungen und Beutel aber auch fuchsteufelswild. Wieso hungerten wir uns fast zu Tode, wenn wir noch so viele Lebensmittel hatten? Wenn die Vorräte zur Neige gehen, sterben wir sowieso, was macht es da für einen Unterschied, ob es im November, Januar oder März so weit ist? Warum nicht essen, solange wir es noch können?

In diesem Moment entdeckte ich die Chocolate Chips. Diese Tüte, die ich bei unserer Wahnsinns-Supermarkt-Aktion in den Einkaufswagen geworfen hatte; die hatte ich völlig vergessen.

Und da drehte ich dann endgültig durch. Hier gab es eine Speisekammer voller Lebensmittel, die wir aber nicht essen durften, und es gab sogar noch Schokolade im Haus, echte Schokolade, die Mom nur deshalb nicht rausrücken wollte, weil sie keinen Nährwert hat, und wenn man sowieso jeden Tag nur so wenig isst, dann besser Spinat.

Und es waren MEINE verdammten Chocolate Chips.

Ich riss die Tüte auf und kippte mir die Schokoladenstückchen in den Mund. Ich schlang sie so hastig hinunter, dass ich kaum etwas schmeckte. Erst nachdem ich fast ein Drittel der Tüte verdrückt hatte, konnte ich mich so weit beruhigen, dass ich den Geschmack überhaupt wahrnahm. Schokolade. Sie schmeckte genauso wie in meiner Erinnerung, nur besser. Ich konnte einfach nicht aufhören zu essen, obwohl ich wusste, dass mir davon schlecht werden würde. Mein Magen fing jetzt schon an zu protestieren, aber ich warf mir trotzdem immer mehr Chocolate Chips in den Mund. Ich wollte sie mit niemandem teilen. Sie gehörten mir.

»Miranda!«

Schon komisch, aber irgendwie war mir klar gewesen, dass ich erwischt werden würde. Vielleicht hatte ich deshalb das Bedürfnis, den Moment noch mal so richtig auszukosten. Ich stopfte mir eine letzte Ladung Chips in den Mund und wischte mir mit dem Handrücken die Lippen ab. Das muss ich mal in irgendeinem Film gesehen haben.

Jedenfalls funktionierte es. Mom rastete dermaßen aus, dass sie kaum noch zu verstehen war.

Im Gegensatz zu mir, als ich dann zurückbrüllte. Sie würde nichts zu essen rausrücken. Wir brauchten gar nicht zu hungern. Warum wir nicht drei Mahlzeiten am Tag bekommen würden? Was das für einen Unterschied machen würde? Ich hielt immer noch die Tüte mit den Chocolate Chips in der Hand, und als ich eine heftige Geste machte, flog plötzlich ein ganzer Schwung Chips durch die Luft und landete auf dem Fußboden.

Mom erstarrte. Was sehr viel beängstigender war als ihr hysterisches Geschrei.

Auch ich blieb einen Moment lang wie angewurzelt stehen. Dann machte ich mich daran, die Chocolate Chips vom Boden aufzusammeln. Ich hob eine Handvoll davon auf, wusste dann aber nicht, ob ich sie in die Tüte zurücktun sollte. Ich stand da wie ein Trottel und wartete darauf, dass Mom sich wieder in einen Menschen verwandelte.

»Iss sie«, sagte sie.

»Was?«

»Du sollst sie essen. Das wolltest du doch. Iss sie. Heb sie auf und steck sie in den Mund. Sie gehören dir. Iss sie alle auf. Ich möchte keinen einzigen Chocolate Chip mehr auf dem Boden liegen sehen.«

Ich bückte mich und fing an, die Chocolate Chips vom Boden aufzusammeln. Ich hob sie auf und steckte sie in den Mund. Wenn ich einen übersah, wies Mom mich sofort darauf hin. Ein paar kickte sie sogar zu mir rüber, mit der Aufforderung, sie zu essen.

Inzwischen war mir richtig schlecht.

Schließlich hatte ich alle Chocolate Chips aufgesammelt. Die Tüte war immer noch ungefähr viertel voll.

»Iss sie auf«, sagte Mom.

»Ich glaube, das schaffe ich nicht«, sagte ich.

»Du sollst sie aufessen«, wiederholte sie.

Ich hatte das Gefühl, ich müsste mich gleich übergeben. Aber Mom machte mir schreckliche Angst. Ich weiß nicht, warum, sie schrie ja schon längst nicht mehr. Aber es war, als würde man mit einem Eisblock reden. Vollkommen reglos stand sie da und beobachtete mich, bis ich auch noch den letzten Chocolate Chip aufgegessen hatte. Ich dachte, das ist gar nicht mehr meine Mutter. Das ist irgendein fremdartiges Lebewesen, das von ihrem Körper Besitz ergriffen hat.

Und dann dachte ich, es würde ihr eigentlich recht geschehen, wenn ich sie jetzt so richtig vollkotzen würde, aber ich schaffte es, den Brechreiz zu unterdrücken.

»Gib mir die Tüte«, sagte sie, als ich endlich den letzten Chocolate Chip runtergewürgt hatte.

Ich gehorchte.

»Gut«, sagte sie. »Das war jetzt dein Essen für heute und morgen. Du kannst am Donnerstag wieder mit uns zu Abend essen.«

»Mom!«, brüllte ich. »Das waren doch bloß ein paar Chocolate Chips!«

»Ich hatte sie für Matts Geburtstag aufbewahrt«, sagte sie. »Ich habe nicht vor, ihm zu erzählen, warum er an seinem Geburtstag keinen Nachtisch bekommt. Und ich möchte auch nicht, dass du es ihm erzählst. Aber von dem, was du gerade gegessen hast, wären vier Personen satt geworden, also wirst du die nächsten vier Mahlzeiten auslassen. Vielleicht wirst du dann verstehen, wie wichtig es ist, etwas zu essen zu haben.«

»Es tut mir leid«, sagte ich. An Matt hatte ich überhaupt nicht gedacht. Er hat nächste Woche Geburtstag, aber was bedeuten Geburtstage denn noch? »Kannst du keinen anderen Nachtisch zu seinem Geburtstag machen?«

»Was du getan hast, war falsch«, sagte Mom. Sie klang jetzt wieder mehr wie meine Mutter, oder jedenfalls wie die Mutter, zu der sie in den letzten Monaten geworden war. »Ich kann nicht zulassen, dass du oder deine Brüder hier einfach so reingeht und esst, worauf ihr gerade Lust habt. Diese Vorräte müssen für uns alle so lange wie möglich reichen. Kannst du das denn nicht begreifen? Was, wenn du hier einfach reinspazierst und dir eine Dose Pfirsiche nimmst? Oder grüne Bohnen? Ich weiß, dass du Hunger hast. Ich habe auch Hunger. Aber wir haben nur dann eine Chance, wenn wir sehr, sehr vorsichtig sind. Vielleicht geht es in ein paar Monaten schon wieder bergauf. Vielleicht aber auch erst später. Wenn wir nicht auf die Zukunft hoffen, haben wir nichts mehr, wofür es sich zu leben lohnt, und das lasse ich nicht zu.«

»Es tut mir leid«, sagte ich. »Das passiert mir nicht noch mal, versprochen.«

Mom nickte. »Ich weiß, dass du kein schlechter Mensch bist, Miranda«, sagte sie. »Ich weiß, dass es nur Gedankenlosigkeit war. Und es macht mir auch keinen Spaß, dich zu bestrafen. Aber die Sache mit den Mahlzeiten meinte ich ernst. Du darfst erst Donnerstagabend wieder etwas essen. Es wird dich schon nicht umbringen. Was du gerade an Kalorien aufgenommen hast, reicht sicher für eine ganze Woche. Geh jetzt in dein Zimmer. Ich hab fürs Erste genug von dir.«

Mein Bauch tut so weh wie früher, wenn ich mich an Halloween mit Bonbons vollgeschlagen habe. Aber jetzt ist es schlimmer, denn damals hatte ich dann wenigstens einen vollen Magen. Und ich musste mich auch nicht selbst verachten.

Ich habe Mom verletzt. Und ohne mir das klarzumachen, habe ich auch Matt verletzt. Und Jonny auch, denn der hätte sich über den Nachtisch riesig gefreut. Und Mrs Nesbitt. Und vielleicht sogar Peter.

Ich bin ein durch und durch egoistisches Schwein. Ich habe es nicht verdient zu leben.

7. September

Heute Morgen kam Jonny in mein Zimmer.

»Mom hat erzählt, dass du gestern etwas aus der Speisekammer gegessen hast«, sagte er zu mir. »Und dass du erst morgen Abend wieder was essen darfst. Und sollte sie jemals dahinterkommen, dass Matt oder ich so was tun, dann geht es uns genauso.«

Aus irgendeinem Grund taten mir seine Worte gut. Manchmal werde ich nämlich den Gedanken nicht los, dass Mom mich weniger lieb hat als Jonny oder Matt.

»Mehr ist aber auch nicht passiert«, sagte ich.

Jonny schien das Ganze irgendwie spannend zu finden. »Was hast du denn gegessen?«, fragte er.

»Eine Dose grüne Bohnen«, sagte ich.

»Und das ist alles?«, fragte er. »Wegen einer Dose grüne Bohnen darfst du heute den ganzen Tag nichts essen?«

Ich sagte ihm, er solle schleunigst aus meinen Zimmer verschwinden und ja nicht noch mal reinkommen.

Das war dann auch das einzige Gespräch, das ich heute geführt habe.

8. September

Mom hat zwei Kartoffeln aus dem Garten gebraten. Dazu hat sie eine Dose grüne Bohnen warm gemacht. Zum Nachtisch gab es eine Dose Obstsalat.

Der verlorene Sohn wäre neidisch gewesen.

12. September

Montag.

Ich sollte mal etwas für die Schule tun.

14. September

Matts Geburtstag. Er ist neunzehn geworden.

Zum Abendessen gab es Artischockenherzen, das war fast schon wie ein Salat, und danach Linguini mit Muschelsoße. Mrs Nesbitt brachte ihre selbst gebackenen Haferkekse mit Rosinen mit, die Matt auch ganz gern mag, aber längst nicht so gern wie Schokolade. Als ich daran dachte, wurde mir wieder schlecht. Ich habe einen von den Keksen gegessen (sonst wäre Mom stinksauer geworden), aber er schmeckte nach Staub.

Megan hat Recht, dass ich eine Sünderin bin. Aber sie hat Unrecht, was die Hölle betrifft. Man muss nicht unbedingt warten, bis man tot ist, um dorthin zu kommen.

16. September

Matt war heute auf der Post und kam mit zwei Briefen von Dad zurück.

Den ersten hat er ein oder zwei Tage nach seiner Abreise geschrieben. Darin steht, wie schön er es fand, uns alle zu sehen, und wie stolz er auf uns ist und dass er sicher sei, dass wir zurechtkommen, und wir würden uns bestimmt bald wiedersehen.

Der zweite Brief war auf den 16. August datiert. Er und Lisa hatten es bis zur Grenze von Kansas geschafft, aber sie ließen nur Leute nach Kansas hinein, die nachweisen konnten, dass ihre Eltern oder Kinder dort Land besaßen. Was Lisa und er natürlich nicht konnten. Den Grenzposten war es egal, dass sie eigentlich auf dem Weg nach Colorado waren und Kansas nur durchqueren wollten. Er schrieb, es gebe jetzt mehrere Möglichkeiten. Angeblich solle es Beamte geben, die man dazu überreden könne, nicht allzu genau hinzuschauen.

»Was meint er damit?«, fragte Jonny.

»Bestechung«, erklärte Matt. »Gib ihnen etwas, das sie haben wollen, und sie lassen dich rein.«

Das Problem dabei war, schrieb Dad weiter, dass man erst mal so einen Beamten finden musste und dann auch noch etwas besitzen musste, das er gern haben wollte. Darüber hinaus gebe es ein Einreiseverbot für Schwangere, und Lisas Schwangerschaft ließe sich kaum noch verbergen.

Sie könnten auch versuchen, auf Nebenstraßen über die Grenze zu kommen, aber es gebe Berichte über Milizen, die keinen Fremden ins Land ließen.

Oder sie könnten nach Oklahoma fahren, um auf diesem Weg nach Colorado zu gelangen. Dafür hatten sie allerdings nicht genügend Benzin, und Gerüchten zufolge war die Lage in Oklahoma mindestens genauso schlecht oder sogar noch schlechter, aber sie würden noch mal darüber nachdenken. Lisa sei jedenfalls fest entschlossen, zu ihren Eltern zu gelangen.

Die Temperatur sei heute ein paar Grad über null, und Lisa und er wohnten zurzeit in einem Flüchtlingscamp. Keine Heizung, kein Essen, kaum sanitäre Anlagen. Dort dürften sie aber nur noch einen Tag bleiben, dann müssten sie weiterfahren. Zur Not könnten sie natürlich auch nach Missouri zurückkehren. Wegen der Erdbeben gebe es in diesem Bundesstaat kaum noch Polizeikontrollen.

Das war das Ende des Briefs, und das machte uns allen Angst. Dad will nie, dass wir uns Sorgen machen. Als er vor drei Jahren plötzlich seinen Job verlor, klang es bei ihm, als hätte er schon immer davon geträumt, mal arbeitslos zu sein. So nach dem Motto, es gibt immer eine neue Chance. Wenn irgendwo ein Fenster zugeht, öffnet sich woanders eine Tür.

Und für ihn hat sich ja tatsächlich eine Tür geöffnet. Er hat den Job in Springfield bekommen, hat Lisa kennengelernt, und ehe wir uns versahen, war er auch schon verheiratet und ein Baby unterwegs.

Aber jetzt war von Fenstern, Türen oder unverhofften Chancen keine Rede mehr.

Zum ersten Mal seit langer Zeit hatten wir wieder etwas darüber gehört, was außerhalb von Pennsylvania so vor sich geht. Einreiseverbote. Milizen. Flüchtlingslager. Und das in einem Teil des Landes, in dem es angeblich besser sein soll.

»Bestimmt kriegen wir bald wieder einen Brief von ihm«, sagte Mom. »In dem steht dann, dass Lisa und er wohlbehalten bei ihren Eltern angekommen sind.«

Aber wir alle wussten, dass sie das nur deshalb sagte, weil sie es sagen musste.

Wenn wir nie wieder etwas von Dad hören, werden wir auch niemals wissen, was aus ihm geworden ist. Es wäre durchaus möglich, dass sie es tatsächlich bis Colorado schaffen und dass dort alles viel besser ist und dass es ihnen und dem Baby gut geht, ohne dass wir jemals davon erfahren.

Das rede ich mir jedenfalls immer wieder ein. Denn an etwas anderes will ich gar nicht erst denken.

17. September

Ich bin rausgegangen, um Kleinholz zu sammeln (was war ich für ein Baby mit meiner Angst vor dem großen bösen Wald), und als ich wieder reinkam, saß Mom schluchzend am Küchentisch.

Ich ließ die Säcke mit dem Kleinholz fallen und lief zu ihr, um sie in den Arm zu nehmen. Dann fragte ich sie, was passiert war.

»Nichts«, sagte sie. »Ich habe bloß an diesen Mann gedacht. Den wir damals beim Einkaufen getroffen haben, der mit der schwangeren Frau. Das Baby müsste eigentlich inzwischen auf der Welt sein, und ich habe mich gefragt, ob es ihm wohl gut geht und wie es dem Mann und seiner Frau und ihrem anderen Kind geht, und dann sind mir einfach die Tränen gekommen.«

»Das kenne ich«, sagte ich, denn ich kannte es wirklich. Manchmal ist es ungefährlicher, über Menschen zu weinen, die man gar nicht kennt, als an Menschen zu denken, die man liebt.

DREIZEHN

18. September

Matt und Jonny waren heute Vormittag bei Mrs Nesbitt, um ihr Haus winterfest zu machen (sie weigert sich standhaft, bei uns einzuziehen). Ich ging ins Haus, um mir meinen Brunch zu machen, und hatte gerade die Dose mit Erbsen und Möhren aus dem Schrank geholt, da hörte ich einen Rums und einen Aufschrei von Mom.

Ich lief ins Wohnzimmer und sah Mom ausgestreckt am Boden liegen.

»Ich bin gestolpert«, sagte sie. »So was Dämliches. Ich bin einfach gestolpert.«

»Alles okay?«, fragte ich.

Sie schüttelte den Kopf. »Mein Knöchel«, sagte sie. »Ich glaube nicht, dass ich auftreten kann.«

»Bleib, wo du bist«, sagte ich überflüssigerweise. »Ich hole Peter.«

Ich rannte in die Garage und holte mein Fahrrad. Ich bin noch nie so schnell gefahren wie heute auf dem Weg zum Krankenhaus.

Aber als ich dort ankam, wollten sie mich nicht reinlassen, auch dann nicht, als ich erklärte, dass es sich um einen Unfall handele und wir Freunde von Peter seien. Der Wachmann war allenfalls bereit, eine Nachricht von mir entgegenzunehmen.

Ich musste vor der Tür stehen bleiben. Im Haus ist es immer so kalt, dass wir mehrere Schichten übereinanderziehen und dann noch Jacken darüber, aber in der Eile hatte ich ganz vergessen, mir Wintermantel und Handschuhe anzuziehen und einen Schal umzubinden. Außerdem war ich vom schnellen Fahren völlig durchgeschwitzt, was die Sache nicht besser machte.

Der Wachmann hatte es offenbar nicht eilig mit meiner Nachricht. Zuerst musste ich sie aufschreiben, dann las er sie durch, und dann sollte ich mich noch irgendwie ausweisen. Was ich natürlich nicht konnte. Ich flehte ihn an, Peter die Nachricht trotzdem zu überbringen. Er grinste. Offensichtlich war er es gewohnt, von Leuten angefleht zu werden, und es schien ihm zu gefallen.

Ich fühlte die gleiche ekelerregende Übelkeit in mir aufsteigen wie bei der Sache mit den Chocolate Chips.

Aber ich blieb stehen und bettelte und weinte und hätte ihn am liebsten umgebracht. Ich schwöre, wenn ich irgendwie an seine Pistole rangekommen wäre, hätte ich ihn eiskalt abgeknallt, genau wie jeden anderen, der mich daran gehindert hätte, Hilfe für Mom zu holen. Der Wachmann stand bloß da und lachte.

Dann kam ein zweiter Wachmann hinzu und fragte, was los sei. Ich erzählte es ihm. Er lachte nicht, erklärte mir aber, dass sie nichts für mich tun könnten.

»Das hier ist ein Krankenhaus«, sagte er. »Die Ärzte machen keine Hausbesuche.«

Der erste Wachmann fand das irre komisch.

»Bringen Sie einfach nur meine Nachricht zu Dr. Elliott«, sagte ich. »Um mehr bitte ich Sie doch gar nicht.«

»Wir können doch nicht unseren Posten verlassen, nur um jemandem eine Nachricht zu überbringen«, sagte der zweite Wachmann. »Am besten, du wartest hier, bis jemand herauskommt, den du kennst, vielleicht kannst du den dann dazu überreden, die Nachricht mit reinzunehmen.«

»Bitte«, flehte ich wieder. »Meine Mutter ist verletzt und liegt allein zu Hause. Bitte lassen Sie mich hier nicht noch länger warten.«

»Tut mir leid, Miss«, sagte der zweite Wachmann. »Wir haben unsere Vorschriften.«

Der erste Wachmann hörte gar nicht mehr auf zu grinsen.

Ich blieb also dort stehen. Ständig kamen Leute aus dem Krankenhaus heraus, aber niemand war bereit, wieder hineinzugehen und Peter meine Nachricht zu überbringen. Sie taten alle so, als würden sie mich gar nicht sehen, als wäre ich eine Bettlerin, der sie nichts geben wollten, die ihnen aber auch kein schlechtes Gewissen machen sollte.

Als ich beim besten Willen nicht mehr stehen konnte, setzte ich mich auf den gefrorenen Boden. Der erste Wachmann kam zu mir rüber und stupste mich mit dem Schuh an.

»Hier wird nicht herumgelungert«, sagte er. »Du stellst dich hin oder du verschwindest.«

»Tut mir leid, Miss«, sagte der zweite Wachmann. »Das sind die Vorschriften.«

Ich musste die ganze Zeit an Mom denken und fragte mich, ob ich lieber nach Hause zurückfahren sollte. Ich hatte keine Ahnung, wie viel Zeit inzwischen vergangen war. Es kam mir vor wie mehrere Stunden, aber sicher war ich mir nicht. Hoffentlich war Jonny inzwischen nach Hause gekommen. Mom hatte ihm verboten, etwas von Mrs Nesbitts Vorräten zu essen, deshalb war er zum Mittagessen bestimmt zurückgegangen. Das redete ich mir jedenfalls ein. Die Vorstellung, ohne Peter zurückzukommen, war genauso unerträglich wie die, dass Mom da ganz allein auf dem Wohnzimmerboden lag. Ich redete mir ein, dass Jonny sicher längst zu Hause war und Mom ein paar Decken gebracht und ihr aufgeholfen hatte und dass alles in Ordnung war.

Ich hatte seit dem vorigen Abend nichts mehr gegessen, und mir wurde allmählich schwummerig. Ich merkte, wie ich quasi in

Zeitlupe zu Boden sank. Wahrscheinlich habe ich nicht so richtig das Bewusstsein verloren, denn ich weiß noch, wie der zweite Wachmann zu mir kam und mich hochzog.

»Lass das«, sagte er. »Das bringt überhaupt nichts.«

Ich glaube, ich habe mich bei ihm bedankt. Ich stellte mich wieder hin und zwang mich mit aller Macht, nicht ohnmächtig zu werden und nicht zu weinen. Immer wieder bat ich die Leute, die herauskamen, um Hilfe, aber niemand beachtete mich.

Der erste Wachmann murmelte etwas von »einen Happen essen gehen« und schlenderte gemächlich davon, als sei es das Normalste von der Welt, irgendwo essen zu gehen. Ich hatte gehofft, der zweite Wachmann würde jetzt vielleicht Mitleid mit mir haben und mich reinlassen, aber er stand nur da und schaute konzentriert in die andere Richtung.

Und plötzlich tauchte Matt auf. »Mom macht sich furchtbare Sorgen«, sagte er. »Was ist denn los?«

»Matt?«, sagte der zweite Wachmann.

»Mr James?«, sagte Matt.

»Mir war nicht klar, dass sie deine Schwester ist«, sagte der Wachmann. »Los, geh rein. Beeil dich. Wenn Dwayne das mitkriegt, bekomme ich ziemlichen Ärger.«

Matt rannte schnell ins Krankenhaus.

Dwayne kam zurück, während Matt noch drinnen war. »Du bist ja immer noch hier« sagte er, aber ich achtete nicht auf ihn.

Ein paar Minuten später kamen Matt und Peter zusammen raus. »Wir nehmen mein Auto«, sagte Peter. »Ich habe einen Fahrradträger auf dem Dach.«

Ich musste mich zusammenreißen, um nicht in Tränen auszubrechen. Mir wurde plötzlich klar, dass ich gar nicht mehr die Kraft gehabt hätte, mit dem Rad nach Hause zu fahren.

Die Fahrt dauerte etwa zehn Minuten. Ich war zu erschöpft, zu geschwächt und zu besorgt, um es zu genießen, zur Abwechslung mal wieder in einem Auto zu sitzen.

Matt erzählte währenddessen, dass Jonny gegen eins nach Hause gegangen war, und als er Mom auf dem Boden entdeckte, war sie um mich viel besorgter gewesen als um sich selbst. Sie war einigermaßen sicher, dass nichts gebrochen war, konnte aber nicht mehr auftreten, und Jonny war nicht kräftig genug, um sie zu stützen. Sie hat ihn zu Mrs Nesbitt zurückgeschickt, um Matt zu holen, und der trug sie dann in den Wintergarten und machte ein Feuer im Ofen. Danach war er mit dem Rad zum Krankenhaus gefahren, um mich zu suchen.

Ich hatte ungefähr drei Stunden lang draußen vor dem Eingang gestanden.

Peter machte nicht einmal den Versuch, sich für das Verhalten der Wachmänner zu entschuldigen. Er sagte, es habe Zwischenfälle gegeben und die Situation im Krankenhaus sei ohnehin schon schlimm genug, ohne dass sich die Leute auch noch unbefugt Zutritt verschafften. Damit hatte er wahrscheinlich Recht, aber ich wollte es trotzdem nicht hören. Und auch wenn es albern war, machte es mich fuchsteufelswild, dass Matt eingelassen worden war, nur weil er den Wachmann kannte, und ich nicht eingelassen worden war, nur weil ich ihn nicht kannte. Eigentlich hätte ich dankbar sein müssen, dass Matt den Wachmann kannte, aber Dankbarkeit war nun wirklich das Letzte, was ich im Moment empfand.

Peter fuhr unsere Auffahrt hinauf und ging direkt in den Wintergarten, während Matt und ich die Räder vom Dachgepäckträger holten.

»Alles okay?«, fragte mich Matt. »Waren die Wachleute sehr gemein zu dir?«

»Mir geht's gut«, sagte ich.

Aber in Wahrheit sehnte ich mich nach einer heißen Dusche, um mir das ganze Erlebnis vom Körper zu waschen. Immer wieder musste ich daran denken, wie sehr dieser Dwayne meine Verzweiflung genossen hatte. Ich hätte ihn noch immer am liebsten umgebracht, wenn ich gekonnt hätte.

Aber das behielt ich für mich, das brauchte Matt nicht zu wissen. Wir gingen in den Wintergarten, wo Peter gerade dabei war, Moms Knöchel zu untersuchen.

»Eine böse Verstauchung«, sagte er. »Aber nichts gebrochen. Sie braucht keinen Gips.«

Er holte eine elastische Binde aus seinem Arztkoffer und wickelte sie fest um ihren Knöchel. »Ans Treppensteigen brauchst du in der kommenden Woche gar nicht erst zu denken«, sagte er. »Du bleibst hier unten. Matt und ich holen dir deine Matratze von oben runter. Du darfst nur aufstehen, um etwas zu essen oder aufs Klo zu gehen, sonst nichts. Im Sitzen solltest du den Fuß hochlegen und ihn ansonsten so wenig wie möglich belasten. Ihr habt nicht zufällig einen Gehstock im Haus?«

»Auf dem Dachboden ist einer«, sagte Mom.

»Ich hol ihn«, sagte Jonny. Er schnappte sich eine Taschenlampe und stürmte die Treppe hoch.

Während er weg war, holte Peter ein paar OP-Masken hervor und reichte sie uns. »Die Luftqualität«, sagte er fast schon entschuldigend. »Im Moment kommen viele Leute mit Asthma zu uns. Vielleicht solltet ihr lieber so ein Ding umbinden, wenn ihr draußen zu tun habt.«

»Ich danke dir«, sagte Mom. »Matt, ab jetzt bindest du so was beim Holzhacken immer um. Hast du verstanden?«

»Ja, Mom«, sagte er. Er streifte sich eine Maske über. »Mom

wollte immer schon, dass ich Arzt werde«, sagte er, und wir taten alle so, als würden wir lachen.

Jonny kam mit dem Stock herunter. Peter begutachtete ihn und fand ihn akzeptabel. Ohne den Stock solle Mom in den nächsten zehn Tagen keinen Schritt mehr machen. Und für die nächsten zwei Wochen solle sie gar nicht erst daran denken, das Haus zu verlassen. Er würde versuchen, in der Zwischenzeit ein- oder zweimal vorbeizuschauen.

Dann ging er mit Matt hoch und die beiden schleppten Moms Matratze nach unten. Ich brachte ihr Laken, Decken und Kissen. Jonny rückte die Möbel beiseite, um Platz für die Matratze zu schaffen. Das Licht und die Wärme, die der Kaminofen ausstrahlte, ließen den Wintergarten fast schon fröhlich erscheinen.

»Ich komme mir so blöd vor«, sagte Mom. »Ich mache euch solche Umstände. Und ausgerechnet dir, Peter. Ich weiß, wie viel du zu tun hast. Ich kann dir gar nicht genug danken, dass du vorbeigekommen bist.«

»Ach, Laura«, sagte Peter und nahm ihre Hand. Ich musste daran denken, dass er und Mom unter normalen Umständen, wenn dieser ganze Wahnsinn nicht passiert wäre, sicher schon seit vier Monaten zusammen wären, einfach ganz normal zusammen. Und Mom wäre glücklich.

Mom fragte Peter, ob er zum Essen bleiben könne, aber Peter sagte, er müsse zurück ins Krankenhaus. Ihre Dienstpläne seien inzwischen der völlige Wahnsinn – sechzehn Stunden Arbeit und acht Stunden frei –, weil sie nicht mehr genügend Personal hätten. Er könne wirklich nicht länger wegbleiben.

»Aber ich komme wieder«, sagte er. »Versprochen. Und du musst mir versprechen, dass du dich schonst, damit der Knöchel in Ruhe ausheilen kann.«

»Versprochen«, sagte Mom.

Peter beugte sich zu ihr hinunter, um sie zu küssen. Dann ging er, und wir hörten das Motorengeräusch seines Autos. Ein ungewohntes Geräusch.

»Es tut mir so leid«, sagte Mom zu uns. »Ich werde euch sicher furchtbar zur Last fallen.«

»Quatsch«, sagte Matt. »Wir wollen nur, dass du dich an Peters Anweisungen hältst und bald wieder gesund wirst.«

»Ich kümmere mich ums Abendessen«, sagte ich. »Darum brauchst du dir also keine Sorgen zu machen.«

»Ich mache mir doch überhaupt keine Sorgen«, erwiderte Mom. »Ich weiß, dass ihr das alles auch ohne mich schafft. Ich würde euch bloß gern helfen.«

In den nächsten Wochen werde ich mich zusammenreißen müssen. Kein Gejammer mehr. Keine überflüssigen Streitereien. Ich werde alles tun, was Mom mir sagt, ohne zu klagen und ohne zu widersprechen. Ich weiß, dass ich das kann.

Aber dort unten im Wintergarten fühlte ich mich plötzlich ganz schwach und hilflos. Ich verspürte nur Angst und Verzweiflung und das dringende Bedürfnis, ganz weit weg zu sein. Ich redete mir ein, das läge am Hunger, aber ich wusste, dass das nicht stimmt.

Solange es Mom gut ging, konnte ich mich immer noch der Illusion hingeben, wir würden das alles überstehen. Aber jetzt, wo sie sich den Knöchel verstaucht hat – obwohl das jederzeit hätte passieren können –, kam es mir plötzlich so vor, als wäre das der Anfang vom Ende.

Deshalb bin ich, während Matt und Jonny sich weiter um Mom kümmerten, schnell in mein Zimmer gerannt, um das alles hier aufzuschreiben. All diese Dinge, die ich keinem von ihnen je erzählen könnte.

Ich dachte an Dad und daran, dass ich ihn vielleicht nie mehr wiedersehen werde. Ich dachte an Lisa und fragte mich, ob sie und das Baby alles gut überstehen würden und ob ich jemals erfahren würde, ob ich ein Brüderchen oder ein Schwesterchen bekommen habe. Ich dachte an Grandma und fragte mich, ob sie noch am Leben war.

Ich habe geweint und in mein Kopfkissen geboxt und mir vorgestellt, es wäre dieser Dwayne, und nachdem ich mich wieder beruhigt hatte, habe ich angefangen zu schreiben.

Und jetzt gehe ich wieder nach unten, mache Abendessen und tue so, als wäre alles in bester Ordnung.

19. September

Mom sah heute Nachmittag im Wintergarten so einsam aus, dass ich beschloss, ihr ein bisschen Gesellschaft zu leisten. Sie saß auf der Couch und hatte den Fuß hochgelegt. Ich setzte mich neben sie.

»Ich wollte mich noch bei dir bedanken«, sagte sie. »Und dir sagen, wie stolz ich auf dich bin.«

»Auf mich?«, fragte ich.

»Wie du gleich zum Krankenhaus gerast bist, als ich gefallen bin«, sagte sie. »Ich weiß, wie ungern du in letzter Zeit irgendwo alleine hingefahren bist, aber du hast nicht eine Sekunde gezögert. Und du hast stundenlang dort ausgeharrt. Ich bin so dankbar und stolz.«

»Ich wünschte, ich hätte mehr für dich tun können«, sagte ich. »Ich hatte ein furchtbar schlechtes Gewissen, weil ich dich einfach allein gelassen habe. Aber ich wäre nie auf die Idee gekommen, dass man mich nicht zu Peter lassen würde.«

Mom strich mir übers Haar. »Wie schön du bist«, sagte sie. »Die letzten Monate waren wirklich nicht einfach, aber du bist so tapfer gewesen. Das hätte ich dir längst schon mal sagen sollen. Ich bin stolz darauf, deine Mutter zu sein.«

Ich wusste nicht, was ich sagen sollte. Ich musste an all die Streitereien denken, die ich in den vergangenen Monaten vom Zaun gebrochen hatte.

»Wir werden es schaffen«, sagte Mom. »Wenn wir weiter zusammenhalten, dann werden wir überleben.«

»Ja, ich weiß«, sagte ich.

Mom seufzte. »Weißt du, was mir am meisten fehlt?«, fragte sie und lachte. »Jedenfalls heute? Es wechselt jeden Tag.«

»Nein, was denn?«, fragte ich.

»Frisch gewaschene Haare«, sagte sie. »Tägliches Duschen und frisch gewaschene Haare. Meine Haare sind inzwischen eine einzige Katastrophe.«

»So schlimm sehen sie gar nicht aus«, sagte ich. »Bestimmt nicht schlimmer als meine.«

»Komm, wir schneiden sie einfach ab«, sagte sie. »Los, Miranda, du holst jetzt eine Schere und schneidest mir die Haare. Jetzt gleich.«

»Bist du sicher?«, fragte ich.

»Absolut«, antwortete sie. »Los, beeil dich.«

Ich suchte eine geeignete Schere und brachte sie ihr. »Ich habe noch nie jemand die Haare geschnitten«, sagte ich.

»Was hab ich schon zu verlieren?«, fragte sie. »Ich werde in nächster Zeit wohl kaum auf irgendwelche schicken Partys gehen. Schneid sie ganz kurz. Dann sind sie leichter zu waschen.«

Ich hatte keinen blassen Schimmer, was ich da eigentlich tat, aber Mom spornte mich die ganze Zeit an und erinnerte mich daran, auch oben etwas abzuschneiden, nicht nur hinten und an den Seiten.

Als ich fertig war, sah sie aus wie ein gerupftes Huhn. Nein, schlimmer. Wie ein gerupftes Huhn, das seit Monaten nichts mehr gegessen hat. Der Haarschnitt betonte ihre Wangenknochen, und man sah, wie viel Gewicht sie verloren hatte.

»Tu mir einen Gefallen«, sagte ich. »Guck lieber nicht in den Spiegel.«

»So schlimm?«, fragte sie. »Ach, was soll's. Sie wachsen ja wieder. Das ist ja das Schöne an Haaren. Soll ich dir deine auch schneiden?«

»Nein«, sagte ich. »Ich habe beschlossen, sie mir so richtig lang wachsen zu lassen.«

»Dann mach ich dir Cornrows«, sagte sie. »Diese kleinen geflochtenen Zöpfchen. Die muss man nicht so oft waschen. Soll ich dir so welche machen?«

»Lieber nicht«, sagte ich und sah es schon vor mir: ich mit den Cornrows und daneben Mom mit ihrer neuen Punk-Frisur.

Mom starrte mich an und brach dann in schallendes Gelächter aus. Es war ein richtiges, echtes Lachen, und ehe ich mich's versah, lachte ich mit, so befreit wie seit Wochen nicht mehr.

Ich glaube, ich hatte ganz vergessen, wie lieb ich Mom habe. Es war gut, daran erinnert zu werden.

20. September

Heute Nachmittag habe ich Mrs Nesbitt besucht. Bisher ist Mom fast jeden Tag zu ihr rübergegangen, aber da sie das im Moment nicht kann, habe ich mich angeboten.

Mrs Nesbitt hatte die Heizung an und es war richtig warm im Haus.

»Ich weiß nicht, wann es mit dem Öl vorbei sein wird«, sagte sie. »Aber ich weiß ja genauso wenig, wann es mit mir vorbei sein wird. Ich finde, solange nicht klar ist, wer von uns länger durchhält, kann ich es ruhig schön warm haben.«

»Warum ziehen Sie nicht zu uns?«, fragte ich. »Mom wäre froh darüber.«

»Ich weiß«, sagte Mrs Nesbitt. »Und es ist sehr egoistisch von mir, einfach hier zu bleiben. Aber ich bin in diesem Haus geboren, und hier möchte ich auch sterben.«

»Aber vielleicht sterben Sie doch gar nicht«, sagte ich. »Mom sagt, dass wir alle überleben.«

»Bei euch glaube ich das auch«, sagte Mrs Nesbitt. »Ihr seid jung und stark und gesund. Aber ich bin eine alte Frau. Ich habe schon viel länger gelebt, als ich je gedacht hätte, und jetzt ist meine Zeit gekommen.«

Mrs Nesbitt hat seit den ersten Tsunamis nichts mehr von ihrem Sohn und seiner Familie gehört. Keiner weiß, ob sie noch am Leben sind, aber Mrs Nesbitt geht wahrscheinlich davon aus, dass sie dann inzwischen etwas von ihnen gehört haben müsste.

Wir redeten über alles Mögliche. Mrs Nesbitt kennt jede Menge Geschichten aus der Zeit, als Mom noch ein Kind war. Sie hat früher auch manchmal auf Moms Mutter aufgepasst, und diese Geschichten höre ich am liebsten. Ich weiß, dass Mom sie auch gern hört, weil sie beim Tod ihrer Eltern noch so klein war.

Ich gehe morgen wieder hin. Es gibt ohnehin so wenig zu tun, da kann ich wenigstens Mrs Nesbitt besuchen und mich ein bisschen um sie kümmern, damit Mom beruhigt ist.

Ein Gutes hat Moms verstauchter Knöchel ja: Sie hat völlig vergessen, dass ich etwas für die Schule tun sollte. Und soweit ich weiß, nervt sie Jonny auch nicht mehr damit.

Was für ein seltsames, seltsames Leben. Ich frage mich, wie es wohl sein wird, wenn irgendwann wieder alles ganz normal ist, falls es je dazu kommen sollte. Essen und duschen und Sonne und Schule. Ein Date.

Na gut. Ein Date hatte ich noch nie. Aber wenn ich schon träume, dann auch gleich richtig!

23. September

Peter hat es geschafft, kurz mal vorbeizuschauen. Er hat sich Moms Knöchel angesehen und bestätigt, dass es schon viel besser geworden ist, aber sie soll ihn trotzdem noch nicht belasten.

Wir haben Mom und Peter eine Weile allein gelassen. Wahrscheinlich hat er ihr von Krankheiten, Unfällen und Seuchen erzählt.

Aber das ist auch sein gutes Recht. Mir ist aufgefallen, wie sehr er gealtert ist. Das hätte mir eigentlich schon letzte Woche auffallen müssen, aber an dem Tag war ich dermaßen durcheinander, dass ich ihn gar nicht richtig wahrgenommen habe. Er ist nicht nur dünner geworden, er hat auch so eine Trauer im Blick. Er wirkt ausgelaugt.

Ich habe mit Matt darüber gesprochen, als wir kurz mal allein waren.

»Na ja, er hat ja auch ständig mit Krankheiten zu tun«, meinte Matt. »Die meisten seiner Patienten werden wohl sterben. Und er ist ganz allein. Er ist geschieden, und er hatte zwei Töchter, die beide tot sind.«

»Das wusste ich gar nicht«, sagte ich.

»Hat Mom mir erzählt«, sagte er.

Und all die Sorgen, die er sich sonst um seine eigene Familie machen würde, macht er sich jetzt wahrscheinlich um uns.

Wie werde ich mich fühlen, wenn zum ersten Mal jemand stirbt, den ich liebe?

26. September

Matt und ich sind heute in die Bücherei gefahren. Sie hat jetzt nur noch montags geöffnet, und keiner weiß, wie lange noch.

Beim Rausgehen habe ich Michelle Schmidt gesehen. Anscheinend ist sie doch nicht verschwunden.

Ich frage mich, wie viel von dem, was man so hört, eigentlich wahr ist und wie viel nur erfunden. Womöglich ist mit der Welt eigentlich alles in Ordnung, und wir haben es bloß nicht gemerkt.

Dann hätten wir uns aber ganz schön blamiert.

29. September

Schon komisch, wie viele Dinge mir trotz allem noch Freude machen. Ich glaube, den anderen geht es genauso. Wir sind nur schon so sehr daran gewöhnt, uns Sorgen zu machen, dass es uns kaum noch auffällt.

Im Moment ist unser Leben eigentlich ganz gemütlich. Wegen Mom brennt der Ofen jetzt Tag und Nacht, so dass es immer ein warmes Plätzchen im Haus gibt. Tagsüber gehen wir alle unseren Aufgaben nach. Matt und Jonny bringen immer noch mehr Brennholz herein (»Lieber zu viel als zu wenig« lautet Matts ewiges Mantra, und ich kann ihm nicht widersprechen). Ich erledige alles, was an Hausarbeit anfällt (am schlimmsten ist das Wäschewaschen, mit möglichst wenig Wasser und dann noch mit der Hand – ziemlich unappetitlich), und besuche jeden Tag Mrs Nesbitt. Ich gehe immer am frühen Nachmittag hin, damit sie mir nichts zu essen anbietet (tut sie trotzdem, aber ich sage immer nein danke), und ich bleibe so ungefähr eine Stunde. Manchmal reden wir kaum miteinander, sondern sitzen bloß am Küchentisch und gucken zusammen aus dem Fenster. Mom sagt, dass sie und Mrs Nesbitt das auch oft tun, ich sollte mir also keine Gedanken machen.

Mom hat mir jetzt die Aufsicht über die Speisekammer anvertraut, und ich darf die Sachen fürs Abendessen aussuchen. Eine Dose hiervon, eine Dose davon. Es sind längst nicht mehr so viele Vorräte da wie an dem Tag meiner Chocolate-Chips-Orgie, aber wenn wir uns ein bisschen zurückhalten, kommen wir noch eine Weile hin.

Seit ich Michelle Schmidt gesehen habe und mir klar geworden ist, dass sie nie verschwunden war, werde ich das Gefühl nicht los, dass in Wirklichkeit alles gar nicht so schlimm ist, wie wir glauben. Vielleicht mache ich mir falsche Hoffnungen. Aber lieber falsche Hoffnungen als gar keine mehr. So kann ich wenigstens noch lächeln.

Nach dem Abendessen, wenn es allen gut geht, weil der Hunger nicht mehr so groß ist, spielen wir jetzt immer Poker. Ich spiele am liebsten *Seven Card Stud*. Jonny und Matt finden *Texas Hold 'Em* am besten und Mom *Five Card Draw*. Also entscheidet immer der Geber.

Matt ist auf den Dachboden gegangen und hat einen Karton mit Spielmarken ausgegraben. Jonny ist unser bester Spieler, und ich schulde ihm mit dem heutigen Abend 328 000 Dollar und einen Baseball-Ersatzmann (wir spielen um hohe Einsätze).

Ich glaube, selbst Peter geht es im Moment ein bisschen besser. Er ist heute Abend vorbeigekommen und hat verkündet, dass Mom wieder herumlaufen darf, wenn sie vorsichtig ist und Treppen meidet, und er hat mit keiner Silbe irgendeine neue tödliche Krankheit erwähnt. Wir haben ihn überredet, zum Abendessen zu bleiben, und ich habe eine Extradose Thunfisch rausgerückt. Soweit ich weiß, war es das erste Mal, dass Peter vorbeigekommen ist, ohne uns etwas mitzubringen, also sind ihm entweder die Vorräte ausgegangen oder er gehört jetzt offiziell zur Familie. Das mit der Familie wäre mir lieber. Ich schulde ihm nämlich 33 000 Dollar nach nur einer Runde *Omaha Hi-Lo*.

Horton ist auf Diät (und zwar nicht aus freien Stücken). Ich weiß nicht, ob es an der Ofenwärme liegt oder ob er darauf hofft, doch noch etwas zu fressen zu bekommen, jedenfalls ist er in letzter Zeit sehr anhänglich. Er leistet Mom den ganzen Tag über Gesellschaft und abends liegt er auf dem nächstbesten Schoß oder am Ofen.

Matt hat eine alte tragbare Schreibmaschine vom Boden geholt, weil Mom gerade überlegt, ob sie nicht ein paar von den Geschichten über ihre Urgroßmutter und deren Familie aufschreiben soll. Über das Leben in diesem Haus, ehe es Strom und fließend Wasser gab.

Ich denke gerne darüber nach. Es gibt mir ein Gefühl der Verbundenheit, so als sei ich Teil eines großen Ganzen, als sei die Familie wichtiger als Strom. Der Wintergarten war damals noch eine Veranda, aber ich kann mir vorstellen, wie die Familie meiner Ururgroßmutter in der guten Stube beisammensitzt, im Schein einer Petroleumlampe, die Männer erschöpft vom Holzhacken und die Frauen vom Wäschewaschen.

Wobei mir einfällt, dass Mom gesagt hat, die Familie hätte zwei Dienstmädchen gehabt und eins von ihnen hätte die gesamte Wäsche gemacht, aber die Frauen waren wahrscheinlich trotzdem erschöpft.

Ob sie sich wohl manchmal die Zukunft ausgemalt haben? Ich wette, sie wären nicht im Traum darauf gekommen, wie die Welt heute aussieht.

VIERZEHN

2. Oktober

Ich wollte den Herd anmachen, um Wasser heiß zu machen, aber es kam keine Flamme. Dann habe ich den Warmwasserhahn in der Küche aufgedreht, aber das Wasser blieb kalt.

Offenbar wusste Aarons Vater, wovon er sprach, als er sagte, spätestens Anfang Oktober würde das Erdgas abgedreht werden.

Mom findet das nicht so schlimm. Wir können auf dem Ofen unser Essen aufwärmen und Wasser kochen. Sie will zwar nicht, dass wir schon unser letztes Heizöl verbrauchen, aber wenigstens sind wir beim Heizen nicht auf Gas angewiesen. Viele Familien sind schlechter dran als wir.

Seit einer Weile duschen wir nur noch einmal pro Woche, aber wenn es kein heißes Wasser mehr gibt, werden wir es wohl ganz lassen. Und ohne heißes Wasser wird auch das Wäschewaschen schwieriger werden.

Ich weiß, dass mich das nicht beunruhigen sollte, aber das tut es trotzdem. Und ich sehe Mom an, dass sie ebenfalls besorgt ist, auch wenn sie versucht, es zu verbergen. Ich schätze, das liegt daran, dass die Lage eine Weile halbwegs gleich geblieben war, und jetzt hat sie sich plötzlich wieder verschlechtert. Nicht richtig schlimm (jedenfalls nicht für uns und Mrs Nesbitt, die auch einen Kaminofen und eine Ölheizung hat), aber doch verschlechtert.

Heute Abend haben wir wieder gepokert, aber keiner war so richtig bei der Sache. Vermutlich war ich deshalb zum ersten Mal der große Gewinner.

3. Oktober

Matt, Jonny und ich sind heute zusammen zur Bücherei gefahren. Moms Knöchel ist noch nicht wieder kräftig genug zum Radfahren.

Die Bücherei war geöffnet, aber von den Angestellten war nur Mrs Hotchkiss da. Sie sagte uns, die Bücherei sei heute zum letzten Mal geöffnet; ohne Heizung könnten sie einfach nicht weitermachen. Es gab keine Obergrenze mehr, wie viele Bücher man ausleihen durfte. Mrs Hotchkiss meinte, wir sollten so viele wie möglich mitnehmen. Falls die Bücherei im Frühling wieder aufmachen würde, könnten wir sie ja zurückbringen.

Also packten wir ordentlich was ein. Wir hatten unsere Rucksäcke dabei und unsere Fahrräder haben alle einen Korb, darum konnten wir jeder mehr als ein Dutzend Bücher mitnehmen. Wir haben welche für uns und welche für Mom ausgesucht. Seitdem wir abends immer pokern, lesen wir zwar nicht mehr so viel, und wir haben natürlich reichlich Bücher im Haus (dazu noch viele alte auf dem Dachboden), aber es ist trotzdem schade, dass die Bücherei zumacht.

Mrs Hotchkiss erzählte uns, sie und ihr Mann wollten nach Georgia gehen; ihr Mann hätte dort eine Schwester. Jonny fragte, wie sie denn dort hinkommen würden, und sie sagte, zur Not würden sie auch laufen.

»Die Temperatur ist jetzt seit zwei Wochen unter dem Gefrierpunkt«, sagte sie. »Wenn das schon im Oktober so schlimm ist, wird hier keiner von uns den Winter überleben.«

»Wir sollten auch von hier weggehen«, sagte Jonny, als wir auf die Räder stiegen, um nach Hause zu fahren. »Wir sollten nach Kansas gehen und versuchen Dad zu finden.«

»Wir wissen überhaupt nicht, wo Dad ist«, sagte Matt. »Vielleicht ist er in Colorado. Aber vielleicht ist er auch schon wieder zurück in Springfield.«

»Nein«, sagte ich. »Wenn er in den Osten zurückgekommen wäre, hätte er bei uns vorbeigeschaut.«

»Wir wissen trotzdem nicht, wo er ist«, sagte Matt. »Hör zu, Jon. Mom und ich haben lange darüber gesprochen, was wir machen sollen. Es hat keinen Sinn, von hier wegzugehen. Hier haben wir eine Bleibe. Wir haben Brennholz, also werden wir nicht frieren. Und ich glaube kaum, dass wir irgendwo anders etwas zu essen finden.«

»Das wissen wir doch gar nicht«, sagte Jonny. »Vielleicht gibt es ja in Kansas genug zu essen.«

»Dad hat es noch nicht mal geschafft, überhaupt nach Kansas reinzukommen«, sagte ich.

»Dann eben Missouri«, sagte Jonny. »Oder Oklahoma. Ich versteh nicht, warum wir hierbleiben, nur um zu sterben.«

»Wir werden nicht sterben«, sagte Matt.

»Woher willst du das wissen?«, sagte Jonny. »Was ist, wenn der Mond auf uns runterfällt?«

»Dann ist es egal, wo wir sind, dann werden wir sowieso alle sterben«, sagte Matt. »Aber hier sind unsere Überlebenschancen am größten. Das alles passiert doch nicht bloß in Pennsylvania, Jon. Es passiert auf der ganzen Welt. Wir haben ein Dach über dem Kopf. Wir haben den Ofen. Wir haben Wasser. Wir haben zu essen. Was glaubst du, wie lange wir überleben würden, wenn wir mit dem Rad quer durchs Land fahren?«

»Dad hat sich Benzin besorgt«, sagte Jonny. »Wir könnten uns auch Benzin besorgen.«

»Dad hat es auf dem Schwarzmarkt gekauft«, sagte Matt. »Er kannte die richtigen Leute. Und außerdem hat das Benzin nicht gereicht.«

»Schwarzmarkt?«, fragte ich.

Matt sah mich an, als wäre ich ein Baby. »Was glaubst du denn, woher er die ganzen Vorräte hatte?«, sagte er. »Oder meinst du, das hätte alles irgendwo rumgelegen und nur darauf gewartet, mitgenommen zu werden?«

»Weiß Mom das?«, fragte ich.

Matt zuckte die Achseln. »Dad hat es mir erzählt, während wir Bäume gefällt haben«, sagte er. »Ich weiß nicht, worüber er mit Mom gesprochen hat. Wahrscheinlich hat er es ihr nicht gesagt. Manche Dinge will Mom lieber gar nicht wissen. Das weißt du doch.«

Das stimmt, aber mir war nicht klar gewesen, dass Matt das auch wusste.

»Dann kommen wir hier also nicht weg?«, fragte Jonny.

»Ich fürchte, nein«, sagte Matt. »Aber es wird ja auch wieder besser werden. Vielleicht nicht sofort, aber wir werden es schon schaffen.«

Das ist sonst immer Moms Antwort auf alles und jedes: Durchhalten und auf bessere Zeiten warten. Und nur weil sie diesmal von Matt kam, klang sie nicht überzeugender.

Trotzdem hat er sicher Recht damit, dass wir nicht von hier weggehen sollten. Es ist ein bisschen wie in der Zeit vor Kolumbus. Die Leute gehen fort und man hört nie wieder etwas von ihnen. Sie könnten ebenso gut vom Rand der Welt heruntergefallen sein.

Wir haben einander. Solange wir einander haben, kommen wir klar.

6. Oktober

Mom schreibt wieder. Oder jedenfalls tippt sie.

»Ich hatte ganz vergessen, wie anstrengend das ist«, sagte sie. »Vor allem der Buchstabe A. Mein linker kleiner Finger ist einer mechanischen Schreibmaschine einfach nicht gewachsen.«

Es hat schon so lange nicht mehr geregnet, dass ich kaum noch weiß, wie sich das anhört. Und es wird auch immer schwieriger, sich ans Sonnenlicht zu erinnern. Die Tage werden immer kürzer, aber das macht kaum einen Unterschied.

Die Luft wird auch immer schlechter. Je länger man draußen ist, desto schmutziger kommt man wieder rein. Mom macht sich Sorgen, was diese viele Asche mit Matts und Jonnys Lunge anrichtet, trotz der Atemmasken, aber die beiden hacken weiterhin jeden Tag Holz, solange sie können.

Mom und ich schrubben die Wäsche, so kräftig wir können, aber obwohl wir sie sogar drinnen aufhängen, bleibt sie grau. Wir waschen uns jeden Abend, und die Waschlappen werden davon so dreckig, dass wir sie einfach nicht mehr sauber kriegen. Mit den Handtüchern ist es nicht viel besser.

Matt sagt, wenn die Luft schmutziger wird, dann hat das wahrscheinlich zu bedeuten, dass immer noch mehr Vulkane ausbrechen, aber wir haben keine Möglichkeit, das herauszufinden. Das Postamt hat zwar noch geöffnet, aber es kommt immer weniger Post, und wenn dann endlich welche eintrifft, ist sie mehrere Wochen oder Monate alt. Im September könnte alles Mögliche passiert sein, ohne dass wir davon erfahren hätten.

Ein Gutes hat die viele Asche: Der Mond ist jetzt komplett verdeckt. Vorher konnte man ihn immer noch erkennen, vor allem in windigen Nächten. Aber jetzt ist er völlig verschwunden. Ich bin froh, dass ich ihn nicht mehr sehen muss. Dann kann ich so tun, als wäre er gar nicht mehr da, und wenn er nicht mehr da ist, wird vielleicht alles wieder normal.

Okay, das ist Quatsch, ich weiß. Aber ich bin trotzdem froh, dass ich den Mond nicht mehr sehen muss.

10. Oktober

Kolumbus-Tag.

Ich habe Mom gebeten, mir anlässlich des Feiertags die Haare kurz zu schneiden, so kurz, wie ich ihre geschnitten habe. Ihr Haar ist bis jetzt kaum nachgewachsen, aber ich habe mich dran gewöhnt, und außerdem hasse ich es inzwischen, mir die Haare zu waschen. Sie werden nie richtig sauber und sind ganz strähnig und eklig. Ich dachte, kurz wäre vielleicht besser.

Also hat mir Mom die Haare gestutzt. Als sie fertig war, habe ich in den Spiegel geschaut und wäre fast in Tränen ausgebrochen.

Aber ich habe mich zusammengerissen. Und Mom hat mich umarmt und geküsst und gesagt, ich sähe richtig gut aus mit den kurzen Haaren.

»Ein Glück, dass alle Bars geschlossen sind«, sagte sie. »Du würdest glatt für einundzwanzig durchgehen.«

Ich habe sie wirklich sehr lieb. Wenigstens streiten wir uns nicht mehr.

Als Matt und Jonny reinkamen, machten sie ein ziemlich erschrockenes Gesicht. Aber dann sagte Matt, ich sähe klasse aus, und fragte Mom, ob sie ihm auch die Haare schneiden würde. Schließlich hat sie uns allen die Haare geschnitten.

Wir haben die Haare in den Ofen geworfen und zugesehen, wie sie zischend verbrannten.

13. Oktober

Heute Morgen hatten wir minus 19 Grad.

Mom und Matt hatten einen großen Streit. Matt meinte, wir müssten langsam mal anfangen, mit unserem restlichen Öl zu heizen. Aber Mom wollte damit noch mindestens bis November warten. Matt hat sich durchgesetzt. Er meinte, die Rohre würden sonst einfrieren und wir müssten das Brunnenwasser nutzen, solange wir es noch können.

Jonny und er brachten Moms Matratze vom Wintergarten in die Küche. Dann gingen sie nach oben und holten alle unsere Matratzen runter.

Ich ging nach oben, verschloss die Heizungsklappen und machte die Türen zu.

»Im Frühjahr können wir unsere Zimmer wieder benutzen«, sagte Mom. »Es ist ja nicht für immer.«

Fürs Erste schlafen Mom und ich in der Küche und Matt und Jonny im Wohnzimmer. Mom und ich sind dabei besser dran, denn die Küche kriegt ein bisschen Wärme vom Ofen im Wintergarten. Außerdem haben wir mehr Platz. Matt, Jonny und ich haben die ganzen Möbel im Wohnzimmer zusammengeschoben, damit die zwei Matratzen hinpassen, aber ansonsten kann man in dem Zimmer kaum noch treten. Wenn das Heizöl verbraucht ist, ziehen wir alle in den Wintergarten.

Ich sage mir immer wieder, dass es in meinem Zimmer sowieso nicht mehr gemütlich gewesen ist. Eiskalt war es da drin, so kalt, dass ich manchmal bibbernd im Bett gelegen habe und nicht einschlafen konnte. Aber es war der einzige Ort, der mir ganz allein gehörte. Dort hatte ich meine Kerzen, meine Taschenlampe, und keiner hat mir gesagt, wann ich sie ausmachen soll. Ich konnte dort lesen oder schreiben oder mir vorstellen, ganz woanders zu sein.

Aber nicht mehr zu frieren ist wahrscheinlich besser.

Ich würde gern weinen, aber ich habe das Gefühl, als gäbe es jetzt keinen Ort mehr, an dem ich das tun kann.

14. Oktober

Matt fährt immer noch jeden Freitag zur Post, um nachzusehen, ob es irgendwas Neues gibt. Als er zurückkam, waren Mom und ich gerade dabei, im Spülbecken in der Küche Wäsche zu waschen. Er machte mir ein Zeichen und ich folgte ihm in die Speisekammer.

»Schlechte Nachrichten«, sagte er. »Megan steht auf der Totenliste.«

Das gibt es jetzt nämlich auch bei uns, eine Totenliste. Wenn man weiß, dass jemand gestorben ist, schreibt man den Namen auf die Liste.

Ich habe nichts gesagt, wahrscheinlich weil Matt gleich weitergeredet hat. »Ihre Mutter steht auch mit drauf.«

»Was?«, fragte ich. »Warum?«

»Ich kann dir nur sagen, was ich weiß«, sagte er. »Sie standen beide auf der Liste. Letzte Woche habe ich ihre Namen noch nicht gesehen, aber du weißt ja, wie das mit der Liste ist.«

»Megan ist tot«, sagte ich. Irgendwie klang das total absurd. Megan ist tot. Die Welt liegt im Sterben. Megan ist tot.

»Ich habe mich im Postamt erkundigt, aber es waren kaum Leute da, und keiner wusste etwas«, sagte Matt. »Es sterben jetzt so viele. Da ist es schwierig, den Überblick zu behalten.«

»Megan wollte sterben«, sagte ich. »Aber ich glaube nicht, dass ihre Mutter das auch wollte.«

»Das kann man sich ja nicht unbedingt aussuchen«, sagte Matt. »Ich fand jedenfalls, du solltest es wissen.«

Ob meine Tränen grau sind, wenn ich jetzt weine?

15. Oktober

Heute Morgen beim Aufstehen fiel mir ein, dass Reverend Marshall eigentlich wissen müsste, was mit Megan und ihrer Mutter passiert ist. Ich habe Mom gesagt, wo ich hinwollte, und sie fragte mich, ob Matt nicht lieber mitkommen solle. Ich sagte, ich käme schon klar. In Wirklichkeit war es mir völlig egal, ob ich klarkommen würde oder nicht. Was macht das schon noch für einen Unterschied?

Ich brauchte eine halbe Stunde bis zur Kirche von Reverend Marshall, und als ich dort ankam, kriegte ich kaum noch Luft. Keine Ahnung, wie Matt und Jonny es immer so lange draußen aushalten. Ich fühlte mich wie ein Eiszapfen und war froh, als ich feststellte, dass die Kirche geheizt wurde.

Drinnen saßen ein paar Leute und beteten. Seit die Bücherei geschlossen ist, habe ich niemanden mehr getroffen, der nicht zur Familie gehört. Es war merkwürdig, andere Leute zu sehen – die meisten von ihnen waren kaum mehr als Skelette. Ich musste mir erst in Erinnerung rufen, wie man Fremde anspricht, wie man etwas fragt, wie man sich bedankt. Aber es funktionierte, und ich bekam die Auskunft, Reverend Marshall sei in seinem Büro. Ich klopfte an die Bürotür und trat ein.

»Ich komme wegen Megan Wayne«, sagte ich. »Ich war ihre beste Freundin.«

»Ihre beste Freundin auf Erden«, erwiderte Reverend Marshall.

Ich hatte nicht die Energie, mit ihm über theologische Fragen zu diskutieren, deshalb nickte ich bloß. »Sie ist tot«, sagte ich, als wüsste er das nicht längst. »Und ihre Mutter auch. Ich dachte, Sie könnten mir vielleicht erzählen, was passiert ist.«

»Gott hat sie zu sich genommen«, sagte er. »Ich bete für ihre Seelen.«

»Megans Seele geht es prima«, sagte ich. »Und der Seele ihrer Mutter auch. Wie genau hat Gott sie denn zu sich genommen?«

Reverend Marshall betrachtete mich wie eine Mücke, die er gern erschlagen hätte. »Es steht uns nicht zu, Gottes Ratschlüsse in Frage zu stellen«, sagte er.

»Ich stelle nichts *in Frage*, ich stelle einfach nur *eine Frage*«, sagte ich. »Was ist passiert?«

»Gott hat den Zeitpunkt von Megans Tod gewählt«, sagte er. »Was die irdische Ursache war, werden wir niemals erfahren. Ihre Mutter hat mich eines Morgens zu sich bestellt, und wir haben an Megans sterblicher Hülle gebetet. Sie bat mich, Megan bei ihnen im Garten zu begraben, aber der Boden war gefroren, und ich schaffte es nicht allein. Ich ging zur Kirche, um Hilfe zu holen, und als wir zurückkamen, sahen wir, dass Mrs Wayne sich erhängt hatte.«

»Oh Gott«, sagte ich.

»Vielleicht hat sie gehofft, zusammen mit ihrer Tochter beerdigt zu werden«, sagte Reverend Marshall. »Aber wir durften ihren unreinen Körper natürlich nicht berühren. Wir haben Megan hier auf dem Friedhof beerdigt, falls du dich von ihr verabschieden möchtest.«

Ich hatte mich schon vor langer Zeit von Megan verabschiedet und konnte die Gegenwart dieses Typen keine Sekunde länger ertragen. Ich sagte Nein und wandte mich zum Gehen. Aber plötzlich wurde mir klar, was mich schon die ganze Zeit irritiert hatte. Ich drehte mich wieder um und starrte ihn an.

Reverend Marshall war nie übergewichtig gewesen, und das war er auch jetzt nicht. Aber er hatte auch nicht abgenommen.

»Sie haben zu essen«, sagte ich. »Ihre Gemeinde hungert und Sie haben zu essen. Haben Sie sie dazu gebracht, zu Ihren Gunsten aufs Essen zu verzichten?«

»Meine Gemeinde bringt mir freiwillig zu essen«, sagte er. »Ich nehme nur an, was sie mir aus freien Stücken geben.«

»Sie sind ein Scheusal«, sagte ich, und ich weiß nicht, wer von uns beiden überraschter war, dass ich dieses Wort überhaupt kannte. »Ich glaube nicht an die Hölle, daher kann ich mir nicht wünschen, dass Sie dort hinkommen. Aber ich hoffe, dass Sie der letzte Mensch auf Erden sein werden. Ich hoffe, dass alle anderen auf der Welt vor Ihnen sterben und Sie hier gesund und wohlgenährt und ganz allein übrig bleiben. Dann werden Sie vielleicht verstehen, wie Mrs Wayne sich gefühlt hat. Dann werden Sie vielleicht merken, wer hier ›unrein‹ ist.«

»Ich werde für dich beten«, sagte er. »Das wäre sicher auch Megans Wunsch gewesen.«

»Nicht nötig«, sagte ich. »Von Ihrem Gott nehme ich sowieso keine Gefälligkeiten an.«

Offenbar hatten die Leute in der Kirche uns gehört, denn es kamen zwei Männer herein und führten mich weg. Ich leistete keinen Widerstand. Ich wollte sowieso so schnell wie möglich da raus.

Ich fuhr mit dem Rad zu Megans Haus. Die Haustür stand sperrangelweit offen. Drinnen war es so kalt, dass ich meinen Atem sehen konnte.

Ich hatte Angst, dass ich Megans Mutter dort finden würde, aber ihre Leiche war verschwunden. Das Haus war geplündert worden, aber das hatte ich nicht anders erwartet. Sobald irgendwo ein Haus leer steht, kommen die Leute und nehmen alles mit, was sie irgendwie gebrauchen können.

Ich ging rauf in Megans Zimmer. Ihr Bett stand noch da, und ich setzte mich darauf und dachte daran, wie sie gewesen war, als wir damals Freunde geworden waren. Ich dachte an unsere Streitereien zurück, an Kinobesuche und dieses Physik-Projekt, das wir in der siebten Klasse zusammen gemacht hatten. Ich dachte an Becky – wie Megan, Sammi und ich sie besucht haben und wie viel wir dabei gelacht haben, obwohl Becky so krank war und wir solche Angst hatten. Ich saß auf Megans Bett, bis ich es nicht mehr aushielt.

Als ich nach Hause kam, ging ich direkt in die Speisekammer und machte die Tür hinter mir zu. Mom schien nicht mehr zu befürchten, ich könnte an die Vorräte gehen, denn sie ließ mich in Ruhe, bis sie die Dosen für das Abendessen rausholen musste.

Beim Essen wurde mir schlecht. Aber ich aß trotzdem weiter. Der Hungertod war Megans Ausweg, nicht meiner.

Ich werde weiterleben. Wir werden weiterleben. Ich will nicht, dass Mom das Gleiche durchmachen muss wie Mrs Wayne. Mein Dasein ist das einzige Geschenk, das ich ihr noch machen kann, etwas anderes habe ich nicht.

18. Oktober

Letzte Nacht habe ich von Megan geträumt.

Ich kam morgens in ein Klassenzimmer und stellte fest, dass es mein Klassenzimmer aus der Siebten war. Megan war dort, und sie sprach mit Becky.

Jetzt verstand ich überhaupt nichts mehr. »Ist das hier der Himmel?«, fragte ich. Ich hatte die Siebte gehasst und allein der Gedanke, dies könnte der Himmel sein, brachte mich aus der Fassung.

Megan lachte. »Das hier ist die Hölle«, sagte sie. »Kannst du das denn immer noch nicht auseinanderhalten?«

In diesem Moment wachte ich auf. Es ist komisch, mit Mom in der Küche zu schlafen. Ich habe das Gefühl, sie weiß, was ich träume, als hätte ich nicht mal mehr meine Gedanken für mich allein.

Aber sie hat ruhig weitergeschlafen. Wahrscheinlich hat sie ihre eigenen Träume.

21. Oktober

Matt kam heute von der Post nach Hause und sagte, wenn sich keine Freiwilligen fänden, müsste sie geschlossen werden. Deshalb hat er sich freiwillig gemeldet, freitags dort zu arbeiten.

»Wozu?«, fragte Jon. »Wir werden doch sowieso nichts von Dad hören.«

»Woher willst du das wissen?«, fragte Mom. »Ich finde das eine gute Idee. Wir sollten alle aktiver werden. Das ganze Rumsitzen und Nichtstun ist nicht gut für uns. Wir sollten rausgehen, uns um andere Menschen kümmern. Unser Leben braucht einen Sinn.«

Ich verdrehte die Augen. Ich sammle Kleinholz, besuche Mrs Nesbitt, wasche unsere Wäsche und mache Hortons Katzenklo sauber. Das ist nun mal mein Leben. Mit Mrs Nesbitt in ihrer Küche zu sitzen, ohne ein Wort zu sagen, ist für mich der Höhepunkt des Tages.

»Schon gut«, sagte Mom. »Sag jetzt lieber nichts.«

»Wer, ich?«, fragten Jon und ich gleichzeitig, was wir ziemlich komisch fanden.

»Ich weiß, das hier ist kein Spaß, für keinen von uns«, sagte Mom. »Ich bin froh, dass du im Postamt arbeiten willst, Matt. Und ihr beide, Jonny und Miranda, ihr könnt von mir aus machen, was ihr wollt. Mir ist inzwischen alles egal.«

Einerseits fände ich es gar nicht schlecht, wenn sie das wirklich ernst meinen würde. Aber andererseits macht mir der Gedanke auch schreckliche Angst.

24. Oktober

Heute Morgen hatten wir acht Grad unter null, was heutzutage fast schon einer Hitzewelle entspricht. Wenn man ganz genau hinschaute, konnte man am Himmel fast die Sonne erahnen.

»Altweibersommer«, sagte Mom, als das Thermometer auf minus ein Grad anstieg. »Nein, ganz im Ernst. Ich wette, wenn die Schicht aus Asche nicht so dick wäre, hätten wir einen Altweibersommer.«

Wir haben den Thermostat auf zehn Grad eingestellt, bei uns ist es also immer kalt. Ich hätte nie gedacht, dass ich noch mal minus ein Grad erleben würde.

»Ich gehe eislaufen«, sagte ich zu Mom. »Der Teich ist schon seit einem Monat zugefroren. Sind deine Schlittschuhe noch oben im Schrank?«

»Ich glaube schon«, sagte sie. »Sei vorsichtig, Miranda. Pass auf, dass du nicht einbrichst.«

»Mach ich«, sagte ich, aber ich war so aufgeregt, dass ich kaum zuhörte. Mom und ich haben fast dieselbe Schuhgröße, deshalb würden mir ihre Schlittschuhe halbwegs passen. Ich lief nach oben und fand sie sofort. Ich hatte ganz vergessen, wie schön Schlittschuhe aussehen.

Seit ich nicht mehr schwimmen gehe, bin ich nicht mehr an Miller's Pond gewesen. Ich treibe mich viel in dem Waldstück hinter unserem Haus herum, aber eine längere Strecke durch den Wald bin ich seit Monaten nicht mehr gelaufen. Der Pfad war mit Laub bedeckt, doch ich hatte keine Schwierigkeiten, ihm zu folgen.

Das Merkwürdigste auf meinem Weg aber war die Stille um mich herum. Eigentlich bin ich Stille inzwischen gewohnt. Kein Fernsehen, kein Computer, keine Autos, kein Lärm. Aber heute ist mir zum ersten Mal aufgefallen, dass auch der Wald ganz still ist. Keine Vögel. Keine Insekten. Keine Eichhörnchen, die im Gebüsch rascheln. Keine Tiere, die weghuschen, wenn sie meine Schritte im trockenen Laub hören. Ich nehme an, die Tiere haben sich alle aus dem Staub gemacht. Hoffentlich hat man sie nach Kansas reingelassen.

Aus einiger Entfernung sah ich, dass schon jemand auf dem Teich war und Schlittschuh lief. Ich bekam plötzlich Herzklopfen. Einen vollkommen lächerlichen Augenblick lang dachte ich, es wäre Dan.

Aber als ich näher kam, sah ich, dass er richtig gut lief, wer auch immer es war. Ich blieb einen Moment lang stehen und beobachtete, wie er mehrere Doppelaxel sprang.

Mein erster Impuls war, einfach wieder umzukehren. Aber ich war zu neugierig, und die restlichen Meter bis zum Teich rannte ich fast, um zu sehen, ob es tatsächlich Brandon Erlich war.

Er war es. »Du bist ja noch am Leben«, sagte ich, als er sich zu meinem Applaus verbeugte.

»Ich vielleicht schon, aber mein vierfacher Axel ganz bestimmt nicht mehr«, sagte er.

»Wir dachten, du wärst tot«, sagte ich. »Ich meine, deine Fans. Du hast doch in Kalifornien trainiert, und wir haben überhaupt nichts mehr von dir gehört.«

»Ich war auf Tournee«, sagte er. »Wir waren in Indianapolis, uns ist nichts passiert. Aber es hat ziemlich lange gedauert, meine Eltern zu benachrichtigen, und noch länger, wieder hierher zurückzukommen. Ich bin jetzt schon seit ein paar Monaten wieder da. Bist du auch Eiskunstläuferin?«

Ich sah verlegen auf Moms Schuhe hinunter. »Früher mal«, sagte ich. »Ich habe Unterricht bei Mrs Daley gehabt.«

»Wirklich?«, fragte er. »Das war meine erste Trainerin.«

»Ich weiß«, sagte ich. »Manchmal hat sie uns von dir erzählt. Wir haben dir alle ganz doll die Daumen gedrückt. Ich wette, du hättest bei den Olympischen Spielen eine Medaille gewonnen.«

Brandon grinste. »Meine Mutter glaubt immer noch daran«, sagte er. »Als könnte bis Februar plötzlich wieder alles in Ordnung sein. Warst du denn gut? Hast du an Wettkämpfen teilgenommen?«

»Ein paar Mal«, sagte ich. »Auf mittlerem Niveau. Ich konnte die meisten Doppelsprünge und habe gerade an meinem dreifachen Toeloop gearbeitet, als ich mir den Knöchel gebrochen habe. Und das nicht mal beim Eislaufen. Es war einfach nur ein dummer Unfall. Danach habe ich mit Schwimmen angefangen.«

»Schwimmen«, sagte Brandon. »Das ist doch fast schon eine vergessene Kunst. Zieh deine Schlittschuhe an. Ich möchte mal sehen, was du kannst.«

»Sie gehören meiner Mutter«, sagte ich. »Ich habe jahrelang nicht mehr auf dem Eis gestanden.« Es war ein komisches Gefühl, mir die Schlittschuhe zuzuschnüren, während Brandon dabei zusah.

»Versuch erst mal keine Sprünge«, sagte er. »Zieh bloß ein paar Bahnen. Ich will deine Kufentechnik sehen.«

Also lief ich los, und er lief neben mir her. Zuerst war ich noch ein bisschen wacklig, aber dann bekam ich meine Füße unter Kontrolle und es ging alles wieder fast wie von selbst.

»Nicht schlecht«, sagte er. »Mrs Daley war sicher nicht erfreut, als du aufgehört hast.«

Ich hatte vergessen, wie wundervoll es sich anfühlt, über das Eis zu gleiten. Am liebsten wäre ich ewig so weitergelaufen. Aber schon nach ein paar Minuten war ich völlig aus der Puste.

»Das liegt an der schlechten Luft«, sagte Brandon. »Ich bin jetzt schon seit ein paar Wochen dabei und habe ein bisschen Widerstandskraft aufgebaut. Mach heute nicht zu viel. Gib deiner Lunge eine Chance, sich anzupassen.«

»Ist bei deinen Eltern alles in Ordnung?«, fragte ich, als ich wieder zu Atem gekommen war. »Unsere Mütter kennen sich. Habt ihr genug zu essen?«

»Wer hat das schon?«, meinte Brandon. »Wir sind noch nicht verhungert, also geht es uns wohl einigermaßen gut.« Er fuhr einen großen Bogen, um Geschwindigkeit aufzunehmen, und legte eine Waagepirouette hin. Brandons Waage war früher immer die schönste der ganzen Welt gewesen. »Na los«, sagte er. »Wie war dein Flieger? Zu Mrs Daleys Zufriedenheit?«

»Nein«, gab ich zu. »Das freie Bein war ihr nie hoch genug.«

»Dann ist es ja gut, dass sie nicht zuschaut«, sagte er. »Na los, mach mal einen Flieger.«

Er ging völlig daneben. »Frag mich ja nicht nach meiner Himmelspirouette«, sagte ich. »Ich bin völlig aus der Form.«

»Na ja, Übergewicht hast du jedenfalls nicht«, sagte er. »Mit ein bisschen Training kriegst du das bald wieder hin. Wir machen einfach unsere eigene Olympiade. Du kannst Gold, Silber und Bronze auf einmal gewinnen.«

Er reichte mir die Hand und wir liefen gemeinsam. Kein Geräusch war zu hören, außer dem Schaben unserer Kufen (na ja, hauptsächlich meiner) auf dem Eis. Ich wusste, dass er meinetwegen langsamer lief als sonst. Und ich wusste auch, dass ich ihn davon abhielt, Sprünge, Pirouetten und Fußtechnik zu trainieren. Und ich wusste, dass die Welt tatsächlich untergegangen sein musste, denn ich lief mit Brandon Erlich über das Eis, genau wie in meinen Träumen.

Es war absolut himmlisch, bis ich anfing zu husten.

»Das reicht für heute«, sagte er. »Hast du Lust, mir ein bisschen zuzugucken? Mir fehlt das Publikum.«

Also stellte ich mich an den Rand und sah zu, wie Brandon Fußtechnik und Pirouetten übte.

Nach einer Weile fing auch er an zu husten und kam zu mir an den Rand. »Ganz schön kalt, wenn man hier herumsteht«, sagte er. »Kälter als in der Eislaufhalle.«

»Und dunkler«, sagte ich.

Er nickte. »Dann warst du also ein Fan von mir?«, sagte er. »Weil ich aus der Gegend bin oder weil du mich wirklich für einen guten Eiskunstläufer gehalten hast?«

»Beides«, sagte ich. »Mrs Daley hat uns ständig von dir erzählt. Ich finde es toll, wie du läufst. Deine Haltung, deine Bewegungen, nicht nur deine Sprünge. Ich habe wirklich geglaubt, dass du bei den Olympischen Spielen eine Medaille gewinnst.«

»Ich hatte zwar keine großen Chancen«, sagte er, »aber ich hatte mir tatsächlich Gold vorgenommen.«

»Weißt du, wie es Mrs Daley geht?«, fragte ich. »Ich habe sie nicht mehr gesehen, seit all das passiert ist.«

»Sie und ihr Mann sind im August weggegangen«, sagte Brandon. »Sie haben eine Tochter in Texas.«

»Was ist mit all den anderen Eiskunstläufern?«, fragte ich. »Weißt du etwas über sie?«

Er schüttelte den Kopf. »Die, die mit mir getourt sind, waren alle wohlauf, als wir auseinandergegangen sind. Sie wollten so schnell wie möglich nach Hause. Ich hatte es nicht ganz so eilig, aber ich wusste auch nicht, wo ich sonst hingehen sollte, also bin ich zurückgekommen. Mein Vater hat geweint, als er mich sah. Meine Mutter weint sowieso immer, aber meinen Vater hatte ich noch nie weinen sehen. Das will schon einiges heißen.«

»Ich habe aufgehört zu weinen«, sagte ich. »Als meine beste Freundin gestorben ist, war ich nur noch wütend.«

»Komm«, sagte er. »Wir laufen noch ein bisschen.«

Und das taten wir. Nichts Besonderes, nur ein paar Runden, ein

Dreier und ein verpatzter Ina Bauer. Als wir aufhörten, war ich nicht mehr wütend.

»Kommst du morgen wieder her?«, fragte er. »Ich wusste schon gar nicht mehr, wie viel Spaß es macht, zu zweit zu laufen.«

»Ich versuch's«, sagte ich, während ich mir die Schlittschuhe aufschnürte und meine anderen Schuhe wieder anzog. »Danke.«

»Ich danke *dir*«, sagte er. Er ging zurück aufs Eis und als ich ihn verließ, zog er schon wieder seine Bogen auf dem Teich, wunderschön und einsam.

FÜNFZEHN

26. Oktober

Gestern Morgen ist Mom über ihre Schuhe gestolpert, neben ihrer Matratze. Sie ist in einem komischen Winkel gestürzt und hat sich wieder den Knöchel verletzt.

Also wickelte sie wieder die elastische Binde drum und sagte, diesmal werde sie sich nicht in Watte packen lassen; wenn sie jetzt für den Rest ihres Lebens humpeln müsste, dann sei das eben so. Dabei konnte sie nicht mal alleine stehen.

Sie sagte Matt, sie wolle in der Küche bleiben. Es gebe keinen Grund, sie wieder in den Wintergarten umzusiedeln und nur ihretwegen den Ofen anzuzünden, aber er bestand darauf. Weil die Rohre einfrieren würden, wenn wir die Ölheizung abstellen (heute Nachmittag hatten wir minus elf Grad, der Altweibersommer war wohl eher kurz dieses Jahr), haben Mom und er beschlossen, dass wir anderen bleiben, wo wir sind.

Eigentlich ist mir das ganz recht. Ich wäre nicht scharf darauf gewesen, die Wäsche zu waschen, während Mom in der Küche auf ihrer Matratze liegt. Es ist auch so schon eng genug, selbst wenn sie im Nebenzimmer ist. Und sollte ich trotzdem aus Versehen auf eine Matratze treten, muss ich wenigstens nicht befürchten, Mom dabei wehzutun.

Mehr Hausarbeit als vorher muss ich auch nicht erledigen. Mom hat das Fegen und Staubwischen aufgegeben, als wir alle nach unten gezogen sind. Das Esszimmer ist sowieso ein hoffnungsloser Fall, und im Wohnzimmer wollte sie nicht ständig über die beiden Matratzen klettern, um irgendetwas sauber zu machen.

Das einzige Problem ist, dass ich dafür zuständig bin, das Feuer im Ofen in Gang zu halten. Es ist die einzige Wärmequelle im Wintergarten, darum muss es die ganze Nacht hindurch brennen.

Andererseits wache ich sowieso häufig auf. Ich muss einfach jedes Mal ein, zwei Scheite aufs Feuer legen. Mom hat mir zwar versprochen, nach mir zu rufen, wenn sie aufwacht und ihr kalt ist, aber ich weiß nicht, ob sie das wirklich tun würde.

Matt sagt, er würde nachts auch öfter mal aufwachen und könnte dann für mich nach dem Feuer sehen, aber dazu müsste er durch die Küche gehen und würde mich wahrscheinlich sowieso wecken.

Das Sinnvollste wäre, wenn ich auch im Wintergarten schliefe, aber der Gedanke, wenigstens ab und zu ein bisschen allein zu sein, ist einfach zu verlockend.

Mom und ich haben uns mit den Besuchen bei Mrs Nesbitt in letzter Zeit abgewechselt, so dass ich jetzt einfach wieder ihre Schicht mit übernehmen werde. Und sei es auch nur, um mal aus dem Haus zu kommen. Mit dem Eislaufen ist es allerdings vorbei. Ich kann Mom auf keinen Fall allein lassen, nur um Schlittschuh laufen zu gehen. Ist aber nicht so schlimm. Ich könnte sowieso kaum noch sagen, ob das alles wirklich passiert ist oder ich es mir nur ausgedacht habe. Dass ich mit Brandon Erlich eislaufen war. Dass wir miteinander gesprochen haben. Dass er total nett war.

Ich hab mir schon verrückteres Zeug ausgedacht.

Wahrscheinlich hat er mich sowieso nur aus Höflichkeit gefragt, ob ich wiederkomme. Wahrscheinlich läuft er viel lieber allein, als sich irgendeine lahme Ente aus seinem Fanclub ans Bein zu binden.

Mom war ganz unglücklich, weil ich jetzt nicht mehr eislaufen gehen kann. Sie meinte, sie käme schon zurecht, aber ich kann sie in ihrem Zustand auf keinen Fall allein lassen.

»Ich warte, bis es dir wieder besser geht«, sagte ich zu ihr. »So bald wird das Eis ja nicht tauen.«

»Da könntest du Recht haben, fürchte ich«, sagte sie. »Aber es tut mir wirklich leid für dich. Jetzt hast du endlich etwas gefunden, das dir Spaß macht, und da muss ich dir wieder alles verderben.«

Ich dachte schon, sie würde anfangen zu weinen, aber dann tat sie es doch nicht.

Ich glaube, keiner von uns wird je wieder weinen.

28. Oktober

Peter kam unerwartet vorbei (na ja, heutzutage ist jeder Besuch unerwartet, ich meinte eigentlich nur, dass wir ihn nicht gerufen haben), um sich Moms Knöchel anzusehen. Er bestätigte, dass der Knöchel nicht gebrochen war, aber die Verstauchung sei schlimmer als beim letzten Mal und Mom müsse auf jeden Fall zwei Wochen liegen, vielleicht auch länger.

Außerdem hielt er es für möglich, dass Mom sich einen Zeh gebrochen hat, aber er meinte, daran könne man sowieso nichts ändern, wozu sich also Sorgen machen. So was ausgerechnet von Peter zu hören war schon ziemlich lustig.

Nachts kriege ich jetzt nicht mehr allzu viel Schlaf am Stück, weil ich regelmäßig nach dem Feuer sehen muss, und so mache ich jetzt auch tagsüber ein Nickerchen, wann immer es passt. Ich schlafe zwei, drei Stunden, tue, was getan werden muss, und lege mich wieder hin. Die beste Zeit zum Schlafen wäre eigentlich der frühe Abend, wenn Matt und Jon nach Hause kommen und sich ums Feuer kümmern können, doch das ist leider auch die Zeit, zu der ich am liebsten wach bin. Manchmal nicke ich aber trotzdem ein.

Es macht Mom ganz verrückt, dass sie überhaupt nichts tun kann, aber daran können wir nun mal nichts ändern.

Ach ja, außerdem habe ich noch einen tollen neuen Job. Mom schafft es nicht bis zum Klo, und Matt hat auf dem Dachboden eine Bettpfanne entdeckt, die ich jetzt sauber machen darf. Ab und zu drohe ich ihr an, sie mit Katzenstreu zu füllen.

Schon komisch, aber als Mom sich vor ein paar Wochen den Knöchel verstaucht hatte, war das für alle kein Problem. Es war sogar eine schöne Zeit. Seitdem hat sich eigentlich nicht viel geändert, und trotzdem ist es diesmal alles andere als eine schöne Zeit.

29. Oktober

Ich habe Mrs Nesbitt von Peters Besuch erzählt. Ich habe nichts ausgelassen, auch nicht Peters Bemerkung, dass Mom selbst dann noch nicht rausdarf, wenn sie wieder auftreten kann.

»Sie werden sich also wohl eine Weile mit mir zufriedengeben müssen«, sagte ich.

Aber Mrs Nesbitt überraschte mich. »Gut«, sagte sie. »Das ist auch besser so.«

Es war mir schon nicht gerade leichtgefallen, Mrs Nesbitt von Moms Knöchel zu erzählen. Aber noch viel schwerer fiel es mir, sie zu fragen, was daran besser sein sollte.

»Ich möchte nicht, dass deine Mutter mich findet, wenn ich tot bin«, sagte Mrs Nesbitt. »Für dich wird das sicher auch nicht lustig, aber du bist jünger und du hängst nicht so an mir.«

»Mrs Nesbitt!«, sagte ich.

Sie warf mir einen dieser Blicke zu, die ich als Kind immer gefürchtet habe. »Das ist jetzt wirklich nicht der Zeitpunkt für

Schönfärberei«, sagte sie. »Vielleicht bin ich morgen schon tot. Wir sollten ehrlich zueinander sein, statt um den heißen Brei herumzureden.«

»Ich möchte nicht, dass Sie sterben«, sagte ich.

»Freut mich zu hören«, sagte sie. »Aber für den Fall, dass ich doch sterbe und du mich findest, gibt es noch ein paar wichtige Dinge zu klären. Erstens könnt ihr mit meiner Leiche machen, was ihr wollt. Was immer für euch am einfachsten ist. Nachdem Peter bei euch war, hat er kurz bei mir vorbeigeschaut und mir erzählt, dass hier in der Gegend jeden Tag mindestens ein Dutzend Leute sterben. Ich bin nicht besser als die meisten von ihnen, und wahrscheinlich um einiges schlechter als manche. Peter sagt, das Krankenhaus nimmt noch immer Leichen an, und wenn das für euch in Ordnung ist, dann soll es mir recht sein. Ich war noch nie ein Freund von Erdbestattungen, Einäscherung war mir immer schon lieber. Die Asche meines Mannes haben wir irgendwo über dem Atlantik verstreut, also werden wir sowieso niemals Seite an Seite auf einem Friedhof liegen.«

»In Ordnung«, sagte ich. »Wenn ich Ihre Leiche finde, sage ich Matt Bescheid, und er bringt Sie ins Krankenhaus.«

»Gut«, sagte sie. »Und wenn ich dann nicht mehr da bin, durchsucht ihr das ganze Haus und nehmt alles mit, was ihr irgendwie gebrauchen könnt. Für meine Erben müsst ihr nichts übrig lassen. Ich habe seit Mai nichts mehr von meinem Sohn und seiner Familie gehört, deshalb gehe ich davon aus, dass sie meine Sachen nicht mehr brauchen. Sollte doch irgendwann einer von ihnen bei euch vor der Tür stehen und solltet ihr dann noch etwas von meinen Sachen haben, gebt ihr es eben wieder zurück. Macht euch darüber keine Gedanken. Durchsucht das ganze Haus, vom Keller bis zum Dachboden. In meinem Auto ist noch ein bisschen Benzin, da könnt ihr alles reinladen und zu euch rüberfahren. Haltet euch bloß nicht zurück. Ich werde nichts mehr brauchen, und je mehr ihr habt, desto besser stehen eure Chancen. Ihr habt einen langen und grausamen Winter vor euch, und ich wäre wirklich stinksauer, wenn ihr etwas hierlasst, das euch helfen könnte, ihn zu überstehen.«

»Vielen Dank«, sagte ich.

»Wenn ich tot bin, könnt ihr mich in ein Laken wickeln«, sagte sie. »Verschwendet keine Decke dafür. Und wenn tatsächlich jemand aus meiner Familie zurückkommen sollte, möchte ich trotzdem, dass deine Mutter meinen Diamantanhänger bekommt und du meine Rubinbrosche. Diese Dinge möchte ich euch schenken, dass du mir das nicht vergisst. Matt soll das Bild mit den Segelbooten bekommen, weil er das immer so schön fand, als er klein war, und Jonny kriegt das Landschaftsbild im Esszimmer. Ich weiß nicht, ob es ihm gefällt, aber ihm steht auch etwas zu und es ist ein schönes Stück. Für meine Möbel habt ihr wahrscheinlich keine Verwendung, aber vielleicht wollt ihr sie ja als Brennholz benutzen.«

»Das sind Antiquitäten«, sagte ich. »Die können wir doch nicht verbrennen.«

»Apropos Verbrennen, ich habe alle meine Briefe und Tagebücher verbrannt«, sagte sie. »Es stand zwar nicht *ein* interessantes Wort darin, aber ich wollte euch nicht in Versuchung bringen. Nur die Fotoalben habe ich aufbewahrt. Vielleicht macht es deiner Mutter Spaß, sie durchzublättern und alte Aufnahmen von ihrer Familie zu entdecken. Hast du dir alles gemerkt?«

Ich nickte.

»Gut«, sagte sie. »Und warte lieber bis nach meinem Tod, bevor du deiner Mutter von alldem erzählst. Sie hat so schon genug Sorgen. Aber wenn es dann so weit ist, sag ihr, dass ich sie geliebt habe wie eine Tochter, und euch alle wie meine Enkelkinder. Sag ihr, dass ich froh darüber bin, dass sie mich am Ende nicht mehr gesehen hat, und dass sie kein schlechtes Gewissen haben muss, weil sie sich nicht mehr verabschieden konnte.«

»Wir haben Sie auch sehr lieb«, sagte ich. »Wir haben Sie alle sehr lieb.«

»Das will ich hoffen«, sagte sie. »Aber sag mal, hast du in letzter Zeit eigentlich mal was für die Schule getan?«

Hatte ich natürlich nicht, aber da sie einfach nur das Thema wechseln wollte, ging ich darauf ein.

Als ich nach Hause kam, legte ich Holz im Ofen nach und rollte mich für ein Nickerchen zusammen. Ich wollte lieber ein bisschen schlafen (oder zumindest so tun, als ob), als mit Mom über Mrs Nesbitt reden zu müssen. Ich habe vorher noch nie darüber nachgedacht, wie es wohl ist, wenn man alt wird. Im Moment kann ich ja auch nicht einmal sicher sein, überhaupt noch erwachsen zu werden.

Aber wenn der Tod irgendwann kommt, egal, wie alt ich dann bin, möchte ich ihm mit ebenso viel Mut und Nüchternheit begegnen können wie Mrs Nesbitt. Diese Lektion habe ich hoffentlich gelernt.

1. November

Matt hat heute den ganzen Morgen im Haus rumgelungert, was er sonst nie tut. Seit Mom wieder in den Wintergarten gezogen ist, ist das Holzhacken für ihn zu einer echten Obsession geworden. Ich weiß, dass es daran liegt, dass wir jetzt mehr Brennholz verbrauchen als geplant, aber es geht mir trotzdem ein bisschen auf die Nerven. Ich fände es schön, wenn er auch ab und zu mal drinbleiben und die Bettpfanne ausleeren würde.

Irgendwann heute Nachmittag habe ich dann gehört, wie ein Auto in unserer Auffahrt hielt. Matt stürzte raus und schon waren er, Jon und zwei Typen, die ich nicht kannte, dabei, Sperrholzplatten von der Ladefläche eines Pick-ups in den Wintergarten zu tragen. Mom sah zu, sagte aber nichts, also wusste sie wohl Bescheid.

Als die Typen wieder weg waren, haben Matt und Jon den Rest des Tages damit verbracht, die Fenster im Wintergarten mit den Sperrholzplatten zu vernageln. Als das Haus damals neu gebaut wurde, gab es den Wintergarten noch gar nicht – nur eine Veranda, auf die eines der Küchenfenster und eines der Esszimmerfenster hinausging. Als die Veranda dann zum Wintergarten umgebaut wurde, haben sie zwar die Scheiben rausgenommen, die Fensteröffnungen aber gelassen. Durch diese Öffnungen erhalten die beiden Räume den Großteil ihres Lichts, denn der Wintergarten hat Oberlichter und drei vollständig verglaste Wände (und natürlich eine Außentür). Das Fenster zwischen Küche und Wintergarten hat Matt auch mit Sperrholz vernagelt und vor das Fenster zum Esszimmer hat er eine Sperrholzplatte gestellt, die man zur Seite schieben kann, um leichter ans Brennholz heranzukommen.

Der Wintergarten bekommt also jetzt nur noch so viel Tageslicht, wie durch die Oberlichter hereinfällt. Nicht, dass es in letzter Zeit besonders sonnig gewesen wäre, aber jetzt ist der Raum noch dunkler.

Und dann, als sei das alles noch nicht schlimm genug, haben sie auch noch das Fenster über dem Spülbecken in der Küche zugenagelt, so dass die Küche jetzt nur noch das Tageslicht bekommt, das von den Oberlichtern im Wintergarten durch die Küchentür hereinfällt, sprich: so gut wie gar keins.

»Willst du die Wohnzimmerfenster auch noch vernageln?«, fragte ich.

»Nicht nötig«, sagte Matt. »Sobald wir die Heizung abstellen, wird das Wohnzimmer sowieso verschlossen. Aber die Küche werden wir vielleicht noch benutzen.«

Ich bin so wütend, dass ich schreien könnte. Zum einen bin ich mir ziemlich sicher, dass Matt sich das Sperrholz von dieser Bande besorgt hat, die ich damals in der Stadt gesehen habe, und ich finde es absolut unmöglich, dass er mir nichts davon erzählt hat. Keine Diskussion. Er weiß eben, was das Beste für uns ist, und das zieht er dann auch eisern durch. Und zum anderen hat er nicht die geringste Ahnung, was es heißt, hier den ganzen Tag im Haus eingesperrt zu sein. Ich komme eigentlich nur vor die Tür, wenn ich Mrs Nesbitt besuche, und das ist hin und zurück nur ein kurzer Fußmarsch.

Ich weiß, dass Matt und Jon es viel schwerer haben als ich. Matt isst so wenig, und das, obwohl er körperliche Arbeit leisten muss. Wenn er nach Hause kommt, ist er immer total erschöpft. Neulich ist er beim Abendessen eingeschlafen.

Aber das Küchenfenster hätte er trotzdem nicht zunageln müssen. Jedenfalls jetzt noch nicht. Er hätte warten können, bis wir kein Heizöl mehr haben. Was das alles für mich bedeutet, ist ihm vollkommen egal. Er hat nicht mal gefragt.

Am liebsten würde ich zu Mrs Nesbitt ziehen, aber ich kann Mom nicht allein lassen.

Manchmal denke ich daran, wie es früher war. Ich bin eigentlich noch nie so richtig weit weg gewesen. Einmal in Florida und ein paarmal in Boston, New York, Washington und Montreal, aber das war's dann auch schon. Ich habe immer von Paris oder London oder Tokio geträumt. Ich wollte nach Südamerika reisen und nach Afrika. Und ich bin immer davon ausgegangen, dass ich das eines Tages auch tun werde.

Stattdessen wird meine Welt jetzt von Tag zu Tag kleiner. Keine Schule mehr. Kein Teich mehr. Keine Stadt mehr. Kein eigenes Zimmer mehr. Und seit heute kann ich nicht einmal mehr aus dem Fenster gucken.

Manchmal habe ich das Gefühl, als würde ich gleichzeitig mit meiner Welt zusammenschrumpfen, immer kleiner und härter werden. Ich werde allmählich zu Stein, was in mancher Hinsicht ja auch gut ist, denn Steine überleben alles.

Aber wenn ich nur als Stein überleben kann, dann doch lieber gar nicht.

5. November

Ich war in der Küche und wollte gerade Moms Bettpfanne ausspülen, als plötzlich kein Wasser mehr kam.

Ich drehte die Hähne im unteren Badezimmer auf, aber nichts passierte. Dann ging ich nach oben ins Badezimmer und versuchte es dort. Nichts.

Ich wartete, bis Matt reinkam, bevor ich es ihm erzählte. Im ersten Moment wurde er stinksauer. »Warum hast du mir das nicht gleich gesagt!«, brüllte er. »Wenn nur die Rohre eingefroren sind, hätte ich vielleicht noch was machen können.«

Aber ich war mir sicher, dass nicht nur die Rohre eingefroren waren. Ich war mir sicher, dass der Brunnen leer ist. Wir haben seit Juli keinen Regen mehr gehabt. Wir hätten noch so sparsam mit dem Wasser umgehen können, er wäre trotzdem irgendwann versiegt.

Matt und ich sind zum Brunnen gegangen, um nachzusehen, und ich hatte natürlich Recht.

Als wir wieder reinkamen, saß Jon bei Mom im Wintergarten und wir setzten uns dazu. »Wie lange können wir ohne Wasser überleben?«, fragte er.

»Ganz so dramatisch ist es nicht«, sagte Matt. »Wir haben noch Mineralwasser und einiges an Limonade. Aber mit dem Wäschewaschen ist es wohl vorbei. Und Miranda wird sich von jetzt an die Bettpfanne mit Mom teilen müssen.« Er grinste, als sei das irgendwie witzig.

»So viel Mineralwasser haben wir doch gar nicht«, sagte Jon. »Was ist, wenn es nie wieder regnet?«

»Es wird sicher bald schneien«, sagte Matt. »Und in der Zwischenzeit hacken wir Eisblöcke aus Miller's Pond. Die kochen wir ab und hoffen das Beste.«

»Können wir das Eis nicht irgendwo anders herholen?«, fragte ich. »Was ist mit deinen Freunden vom Schwarzmarkt?«

»Das sind nicht meine Freunde, und sie haben weder Wasser noch Eis«, sagte Matt. »Und wenn doch, dann verkaufen sie es jedenfalls nicht. Wenn du irgendeine andere Stelle kennst, die näher ist als der Teich, dann soll mir das recht sein. Aber ich weiß keine.«

Ich sah Brandon vor mir, wie er auf dem Teich seine Bahnen zog. Ich redete mir ein, ich hätte das sowieso nur geträumt und es wäre egal.

»Wenn es sowieso kein Wasser mehr gibt, brauchen wir auch die Heizung nicht mehr laufen zu lassen«, fuhr Matt fort. »Wir sollten das Öl lieber sparen und alle in den Wintergarten ziehen.«

»Nein!«, rief ich. »Ich nicht!«

»Warum nicht?«, fragte Jon, und er schien ehrlich überrascht. »Hier ist es wenigstens warm. Im übrigen Haus ist es immer kalt, selbst wenn die Heizung läuft. Was hast du dagegen?«

»Ich bin trotzdem noch ziemlich viel in der Küche«, sagte ich. »Nicht nur zum Schlafen. Und es ist auch so schon kalt genug da drin. Wenn wir die Heizung abstellen, erfriere ich. Wollt ihr das? Wollt ihr, dass ich erfriere?«

»Aber du wirst doch gar nicht mehr so viel in der Küche sein«, sagte Matt. »Außer, um das Essen aus der Speisekammer zu holen. Wir kochen dort nicht mehr, wir essen dort nicht mehr, und mit dem Wäschewaschen ist es jetzt auch vorbei. Wenn irgendetwas mit dem Brennholz schiefgeht und auch kein Heizöl mehr übrig ist, dann werden wir mit Sicherheit erfrieren. Daher wäre es besser, eine kleine Reserve zu behalten.«

»Was spielt das noch für eine Rolle?«, fragte ich. »Wir werden den Winter sowieso nicht überleben. Wir haben erst November und jetzt schon kein Wasser mehr, draußen sind minus zwanzig Grad, und es gibt keine Möglichkeit, an weitere Lebensmittel heranzukommen. Wir sterben doch schon längst, jeden Tag ein bisschen mehr. Das weißt du so gut wie ich, Matt. Wir alle wissen es.«

»Vielleicht ist das so«, sagte Mom, und ich war fast erschrocken, ihre Stimme zu hören. Seit sie sich wieder den Knöchel verletzt hat, redet sie kaum noch, und ihren Zweckoptimismus hat sie auch weitgehend abgelegt. »Aber solange wir es nicht ganz genau wissen, sind wir es uns selber schuldig, am Leben zu bleiben. Es könnte schließlich auch wieder besser werden. Irgendwo gibt es Menschen, die an Lösungen für all diese Probleme arbeiten. Das muss so sein. Das liegt in der Natur des Menschen. Und unsere Aufgabe ist es, am Leben zu bleiben, einen Tag nach dem anderen. Alle Menschen sterben jeden Tag ein bisschen mehr, Miranda, weil jeder Tag uns dem Tod ein Stückchen näher bringt. Aber es gibt keinen Grund, die Sache zu beschleunigen. Ich habe vor, so lange wie möglich am Leben zu bleiben, und dasselbe erwarte ich auch von euch. Und jetzt ist es nun mal das Vernünftigste, wenn wir alle in den Wintergarten ziehen.«

»Aber noch nicht heute«, sagte ich. »Bitte.«

»Morgen früh«, sagte Mom. »Dann holen wir die Matratzen her.«

»Ist doch nicht so schlimm«, sagte Matt zu mir. »In mancher Hinsicht ist es sogar besser. Du bist dann nicht mehr allein für das Feuer verantwortlich. Wir können abwechselnd Holz nachlegen. Du kriegst mehr Schlaf.«

»Genau, Miranda«, sagte Jon. »Du kannst es dir richtig gut gehen lassen. Du musst nicht mal mehr Hausarbeit machen.«

Also bin ich heute Nacht zum letzten Mal allein. Und meine Welt ist wieder ein bisschen kleiner geworden.

SECHZEHN

7. November

Mrs Nesbitt ist gestorben.

Ich weiß nicht, wann, aber sie lag im Bett, und ich möchte gern glauben, dass sie im Schlaf gestorben ist. Ihre Augen waren geschlossen und sie sah ganz friedlich aus.

Ich küsste sie auf die Wange und zog ihr sanft das Laken übers Gesicht. Dann blieb ich noch eine Weile neben ihr sitzen, hauptsächlich, um zu sehen, ob ich weinen musste, aber ich musste nicht, und ich konnte nicht ewig dort rumsitzen, egal, wie schön friedlich das war.

Obwohl wir sowieso alles, was sie hinterließ, bekommen sollten, war es mir wichtig, als Erstes ihren Diamantanhänger und die Brosche mit den Rubinen rauszusuchen. Dann ging ich nach unten und nahm die beiden Bilder von der Wand, die sie Matt und Jonny hinterlassen wollte. Ich stapelte alles auf den Küchentisch und überlegte, wonach ich sonst noch suchen könnte.

Am liebsten hätte ich mich natürlich sofort auf ihre Küchenschränke gestürzt und nach Lebensmitteln gewühlt, aber allein der Gedanke daran machte mich ganz kribbelig, und das kam mir ziemlich unpassend vor. Wie ein Kannibale.

Ich fand eine Taschenlampe und fing mit dem Dachboden an. Ich wusste nicht, was ich dort finden würde, aber Mrs Nesbitt hatte mir gesagt, ich solle das Haus vom Keller bis zum Dachboden durchsuchen, und auf den Keller hatte ich am wenigsten Lust.

Der Dachboden stand voller Kisten und Truhen. Es war eiskalt da oben, und ich würde sicher nicht die Energie haben, jede Kiste komplett zu durchforsten. Also schaute ich erst mal nur hier und da rein.

Ich fand haufenweise alte Kleidungsstücke, von denen ich aber nicht glaubte, dass wir sie gebrauchen konnten. Außerdem gab es mehrere Kartons mit Unterlagen – die Geschäftsbücher von Mr Nesbitts Firma.

Dann öffnete ich eine Kiste mit der Aufschrift ›Bobbys Sachen‹, und in der fand ich etwas Großartiges. Das meiste waren irgendwelche Schulsachen, alte Aufsätze und Briefe. Aber weiter unten fand ich einen Schuhkarton voll alter Baseballkarten.

Ich dachte daran, dass Jonny überhaupt kein Geburtstagsgeschenk bekommen hatte, und schnappte mir den Schuhkarton. Damit würde ich ihn zu Weihnachten überraschen. Oder auch schon vorher, wenn ich den Eindruck hätte, dass wir es bis dahin nicht mehr schaffen.

Ich ging wieder runter, lief durch die Zimmer und schaute in die Schränke. Ich fand saubere Handtücher und Waschlappen, die Mrs Nesbitt anscheinend gar nicht benutzt hatte. Und saubere Laken und Wolldecken und Federbetten. Egal, wie warm wir es im Wintergarten haben würden, ein paar zusätzliche Decken konnten sicher nicht schaden. Außerdem fand ich einige Kleenex-Packungen, die wir gut gebrauchen konnten, und Toilettenpapier, Aspirin und Schmerztabletten sowie Erkältungsmittel.

Ich nahm einen sauberen Bettbezug und stopfte alles hinein, angefangen mit den Baseballkarten. Die Wolldecken nicht, aber ein paar Waschlappen und Handtücher. Es war eigentlich völlig egal, was ich mitnahm und was nicht. Matt würde sowieso mit dem Auto rüberkommen, um das Haus auszuräumen, und konnte dann alles mitnehmen, was ich dagelassen hatte.

Erst jetzt erlaubte ich mir, in die Küche zu gehen. Ich öffnete alle Schränke und entdeckte überall Konservendosen – Suppe, Gemüse, Thunfisch und Huhn. Das gleiche Zeug, das wir auch seit drei Monaten essen. Es war zwar nicht genug, um ab jetzt drei Mahlzeiten am Tag zu essen, aber jede Dose würde uns ein kleines bisschen länger am Leben halten.

Ich wusste, dass Mrs Nesbitt gehungert haben musste, damit wir die Lebensmittel haben können. Ich dankte ihr im Stillen und suchte weiter.

Hinten in einem der Schränke entdeckte ich eine Schachtel Pralinen, ungeöffnet, mit einer Glückwunschkarte zum Muttertag dran. Mrs Nesbitt ist nie ein großer Freund von Schokolade gewesen. Das hätte ihr Sohn doch eigentlich wissen müssen.

Ich nahm die Pralinen und steckte sie ganz unten in den Bettbezug zu den Baseballkarten. Ich konnte mich noch nicht entscheiden, ob ich sie Mom lieber zu Weihnachten oder zum Geburtstag schenken sollte.

In diesem Moment fiel mir plötzlich ein seltsames Geräusch auf. Ich drehte mich um und sah, dass der Wasserhahn am Spülbecken tropfte.

Ich schnappte mir schnell einen Topf, stellte ihn unter den Hahn und drehte auf. Es kam tatsächlich Wasser raus.

Mrs Nesbitts Brunnen war offenbar noch nicht ausgetrocknet. Sie hatte ganz allein gelebt und deshalb ihr Wasser noch nicht aufgebraucht. Außerdem hatte sie darauf bestanden, die Heizung laufen zu lassen, und damit verhindert, dass die Rohre einfroren.

Ich griff nach ein paar Dosen und einer ungeöffneten Packung Rosinen und stopfte sie in den Bettbezug. Dann durchsuchte ich das ganze Haus von oben bis unten nach Behältern für das Wasser. Alles, was man irgendwie mit Wasser füllen konnte, Flaschen, Krüge, Fässer und Kanister, schleppte ich in die Küche. Dann ließ ich sie alle volllaufen, allein um das herrliche Geräusch von fließendem Wasser zu hören.

Ich hätte mir gern ein Glas Wasser eingeschenkt, aber mir war klar, dass man es lieber vorher abkochen sollte, auch wenn es wahrscheinlich sauber war. Aber dann kam ich auf die Idee, einen Blick in Mrs Nesbitts Kühlschrank zu werfen. Und tatsächlich, auch den hatte sie zur Vorratshaltung genutzt, und darin stand ein ungeöffnetes Paket mit sechs Flaschen Mineralwasser.

Ich gönnte mir eine davon. Ich musste mich ziemlich zusammenreißen, um sie nicht in drei großen Schlucken hinunterzustürzen. Stattdessen nippte ich nur daran, wie an einem guten Wein.

Schon komisch, die ganzen Lebensmittel hatten mich nicht in Versuchung geführt, aber beim Wasser konnte ich nicht mehr widerstehen.

Und da ich schon mal die Gelegenheit dazu hatte, nahm ich mir einen Waschlappen, machte ihn im Spülbecken nass und wusch mir Gesicht und Hände. Dann zog ich mir kurz entschlossen alle Sachen aus und wusch mich einmal von Kopf bis Fuß. Das Wasser war kalt und die Küche nicht viel wärmer, aber es war ein herrliches Gefühl, sauber zu sein.

Ich zog meine schmutzigen Kleider wieder an, steckte die fünf Flaschen Wasser in den Nikolaussack, wie ich ihn im Stillen getauft hatte, und musste feststellen, dass ich ihn kaum noch tragen konnte. Die beiden Bilder würde ich keinesfalls mehr mitnehmen können, aber die beiden Schmuckstücke steckte ich in meine Hosentasche. Ich hievte mir den Sack auf die Schulter und ging durch die Küchentür hinaus.

Bei meinen Besuchen bei Mrs Nesbitt bin ich mal über die Straße und mal hintenrum durch den Wald gegangen, also würde es jetzt wohl niemandem auffallen, wenn ich nicht über die Straße zurückkam. Ich konnte nur hoffen, dass mich im Wald niemand sah, denn beim Anblick des prall gefüllten Sacks wüsste jeder sofort, dass die Sachen aus Mrs Nesbitts Haus stammen mussten. Und sollte irgendjemand vor Matt dort ankommen, wäre alles verloren – die Lebensmittel, das Wasser, alles.

Ich lief, so schnell ich konnte, und verfluchte mich dafür, dass ich den Bettbezug so voll gestopft hatte. Es war einer meiner brunchlosen Tage und ich hatte Hunger. Das Wasser gluckerte in meinem Bauch.

Ich fand Matt und Jon beim Holzhacken. Mir fiel ein, dass sie auch für Mrs Nesbitt Brennholz gemacht hatten. Das mussten wir also auch noch zu uns rüberschaffen.

Ich überlegte einen Moment, ob ich erst mit ihnen reden oder erst den Sack ins Haus bringen sollte. Aber sobald Mom den Sack sah, würde ich ihr alles erzählen müssen, und das wollte ich gern noch ein bisschen aufschieben. Also stellte ich mich mit dem Sack hinter einen Baum, für den Fall, dass jemand mein Gespräch mit Matt und Jon beobachtete.

»Mrs Nesbitt ist gestorben«, erklärte ich ihnen flüsternd. »Vor ein paar Tagen hat sie mir gesagt, wir dürften alles nehmen, was wir brauchen können. Sie hat noch fließendes Wasser. Und in ihrem Auto ist noch ein bisschen Benzin.«

»Wo ist sie denn?«, fragte Jonny.

»In ihrem Bett«, antwortete ich. »Peter hat ihr erzählt, dass sie im Krankenhaus Leichen annehmen, und sie meinte, es wäre für uns am einfachsten, sie dort hinzubringen. Wir haben vor ein paar Tagen lange darüber gesprochen.«

»Muss ich mit?«, fragte Jonny. »Ich meine, zu ihr ins Haus?«

»Nein«, sagte Matt. »Aber du musst uns helfen, ihre Sachen

rüberzuschaffen. In ihrer Garage steht eine Schubkarre. Die packst du voll Holz und bringst sie hierher. Miranda, macht es dir was aus, noch mal zu ihr reinzugehen?«

»Nein, natürlich nicht«, antwortete ich.

»Gut«, sagte er. »Dann räumen wir beide das Haus aus. Weißt du so ungefähr, wie man ein Auto fährt?«

»Zum Losfahren braucht man das Gaspedal und zum Stehenbleiben die Bremse«, sagte ich.

Matt grinste. »Du wirst schon klarkommen«, sagte er. »Wir fahren mit dem Van rüber und nehmen möglichst viele leere Flaschen und Krüge mit, um sie mit Wasser zu füllen. Sobald wir alles eingeladen haben, fahre ich den Van zurück und du nimmst Mrs Nesbitts Auto. Danach fahre ich noch mal hin, um Mrs Nesbitt ins Krankenhaus zu bringen. Bis ich von dort zurück bin, wird das Haus sicher schon geplündert worden sein, aber dann haben wir wenigstens noch so viel wie möglich rausgeholt.«

»Wenn du zum zweiten Mal hinfährst, um Mrs Nesbitt zu holen, kannst du das Auto doch gleich noch mal volladen«, sagte ich. »Sie hätte bestimmt nichts dagegen, ehrlich.«

»In Ordnung«, sagte Matt. »Bring jetzt den Sack rein und erzähl es Mom. Und du kommst auch mit, Jon. Wir holen schon mal die Wasserbehälter.«

Wir liefen also alle drei zum Haus zurück. Mom saß auf ihrer Matratze und starrte ins Feuer. Sie hörte, wie ich reinkam, und dann entdeckte sie den Bettbezug.

»Wo hast du den denn her?«, fragte sie.

»Er gehört Mrs Nesbitt«, sagte ich. »Es tut mir leid, Mom.«

Es dauerte einen Moment, bis sie begriff, was ich gesagt hatte, aber dann holte sie einmal tief Luft und fragte: »Ist sie friedlich gestorben? Konntest du das sehen?«

»Sie ist im Schlaf gestorben«, sagte ich. »Genau, wie sie es sich immer gewünscht hat.«

»Tja, mehr können wir für sie wohl nicht mehr erhoffen«, sagte Mom.

Als wir bei Mrs Nesbitt ankamen, blieb Jonny draußen, um die Schubkarre mit Holz zu beladen. Matt und ich gingen ins Haus. Matt füllte all unsere Behälter mit Wasser, während ich den Rest zusammenpackte – Decken, Handtücher, Laken, Lebensmittel, Fotoalben und die beiden Bilder.

Zwischendurch kam Jon plötzlich hereingerannt. Er hatte zwei Fässer in der Garage entdeckt, ein paar Wertstoffbehälter und eine große Mülltonne.

Die Mülltonne war so schwer, dass wir sie, nachdem wir sie mit Wasser gefüllt hatten, nur zu dritt in den Van heben konnten. Die anderen Behälter schafften Jonny und ich allein.

Wir waren dabei so leise wie möglich, aber natürlich wusste jeder, der ein Motorengeräusch hörte, dass irgendwas im Gange war. Der Grundsatz lautet zwar ›Familie zuerst‹, und Matt meinte, wir würden von allen als Mrs Nesbitts Familie angesehen, von daher dürfte nichts schiefgehen, aber ich hatte trotzdem keine Ruhe, bis endlich beide Autos beladen und beide Motoren angelassen waren.

Dann musste ich die Auffahrt hinunterfahren, auf die Straße einbiegen und unsere Auffahrt bis zur Tür des Wintergartens wieder hochfahren.

Nur keine Panik, sagte ich mir immer wieder. Es waren keine Autos auf der Straße, also würde ich wohl kaum mit jemandem zusammenstoßen. Dann schon eher mit einem der Bäume. Ich hielt das Steuer fest umklammert und fuhr ungefähr zehn Kilometer pro Stunde. Die ganze Fahrt kann höchstens fünf Minuten gedauert haben, aber es kam mir vor wie eine Ewigkeit.

Wer beim Autofahren noch solche Angst haben kann, ist wohl wirklich noch nicht bereit zu sterben.

Jon kam mit der Schubkarre angefahren und stellte sie in unserer Garage ab. Dann luden wir zu dritt die Autos aus. Wir brachten alles in die Küche, um es dort später zu sortieren. Als Mom das viele Wasser sah, wäre sie fast in Tränen ausgebrochen.

Matt fragte mich, ob ich mit ihm zurückfahren und Mrs Nesbitt ins Krankenhaus bringen wolle. Aber bevor ich noch zustimmen konnte, sagte Mom Nein.

»Miranda hat für heute genug getan«, sagte sie. »Jonny, du begleitest deinen Bruder.«

»Mom«, sagte Jonny.

»Du hast mich verstanden«, sagte Mom. »Wenn du wie ein Erwachsener behandelt werden willst, dann benimm dich auch wie einer. Miranda hat sich schon von Mrs Nesbitt verabschiedet, und sicher auch gleich für mich mit. Jetzt bist du an der Reihe, und ich möchte nicht, dass du dich davor drückst.«

»Okay«, sagte Jonny. Er klang dabei so klein, dass ich ihn am liebsten in den Arm genommen hätte.

»Es wird eine Weile dauern«, sagte Matt. »Macht auf keinen Fall die Tür auf, solange wir weg sind. Eigentlich dürfte nichts passieren, aber geht lieber kein Risiko ein.«

»Wir kommen schon klar«, sagte Mom. »Passt auf euch auf. Ich hab euch lieb.«

Als sie weg waren, brachte ich Mom dazu, eine der Wasserflaschen auszutrinken. Dann setzte ich mich zu ihr und erzählte ihr von meinem Gespräch mit Mrs Nesbitt. Ich holte den Anhänger aus der Tasche und überreichte ihn ihr.

»Den hat sie zu ihrem 50. Geburtstag bekommen«, sagte Mom. »Von ihrem Mann. Es gab eine große Überraschungsparty, und ich glaube, sie war wirklich überrascht. Bobby hatte zu dieser Party Sally mit nach Hause gebracht, also wussten wir alle, dass es etwas Ernstes war. Noch vor Jahresende haben die beiden dann geheiratet.«

»Sie hat gesagt, ich soll dir die Fotoalben geben«, sagte ich. »Da sind doch bestimmt auch Bilder von der Party drin.«

»Oh ja, bestimmt«, sagte Mom. »Komm, hilf mir mal mit dem Verschluss. Sie hätte es sicher gern gesehen, dass ich den Anhänger auch wirklich trage.«

Ich half Mom dabei. Sie ist so dünn geworden, dass man ihre Schulterblätter sehen kann.

»Mir hat sie diese Brosche hinterlassen«, sagte ich und zeigte sie Mom.

»Die hat sie sehr geliebt«, sagte Mom. »Sie stammt noch von ihrer Großmutter. Pass gut darauf auf, Miranda. Das ist ein ganz besonderes Geschenk.«

Dann machte ich mich wieder an die Arbeit. Ich brachte die Flaschen und Krüge in die Küche, verstaute die Lebensmittel in der Speisekammer und wechselte Moms Bettwäsche. Dann machte ich einen Topf mit Wasser warm und half Mom beim Haarewaschen. Ich versteckte die Pralinen und die Baseballkarten und räumte auch alles andere weg.

Matt und Jon waren kurz vorm Abendessen wieder zu Hause. Sie hatten mit Peter gesprochen, und das Krankenhaus hatte Mrs Nesbitt anstandslos angenommen. Dann aßen wir Thunfisch mit roten Bohnen und Ananas aus der Dose. Und stießen auf die beste Freundin an, die wir je haben würden.

8. November

Mom ist heute Nachmittag in die Speisekammer gehumpelt (was sie wohl besser nicht hätte tun sollen). Matt und Jonny haben sich draußen wieder in ihre Holzfällerarbeiten gestürzt.

Ich ließ Mom eine Weile in der Speisekammer allein (ich verliere allmählich jedes Zeitgefühl), aber dann schaute ich doch lieber nach, ob sie nicht hingefallen war. Und da fand ich sie dann, wie sie auf dem Boden saß und weinte. Ich legte ihr den Arm um die Schultern und ließ sie weinen. Nach einer Weile wurde sie ruhiger, und dann umarmte sie mich. Ich half ihr auf und stützte sie, und zusammen gingen wir in den Wintergarten zurück.

Ich habe Mom noch nie so lieb gehabt. Es fühlt sich fast so an, als sei ein Teil von Mrs Nesbitts Liebe für Mom nach ihrem Tod auf mich übergegangen.

10. November

Heute Nachmittag kam Peter vorbei. Jedes Mal, wenn ich ihn sehe, sieht er wieder fünf Jahre älter aus.

Er hat nicht viel mit uns geredet. Er hat einfach nur Mom von ihrer Matratze aufgehoben, mit Decken und allem, und sie ins Wohnzimmer getragen.

Dort sind sie dann ganz lange geblieben und wir haben alle geflüstert, um Mom nicht zu stören.

Irgendwann kamen sie dann in den Wintergarten zurück, und Peter legte Mom so behutsam auf ihre Matratze, dass mir fast die Tränen kamen. Es lag so viel Liebe und Zärtlichkeit in dieser Geste. Dann sagte er, wir sollten auf sie aufpassen und darauf achten, dass sie sich nicht zu viel zumutet. Wir versprachen es ihm.

Ob Dad wohl jemals so behutsam mit Mom gewesen ist? Und ob er es jetzt wohl mit Lisa ist?

11. November
Veterans Day. Nationalfeiertag.
Matt hat heute nicht im Postamt gearbeitet.
Das ist alles so absurd.

15. November
Ich bin heute in mein Zimmer gegangen, um mir ein paar saubere (bzw. sauberere) Strümpfe zu holen, und während ich noch oben war, kam mir plötzlich die Idee, mich zu wiegen.

Ich hatte wieder zahlreiche Schichten übereinander an, denn auch wenn der Ofen inzwischen Tag und Nacht brennt, wird es an den Seiten des Wintergartens nicht besonders warm. Und jeder Abstecher, sei es in die Speisekammer oder in die Küche oder nach oben, hat immer etwas von einer Nordpol-Expedition. Da läuft man ja auch nicht im Bikini herum.

Ich trug also meine Unterwäsche, darüber die Thermo-Unterwäsche (ab und zu fällt mir ein, wie empört ich im letzten Frühjahr darüber war, dass Mom sie gekauft hat, und jetzt kann ich ihr gar nicht genug dafür danken, zumindest im Stillen), darüber Jeans und Jogginghose, zwei Unterhemden, ein Sweatshirt, eine Winterjacke, zwei Paar Socken übereinander und Schuhe. Einen Schal hatte ich mir nicht umgebunden und die Handschuhe ließ ich auch in der Tasche, weil ich wusste, dass ich hier oben nicht allzu lange bleiben würde.

Bevor ich auf die Waage stieg, zog ich Schuhe und Jacke aus, und wenn die Anzeige stimmt, wiegen meine Klamotten und ich genau 43 Kilo.

Ich denke, das ist noch ganz okay. Mit 43 Kilo ist man jedenfalls nicht kurz vorm Verhungern.

Im Frühjahr habe ich noch 53 Kilo gewogen. Meine größte

Sorge ist, wie viel Muskelmasse ich wohl verloren habe. Durch die Schwimmerei war ich damals ziemlich gut in Form, aber jetzt mache ich eigentlich nicht mehr viel außer Holz sammeln und zittern. Ich würde gern mal wieder zum Teich gehen und ein bisschen eislaufen, aber ich habe ein schlechtes Gewissen, wenn ich Mom allein lasse. Als ich sie allein gelassen habe, um Mrs Nesbitt zu besuchen, habe ich das wenigstens für jemand anderes getan. Aber Eislaufen mache ich nur für mich selbst, und das reicht irgendwie nicht als Grund.

Matt und Jon sind auch dünn, aber sie sehen aus, als bestünden sie nur aus Muskeln. Mom dagegen sieht mager und kränklich aus. Sie isst jetzt schon eine ganze Weile weniger als der Rest von uns, aber sie hat auch mit mehr Gewicht angefangen, also ist sie wohl auch noch nicht kurz vorm Verhungern.

Wir haben zwar noch Lebensmittel, aber wir sind sehr sparsam damit. Wer weiß, wann wir wieder welche bekommen. Nicht einmal Peter bringt noch etwas mit, wenn er uns besucht.

Nächste Woche ist Thanksgiving. Ob es wohl irgendetwas geben wird, für das wir dankbar sein können?

18. November

Matt ist heute vom Postamt regelrecht nach Hause geflogen. Wir hatten einen Brief von Dad.

Das Problem ist bloß, dass dieser Brief offenbar schon vor dem letzten abgeschickt worden war. Ich nehme an, dass Dad ihn zwischen den beiden geschrieben hat, die wir schon bekommen haben.

Dieser kam jedenfalls aus Ohio. Es stand nicht viel drin, außer, dass es ihm und Lisa gut geht, dass sie bisher genug Benzin und Lebensmittel haben und dass ihnen das Zelten Spaß macht. Sie hätten schon viele andere Familien getroffen, die Richtung Süden oder Westen unterwegs seien, und neulich sei ihm sogar jemand über den Weg gelaufen, den er vom College kannte. Lisa hängte ein PS an, in dem sie schrieb, sie könne schon spüren, wie das Kind sich bewegt. Sie sei sicher, dass es ein Junge würde, aber Dad wüsste genau, dass es ein Mädchen ist.

Es war ein seltsames Gefühl, diesen Brief zu bekommen. Ich konnte nicht verstehen, warum Matt sich so sehr darüber freute. Es standen ja keinerlei Neuigkeiten drin, schließlich wissen wir schon längst, dass Dad und Lisa noch viel weiter nach Westen gekommen sind. Aber Matt meinte, der Brief sei zumindest ein Zeichen, dass die Post noch funktioniere, wenn auch sehr unzuverlässig, und dass deshalb auch jederzeit ein neuerer Brief von Dad eintreffen könne.

Manchmal habe ich das Gefühl, als würde ich Dad und Sammi und Dan mehr vermissen als Megan oder Mrs Nesbitt. Sie haben mich zwar alle verlassen, aber Megan und Mrs Nesbitt kann ich keinen Vorwurf machen, wenn sie nicht schreiben. Ich weiß, dass ich Dad und Sammi und Dan auch keinen Vorwurf machen kann. Oder vielmehr, dass ich ihnen keinen machen sollte, das trifft es wohl eher.

Ich habe keine Sekunde mehr für mich allein. Aber ich fühle mich furchtbar einsam.

20. November

Als ich heute mit der Bettpfanne rausging, waren draußen minus dreiundzwanzig Grad. Ich bin ziemlich sicher, dass es früher Nachmittag war.

Matt hackt immer noch mehr Holz. Im Esszimmer ist schon kein Platz mehr, deshalb hat er angefangen, es im Wohnzimmer aufzustapeln.

Ich frage mich, wie viele Bäume noch übrig sein werden, wenn der Winter vorbei ist. Wenn er jemals vorbei ist.

Wir haben immer noch Wasser, aber wir haben es rationiert.

24. November

Thanksgiving.

Nicht einmal Mom hat so getan, als müssten wir für irgendetwas dankbar sein.

25. November

Matt kam heute mit zwei Überraschungen vom Postamt nach Hause.

Die eine war Peter.

Die andere ein Huhn.

Kein sehr großes, aber es war tot, gerupft und ausgenommen.

Matt wusste anscheinend schon länger, dass er es heute bekommen würde, und hatte deshalb Peter zu unserem nachträglichen Thanksgiving-Festmahl eingeladen.

Einen Moment lang überlegte ich, wo das Huhn wohl her war und was Matt dafür hergegeben haben mochte. Aber es war ein Huhn, und zwar eins, das nicht aus der Dose kam. Und ich wäre ganz schön blöd, einem geschenkten Huhn ins Maul zu schauen.

Was immer Matt für dieses Huhn geopfert haben mag, das Leuchten in Moms Augen, als sie das Huhn sah, war es ihm sicherlich wert. Sie sah so glücklich aus wie seit Wochen nicht mehr.

Da wir nur noch auf dem Ofen kochen können, hatten wir nicht allzu viele Möglichkeiten, und so steckten wir das Huhn einfach in einen Topf, zusammen mit einer Dose Hühnerbrühe, Salz, Pfeffer, Rosmarin und Estragon. Allein der Duft war schon himmlisch. Dazu gab es Reis und grüne Bohnen.

Es war unbeschreiblich lecker. Ich hatte schon vergessen, wie richtiges Hühnerfleisch schmeckt. Ich glaube, jeder von uns hätte das ganze Huhn allein verdrücken können, aber wir teilten es trotzdem zivilisiert untereinander auf. Ich bekam ein Bein und zwei Bissen vom Schenkel.

Peter und Jon haben den Wunschknochen durchgebrochen und Jon hat gewonnen, aber das war egal, schließlich haben wir alle denselben Wunsch.

26. November

Das Huhn scheint Mom neu belebt zu haben, denn heute kam sie plötzlich zu dem Schluss, wir würden unser Leben sinnlos verschwenden, und das müsse jetzt ein Ende haben. Womit sie natürlich Recht hat, aber es war trotzdem komisch, dass sie plötzlich so ein Tamtam darum macht.

»Habt ihr diesen Herbst auch nur einen Handschlag für die Schule getan?«, fragte sie Jon und mich. »Und du, Matt? Wie steht's mit dir?«

Na ja, natürlich nicht. Wir versuchten, ein betretenes Gesicht zu machen. Wir schlimmen Kinder, da hatten wir doch tatsächlich keine Algebra gemacht, bloß weil gerade die Welt untergeht.

»Mir ist völlig egal, *was* ihr lernt«, sagte Mom. »Aber irgendetwas müsst ihr lernen. Sucht euch ein Thema aus und konzentriert euch darauf. Ich will hier aufgeschlagene Schulbücher sehen. Und rauchende Köpfe.«

»Aber Französisch mache ich auf gar keinen Fall«, sagte ich. »Ich komme sowieso nie mehr nach Frankreich, und ich werde auch nie jemanden aus Frankreich kennenlernen. Ich weiß nicht mal, ob es Frankreich überhaupt noch gibt.«

»Dann mach eben kein Französisch«, sagte Mom. »Mach Geschichte. Mag sein, dass wir keine Zukunft mehr haben, aber du kannst nicht leugnen, dass wir eine Vergangenheit haben.«

So hatte ich Mom noch nie über die Zukunft sprechen hören, und vor lauter Schreck blieb mir jeder Widerspruch im Halse stecken.

Ich nahm mir also mein Geschichtsbuch vor. Jon wollte Algebra machen, und Matt sagte, er würde ihm dabei helfen. Er selbst wollte sich gern ein bisschen mit Philosophie beschäftigen. Und Mom meinte, wenn ich mein Französischbuch nicht brauchte, könnte sie es ja benutzen.

Keine Ahnung, wie lange dieser plötzliche Lerneifer vorhalten wird, aber ich verstehe Moms Standpunkt. Vorige Nacht habe ich geträumt, ich säße in der Schule, in einer Abschlussprüfung. Aber das Schlimmste war nicht, dass ich überhaupt nichts wusste, sondern dass es in der Schule noch genauso war wie früher und dass alle völlig normal aussahen, nur ich saß da in meinem Schichtenlook und hatte mich seit Tagen nicht mehr gewaschen, und alle starrten mich an, als wäre ich der Teufel persönlich.

Aber sollte ich das nächste Mal von einer Geschichtsprüfung träumen, habe ich jetzt wenigstens wieder den Hauch einer Chance, ein paar Fragen beantworten zu können.

30. November

Kaum tut man mal was für die Schule, kriegt man auch gleich wieder Lust aufs Schwänzen.

Ich sagte heute zu Mom, ich würde gern einen Spaziergang machen, und da meinte sie: »Mach das doch. Du sitzt sowieso viel zu oft zu Hause rum.«

Ich hab sie wirklich lieb, aber manchmal könnte ich sie erwürgen.

Ich zog mir also noch ein paar Schichten mehr an und ging rüber zu Mrs Nesbitts Haus, auch wenn ich nicht so recht wusste, was ich dort wollte. Nach ihrem Tod ist das Haus wie erwartet geplündert worden. Wir hatten alles mitgenommen, was wir brauchen konnten, aber es gab natürlich noch Möbel und all so was, und das hatten sich dann andere Leute geholt.

Es war komisch, durch das leere Haus zu gehen. Ein bisschen so wie in Megans Haus, als ich nach ihrem Tod noch mal dort war, so als wäre das Haus selbst auch gestorben.

Nachdem ich eine Weile herumgewandert war, kam mir plötzlich der Gedanke, noch einmal den Dachboden zu erkunden. Vielleicht war der noch nicht durchforstet worden, oder zumindest nicht so gründlich.

Und so war es auch: Die Kisten waren zwar alle geöffnet und der Inhalt zum Teil auf dem Boden verstreut, aber in einigen war trotzdem noch eine Menge drin. Und da wusste ich plötzlich, warum ich hier war: um nach einem Weihnachtsgeschenk für Matt zu suchen. Jon sollte die Baseballkarten bekommen und Mom die Pralinen, aber für Matt hatte ich noch nichts.

Das meiste, was auf dem Boden herumlag, waren alte Wäschestücke, Tischtücher und all so was. Haufen von alten Kleidungsstücken, die niemand hatte brauchen können.

Als ich das erste Mal auf dem Dachboden war, hatte er auch schon voller Kisten gestanden, aber damals war alles ordentlich verstaut gewesen. Jetzt herrschte das reinste Chaos. Nicht, dass es irgendeine Rolle gespielt hätte. Ich wühlte mich durch Berge von Sachen hindurch, durchsuchte Kisten, die zwar geöffnet, aber nicht geplündert worden waren. Und irgendwann fand ich tatsächlich ein Geschenk für Matt.

Es war ein altes Malen-nach-Zahlen-Set, zu dem auch ein Dutzend Buntstifte gehörten. Die Bilder waren alle sorgfältig ausgemalt, aber die Rückseiten waren noch leer, und so beschloss ich, sie auch mitzunehmen.

In der Highschool hatte Matt mal eine Weile gezeichnet. Vielleicht erinnerte er sich gar nicht mehr daran, aber ich wusste es noch ganz genau, weil er damals eine Skizze von mir angefertigt hatte, auf der ich eine viel schönere Himmelspirouette mache, als ich sie jemals in Wirklichkeit konnte. Mom fand das Bild wunderschön und wollte es aufhängen, aber mir war das peinlich, weil ich wusste, dass ich das gar nicht wirklich war, und ich habe einen solchen Wutanfall bekommen, dass sie das Vorhaben schließlich aufgab. Das Bild hat sie wahrscheinlich behalten, aber ich weiß nicht, wo sie es versteckt hat.

Irgendwann muss Matt ja mal mit dem Holzhacken aufhören, und dann kann er vielleicht wieder zu zeichnen anfangen, neben seinen philosophischen Studien, meine ich.

Ich durchsuchte auch noch die übrigen Kisten, aber die Buntstifte waren mit Abstand das Beste. Also bedankte ich mich bei Mrs Nesbitt und ging wieder nach Hause. Raffiniert, wie ich bin, habe ich mich erst durch die Vordertür reingeschlichen und das Malen-nach-Zahlen-Set in meinem Zimmer versteckt, bevor ich dann außen rum zum Wintergarten gegangen bin.

Vielleicht gibt es kein Huhn zu Weihnachten, aber wenigstens Geschenke.

1. Dezember

Seit drei Tagen in Folge ist das Thermometer nicht mehr unter minus achtzehn Grad gesunken, also schnappte ich mir Moms Schlittschuhe und ging zum Teich.

Es war niemand da. (Allmählich frage ich mich wirklich, ob

die Sache mit Brandon nicht bloß eine Halluzination war.) Aber eigentlich war ich ganz froh, allein zu sein, weil ich das zu Hause überhaupt nicht mehr bin. Mom kann zwar schon wieder ein bisschen humpeln, so dass ich nicht ständig in ihrer Nähe sein muss, aber es ist viel zu kalt im Rest des Hauses, um sich lange außerhalb des Wintergartens aufhalten zu können.

Ich lief ein paar Runden um den Teich, einfach so und unglaublich langsam. Ich musste ziemlich aufpassen, weil an manchen Stellen große Löcher im Eis waren. Wahrscheinlich haben die Leute das Eis aufgehackt, um an Wasser heranzukommen, so wie wir das auch tun werden, wenn Mrs Nesbitts Wasser zur Neige geht.

Die Luft ist so schlecht, ich weiß wirklich nicht, wie Matt und Jonny das aushalten. Ich konnte immer nur ein paar Minuten laufen, dann fing ich wieder an zu husten. Insgesamt war ich kaum mehr als eine Viertelstunde auf dem Eis, aber ich war trotzdem total erschöpft und hätte es fast nicht bis nach Hause geschafft.

Matt, Mom und ich sind jetzt runter auf eine Mahlzeit am Tag, aber das wenigstens an sieben Tagen die Woche. Und vielleicht wird das Wetter ja wirklich ein bisschen wärmer, das würde schon sehr helfen.

SIEBZEHN

2. Dezember

Freitags fährt Matt immer gleich morgens zur Post. In letzter Zeit kommt er dann meist am frühen Nachmittag wieder zurück. Auch wenn alle Tage grau sind, gibt es noch einen Unterschied zwischen Tag und Nacht, und im Moment wird es immer sehr früh dunkel.

Mom, Jon und ich saßen im Wintergarten, und es muss noch Vormittag gewesen sein, denn Jon hatte noch nichts gegessen. Wir hatten zwei Petroleumlampen angezündet, weil man selbst am Tag und trotz des Feuers im Ofen zwei Lampen braucht, um überhaupt lesen zu können.

Jon bemerkte es als Erster. »Ist es nicht irgendwie dunkler geworden?«, fragte er.

Er hatte Recht. Es *war* dunkler geworden. Als Erstes blickten wir alle drei auf die Petroleumlampen, um zu sehen, ob eine von ihnen ausgegangen war. Danach auf den Ofen.

Mom legte den Kopf in den Nacken. »Es schneit«, sagte sie. »Die Oberlichter sind voller Schnee.«

Wegen der Sperrholzplatten vor den Fenstern können wir gar nicht mehr sehen, was draußen los ist. Aber da seit Monaten die einzigen Wetteränderungen aus Temperaturschwankungen bestehen, gab es ohnehin nicht viel zu sehen.

Das Küchenfenster ist auch mit Sperrholz vernagelt, und an die Fenster im Esszimmer kommt man nicht mehr ran, also liefen wir alle ins Wohnzimmer, um rauszugucken.

Es musste schon seit mehr als einer Stunde geschneit haben. Dicke Flocken, in einem Wahnsinnstempo.

Gleichzeitig bemerkten wir, dass es ziemlich stürmisch war.

»Ein Blizzard«, sagte Jon.

»Das weiß man nicht«, sagte Mom. »Es könnte auch jeden Moment wieder aufhören.«

Ich konnte nicht länger still stehen. Ich schnappte mir meine Jacke und rannte nach draußen; bei Regen oder Sonnenschein hätte ich das Gleiche getan. Es war einfach mal was anderes, und das wollte ich mir nicht entgehen lassen.

Jon und Mom kamen hinter mir her. »Der Schnee sieht komisch aus«, sagte Jon.

»Er ist nicht richtig weiß«, sagte Mom.

Das stimmte. Er war nicht so dunkelgrau wie die Schneehaufen am Straßenrand im März, aber er war auch nicht richtig weiß. Er war einfach schmuddelig, wie alles andere im Moment auch.

»Wenn bloß Matt schon wieder zu Hause wäre«, sagte Mom, und zuerst dachte ich, sie fände es einfach nur schade, dass er diesen Moment nicht miterleben konnte, diese Begeisterung über den Schnee. Aber dann wurde mir klar, dass sie sich Sorgen um ihn machte. Das Postamt ist ungefähr sechs Kilometer von hier entfernt, mit dem Fahrrad kein Problem, aber zu Fuß kann sich das ganz schön hinziehen, noch dazu in einem Blizzard.

»Soll ich ihn abholen?«, fragte Jon.

»Nein«, erwiderte Mom. »Er ist sicher schon unterwegs. Und verirren kann er sich eigentlich nicht. Ich wäre einfach nur froh, wenn er schon hier wäre.«

»Ein Gutes hat die Sache ja«, sagte ich. »Wenn das noch ein bisschen länger so geht, haben wir wieder Wasser.«

Mom nickte. »Jonny, hol die Fässer und die Mülleimer und stell sie nach draußen«, sagte sie. »In denen können wir den Schnee sammeln.«

Jon und ich holten alles, worin man irgendwie Schnee auffangen konnte, und stellten es an die Giebelseite des Hauses. Bis wir den letzten Wertstoffbehälter draußen hatten, lagen in der Mülltonne schon zwei Zentimeter Schnee.

Jon hatte Recht. Es war ein Blizzard.

Wir gingen wieder rein, aber keiner von uns konnte sich auf sein Buch konzentrieren. Wir behielten unsere Jacken an und setzten uns ins Wohnzimmer, um dem Schnee beim Fallen zuzusehen und auf Matts Rückkehr zu warten.

Irgendwann machte Jon sich etwas zu essen. Während er im Wintergarten war, fragte ich Mom, ob ich Matt abholen solle.

»Nein!«, antwortete sie scharf. »Ich kann nicht riskieren, euch alle beide zu verlieren.«

Ich hatte das Gefühl, als hätte sie mir in den Magen geboxt. Matt konnte sich unmöglich verirrt haben. Ohne ihn würden wir nicht überleben.

Danach sagte Mom kein Wort mehr, und mir war klar, dass ich auch besser den Mund halten sollte. Schließlich ging sie wieder in den Wintergarten zurück, und ich nutzte die Gelegenheit, um rauszugehen und in Richtung Straße zu laufen. Ich wollte wissen, wie die Situation da draußen war. Der Wind war so heftig, dass er mich beinahe umgeworfen hätte. Der Schnee fiel fast waagerecht, und ich konnte nur wenige Meter weit sehen.

Nur mit Mühe kam ich überhaupt bis zur Straße, aber als ich sie endlich erreicht hatte, war natürlich nichts zu sehen. Matt hätte fünf Meter neben mir stehen können, ohne dass ich es bemerkt hätte. Mom hatte Recht. Ich wäre gar nicht erst in der Stadt angekommen. Wir konnten nur hoffen, dass Matt den langen Weg zu

Fuß schaffen würde und dass er klug genug gewesen war, gleich bei den ersten Flocken aufzubrechen.

Ich ging wieder rein und erzählte irgendeinen Unsinn, ich hätte draußen nach unserem Schneesammel-System geschaut oder so. Sollte Mom mir nicht geglaubt haben, so sagte sie jedenfalls nichts.

Wir wechselten ständig zwischen Wintergarten und Wohnzimmer hin und her. Mom trat einen Schritt vor die Haustür und blieb dort ein paar Minuten lang stehen, bis ich sie wieder reinholte.

Ich konnte sehen, dass Jon ganz aufgeregt war, wie ein Kind beim ersten Schnee. Es brachte ihn fast um, seine Aufregung nicht allzu deutlich zu zeigen. So wie es Mom fast umbrachte, ihre Angst nicht allzu deutlich zu zeigen. Und mich brachte es fast um, zusehen zu müssen, wie beide versuchten ihre Gefühle zu verstecken.

Je weiter der Tag voranschritt, desto dunkler wurde der Himmel und desto stärker wurde der Wind.

»Ich finde, ich sollte jetzt wirklich mal nach Matt suchen«, sagte Jon. »Ich könnte eine der Petroleumlampen mitnehmen.«

»Vielleicht hat er Recht, Mom«, sagte ich. Jon ist inzwischen stärker als ich und sehr viel stärker als Mom. Vielleicht ist er sogar stärker als Matt, weil er mehr isst. Falls Matt tatsächlich Hilfe brauchte, wäre Jon der Einzige von uns, der sie ihm geben könnte.

»Nein«, sagte Mom. »Wer weiß, ob Matt nicht einfach bei einem Freund in der Stadt geblieben ist, um den Sturm abzuwarten.«

Aber ich wusste, dass Matt das nicht tun würde. Er würde nach Hause kommen. Oder es zumindest versuchen. Er wäre ebenso besorgt um uns wie wir um ihn.

»Mom, ich finde auch, dass Jon rausgehen sollte«, sagte ich. »Nur ein kleines Stück die Straße runter, mit der Petroleumlampe. Es ist inzwischen so dunkel, womöglich fährt Matt einfach an unserer Einfahrt vorbei, ohne es zu merken.«

Aber Mom gefiel dieser Gedanke überhaupt nicht. Also versuchte ich es noch einmal anders.

»Wie wär's, wenn ich zuerst rausgehe?«, fragte ich. »Nach einer Weile könnte Jon mich dann ablösen, und ich dann wieder ihn. Wenn wir uns abwechseln, kann doch eigentlich nicht viel schiefgehen.«

»Genau, Mom«, sagte Jon. »Ich gehe jetzt als Erster raus, und in einer Viertelstunde schickst du Miranda hinterher.«

»Schon gut, schon gut«, sagte Mom. »Fünfzehn Minuten, und dann schicke ich Miranda raus.«

Jon sah richtig begeistert aus und irgendwie konnte ich das auch verstehen. Mom sorgte dafür, dass er sich richtig einmummelte: Jacke und Schal, Handschuhe, Stiefel. Sie ermahnte ihn, nicht zu weit zu gehen und die Lampe möglichst hoch zu halten, damit sie Matt als Leuchtfeuer dienen konnte.

Ich wartete zusammen mit Mom. Wir sprachen kein Wort. Ich traute mich nicht, und Mom war viel zu angespannt, um über irgendetwas Belangloses zu reden. Schließlich gab sie mir das Zeichen, mich fertig zu machen.

»Hoffentlich ist das kein Fehler«, sagte sie.

»Wird schon gut gehen«, sagte ich. »Wetten, dass ich Matt mit nach Hause bringe?«

Aber als ich dann die Auffahrt erreichte, war ich mir schon nicht mehr sicher, ob ich es überhaupt bis zu Jon schaffen würde. Es war offenbar egal, wie viele Schichten man übereinanderzog, der Wind war so schneidend, dass er durch alles hindurchging. Besonders unangenehm war er im Gesicht. Ich zog den Schal über Mund und Nase, aber mein Gesicht brannte trotzdem vor Kälte. Schnee und Dunkelheit machten es mir unmöglich, irgendetwas außerhalb des Lichtscheins meiner Lampe zu erkennen. Ich stolperte mehrfach und zweimal blies der Wind mich um. Der Schnee sickerte durch meine Hose, und sogar die lange Unterhose war irgendwann nass und kalt.

Ausgerechnet, als ich zwischendurch den Schal vom Gesicht nahm, um nach Luft zu schnappen, fiel ich in den Schnee, so dass ich eine ganze Ladung davon in den Mund bekam und furchtbar husten musste. Ich war kurz davor aufzugeben und umzukehren, zurück in den Wintergarten, zurück an den Ofen. Aber Jon stand da draußen und wartete auf seine Ablösung. Und es war meine Idee gewesen. Meine glänzende Idee.

Ich habe keine Ahnung, wie lange es dauerte, bis ich endlich bei Jon war. Er hüpfte die ganze Zeit auf der Stelle, und die Lampe schwang wild hin und her.

»So bleibt man länger warm«, erklärte er mir.

Ich nickte und schickte ihn zum Haus zurück. Ich zeigte in die Richtung, in der ich es vermutete. »Sag Mom, mir geht's gut«, trug ich ihm noch auf, auch wenn wir beide wussten, dass es gelogen war.

»In ein paar Minuten bin ich wieder zurück«, sagte er.

Ich blickte ihm nach, während er davonstapfte. Schon nach wenigen Schritten war er nicht mehr zu sehen.

Als ich da draußen so herumstand, musste ich plötzlich über mich lachen. Wie hatte ich mich danach gesehnt, mal wieder allein zu sein. Jetzt war ich so allein, wie ein Mensch nur sein konnte, und wünschte mir nichts sehnlicher, als mit Matt und Jonny und Mom und Horton wieder dicht an dicht im Wintergarten zu sitzen.

Ich wusste, dass nicht allzu viel schiefgehen konnte, solange ich einfach hier stehen blieb. Verirren konnte ich mich nicht, und Mom würde schon darauf achten, dass ich wieder reinkam, bevor ich erfroren war oder Frostbeulen kriegen würde. Wirklich in Gefahr war nur Matt.

Aber es ist nicht so einfach, sich sicher und geborgen zu fühlen, wenn man mitten in einem peitschenden Sturm steht, vor lauter Schnee kaum noch gucken kann und vor Nässe und Kälte am ganzen Körper zittert. Zu allem Überfluss hatte ich auch noch Hunger. Ich habe natürlich immer Hunger, außer kurz nach dem Abendessen, aber jetzt hatte ich die Art von Hunger, die ich immer kurz vorm Abendessen kriege, also musste es ungefähr fünf sein.

Ich stellte fest, dass Jon Recht gehabt hatte, was das Warmbleiben anging, und so joggte ich ein bisschen auf der Stelle. Alles war gut, bis ich plötzlich von einer Bö überrascht wurde, in den Schnee fiel und die Petroleumlampe ausging.

Ich musste meine ganze Willenskraft aufbieten, um nicht hysterisch zu werden. Immer wieder sagte ich mir, dass mir nichts passieren könne, dass Jon mich finden und dass Matt nach Hause kommen würde, dass man eine Lampe wieder anzünden kann und dass alles wieder gut wird.

Aber einen Moment lang hatte ich trotzdem das Gefühl, als hätte mich ein mächtiger Riese in eine Schneekugel geworfen, als wäre ich darin gefangen und würde nie wieder freikommen. Als wäre dies jetzt wirklich der Weltuntergang und als müssten wir, auch wenn Matt es nach Hause schaffte, trotzdem alle sterben.

Es hatte wenig Sinn, vom Boden aufzustehen, also blieb ich dort sitzen, die nutzlose Lampe in der Hand, und wartete auf Jonny, auf Matt und darauf, dass die Welt endlich sagen würde: »Jetzt reicht's. Ich hör auf.«

»Miranda?«

War das Matts Stimme gewesen? Oder der Wind? Oder eine Halluzination? Ich hätte es nicht sagen können.

»Miranda!«

»Matt?«, fragte ich und versuchte aufzustehen. »Matt, bist du es wirklich?«

»Was machst du denn hier?«, fragte er, und die Frage war so blöd und doch so berechtigt, dass ich in schallendes Gelächter ausbrach.

»Ich bin hier, um dich zu retten«, presste ich hervor und musste nur noch mehr lachen.

»Na, vielen Dank«, sagte Matt. Ich glaube, er hat auch gelacht, aber wegen des Sturms und meines irren Gelächters konnte ich es nicht genau sagen.

»Na komm«, sagte er und zog mich vom Boden hoch. »Wir gehen nach Hause.«

Wir kämpften uns gegen den Wind bis zur Auffahrt vor. Matt schob mit der einen Hand sein Rad, mit der anderen hielt er mich am Arm. Einmal blies mich der Wind gegen Matt, der seinerseits auf sein Fahrrad fiel. Es dauerte einen Moment, bis wir uns hochgerappelt hatten, aber als wir wieder aufrecht standen, sahen wir Jons Petroleumlampe in der Ferne auf und ab hüpfen.

Es hatte keinen Sinn, ihn zu rufen, aber wir nahmen die Lampe als Orientierung und gingen langsam darauf zu. Als wir Jon erreicht hatten, drückte er Matt so fest an sich, dass ich schon dachte, er würde die Lampe fallen lassen und wir ständen wieder im Dunkeln. Aber die Lampe blieb an, und wir pflügten uns durch den Schnee zum Haus zurück.

Wir gingen durch die Vordertür rein, und Matt rief: »Wir sind wieder da!«

So schnell sie konnte, humpelte Mom auf uns zu. Natürlich hat sie Matt als Erstes umarmt, aber danach zog sie mich genauso fest an sich, als hätte sie um mich nicht weniger Angst gehabt als um ihn.

Mom sorgte dafür, dass wir uns alle gründlich abrubbelten und trockene Sachen anzogen, und dann setzten wir uns vor den

Ofen, um aufzutauen. Wir hatten alle rote Gesichter, aber Matt versicherte hoch und heilig, ihm ginge es gut und er hätte keine Erfrierungen.

»Ich hätte schon früher zu Hause sein können, aber ich wollte mein Fahrrad nicht irgendwo stehenlassen«, sagte er, während wir am Feuer saßen. »Henry und ich waren allein im Postamt und es hat eine Weile gedauert, bis wir überhaupt bemerkt haben, dass es schneit. Irgendwann kam jemand rein und meinte, es würde schon seit Stunden schneien und wir sollten lieber nach Hause fahren. Ich habe kurz überlegt, mit zu Henry zu gehen, aber der wohnt auch nicht viel näher an der Post als wir, und dann auch noch genau in der anderen Richtung, das hätte also keinen Sinn gehabt. Ich dachte, wenn ich mein Fahrrad einfach irgendwo stehenlasse, sehe ich es bestimmt nicht mehr wieder. Ihr wisst ja, wie das ist. Außerdem wusste ich ja nicht, ob es nicht bald schon wieder aufhören würde. Ich hatte gehofft, zwischendurch immer mal wieder ein Stück mit dem Rad fahren zu können, aber das war unmöglich.«

»Das war das letzte Mal, dass du zur Post gefahren bist«, sagte Mom. »Ich lasse das nicht mehr zu.«

»Darüber reden wir nächsten Freitag«, sagte Matt. »Vorher fahre ich sowieso nirgends mehr hin.«

Zuerst sah es so aus, als wollte Mom sich auf einen Streit einlassen, aber dann seufzte sie nur.

»Ich habe Hunger«, sagte Jon. »Ist es nicht Zeit fürs Abendessen?«

»Ich mache uns eine Suppe warm«, sagte Mom. »Die können wir sicher alle gebrauchen.«

Es gab erst eine Suppe und dann Makkaroni mit Tomatensoße. Ein Zwei-Gänge-Menü, zum Beweis, dass heute ein besonderer Tag war.

Den Abend haben wir damit verbracht, immer wieder zur Vordertür zu rennen und mit einer Taschenlampe in den Schnee hinauszuleuchten. Ich gehe auch gleich noch mal gucken, wenn ich hier fertig bin, und dann gehe ich ins Bett.

Ich weiß nicht, was mir lieber wäre, dass es die ganze Nacht durchschneit oder dass es aufhört. Wenn es durchschneit, bedeutet das mehr Wasser für uns. Aber irgendwie hat dieser Sturm auch etwas Beängstigendes, obwohl wir alle zu Hause und in Sicherheit sind.

Ist ja auch egal. Ich kann es sowieso nicht ändern. Es wird schneien oder eben nicht schneien, egal, was ich mir wünsche.

3. Dezember

Es hat die ganze Nacht durchgeschneit und heute auch noch den ganzen Tag.

Die Wertstoffbehälter waren randvoll mit Schnee, deshalb haben Matt und Jon sie reingebracht, und wir haben den Schnee geschmolzen und dann in Flaschen und Krüge abgefüllt. Danach haben wir die Behälter wieder rausgestellt.

Die Mülltonne war halb mit Schnee gefüllt. Unserer Schätzung nach sind ungefähr sechzig Zentimeter Schnee gefallen, und es sieht nicht so aus, als würde es bald aufhören.

»Wasser haben wir jetzt erst mal wieder genug, oder?«, fragte ich sicherheitshalber nach. »Der Schnee bleibt doch bestimmt noch eine Weile liegen, so dass wir ihn einfach reinbringen und abkochen können, wenn wir Wasser brauchen. Oder?«

»Ich wüsste nicht, was dagegenspricht«, sagte Matt. »Ich glaube, erst mal brauchen wir uns keine Sorgen mehr ums Wasser zu machen. Außerdem schneit es ja vielleicht noch öfter.«

»Nein, danke. Lieber nicht«, sagte Mom.

»Es muss ja nicht gleich wieder ein Blizzard sein«, sagte Matt. »Aber ab und zu ein paar Zentimeter könnten wir gut gebrauchen.«

»Und Holz haben wir auch noch genug?«, fragte ich. Heute war anscheinend mein Rückversicherungstag.

»Es müsste reichen«, sagte Matt.

Ich beschloss, ihm zu glauben. Wir können ja sowieso nicht zum Holz- und Wasserladen gehen, um Nachschub zu besorgen.

Wobei mir einfällt, dass wir jetzt sowieso nirgendwo mehr hingehen können. Ich glaube kaum, dass die Straßen geräumt werden, und noch weniger glaube ich, dass irgendwer sechs Kilometer Schnee wegschaufeln wird.

Ein Glück, dass wir uns immer noch mögen.

4. Dezember

Als wir heute Morgen aufgestanden sind, haben wir festgestellt, dass es über Nacht aufgehört hat zu schneien. Vom Wintergarten aus (der jetzt vollkommen dunkel ist, wegen des Schnees auf den Oberlichtern) kann man natürlich nichts sehen, also gingen wir zuerst ins Wohnzimmer und dann zur Vordertür, um die Lage zu sichten.

Durch den Wind war der Schnee stark verweht worden. An einigen Stellen war gerade mal der Boden bedeckt, an anderen lag er fast ein Meter fünfzig hoch. Ich hab noch nie solche hohen Verwehungen gesehen und wusste nicht, ob ich sie toll oder beängstigend finden sollte.

Wir gingen wieder ins Haus zurück. Mom nahm etwas von dem Schnee der vergangenen Nacht mit rein und machte uns einen heißen Kakao. Er schmeckte ein bisschen nach Asche, aber immer noch besser als gar kein Kakao.

»So«, sagte Matt, als wir es alle warm und gemütlich hatten. »Seid ihr bereit für ein paar Probleme?«

Ich hätte gern »Nein« gesagt, aber das hätte auch nichts genutzt.

»Wir müssen das Wintergartendach vom Schnee befreien«, sagte er.

»Warum?«, fragte Jon.

»Nur eine Vorsichtsmaßnahme«, sagte Matt. »Schnee kann sehr schwer sein, und wir wissen nicht, ob das der letzte für diesen Winter war. Wir wollen schließlich nicht, dass uns das Dach auf den Kopf fällt.«

»Und ich will nicht, dass ihr auf dem Dach herumklettert«, sagte Mom. »Das ist viel zu gefährlich.«

»Es ist noch viel gefährlicher, wenn das Dach einstürzt«, sagte Matt. »Das könnte uns das Leben kosten. Das *wird* uns das Leben kosten, denn ohne Wintergarten haben wir auch keinen Ofen mehr. Ich werde vorsichtig sein, aber es muss gemacht werden.«

»Du hast von ›ein paar Problemen‹ gesprochen«, sagte Jon.

»Die Leiter steht in der Garage«, sagte Matt. »Die Schneeschaufeln auch.«

»Kommt, wir sehen mal nach, wie viel Schnee vor der Garage liegt«, sagte Mom. Sie ging zur Wintergartentür und wollte sie öffnen. Aber obwohl sie sich mit aller Kraft dagegenstemmte, ging die Tür nicht auf.

»Vielleicht ist sie zugeschneit«, sagte Matt. »Wir gehen durch die Vordertür raus.«

Das taten wir. Aber statt einfach aus der Wintergartentür zur Garage hinüberzuschauen, mussten wir jetzt bis zur Auffahrt laufen, um die Garage überhaupt sehen zu können.

Schon die ersten Meter waren anstrengend. Bei jedem Schritt musste man die Beine ganz hoch heben, wie ein Storch, sonst kam man überhaupt nicht aus dem Schnee heraus, und beim Auftreten sank man dann wieder ganz tief ein.

»Der sollte sich ziemlich leicht wegschaufeln lassen«, sagte Jon.

»Das ist gut«, sagte Matt. »Wir haben da noch einiges vor uns.«

Schließlich hatten wir uns bis zur Wintergartentür vorgekämpft. Der Schnee lag dort über einen Meter hoch. Kein Wunder, dass Mom die Tür nicht aufbekommen hatte.

»Gut, die steht also auch auf unserer Schneeräum-Liste«, sagte Matt. »Jetzt sehen wir uns mal die Garage an.«

Vor der Garage sah es noch schlimmer aus. Der Schnee reichte bis über das Vorhängeschloss.

»Wir brauchen die Schaufeln«, sagte ich. »Seid ihr sicher, dass die in der Garage sind?«

Matt und Jon nickten beide. Mom holte tief Luft und musste husten. »Dann müssen wir den Schnee mit den Händen beiseiteräumen«, sagte sie. »Die Garagentüren gehen nach außen auf, wir haben also keine andere Wahl. Mit ein paar Pfannen wird es sicher schneller gehen, und wir helfen alle mit. Jon, du gehst ins Haus, steckst ein paar Pfannen in einen Müllsack und bringst sie her. Wir fangen schon mal mit bloßen Händen an.«

Jon machte sich auf den langen, mühsamen Weg zur Vordertür. Sobald er außer Hörweite war, wandte Mom sich an Matt und fragte: »Und wie schlimm ist es tatsächlich?«

»Na ja, wir sind auf jeden Fall vollkommen isoliert«, sagte Matt. »Ich habe irgendwann mal Dads alte Langlaufskier in der Garage entdeckt. Plus die dazugehörigen Schuhe. Mit denen sind wir ein bisschen beweglicher. Die Fahrräder können wir im Moment nicht gebrauchen. Und Autofahren kannst du auch vergessen. Sei mir nicht böse, wenn ich das so sage, aber es ist ein Glück, dass Mrs Nesbitt schon tot ist.«

»Das habe ich auch schon gedacht«, sagte Mom. »Meinst du, die Straßen werden irgendwann geräumt?«

Matt schüttelte den Kopf. »Zum Freischaufeln gibt es nicht mehr genügend Leute und für den Schneepflug nicht mehr genügend Benzin. Vielleicht werden sie noch die Hauptstraßen in der Stadt räumen, aber mehr sicher nicht. Wir sind ganz auf uns allein gestellt.«

»Ich hab vor allem ans Krankenhaus gedacht«, sagte Mom.

»Ich auch«, sagte Matt. »Da kommen wir jetzt nicht mehr hin. Und Peter kann auch nicht mehr zu uns rauskommen. Ich glaube nicht, dass der Schnee vor April oder Mai wieder taut. Und vielleicht fällt sogar noch mehr.«

»Ich mag Peter ja auch«, sagte ich. »Aber es ist doch kein Weltuntergang, wenn wir ihn mal ein paar Wochen lang nicht sehen. Oder auch ein paar Monate.«

»Darum geht es gar nicht«, sagte Matt. »Was ist, wenn einer von uns einen Arzt braucht? Oder ins Krankenhaus muss? Was machen wir dann?«

»Wir müssen eben besonders vorsichtig sein«, sagte Mom. »Dann brauchen wir keinen Arzt. Und jetzt sollten wir lieber ein bisschen Schnee wegräumen, sonst merkt Jonny noch, dass wir die ganze Zeit nur geredet haben.«

Der Schnee rutschte uns in die Handschuhe hinein, und auch unsere Hosenbeine waren bald ganz nass. Wir waren erleichtert, als Jon endlich mit den Pfannen zurückkam. Wir nahmen jeder eine und benutzten sie als Minischaufel. Damit ging es schneller, aber es dauerte trotzdem noch ziemlich lange, bis die Garagentüren freigelegt waren.

Dann fiel Mom plötzlich ein, dass sie den Schlüssel für das Vorhängeschloss im Haus gelassen hatte, und wir mussten warten, bis

Matt hin- und zurückgelaufen war, um ihn zu holen. Und schließlich mussten wir noch ein bisschen mehr Schnee wegräumen und alle gemeinsam an den Türen ziehen, bevor sie sich zu unserer großen Erleichterung endlich öffneten.

Gleich neben dem Eingang standen zwei Schaufeln. Und daneben ein 10-Kilo-Sack mit Streusalz, das laut Aufschrift sogar noch bei minus 20 Grad das Eis zum Schmelzen bringen sollte.

»Wenn nicht«, sagte Mom, »verlangen wir einfach unser Geld zurück.«

Das fanden wir alle so lustig, dass wir gar nicht mehr aufhören konnten zu lachen, bis das Lachen schließlich in Husten überging.

»Zwei Schaufeln«, sagte Matt. »Eine für mich und eine für Jon. Los, wir fangen gleich an.«

»Nein«, sagte Mom. »Erst gehen wir alle noch mal ins Haus und essen eine Kleinigkeit. Und wir sollten jeder eine Aspirin nehmen.«

»Wir kommen schon klar«, sagte Matt. »Mach dir keine Sorgen.«

»Ich mach mir immer Sorgen«, erwiderte Mom. »Mütterliche Berufskrankheit. Und jetzt ab ins Haus, Mittagessen und Aspirin.«

»Wofür brauchen wir denn das Aspirin?«, fragte ich Matt im Flüsterton, während wir zur Vordertür zurückstapften.

»Für unser Herz«, antwortete Matt. »Mom denkt anscheinend, wir hätten Herzen wie Sechzigjährige.«

»Das habe ich gehört«, sagte Mom. »Ich möchte nur, dass ihr nicht mehr Risiken eingeht als unbedingt nötig. Außerdem wird euch heute Abend sowieso alles wehtun. Da kann es nicht schaden, schon mal rechtzeitig mit dem Aspirin anzufangen.«

Damit, dass uns abends alles wehtun würde, hatte Mom sicher Recht. Schon nach dem Schneeschaufeln mit der Pfanne spürte ich meine Schultern und den Rücken. Und die Idee mit dem Mittagessen war natürlich auch sehr verlockend (Suppe und Spinat, wie sich herausstellte – wahrscheinlich musste Popeye auch so einiges an Schnee wegschaufeln).

Sobald wir gegessen hatten, gingen Matt und Jonny an die Arbeit. Sie räumten erst den Schnee vor der Tür vom Wintergarten weg und schaufelten dann die Laufwege frei, vom Haus bis zur Garage und von der Vordertür bis zur Straße. Dann holten sie die Leiter und befreiten das Wintergartendach vom Schnee. Sie brauchten ganz schön lange dafür, aber es schien ihnen Spaß zu machen.

»Während die beiden Schnee schippen, können wir ja ein bisschen Wäsche waschen«, sagte Mom. »Ich mache den Schnee auf dem Ofen heiß, und du machst die Wäsche.«

»Frauenarbeit«, grummelte ich, aber auch wenn es mir nicht gerade Spaß macht, Jons Unterwäsche zu waschen, bin ich, ehrlich gesagt, noch viel weniger scharf darauf, dass er meine wäscht.

Obwohl mir schon vom Schneeschaufeln der Rücken wehtat, war das noch nichts im Vergleich dazu, wie ich mich fühlte, als ich mit der Wäsche durch war.

Einerseits war es natürlich toll, überhaupt wieder Wasser zum Wäschewaschen zu haben. Mit dem Wasser von Mrs Nesbitt hatten wir auch noch ein bisschen gewaschen, aber seitdem nicht mehr, und das ist jetzt fast einen Monat her.

Andererseits ist Wäschewaschen wirklich Schwerstarbeit. Es fängt schon damit an, dass ziemlich viel Schnee zu ziemlich wenig Wasser zusammenschmilzt, so dass Mom den Topf auf dem Ofen ständig nachfüllen musste. Außerdem ist das Wasser natürlich grau, weshalb man kaum noch beurteilen kann, ob die Sachen wirklich sauber sind. Das wollte ich mit etwas zu viel Waschmittel kompensieren, weshalb es Ewigkeiten dauerte, das Zeug wieder rauszuspülen. Durch den Ofen war das Wasser kochend heiß, die

Küche aber dagegen so richtig kalt, weil sie nicht geheizt wird, so dass mein armer Körper überhaupt nicht mehr wusste, was er fühlen sollte. Während Gesicht und Hände vor Hitze glühten, blieben Beine und Füße eiskalt. Sobald dann eine Fuhre gewaschen und gespült war, musste ich die Sachen auch noch auswringen, was anstrengender war als der ganze Rest. Und das alles für Klamotten, die sowieso immer schmuddelig aussehen.

Mom spannte eine Wäscheleine im Wintergarten, denn in allen anderen Räumen würden die nassen Sachen bloß gefrieren. Was bedeutet, dass der Wintergarten jetzt zu allem Überfluss auch noch nach nasser Wäsche riecht. Aber wenigstens hängt die Wäscheleine nicht über den Matratzen. Ich möchte nicht, dass mir beim Schlafen die nasse Wäsche ins Gesicht tropft.

Da Matt und Jon sowieso schon dabei waren, das Dach freizuräumen, haben sie auch gleich noch die Oberlichter vom Schnee befreit, damit wenigstens das bisschen Licht, das es draußen gibt, wieder zu uns durchdringen kann.

Ich bin zu müde, um Angst zu haben. Mal sehen, wie es mir morgen früh geht.

5. Dezember

Mom hat gesagt, wir sollen uns wieder an unsere Bücher setzen.
»Heute ist schneefrei«, meinte Jonny darauf.
Mom hat ihm nicht widersprochen.
Ich wünschte fast, sie hätte es getan.

7. Dezember

Wir sind jetzt seit fast einer Woche im Wintergarten zusammengepfercht. Ich fand es vorher schon schlimm, aber jetzt wird es langsam lächerlich. Vorher waren wenigstens Matt und Jonny den ganzen Tag draußen und haben Holz gehackt. Jetzt sitzen sie auch hier drin fest.

Manchmal denkt sich einer von uns irgendeine Ausrede aus, um für eine Weile von den anderen wegzukommen. Ich bin immer noch für die Bettpfannen zuständig und muss ungefähr zwanzig Schritte vom Haus weggehen, um diesen angenehmen Job zu erledigen. Jon macht Hortons Katzenklo sauber, also muss auch er mindestens ein Mal am Tag vor die Tür (außerdem müssen er und Matt immer zum Pinkeln raus, die armen Jungs). Matt holt Schnee von draußen rein, wenn wir Wasser brauchen. Nur Mom verlässt überhaupt nicht das Haus.

Aber immer wieder fällt uns plötzlich irgendetwas ein, das wir unbedingt aus unserem Zimmer oder der Speisekammer holen müssen, und trotz der Kälte im Haus ist es ein himmlisches Gefühl, mal für ein paar Minuten allein zu sein.

Morgen ist Freitag, also ist Matt heute mit den Langlaufskiern rausgegangen, um auszuprobieren, ob er damit bis in die Stadt fahren kann. Sehr zu Moms Erleichterung kam er aber bald wieder rein und meinte, das würde nicht klappen. Ihm hat Langlauf noch nie besonders viel Spaß gemacht, und der Schnee ist ziemlich locker und pulverig; ihm fehlt die Technik und vermutlich auch die Kraft, um die sechs Kilometer bis in die Stadt zu schaffen.

Einerseits bin ich ganz froh, dass Matt auch mal etwas nicht kann. Andererseits hätte ich ihn, bei aller Liebe, ganz gern mal für ein paar Stunden vom Hals gehabt.

Und dabei haben wir gerade mal Dezember – wie soll das erst im Februar werden?

10. Dezember

Jon war gerade dabei, sich mittags eine Dose grüne Erbsen warm zu machen, als er sich plötzlich zu uns umdrehte und fragte: »Wieso isst eigentlich keiner von euch zu Mittag?«

Ist doch komisch, schließlich machen wir das schon seit Ewigkeiten nicht mehr, aber Jon war natürlich tagsüber immer mit Matt draußen, und vielleicht hat er gedacht, dass Matt stattdessen besonders viel frühstückt oder so. Er konnte ja nicht wissen, was Mom und ich in der Zeit machen. Aber jetzt, wo wir ununterbrochen die gleiche Luft atmen, hat er es schließlich doch bemerkt.

»Keinen Hunger«, sagte Matt. »Wenn ich Hunger habe, dann esse ich was.«

»So mache ich es auch«, sagte ich mit einem breiten, verlogenen Lächeln im Gesicht.

»Jeder isst, wann und wie er es braucht«, sagte Mom. »Lass dich von uns nicht abhalten, Jonny.«

»Doch«, sagte Jon. »Wenn ihr alle nur einmal am Tag etwas esst, dann mache ich das auch.«

Wir riefen alle gleichzeitig »Nein!«, woraufhin Jonny uns völlig entsetzt ansah und aus dem Zimmer stürzte.

Ich weiß noch, wie sauer ich vor ein paar Monaten darüber war, dass Jonny mehr zu essen bekommt als wir, und wie unfair ich das fand. Aber inzwischen denke ich, dass Mom damit Recht hatte. Wer weiß, ob nicht tatsächlich nur einer von uns durchkommt? Wir haben Öl und wir haben Wasser, aber wer weiß, wie lange unsere Lebensmittel noch reichen. Mom ist so dünn, dass es mir Angst macht, und Matt ist auch nicht mehr so stark wie früher, von mir mal ganz zu schweigen. Womit ich nicht sagen will, dass Jon noch genauso stark ist, aber er hat vermutlich die besten Chancen, den Winter oder den Frühling oder was auch immer zu überstehen.

Sollte wirklich nur einer von uns überleben, wäre Matt wahrscheinlich die bessere Wahl, weil er schon alt genug ist, um für sich selber zu sorgen. Aber das würde er niemals zulassen.

Ich möchte nicht zwei, drei oder vier Wochen länger leben, wenn das bedeutet, dass am Ende keiner von uns überlebt. Also werde ich wohl lieber ganz aufhören zu essen, als dass Jon nicht genug hat, sollte es je dazu kommen.

Matt wollte raufgehen, um mit Jon zu sprechen, aber Mom sagte, nein, das würde sie selber machen. Sie humpelt immer noch ziemlich, und ich fragte mich, wie sie die Treppen schaffen wollte, aber sie war nicht davon abzubringen.

»Es ist alles so furchtbar«, sagte ich zu Matt, für den Fall, dass er es noch nicht bemerkt haben sollte.

»Könnte schlimmer sein«, sagte er. »Wer weiß, ob uns das hier rückblickend nicht sogar noch wie eine gute Zeit vorkommen wird.«

Da könnte er Recht haben. Ich weiß noch, wie Mom sich das erste Mal den Knöchel verstaucht hat und wir Poker gespielt und richtig Spaß gehabt haben. Hätte mir drei Monate vorher jemand gesagt, dass ich das mal als eine gute Zeit bezeichnen würde, hätte ich schallend gelacht.

Ich esse jeden Tag. In zwei Monaten, womöglich schon in einem, esse ich vielleicht nur noch jeden zweiten Tag.

Wir sind alle am Leben. Wir sind alle gesund.

Das hier sind die guten Zeiten.

11. Dezember

Ich ging raus, um meine Nachttopf-Pflicht zu erfüllen, und Jon folgte mir mit dem Katzenklo. Ich wollte gerade wieder reingehen, da packte er mich am Arm.

»Ich muss mit dir reden«, sagte er.

Es musste wohl etwas Wichtiges sein, denn ansonsten redet Jon, wenn überhaupt, nur noch mit Matt.

»Okay«, sagte ich, auch wenn wir fünfundzwanzig Grad unter null hatten und ich eigentlich möglichst schnell ins Haus zurückwollte.

»Mom meint, ich soll auch weiterhin zu Mittag essen«, sagte er. »Sie meint, wenigstens einer von uns müsse bei Kräften bleiben, für den Fall, dass die anderen seine Hilfe brauchen.«

»Genau«, sagte ich. »Das hat sie mir auch gesagt. Und du bist derjenige, der stark sein muss für uns.«

»Ist das denn in Ordnung?«, fragte er. »Hast du nichts dagegen?«

Ich zuckte die Achseln.

»Ich weiß nicht, ob ich wirklich so stark sein kann«, sagte Jon. »Zu Mrs Nesbitt musste Matt mich fast schon reinzerren.«

»Aber du bist reingegangen«, sagte ich. »Du hast getan, was getan werden musste. Mehr machen wir alle nicht. Wir tun, was getan werden muss. Du bist so viel erwachsener geworden, Jon. Wie du dich an deinem Geburtstag verhalten hast, dafür habe ich dich wirklich bewundert. Und ich sage dir noch was: Als wir nach Matt gesucht haben, bin ich hingefallen und die Petroleumlampe ist ausgegangen, und weißt du, was ich die ganze Zeit gedacht habe? Gleich kommt Jon und holt mich. Jon ist stärker als ich, und alles wird gut. In mancher Hinsicht hast du diese Aufgabe also längst übernommen.«

»Und wenn ihr sterbt?«, schrie er. »Was, wenn ihr alle tot seid?«

Ich hätte ihm gern gesagt, dass das niemals geschehen wird, dass alles wieder gut wird, dass morgen die Sonne scheint, die Straßen geräumt sind und die Supermärkte offen haben, voller Obst und Gemüse und Fleisch.

»Wenn wir tot sind, gehst du von hier weg«, sagte ich. »Du hast die Kraft dazu. Vielleicht ist es ja irgendwo in Amerika oder Mexiko besser als hier, da gehst du dann hin. Dann sind Mom und Matt und ich nicht umsonst gestorben. Aber vielleicht kracht auch sowieso bald der Mond auf die Erde runter und wir sind alle tot. Ich weiß es nicht, Jonny. Keiner weiß das. Also iss jetzt dein verdammtes Mittagessen, und hör auf, ein schlechtes Gewissen zu haben.«

Es geht doch nichts über ein paar aufmunternde Worte. Jon drehte sich um und ging ins Haus. Ich blieb noch ein bisschen draußen und trat in den Schnee, weil ich nicht wusste, wen ich sonst treten sollte.

13. Dezember

»Ich glaube, wir gehen die Sache mit den Mahlzeiten falsch an«, sagte Matt heute Morgen. Einen beglückenden Moment lang dachte ich, er wollte damit sagen, wir drei sollten wieder zwei Mahlzeiten am Tag essen und Jon nur noch eine, aber das meinte er natürlich nicht.

»Keiner von uns isst etwas zum Frühstück«, sagte er. »Wir haben den ganzen Tag über Hunger. Dann essen wir zu Abend, bleiben noch ein bisschen auf und gehen ins Bett. Die einzige Zeit, in der wir keinen Hunger haben, ist also die, wenn wir schlafen. Was haben wir dann davon?«

»Du meinst, wir sollten unsere große Mahlzeit lieber morgens einnehmen?«, fragte Mom, was ziemlich lustig war, weil unsere große Mahlzeit ja gleichzeitig auch unsere einzige ist.

»Zum Frühstück oder Mittagessen«, sagte Matt. »Vielleicht auch Brunch, wie Miranda es eine Zeit lang gemacht hat. Ich glaube, ich hätte lieber nachts Hunger als den ganzen Tag.«

»Und ich?«, fragte Jonny.

»Du könntest abends noch mal was essen«, sagte Matt.

Das schien mir tatsächlich sinnvoll. Vor allem, weil Jon erst dann seine zweite Mahlzeit bekommen würde, wenn wir anderen auch schon gegessen haben. Es hat Tage gegeben, da hätte ich ihm seinen Topf mit was auch immer am liebsten über den Kopf gekippt. Vielleicht hält sich der Futterneid in Grenzen, wenn ich selber noch halbwegs satt bin.

»Probieren wir es aus«, sagte Mom. »Ich fand das Abendessen immer schön, weil wir dann alle zusammen waren. Aber jetzt sind wir sowieso den ganzen Tag zusammen, da spielt es eigentlich keine Rolle mehr. Wir essen ab jetzt immer um elf, und dann sehen wir ja, wie es uns gefällt.«

Das taten wir dann auch. Jetzt ist es vier Uhr nachmittags (hat Matt jedenfalls gesagt) und ich habe noch keinen besonders großen Hunger. Und das Wäschewaschen geht auch viel leichter, wenn ich halbwegs satt bin.

Das ist doch wirklich mal eine Verbesserung.

16. Dezember

»Schreibst du immer noch Tagebuch?«, fragte mich Jon.

»Ja, schon«, sagte ich. »Ich hab bloß kein richtiges Tagebuch mehr, ich nehm jetzt immer Aufsatzhefte. Aber schreiben tu ich noch. Warum?«

»Ich weiß auch nicht«, sagte er. »Ich frage mich einfach, warum du das tust. Ich meine, für wen schreibst du das alles auf?«

»Für dich jedenfalls nicht«, sagte ich und musste daran denken, dass Mrs Nesbitt vor ihrem Tod sämtliche Briefe verbrannt hatte. »Also komm mir bloß nicht auf dumme Gedanken.«

Jon schüttelte den Kopf. »Ich will das ganze Zeug sowieso nicht lesen«, sagte er. »Liest du dir das alles noch mal durch?«

»Nein«, sagte ich. »Ich schreibe es einfach hin, und dann vergesse ich es.«

»Dann ist ja gut«, sagte er. »Und keine Sorge, ich werde es bestimmt nicht lesen. Ich hab auch so schon genug Probleme.«

»Die haben wir alle«, sagte ich.

Schon komisch, aber in letzter Zeit tut mir Jon oft leid. Ich bin zweieinhalb Jahre älter als er, und manchmal kommt es mir vor, als wäre er um diese zweieinhalb Jahre, in denen ich noch zur Schule gehen, Schwimmen und Freunde haben konnte, betrogen worden. Kann sein, dass er zweieinhalb Jahre länger leben wird als ich, oder zwanzig oder fünfzig, aber diese zweieinhalb Jahre normales Leben kriegt er nie wieder zurück.

Jeden Abend vorm Einschlafen denke ich, was für eine Idiotin ich war, dass ich mich am Vortag schon bemitleidet habe. Jeder Mittwoch ist schlimmer als der Dienstag, und jeder Dienstag sehr viel schlimmer als der Dienstag davor. Das bedeutet, dass jedes Morgen ein bisschen schlimmer sein wird als das Heute. Warum sollte ich mir also heute leidtun, wo ich doch weiß, dass morgen alles schon wieder schlimmer sein wird?

Ziemlich bescheuert, diese Philosophie, aber eine bessere habe ich nicht.

19. Dezember

Ungefähr um diese Zeit müsste eigentlich Lisas Baby kommen. Ich habe beschlossen, dass es schon da ist und dass es ein Mädchen ist. Ich habe sie Rachel getauft.

Irgendwie geht es mir damit besser. Natürlich habe ich keinen blassen Schimmer, ob das Kind wirklich schon da ist und ob es ein Junge oder ein Mädchen ist, und wenn es ein Mädchen ist, wie sie es genannt haben. Streng genommen weiß ich ja nicht einmal, ob

Lisa und Dad überhaupt noch leben, aber ich gehe einfach mal lieber davon aus. Ich habe beschlossen, dass sie es bis nach Colorado geschafft haben und dass Dad Grandma aus Las Vegas geholt hat und sie jetzt alle zusammen sind: Lisa und ihre Eltern und Dad und Grandma und die kleine Rachel. Sobald das Wetter besser wird, kommt er uns holen, und wir gehen alle zusammen nach Colorado, wo ich Baby Rachels Patentante werde wie geplant.

Manchmal wird Colorado für mich zu dem, was eine Zeit lang Springfield war, eine Art Traumland, in dem es genug zu essen gibt und saubere Wäsche und sauberes Wasser und saubere Luft. Manchmal stelle ich mir sogar vor, wie ich Dan dort wiedersehe. Natürlich erst, nachdem ich mich ein bisschen zurechtgemacht und etwas gegessen habe, damit ich nicht mehr aussehe wie eine wandelnde Leiche. Und mein Haar müsste auch erst wieder nachgewachsen sein. Ich sehe also blendend aus, treffe ihn zufällig auf der Straße und wir heiraten.

Manchmal beschleunige ich die Zeit noch ein bisschen, dann ist Rachel unser Blumenkind.

Ich wette, Mom, Matt und Jon haben auch ihre Träume, aber die will ich gar nicht wissen. Sie tauchen nicht in meinen auf, und ich wohl auch nicht in ihren. Wir verbringen so schon genügend Zeit miteinander, da müssen wir uns nicht auch noch in unseren Träumen auf die Nerven gehen.

Hoffentlich ist bei Dad und Lisa alles in Ordnung. Ob ich Rachel wohl jemals kennenlernen werde?

21. Dezember

Mom hat ein Machtwort gesprochen, also sitzen wir jetzt wieder über unseren Schulbüchern. Wenigstens haben wir etwas zu tun, außer Wäsche waschen und pokern.

Im Moment lese ich gerade etwas über den amerikanischen Unabhängigkeitskrieg.

Die Soldaten im Valley Forge hatten es echt nicht leicht.

Mir kommen gleich die Tränen.

Winter

ACHTZEHN

24. Dezember

Heiligabend. Und etwas ganz Wunderbares ist passiert.

Eigentlich war es ein Tag wie jeder andere; das große Festmahl gibt es erst morgen. (Und außerdem, auch wenn alle anderen noch nichts davon ahnen, gibt es morgen Geschenke. Ich bin schon ganz aufgeregt, wenn ich nur daran denke.) Immerhin haben wir heute keine Wäsche gewaschen. Wir haben die Wäscheleine mit Lametta geschmückt und unseren Weihnachtsschmuck drangehängt. Wie ein waagerechter Weihnachtsbaum, meinte Matt.

Na gut, es war doch kein Tag wie jeder andere.

Als wir heute Abend zusammensaßen, kamen wir dann irgendwann auf frühere Weihnachten zu sprechen. Anfangs wusste Mom nicht so recht, was sie davon halten sollte. Aber sie mischte sich nicht ein, und wir hatten alle ein paar Geschichten auf Lager und lachten und waren bester Dinge.

Und dann hörten wir plötzlich in der Ferne Gesang. Es klang wie Weihnachtslieder.

Wir streiften Jacken, Schuhe und Handschuhe über und gingen raus. Und tatsächlich, ein Stück weiter die Straße hinunter entdeckten wir eine Handvoll Leute, die Weihnachtslieder sangen.

Wir liefen sofort zu ihnen hin. Dank der Trampelpfade, die Matt und Jon freigeschaufelt hatten, war es nicht allzu mühsam, bis zur Straße zu gelangen. (Es gab zwar ein paar vereiste Stellen, und ich war nicht begeistert, dass Mom mitkommen wollte, aber sie war nicht zu bremsen.)

Auf der Straße selbst liegt der Schnee immer noch fast einen Meter hoch. Offenbar hat sie bisher noch niemand benutzt, und so bahnten wir uns unseren eigenen Weg.

Es war ein tolles Gefühl, mal wieder draußen zu sein, zu singen und ein paar andere Gesichter zu sehen.

Ich entdeckte die Mortensens, die ein paar Hundert Meter weiter wohnen. Die anderen Leute kannte ich alle nicht. Aber unsere Straße ist sowieso komisch. Selbst in guten Zeiten hatten wir mit den meisten unserer Nachbarn nichts zu tun. Mom sagt, in ihrer Kindheit sei das anders gewesen, aber viele der alten Familien seien weggezogen und neue hinzugekommen und die Nachbarschaftsbeziehungen hätten sich verändert. Heute gilt nur der als guter Nachbar, der die anderen möglichst in Ruhe lässt.

Während wir singend (laut und falsch) durch den Schnee stapften, kam noch eine weitere Familie hinzu. Am Ende waren wir ungefähr zwanzig Leute, die das taten, was früher einmal ganz alltäglich war. Oder was jedenfalls in alten Kinofilmen alltäglich war. Ich glaube nämlich nicht, dass wir auf unserer Straße schon mal irgendwann Weihnachtssänger hatten.

Schließlich wurde es auch den eifrigsten Sängern unter uns zu kalt. Zum Abschluss sangen wir alle »Stille Nacht, Heilige Nacht«. Mom musste weinen, und sie war nicht die Einzige.

Danach lagen sich alle in den Armen und sagten, dass wir uns eigentlich öfter mal sehen müssten, aber ich glaube kaum, dass es dazu kommt. Wir wollen schließlich nicht, dass irgendjemand erfährt, wie viel Brennholz oder Lebensmittel wir noch haben. Und die anderen wollen das sicher auch nicht.

Trotzdem war es ein wunderschöner Heiligabend. Und morgen wird es bestimmt noch schöner.

25. Dezember

Das absolut schönste Weihnachten aller Zeiten.

Schon beim Aufstehen waren alle bester Dinge, und wir haben den ganzen Vormittag darüber geredet, wie schön das Weihnachtssingen gestern Abend war. Eigentlich mögen wir die Mortensens nicht besonders, aber es war trotzdem unglaublich beruhigend, sie mal wieder zu sehen und zu wissen, dass es sie noch gibt und dass sie gesund sind.

»Das war ein richtiges Jauchzen und Frohlocken«, sagte Mom. »Es hat gutgetan, einfach mal wieder froh und unbeschwert zu sein.«

Und dann das Mittagessen. Ein richtiges Festmahl. Erst gab es Rinderbrühe mit Crackern, als Hauptgericht dann Linguine mit roter Muschelsoße und grünen Bohnen. Mom holte sogar die Flasche Wein hervor, die Peter vor ewigen Zeiten mal mitgebracht hat, und es gab Wein zum Essen.

Zum Nachtisch servierte Mom die Zitronen-Götterspeise, die ich bei der Lebensmittelverteilung im Sommer bekommen hatte. Keine Ahnung, wann sie die gemacht hat, aber irgendwie hat sie geschafft, es geheim zu halten, und so wurde es eine Riesenüberraschung.

Wir haben so viel gegessen. Und so viel gelacht. Es war einfach unglaublich.

Und dann hüstelten plötzlich alle und räusperten sich verlegen und verließen mit einer Entschuldigung den Tisch. Ich lief nach oben in mein Zimmer, und zu meiner großen Überraschung sah ich auch die anderen drei in ihren Zimmern verschwinden.

Als wir wieder im Wintergarten zusammenkamen, hatten wir alle ein paar Geschenke dabei. Nur die von Mom waren mit richtigem Geschenkpapier eingepackt. Ich hatte das Papier von alten Zeitschriften zum Einpacken genommen und Matt und Jon braunes Packpapier.

Aber wir waren alle überrascht. So viele Geschenke.

Wie sich herausstellte, gab es für jeden von uns genau zwei Geschenke und für Horton eins.

Horton packte seins als Erster aus. Es war eine nagelneue, mit Katzenminze gefüllte Spielzeugmaus.

»Die hab ich in der Zoohandlung gekauft«, erklärte Jon. »Ich habe es keinem erzählt, weil ich ja eigentlich nur Futter und Streu besorgen sollte. Aber dann dachte ich, dass wenigstens Horton ein Weihnachtsgeschenk bekommen soll, und habe sie für heute aufgespart.«

Genau genommen war es ein Geschenk für uns alle, denn Horton verliebte sich auf Anhieb in die Maus, leckte an ihr und spielte mit ihr wie ein junges Kätzchen. Ich dachte wieder daran, was für Ängste ich ausgestanden hatte, als er weggelaufen war. Aber am Ende wusste er doch, wo er hingehört, und jetzt sind wir wieder alle zusammen, wie es sein soll.

Mom forderte uns auf, als Erstes ihre Geschenke auszupacken. »Es ist aber nichts Besonderes«, sagte sie. »Peter hat die Sachen für mich in der Geschenkboutique im Krankenhaus besorgt, bevor sie geschlossen wurde.«

»Aber das macht sie doch zu etwas Besonderem«, sagte ich, und das meinte ich ernst. »Ich wünschte, Peter könnte jetzt bei uns sein.«

Mom nickte. »Na los, nun macht sie schon auf«, sagte sie. »Aber erwartet bloß nicht zu viel.«

Meine Hände zitterten, als ich vorsichtig das Geschenkpapier auseinanderfaltete. Drinnen lag ein nagelneues Tagebuch, so ein richtig hübsches, mit rosafarbenem Einband und einem winzigen Schloss mit Schlüssel.

»Oh, Mom«, sagte ich. »Das ist wirklich wunderschön.«

Das Geschenk für Jon war ein elektronisches Mini-Baseballspiel. »Keine Sorge«, sagte Mom. »Die Batterien sind dabei.«

Jon strahlte übers ganze Gesicht. »Echt super, Mom«, sagte er. »Dann hab ich was zu tun.«

Das Geschenk für Matt war ein Rasierer-Set. »Ich hatte den Eindruck, du könntest mal ein paar neue Rasierklingen gebrauchen«, sagte Mom.

»Danke, Mom«, sagte Matt. »Ich fühle mich schon länger ein bisschen kratzig.«

Ich bestand darauf, dass als Nächstes Mom mein Geschenk auspacken sollte. Als sie sah, dass es eine Schachtel mit echten Pralinen war, fiel ihr die Kinnlade runter.

»Ich fürchte, sie schmecken schon ein bisschen muffig«, sagte ich.

»Völlig egal!«, rief Mom. »Auf jeden Fall sind es Pralinen. Ach Miranda! Die werden wir uns natürlich teilen. Ich kann ja wohl kaum die ganze Schachtel alleine essen.« Sie stockte und schlug sich die Hand vor den Mund. »Oje, so hab ich das natürlich nicht gemeint!«

Ich fing an zu lachen. Jon wollte immer wieder wissen, was daran denn so lustig sei, aber das brachte mich (und Mom) nur noch mehr zum Lachen.

Dann forderte ich Jonny auf, mein Geschenk auszupacken. Ungeduldig zerriss er das Papier und hob den Deckel vom Schuhkarton. »Das glaube ich einfach nicht!«, rief er. »Matt, sieh dir diese Karten an. Sieh dir das an, das sind ja Hunderte. Und ganz alte. Aus den Fünfzigern und Sechzigern. Guck mal hier, Mickey Mantle. Und Yogi. Und Willie Mays. So eine Sammlung habe ich noch nie gesehen!«

»Gefallen sie dir?«, fragte ich und war erleichtert, dass er nicht wissen wollte, woher ich sie hatte. »Matt, jetzt bist du dran.«

Also packte Matt mein Geschenk aus. »Was ist das?«, fragte er zunächst verständnislos. »Ich meine, das ist wirklich nett, Miranda, aber ich verstehe nicht, was ich damit soll.«

»Na ja«, sagte ich. »Die Bilder sind zwar alle schon ausgemalt, aber die Buntstifte sind noch super, und ich dachte, du könntest vielleicht die Rückseiten zum Zeichnen nehmen. Du konntest früher richtig gut zeichnen, und ich dachte, vielleicht hast du Lust, wieder damit anzufangen.«

Sein Gesicht hellte sich auf. »Das ist eine Superidee«, sagte er. »Du schreibst Tagebuch und ich mache Zeichnungen von uns allen. Danke, Miranda. Die Stifte sind wirklich toll.«

Hätte ich geahnt, dass er uns zeichnen will, hätte ich ihm wohl besser nur Bleistifte geschenkt. Aber er schien sich zu freuen, also war ich auch zufrieden.

»Jetzt musst du unser Geschenk aufmachen«, sagte Jon und das tat ich gern.

Es war eine Armbanduhr.

»Woher wusstet ihr, dass ich eine brauche?«, fragte ich.

»Du fragst uns doch ständig, wie spät es ist«, sagte Matt. »Da war es nicht allzu schwer zu erraten.«

Ich wollte schon fragen, woher sie die Uhr hatten, aber dann sah ich genauer hin und erkannte, dass sie von Mrs Nesbitt war. Eine von diesen altmodischen Uhren, die man jeden Tag aufziehen muss. Mrs Nesbitt hatte sie von ihrem Mann bekommen, und ich wusste, dass sie sehr an ihr gehangen hatte.

»Danke«, sagte ich. »Das ist ein tolles Geschenk. Sie ist sehr schön. Ab jetzt muss ich euch nicht mehr auf die Nerven gehen.«

»Dann ist dieses Geschenk hier wohl das letzte«, sagte Mom.

»Aber ehrlich gesagt war dieser Tag ein so großes Geschenk, dass ich gar keins mehr brauche.«

»Nun mach schon auf«, sagte Matt und alle lachten.

»Also gut«, sagte Mom. Sie faltete das Packpapier auseinander und wurde ganz still. »Oh, Matt«, sagte sie. »Jonny. Wo habt ihr das bloß gefunden?«

»Was denn?«, fragte ich.

Mom hielt mir ein altes Schwarz-Weiß-Foto hin, auf dem ein junges Paar mit einem Baby zu sehen war. Es war sogar gerahmt.

»Sind das deine Eltern?«, fragte ich.

Mom nickte und hielt nur mit Mühe die Tränen zurück.

»Und das hier ist Mom«, sagte Jon. »Das Baby auf dem Foto.«

»Echt? Zeig mal«, sagte ich, und sie reichte mir das Bild. »Ist das süß.«

»Wo habt ihr das gefunden?«, fragte Mom noch einmal.

»In einer von Mrs Nesbitts Kisten«, sagte Matt. »Sie war voll mit alten Fotos, deshalb habe ich sie rübergeholt. Sie hat alle Fotos auf der Rückseite beschriftet. Es war Jons Idee, noch mal rüberzugehen und nach einem passenden Bilderrahmen zu suchen. Ich konnte mich nicht erinnern, das Foto schon mal gesehen zu haben, deshalb dachte ich, dass du es vielleicht gar nicht hast.«

»Habe ich auch nicht«, sagte Mom und nahm es mir wieder aus der Hand. »Das muss im Sommer gewesen sein, auf der hinteren Veranda. Ist ja lustig. Wir sind gerade an genau der gleichen Stelle, nur ist die Veranda jetzt verglast. Ich muss ungefähr ein halbes Jahr alt sein. Ich nehme an, wir waren bei meinen Großeltern zu Besuch. Vermutlich hat Mr Nesbitt die Aufnahme gemacht, ich glaube, das hier könnte sein Schatten sein.«

»Gefällt es dir?«, fragte Jon. »Auch wenn es nichts gekostet hat?«

»Es ist wunderschön«, sagte Mom. »Ich kann mich kaum noch an meine Eltern erinnern, und ich habe auch nur ganz wenige Andenken an sie. Dieses Foto – das ist wie das Tor zu einer anderen Zeit. Jedes Mal, wenn ich es anschaue, werde ich mich darüber freuen. Ich danke euch.«

»Ich glaube, ich fange gleich mal mit dem Zeichnen an«, sagte Matt. »Aber bevor ich die Buntstifte nehme, mache ich erst mal ein paar Entwürfe.« Er holte sich einen Streifen Packpapier, suchte den schwarzen Stift heraus und fing an zu zeichnen.

Und dann tat Mom etwas, das mich noch mehr freute. Sie öffnete ihre Pralinenschachtel und las sich die Produktbeschreibung ganz genau durch. Dann nahm sie den Deckel, legte zwölf der Pralinen hinein und schob sie zu uns rüber. »Die könnt ihr euch teilen«, sagte sie. »Der Rest ist für mich.«

Ich fand es natürlich schön, dass ich auch ein paar Pralinen abbekam, aber noch schöner fand ich, dass Mom bei aller Großzügigkeit nicht vergaß, dass ich die Pralinen *ihr* geschenkt hatte, und nicht uns allen.

Zum ersten Weihnachten, nachdem Mom und Dad sich getrennt hatten, wurden wir von den beiden mit Geschenken geradezu überhäuft. Ich fand das damals toll. Ich hatte absolut nichts dagegen, mir meine Liebe mit Geschenken bezahlen zu lassen.

Dieses Jahr habe ich nur ein Tagebuch und eine gebrauchte Armbanduhr bekommen.

Okay, das klingt jetzt sicher total kitschig, aber genau darum geht es doch bei Weihnachten, oder?

27. Dezember

Für uns gibt es keine Weihnachtsferien. Ich sitze wieder über meinem Geschichtsbuch, Jon macht Algebra, Matt Philosophie und Mom Französisch. Wir reden über alles, was wir gerade lernen, und so mache ich nebenher auch noch einen Auffrischungskurs in Algebra und halte meine mageren Französischkenntnisse wach. Und manchmal ergeben sich sogar richtig heiße Diskussionen über irgendein Thema in Geschichte oder Philosophie.

Außerdem ist Mom zu dem Schluss gekommen, dass *Texas Hold 'Em*, auch wenn es durchaus seine Qualitäten hat, uns nicht genügend fordert. Jedenfalls hat sie das Scrabble- und das Schachspiel wieder hervorgekramt, damit wir auch mal was anderes machen. Scrabble spielen wir meist alle zusammen (Mom ist bisher noch ungeschlagen), und wann immer zwei von uns Lust dazu haben, spielen wir Schach.

Obwohl keiner von uns einen sauberen Ton herausbringt, hält Mom uns offenbar für die Kelly-Family und meint, wir müssten öfter zusammen singen. Sollte uns jemals einer von denen hören, würde er sich wahrscheinlich in den nächstbesten Vulkankrater stürzen, aber das ist uns egal. Wir grölen wahllos irgendwelche Schlager, Beatles-Songs oder Weihnachtslieder und nennen das Musik.

Mom hat uns schon angedroht, aus Gardinen ein paar niedliche Kostüme zu schneidern.

Die Siegesserie beim Scrabble ist ihr anscheinend zu Kopf gestiegen.

31. Dezember

Morgen fange ich mein neues Tagebuch an. Darin ist auch ein Dreijahreskalender, dann weiß ich immer, welches Datum wir haben. Irgendwie bin ich sehr froh darüber.

Matt nutzt inzwischen jede freie Minute zum Zeichnen. Er geht sogar raus und zeichnet die trostlose Winterlandschaft.

Als er heute Nachmittag draußen war, fand ich es an der Zeit, den Wintergarten ein bisschen zu verschönern. Jon und ich haben Nägel in die Sperrholzplatten geschlagen und die Bilder aufgehängt, die Mrs Nesbitt ihm und Matt hinterlassen hat.

Dann habe ich Mom gefragt, wo Matts Zeichnung von mir beim Eislaufen geblieben ist. Es dauerte einen Moment, bis sie sich überhaupt daran erinnerte, und noch ein bisschen länger, bis ihr wieder einfiel, wo sie war (ganz hinten in ihrem Wandschrank). Ich zog mir Jacke und Handschuhe an und ging rauf, um sie zu holen. Ich brachte auch noch ein Foto von uns Kindern mit, eins von diesen steifen Studioporträts, das bei Mom im Schlafzimmer gehangen hat.

Früher mochte ich den Wintergarten immer am liebsten von allen Räumen im Haus, noch lieber als mein eigenes Zimmer. Aber jetzt, mit dem Sperrholz überall, den vier Matratzen auf dem Boden, der Wäscheleine voller nasser Klamotten, dem Geruch nach aufgewärmtem Dosenfutter und den Möbeln, die wir entweder in die Küche oder irgendwo an die Seite geschoben haben – na ja, jetzt würde er wohl keinen Designer-Preis mehr gewinnen.

Als Matt wieder reinkam und die Bilder an der Wand hängen sah, fing er an zu lachen. Dann entdeckte er seine eigene Zeichnung und schaute sie sich ganz genau an.

»Die ist ja richtig schlecht«, sagte er.

»Ist sie nicht!«, riefen Mom und ich wie aus einem Mund und hätten uns darüber fast totgelacht.

Wir haben ihn überstimmt, also bleibt sie hängen. Wenn ich sie jetzt betrachte, sehe ich nicht mehr eine idealisierte Ausgabe meiner selbst. Ich sehe einfach nur eine Eisläuferin, irgendeine, in einer Momentaufnahme von perfekter Schönheit.

Ich sehe die Vergangenheit immer so, wie ich sie gern hätte.

»Ob sie heute Nacht auf dem Times Square wieder die Silvesterkugel runterlassen?«, fragte Jon. »An vielen Orten auf der Erde hat das neue Jahr schon längst begonnen.«

Ich fragte mich, ob dies wohl unser letztes Silvester war, und ich glaube, das taten wir alle.

Ob die Menschen wohl jemals begreifen, wie kostbar das Leben ist? Ich weiß, dass mir das bis vor kurzem auch noch nicht klar war. Es gab noch so viel Zeit. Es gab immer eine Zukunft.

Vielleicht liegt es gerade daran, dass ich jetzt nicht mehr weiß, ob es eine Zukunft gibt, dass ich so dankbar bin für all das Gute, das mir in diesem Jahr widerfahren ist.

Ich hätte nie gedacht, dass ich eine so tiefe Liebe empfinden kann. Ich hätte nie gedacht, dass es mir so leichtfallen würde, für andere auf etwas zu verzichten. Ich hätte nie gedacht, wie wunderbar der Geschmack von Ananassaft sein kann oder die Wärme eines Ofens oder das Schnurren von Horton oder das Gefühl von sauberer Kleidung auf frisch geschrubbter Haut.

Was wäre Silvester ohne gute Vorsätze? Ich will mir ab jetzt jeden Tag einen Augenblick Zeit dafür nehmen, dankbar für alles zu sein, was ich habe.

Frohes neues Jahr, liebe Welt!

1. Januar

Matt teilte uns mit, er hätte auch einen Vorsatz für das neue Jahr gefasst.

»Wisst ihr was?«, sagte Mom. »Das ist mein erstes Silvester ohne gute Vorsätze. Jedes Jahr habe ich mir vorgenommen, abzunehmen und mehr Zeit mit euch Kindern zu verbringen, und in diesem Jahr habe ich es tatsächlich geschafft. Ich kann mich jetzt offiziell zur Ruhe setzen.«

»Schön für dich, Mom«, sagte Matt. »Aber ich habe mir vorgenommen, endlich richtig Skilaufen zu lernen. Und Jon und Miranda sollten auch mit mir üben. Wir können uns mit den Skiern abwechseln. Dann kommen wir wenigstens mal raus und haben ein bisschen Bewegung. Was haltet ihr davon?«

Bei minus zwanzig Grad im schneidenden Wind herumzustehen oder in irgendwelchen Schneewehen festzustecken, klang nicht gerade nach einem Riesenspaß. Aber Matt warf mir einen drohenden Blick zu, und ich begriff, dass es hier nicht um Spaß ging, sondern darum, dass wenigstens einer von uns notfalls in der Lage sein sollte, von hier wegzukommen.

»Superidee«, sagte ich also. »Und wo wir gerade von Superideen sprechen, ich habe auch eine.«

»Ach ja?«, fragte Matt gedehnt, und seine Stimme triefte förmlich vor Skepsis.

»Ich finde, dass ich nur noch Moms und meine Wäsche waschen sollte, und du und Jon, ihr wascht eure selbst«, sagte ich.

»Nein!«, heulte Jon auf. Offenbar hat er immerhin eine Vorstellung davon, wie anstrengend Wäschewaschen ist. »Mom?«, jammerte er.

»Ich finde das einleuchtend«, sagte Mom.

»Dann muss Miranda aber auch den Abwasch machen«, sagte Jon.

»Okay«, sagte ich. »Aber nur abwechselnd. Ich mache den nicht ganz allein.«

»Das ist nur fair«, sagte Matt. »Den Abwasch machen wir abwechselnd und unsere Wäsche machen Jon und ich selbst. Zumindest so lange, bis man wieder Holz hacken kann. Und jetzt gehen wir Ski laufen.«

Ich zog vier Paar Strümpfe übereinander, damit ich Dads Skischuhe nicht verlieren würde, und dann gingen wir raus. Ski laufen können wir ungefähr genauso gut wie singen, und ich verbrachte den Hauptteil meiner Zeit in den Schneewehen am Straßenrand. Aber wenigstens vergaß Jon darüber seine schlechte Laune, und als wir wieder reingingen, klappte es bei allen schon viel besser.

»Morgen üben wir weiter«, sagte Matt. »Das tut uns gut, und Mom hat mal ein bisschen Ruhe.«

»Meinst du, ich könnte auch mal zum Teich fahren?«, fragte ich. »Ich würde gern mal wieder ein bisschen eislaufen.«

»Ich wüsste nicht, was dagegenspricht«, sagte Matt.

Es war ein tolles Gefühl, dass sich meine Welt wieder ein bisschen erweiterte. Der Gedanke, nicht mehr im Wintergarten eingesperrt zu sein, machte mir fast so gute Laune, als wäre plötzlich die Sonne rausgekommen.

Ein neues Jahr. Und neue Hoffnungen.

So soll es sein.

3. Januar

Das Skilaufen geht jeden Tag besser. Da wir uns die Skier zu dritt teilen müssen, fahren wir keine größeren Strecken. Meist laufen wir einfach nur die Straße auf und ab, aber jedes Mal kommen wir ein bisschen weiter, wenn auch nur ein paar Meter.

Ich kann es kaum erwarten, dass ich gut genug bin, um zum Teich zu fahren. Ich weiß, dass Matt mit uns übt, damit einer von uns im Notfall Hilfe holen kann, aber *ich* habe mir zum Ziel gesetzt, es bis zum Teich zu schaffen, um dort eislaufen zu können.

Selbst Jon kann sich inzwischen dafür begeistern. Matt hat ihm klargemacht, dass Skilanglauf ein gutes Ausdauertraining ist, so ähnlich wie die Intervallläufe, die er außerhalb der Baseballsaison immer machen muss.

Eigentlich gilt das auch für Matt. Früher im College war er

Langstreckenläufer, und das Skilaufen hilft ihm dabei, in Form zu bleiben. Ich weiß nicht, ob die Luftqualität so besonders gut für uns ist, aber immerhin kräftigen wir unser Herz.

Wir laufen immer nach dem Mittagessen. Morgens auf leeren Magen wäre es einfach zu anstrengend. Manchmal frage ich mich, ob es eine gute Idee ist, so viele Kalorien zu verbrennen, aber wenn ich schon verhungern muss, dann wenigstens mit einem guten Muskeltonus.

Und wir kommen mal raus aus dem Wintergarten.

5. Januar

Heute Nachmittag ist etwas Seltsames passiert.

Wir hatten das Skilaufen schon hinter uns und saßen im Wintergarten über unseren Schulbüchern, als jemand an die Haustür klopfte. Bei uns kommt ständig Rauch aus dem Schornstein, also wohnen hier ganz offensichtlich Leute, aber trotzdem kommt nie jemand vorbei.

»Vielleicht ist das Peter«, sagte Mom.

Matt half ihr von der Matratze hoch, und wir gingen alle zur Tür, um zu sehen, wer es war.

Jon erkannte ihn zuerst. »Mr Mortensen«, sagte er.

»Ich brauche Ihre Hilfe«, sagte Mr Mortensen. Er wirkte so verzweifelt, dass ich richtig Angst bekam. »Meine Frau. Sie ist krank. Ich weiß nicht, was sie hat. Haben Sie irgendetwas da, irgendwelche Medikamente? Bitte. Egal was.«

»Nein, haben wir nicht«, sagte Mom.

Mr Mortensen griff nach ihrer Hand. »Bitte«, sagte er. »Ich flehe Sie an. Ich bitte Sie nicht um Lebensmittel oder um Holz. Nur um Medikamente. Sie haben doch sicher irgendetwas da. Bitte. Sie hat sehr hohes Fieber. Ich weiß nicht, was ich machen soll.«

»Jonny, hol das Aspirin«, sagte Mom. »Was anderes haben wir auch nicht. Tut mir leid. Wir geben Ihnen ein paar Aspirin mit. Damit können Sie wenigstens das Fieber senken.«

»Danke«, sagte er.

»Wie lange ist sie schon krank?«, fragte Mom.

»Erst seit heute Morgen«, antwortete er. »Gestern Abend ging es ihr noch gut. Aber jetzt liegt sie im Delirium. Ich wollte sie gar nicht allein lassen, aber ich weiß nicht, was ich sonst tun soll.«

Jon kam zurück und gab Mr Mortensen ein paar Aspirin. Ich dachte schon, er würde gleich anfangen zu weinen, und war erleichtert, als er sich zum Gehen wandte. Wir gingen in den Wintergarten zurück.

»Mom«, sagte Jon. »Wird Mrs Mortensen wieder gesund?«

»Das hoffe ich«, sagte Mom. »Peter hat uns ja gewarnt, dass die Krankheiten zunehmen werden. Vielleicht hat sie aber auch bloß eine Erkältung. Wir sind alle in keiner guten Verfassung. Es könnte so ein 24-Stunden-Infekt sein.«

»Vielleicht wollte er nur ein paar Aspirin gegen Kopfschmerzen«, sagte Matt. »Vielleicht ist Mrs Mortensen gerade draußen, um eine Schneehöhle zu bauen, und er hat sie bloß als Vorwand benutzt.«

Mom lächelte. »Das ist wohl eher eine Wunschvorstellung«, sagte sie. »Aber sie wird schon wieder gesund werden, da bin ich sicher. So, und wie es scheint, haben wir alle noch reichlich Stoff nachzuholen. Miranda, erzähl doch mal, was du in Geschichte gelernt hast.«

Das tat ich. Und im Laufe des Tages dachte ich immer seltener an Mrs Mortensen.

Aber jetzt kann ich an nichts anderes mehr denken.

6. Januar

Ich weiß, dass es albern ist, aber heute Morgen beim Aufwachen war ich richtig erleichtert, dass wir alle noch gesund und munter sind.

Als Matt zum täglichen Langlauftraining rief, war ich sofort dabei. Ich lief weiter als je zuvor, fast bis zum Haus der Mortensens, aber als ich dann sah, wo ich gelandet war, bin ich schnell umgekehrt und in Rekordzeit zu Matt und Jon zurückgefahren.

Als wir nach Hause kamen, war ich froh, dass Mom immer noch vollkommen gesund aussah. Wir haben zwar nicht darüber gesprochen, aber auch Matt und Jon haben heute viel verbissener trainiert als sonst.

Und Mom hat kein einziges Wort darüber verloren, dass wir viel länger draußen waren als sonst.

7. Januar

Letzte Nacht hat es geschneit. Die Oberlichter sind wieder mit Schnee bedeckt, und im Wintergarten herrscht völlige Dunkelheit.

Matt sagt, als er und Jon abends zum Pinkeln draußen waren, hätte es noch nicht geschneit. Es muss wohl kurz danach angefangen haben, denn heute Morgen lagen schon fast zehn Zentimeter frischer (na ja, frischer, grauer) Schnee.

Nach dem Mittagessen schneite es immer noch, und Mom meinte, wir sollten lieber nicht rausgehen. Statt Ski laufen spielten wir unser ›zur Haustür rennen und gucken wie's draußen aussieht‹-Spiel.

Irgendwann gegen Abend hörte es dann auf zu schneien, also kein Vergleich mit dem Blizzard vergangenen Monat. Nach Matts Schätzung sind etwa zwanzig Zentimeter Neuschnee gefallen – nicht genug, um dafür extra aufs Dach zu steigen.

»Durch die Ofenwärme wird der Schnee sowieso bald von den Oberlichtern abtauen«, sagte er. »Im Januar muss man nun mal mit Schnee rechnen. Mehr Schnee bedeutet mehr Wasser, und das können wir später sicher noch gut gebrauchen.«

Das klingt zwar alles ganz schön und gut, aber je höher der Schnee liegt, desto schwieriger wird es, von hier wegzukommen. So gut bin ich im Skilaufen noch nicht, zumal mir Dads Schuhe viel zu groß sind.

Aber das ist alles sowieso nicht zu ändern, also hat es auch wenig Sinn, sich zu beklagen. Trotzdem fehlt mir das Licht im Wintergarten.

8. Januar

Das Skilaufen auf den zwanzig Zentimetern Neuschnee war tatsächlich viel schwieriger. Wir sind alle ständig hingefallen. Aber Jonny und Matt waren vorher schon erschöpft, weil sie die Laufwege und einen Pfad zur Straße freischaufeln mussten.

Ich habe dafür ihre Wäsche gewaschen.

9. Januar

Wir sind alle ziemlich gereizt. Ich nehme an, das liegt am Schnee. Heute gab es wieder ein paar leichtere Schneefälle, vielleicht zwei, drei Zentimeter.

Ich weiß, dass es seit fast einem Monat nicht mehr geschneit hat, und Matt hat natürlich Recht: Im Januar gibt es nun mal Schnee. Aber wenn im Januar und Februar alle paar Wochen zwanzig Zentimeter Neuschnee fällt, der dann monatelang nicht mehr taut, mit wie viel Schnee stehen wir dann am Ende da?

Wir haben noch tonnenweise Brennholz, aber was, wenn man kein neues mehr hacken kann?

Und was, wenn unsere Vorräte zur Neige gehen?

Ich weiß, dass ich mich mit diesen Fragen nur selber quäle. Wir haben schon so lange durchgehalten, da gibt es eigentlich keinen Grund, warum wir so ein bisschen Schnee nicht auch noch überleben sollten. Aber ich habe einfach ein ungutes Gefühl in der Magengrube.

Es ist wirklich albern. Ich weiß, dass es albern ist. Aber ich wünschte, Peter käme jetzt zur Tür herein, oder Dad und Lisa und die kleine Rachel. Ich wünschte, Dan wäre hier. Ich wünschte, ich würde eine Postkarte von Sammi bekommen, auf der sie sich darüber lustig macht, dass ich hier im öden Pennsylvania versauere.

Ich wünschte, der Schnee wäre von den Oberlichtern verschwunden.

Ich wünschte, es wäre immer noch Weihnachten.

NEUNZEHN

10. Januar

Sie sind krank.

Mit Mom hat es angefangen. Als sie heute Morgen aufstehen wollte, kam sie nicht von ihrer Matratze hoch. »Irgendwas stimmt mit mir nicht«, sagte sie. »Kommt mir bloß nicht zu nahe.«

Matt und ich zogen uns in eine Ecke des Zimmers zurück und flüsterten, damit Mom uns nicht hören konnte. »Wir können sie nicht ausquartieren«, sagte er. »In der Küche würde sie erfrieren. Wir müssen das Risiko eingehen.«

Aber dann stieß Jonny einen Schrei aus. Es war das schrecklichste Geräusch, das ich je gehört habe. Wir liefen zu ihm hin und sahen, dass er schon fast im Fieberdelirium war.

»Aspirin«, sagte ich nur und rannte in die Speisekammer, um welches zu holen. Matt stellte einen Topf mit Wasser auf den Ofen, um Tee zu kochen.

Mom war kaum noch bei Bewusstsein, als der Tee endlich fertig war, aber wir hoben ihren Kopf an und flößten ihr den Tee und die Tabletten vorsichtig ein. Ich hatte Angst, sie könnte daran ersticken, aber wir sahen, wie sie schluckte, und legten ihren Kopf wieder ab. Sie zitterte am ganzen Körper, und ich nahm eine von meinen Decken und hüllte sie darin ein.

Bei Jon war es schwieriger. Er schlug wild mit den Armen um sich und verpasste mir dabei einen Kinnhaken, der mich fast umwarf. Daraufhin setzte Matt sich hinter ihn und hielt ihm die Arme fest, während ich ihm die Aspirin in den Mund steckte und den

Tee hinterhergoss. Dann rannte ich ins Badezimmer und holte den Franzbranntwein. Matt drehte Jon auf den Bauch und hielt ihn fest, während ich ihm den Rücken einrieb. Er war glühend heiß und deckte sich ständig wieder auf.

»Wir müssen Hilfe holen«, sagte ich. »Ich weiß nicht, ob ich das Richtige tue.«

Matt nickte. »Ich fahre sofort los«, sagte er. »Du bleibst hier und kümmerst dich um sie.« Aber als er aufstehen wollte, fing er plötzlich an zu schwanken. Einen schrecklichen Moment lang sah es so aus, als wollte er sich am Ofen abstützen, um nicht zu fallen, aber dann besann er sich und ließ sich stattdessen auf Jons Matratze sinken.

»Ich schaff das schon«, sagte er und kroch zu seiner Matratze rüber. »Keine Sorge.«

Mir war nicht klar, ob er damit meinte, er würde es noch bis zu seiner Matratze schaffen oder mit den Skiern bis in die Stadt, aber es war offensichtlich, dass er nirgendwo hingehen würde. Ich legte ihm ein paar Aspirin hin und stellte einen Becher Tee dazu.

»Es ist besser, wenn du hierbleibst«, sagte ich, als er wieder Anstalten machte aufzustehen. »Mom und Jon sind vollkommen hilflos. Du musst aufpassen, dass das Feuer nicht ausgeht und dass Jon sich nicht aufdeckt. Kannst du das für mich übernehmen? Ich weiß nicht, wann ich wieder zurück bin.«

»Ich komme schon zurecht«, sagte er. »Fahr los. Peter wird wissen, was zu tun ist.«

Ich küsste ihn auf die Stirn. Sie war heiß, aber bei weitem nicht so heiß wie die von Mom oder Jon. Ich legte noch ein paar Scheite nach und zog meinen Mantel über, dazu noch Skischuhe, Schal, und Handschuhe. Die Skier standen in der Diele. Ich nahm sie mir und zog die Haustür hinter mir zu.

Das Wetter war nicht schlecht, aber ich hatte vergessen, die Extrasocken überzuziehen, die ich für Dads Skischuhe brauchte, deshalb bin ich auf dem ganzen Weg mindestens ein Dutzend Mal hingefallen. Der Schnee war weich, deshalb tat es nicht weh, aber nach kurzer Zeit war ich völlig durchnässt. Es war mir egal; ich stand einfach wieder auf und fuhr weiter. Niemand sonst würde uns retten. Es hing alles von mir ab.

Ich weiß nicht, wie lange ich für den Weg zum Krankenhaus brauchte. Ich weiß nur noch, dass ich irgendwann dachte, ich hätte vorher lieber noch etwas essen sollen, also muss es wohl kurz vor Mittag gewesen sein, als ich dort ankam. Aber auch das war nicht wichtig. Nichts war wichtig, außer Hilfe zu holen.

Anders als bei meinem letzten Besuch war rings um das Krankenhaus kein Mensch zu sehen. Keine Wachleute, die mich am Eingang aufhielten. Einen Moment lang kam mir der entsetzliche Gedanke, auch drinnen könnte vielleicht niemand mehr sein, aber als ich die Eingangstür aufstieß, hörte ich in der Ferne Stimmen.

Die Empfangshalle war leer, also folgte ich den Stimmen. Nirgends brannte Licht, und ich überlegte, ob der Krankenhaus-Generator jetzt auch nicht mehr arbeitete.

Wenn das Krankenhaus nicht mehr funktionstüchtig war, welche Chance hatten wir dann noch?

Schließlich entdeckte ich, wo die Stimmen herkamen. Sie gehörten zwei Frauen – Krankenschwestern, nahm ich an –, die in einem leeren Zimmer saßen. Ich trat ein, erleichtert, sie gefunden zu haben, aber auch voller Angst vor dem, was sie mir sagen würden.

»Ich suche Dr. Elliott«, sagte ich. »Peter Elliott.«

»Elliott«, sagte eine der beiden und kratzte sich im Nacken. »Er ist am Samstag gestorben, stimmt's, Maggie?«

»Nein, ich glaube, am Freitag«, entgegnete Maggie. »Weißt du noch, am Freitag haben wir zehn Leute verloren, und wir dachten, wir hätten das Schlimmste hinter uns. Und dann sind uns am Samstag gleich siebzehn gestorben. Aber ich glaube, er war am Freitag mit dabei.«

»Ich bin mir ziemlich sicher, dass es Samstag war«, meinte die Erste wieder. »Aber es ist sowieso egal, oder? Er ist jedenfalls tot. Fast alle sind sie tot.«

Ich brauchte einen Moment, um das zu begreifen. Peter war tot. Peter, der immer für uns da gewesen war, der uns geholfen hatte, wo er nur konnte, Peter war gestorben.

»Peter Elliott«, sagte ich. »Dr. Elliott. Dr. Peter Elliott.«

»Tot, wie fast alle anderen auch«, sagte Maggie, und sie stieß eine Art Lachen aus. »Wahrscheinlich sind wir als Nächste dran.«

»Nee«, sagte die erste Frau. »Wenn wir jetzt noch nicht tot sind, kann uns nichts mehr umbringen.«

»Die Grippe«, sagte Maggie. »Seit ein, zwei Wochen. Hat sich wie ein Strohfeuer in der Stadt verbreitet. Alle sind zu uns gekommen, als könnten wir da noch irgendetwas tun, und dann hat sich fast das ganze Personal angesteckt, bis auf Linda und mich und ein paar andere. Wir könnten jetzt eigentlich nach Hause gehen, aber wir trauen uns nicht, weil wir nicht wissen, was uns dort erwartet, und außerdem wollen wir niemanden anstecken. Schon komisch, was? Da haben wir so viel überlebt, und ausgerechnet diese Grippe, die bringt uns um.«

»Meine Familie hat sie auch«, sagte ich. »Haben Sie nicht irgendein Medikament dagegen? Es muss doch irgendetwas geben.«

Linda schüttelte den Kopf. »So ist die Grippe nun mal, Schätzchen«, sagte sie. »Die nimmt einfach ihren Lauf. Das Problem ist nur, dass hier keiner mehr genügend Abwehrkräfte hat.«

»Außerdem ist es ein ziemlich aggressives Virus«, sagte Maggie. »Wie 1918. Die Sorte, an der viele sterben.«

»Aber meine Familie«, sagte ich. »Wie kann ich ihnen helfen?«

»Tu einfach alles, was ihnen Erleichterung verschafft«, sagte Maggie. »Und bring sie nicht her, wenn sie gestorben sind. Wir nehmen keine Leichen mehr an.«

»Ich habe ihnen Aspirin gegeben«, sagte ich. »Und sie mit Alkohol eingerieben. War das richtig?«

»Schätzchen, hast du nicht zugehört?«, fragte Maggie. »Es spielt keine Rolle. Vielleicht habt ihr ja Glück. Vielleicht hat deine Familie mehr Kraft als die meisten. Aspirin kann nicht schaden. Einreiben kann auch nicht schaden. Du kannst auch gern beten, wenn es dir hilft. Aber ansonsten kannst du nur abwarten, was passiert. Und es wird auf jeden Fall bald passieren.«

»Gib ihnen viel zu trinken«, sagte Linda. »Und wenn ihr noch etwas zu essen habt, dann versuch, ihnen ein bisschen was einzuflößen. Sie brauchen jetzt all ihre Kraft.«

Maggie schüttelte den Kopf. »Die Lebensmittel würde ich lieber für mich selber sparen, Schätzchen«, sagte sie. »Du siehst doch noch ziemlich gesund aus. Vielleicht bist auch resistent, so wie wir. Und deine Leute wollen sicher auch, dass du überlebst. Kümmere dich vor allem um dich selber. Deine Familie wird leben oder sterben, egal, was du tust.«

»Nein!«, sagte ich. »Nein, das glaube ich nicht. Man kann bestimmt irgendetwas tun.«

»Weißt du, wie viele hier in der letzten Woche gestorben sind?«, fragte Maggie. »An die hundert, vielleicht sogar mehr. Die Hälfte von ihnen haben wir gleich am ersten Tag verloren. Geh nach Hause und bleib bei deiner Familie. Hilf ihnen einfach, so gut du kannst.«

»Tut mir leid«, sagte Linda. »Ich weiß, das muss ein harter Schlag für dich sein. Und es tut mir leid, dass Dr. Elliott gestorben ist. Er war ein netter Mensch. Er hat bis zum letzten Moment gearbeitet, und dann ist er einfach zusammengebrochen und gestorben. Viele vom Personal sind so gestorben, sie haben alle bis zum letzten Atemzug gearbeitet. Aber vielleicht kommt deine Familie ja durch. Manche schaffen es.«

Es war sinnlos, noch länger zu bleiben. Ich bedankte mich bei ihnen und machte mich auf den Heimweg.

Der Wind hatte aufgefrischt und blies mir auf dem Großteil des Weges ins Gesicht. Ich stolperte häufiger, als dass ich fuhr, und konnte nur mit Mühe meine Tränen unterdrücken. Peter war tot. Und wer weiß, vielleicht waren Mom und Jon auch schon tot. Und Matt würde ebenfalls sterben.

Ich dachte daran, wie Jon mich gefragt hatte, was wäre, wenn er als Einziger von uns überleben würde, und wie ruppig ich ihm damals geantwortet hatte. Und jetzt stand ich womöglich vor der gleichen Frage.

Gestern schien noch alles in Ordnung, und heute Abend war ich vielleicht schon allein.

Aber dann sagte ich mir wieder und wieder, dass ich das einfach nicht zulassen würde. Wir waren stark. Wir hatten zu essen, wir hatten es warm und wir hatten ein Dach über dem Kopf. Wir hatten bisher immer Glück gehabt. Und wir würden auch weiterhin Glück haben. Wir würden am Leben bleiben.

Der Himmel war dunkel, als ich endlich zu Hause ankam, aber es sah eher nach Schnee als nach Dämmerung aus, und ich war sicher, dass es noch nicht Abend sein konnte. Ich musste all meinen Mut zusammennehmen, bevor ich mich traute, die Haustür zu öffnen. Aber als ich dann in den Wintergarten kam, stellte ich fest, dass sich seit heute Morgen nicht viel geändert hatte. Mom war zwar so ruhig, dass ich mich neben sie knien musste, um sicherzugehen, dass sie noch atmete, aber sie tat es. Jonny war noch immer im Delirium, aber er war zugedeckt und nicht mehr ganz so unruhig. Matt lag auf seiner Matratze, war aber wach und sah auf, als ich hereinkam.

»Peter«, sagte er.

Ich schüttelte den Kopf. »Wir müssen allein klarkommen«, sagte ich. »Es ist nur eine Grippe. Das schaffen wir schon.«

»Okay«, sagte er und schloss die Augen. Einen schrecklichen Moment lang fürchtete ich, er hätte nur noch auf meine Rückkehr gewartet, um jetzt in Ruhe sterben zu können. Aber er war nur eingeschlafen. Seine Atmung war flach, aber er war eindeutig am Leben.

Ich legte Holz nach und ließ mich auf meine Matratze fallen. Und da liege ich jetzt immer noch. Ich weiß nicht mal, warum ich das hier überhaupt noch aufschreibe, außer vielleicht, weil es mir heute noch gut geht und ich morgen schon tot sein kann. Und wenn das passiert und jemand mein Tagebuch findet, dann soll er wissen, was geschehen ist.

Wir sind eine Familie. Wir haben uns lieb. Wir haben gemeinsam so viel Angst ausgestanden und so viel Mut bewiesen. Wenn das jetzt das Ende ist, dann soll es so sein.

Nur lass mich bitte nicht die Letzte sein, die stirbt.

11. Januar

Wir haben die Nacht überstanden.

Mom und Jonny geht es immer noch nicht besser. Es war schwierig, Mom die Aspirin einzuflößen. Sie hat gehustet und die Tabletten wieder hochgewürgt, deshalb habe ich sie im Tee aufgelöst.

Jonny wechselt ständig zwischen Delirium und Reglosigkeit. Ich kann nicht sagen, was von beidem mir mehr Angst macht.

Matt ist am wenigsten krank, und bei ihm habe ich das Gefühl, dass er durchkommen wird. Er schläft zwar fast den ganzen Tag, aber wenn er wach ist, ist er Matt.

Alle vier Stunden habe ich ihnen Aspirin gegeben und sie gewaschen und mit Franzbranntwein eingerieben. Jonny deckt sich immer noch ständig auf.

Ich habe ein bisschen Rinderbrühe warm gemacht und alle drei damit gefüttert. Mom und Jonny musste ich den Kopf halten, aber Matt war gerade lange genug wach, um auch ohne Hilfe ein paar Löffel voll zu schlucken.

Ich nehme das als gutes Zeichen.

Als ich heute Morgen rausging, um die Bettpfanne sauber zu machen, stellte ich fest, dass über Nacht wieder Schnee gefallen war. Es musste angefangen haben, kurz nachdem ich gestern Nachmittag nach Hause gekommen war. Am Morgen hatte es fast schon wieder aufgehört, aber es waren trotzdem knapp fünfzehn Zentimeter hinzugekommen. Nicht, dass das irgendwie wichtig wäre.

Ich habe kein Fieber. Ich bin müde, weil ich kaum Schlaf bekomme, und gegessen habe ich auch schon lange nichts mehr, aber ich bin eindeutig nicht krank. Mag sein, dass ich verrückt bin, aber ich denke die ganze Zeit, dass die anderen, wenn sie schon so lange durchgehalten haben, jetzt auch nicht mehr sterben. Bei Linda und Maggie hatte es sich angehört, als wären die meisten noch am selben Tag gestorben, an dem sie krank geworden sind.

Mom stöhnt leise. Ich sollte besser mal nach ihr sehen.

12. Januar

Keine Veränderung.

Matt ist ein bisschen schwächer geworden. Jon ist ein bisschen ruhiger geworden. Und Mom kann immer schlechter schlucken.

Heute Nacht hat es einen Eissturm gegeben. Die Äste der Bäume sind von einer grauen Eisschicht bedeckt.

13. Januar

Horton hat mich mit seinem Maunzen geweckt. Ich hatte nicht mal bemerkt, dass ich eingeschlafen war. Ich weiß nur noch, dass ich Holz nachgelegt hatte und mich dann ein paar Minuten hinlegen wollte, und dabei muss ich eingeschlafen sein.

Horton maunzte, und ich musste husten. Ich hustete mir fast die Seele aus dem Leib.

Dann bemerkte ich, dass der ganze Raum voller Rauch war und dass wir alle husteten.

Ich dachte nur, *Das kann jetzt nicht sein, dass das Haus abbrennt, das wäre einfach zu verrückt.* Ich machte meine Taschenlampe an, als brauchte ich sie, um zu sehen, ob das Haus abbrennt, aber ich konnte keine Flammen entdecken.

Ich ließ den Lichtstrahl durch den Raum gleiten und sah, dass der Rauch aus dem Ofen quoll.

An einer Rauchvergiftung kann man sterben.

Mein erster Gedanke war, bloß raus, an die frische Luft. Aber die anderen husteten auch alle, was bedeutete, dass sie noch am Leben waren und dass ich sie als Erstes rausbringen musste.

Mom und Jonny waren viel zu schwach, um allein aufzustehen. Ich traute mich nicht, sie ins Freie zu bringen. Die Küche würde reichen müssen.

Ich schnappte mir meine Decken und zog auch Matt eine

weg, wodurch er endgültig wach wurde. Ich war halb blind durch den Rauch, aber ich schaffte es trotzdem, die Decken auf dem Küchenboden auszubreiten. Dann nahm ich meinen ganzen Mut zusammen und ging wieder in den Wintergarten zurück. Gott sei Dank war Matt noch kräftig genug, um mir zu helfen, erst Jonny und dann Mom in die Küche zu tragen. Ich sagte Matt, er solle dort bleiben, und lief noch einmal zurück, um Kissen und Decken für alle zu holen. Matt half mir, alles auf die Lager zu verteilen. Dabei keuchte er so schlimm, dass ich schon dachte, er würde einen Herzanfall kriegen, aber er winkte bloß ab.

Als Nächstes lief ich zum Thermostat, um die Heizung anzudrehen, aber ohne Strom funktioniert der nicht. Mir fiel ein, dass Matt und Dad eine Batteriezündung an den Heizkessel gebastelt hatten, also musste ich zum Einschalten in den Keller runter. Ich ging in die Küche zurück, wo die anderen drei immer noch von Husten geschüttelt wurden, und machte die Kellertür auf. Wenigstens war die Luft da unten rein, wenn auch nicht viel wärmer als minus 20 Grad, und ich bereute es, mir keine Schuhe angezogen zu haben. Ich hielt die Taschenlampe umklammert und rannte damit zum Heizkessel, überlegte kurz, was ich tun musste, und drückte dann den rechten Schalter. Die Heizung sprang an. Wir hatten immer noch Öl. So schnell ich konnte, lief ich wieder nach oben und stellte den Thermostat auf 18 Grad.

Horton war uns in die Küche gefolgt, um den musste ich mir also keine Sorgen machen. Ich ging ins Badezimmer und fand den Hustensaft mit Kodein, den wir aus Mrs Nesbitts Medizinschrank mitgenommen hatten. Zuerst gab ich Matt einen Löffel davon und dann half er mir, auch Jonny und Mom etwas einzuflößen. Ich selbst schluckte lieber keinen, weil ich fürchtete, das Kodein würde mich müde machen. Stattdessen nahm ich einen Waschlappen, machte ihn feucht und drückte ihn mir auf Mund und Nase, bevor ich in den Wintergarten zurückging.

Ich bekam Panik. Der Raum war inzwischen so voller Rauch, dass man kaum noch atmen konnte, und ich war wie gelähmt. Jetzt würden wir alle sterben und ich war schuld.

Bei diesem Gedanken wurde ich plötzlich wütend, und das brachte mich wieder in Gang. Als Erstes riss ich die Wintergartentür auf, um frische Luft hereinzulassen. Und wenigstens in einer Hinsicht hatten wir Glück: der Wind wehte aus der richtigen Richtung.

Ich blieb kurz draußen, um meine Lungen wieder mit Luft zu füllen. Zum Glück hatte ich im Mantel geschlafen, aber ohne Schuhe hielt ich es trotzdem kaum länger als eine Minute draußen aus. Doch das reichte, um mich wieder in den Wintergarten zurückzuwagen.

Ich versuchte, die Oberlichter zu öffnen, aber es lag zu viel Schnee darauf. Ich verfluchte mich selbst, dass ich gestern nicht auf die Leiter gestiegen war, um sie freizuräumen, aber jetzt war es zu spät. Ich entfernte die Sperrholzplatte von einem der Fenster gegenüber der Tür und machte es weit auf. Der Durchzug tat seinen Dienst und ich sah, wie der Rauch langsam weniger wurde.

Ich wusste, was als Nächstes zu tun war: Ich musste das qualmende Holzscheit loswerden. Ich trat vor die Tür, nahm ein paar tiefe Atemzüge, ging wieder rein und machte die Ofenklappe auf.

Sofort quoll wieder dichter Rauch hervor. Ich rannte nach draußen, nahm eine Handvoll Schnee und rieb mir damit die brennenden Augen. Dann steckte ich mir noch ein bisschen Schnee in den Mund. Wenn Mom das sehen würde, dachte ich, würde sie mich lynchen.

Bei dem Gedanken musste ich lachen, und das brachte mich

wieder zum Husten. Ich lachte und weinte und hustete und würgte. Aber trotz allem würde ich den Teufel tun und jetzt sterben, und noch viel weniger würde ich die anderen im Stich lassen.

Ich ging also wieder in den Wintergarten zurück. Der Rauch war immer noch ziemlich dicht, und ich hustete mir fast die Lunge aus dem Leib. Auf allen vieren kroch ich zum Ofen und zog mir die Ofenhandschuhe an. Dann griff ich hinein und zog das qualmende Holzscheit heraus.

Sogar durch den Handschuh hindurch konnte ich spüren, wie nass das Holz war. Heiß und nass und qualmend und dampfend. Ich jonglierte damit zwischen den Handschuhen hin und her, rannte zur Tür und warf es raus.

Das Holz hätte eigentlich nicht nass sein dürfen. Unser Brennholz war bisher noch nie nass gewesen. Also musste der Ofen nass geworden sein. Vielleicht war Schnee in den Schornstein gefallen.

Als Erstes musste ich also dafür sorgen, dass der Ofen wieder trocken wurde, sonst würde uns das Gleiche noch mal passieren. Was bedeutete, dass ich doch wieder ein Feuer machen musste, um den Ofen zu trocknen, und das bedeutete noch mehr Rauch.

Ich begann am ganzen Körper zu zittern. Es war albern, aber plötzlich kam mir alles so ungerecht vor. Warum musste das gerade mir passieren? Warum konnte ich nicht krank sein? Warum war Matt nicht derjenige, der sich um alles kümmern musste? Oder Jon? Der hat schließlich am meisten zu essen bekommen. Wie konnte er da krank werden? Eigentlich hätte *er* gesund bleiben müssen. Eigentlich müsste *er* jetzt hier im Rauch ersticken, während ich in der warmen Küche liege, angenehm betäubt vom Kodein.

Aber diese Gedanken brachten mich jetzt auch nicht weiter. Ich sah mich im Wintergarten nach etwas Brennbarem um. Noch mehr Holz wäre jetzt nicht das Richtige. Es würde nur wieder nass werden und dann ging alles wieder von vorne los. Am besten wäre es, Papier zu verbrennen, viel Papier.

Mir fielen sofort die Schulbücher ein, aber ich wusste, dass Mom mich umbringen würde. Spätestens dann, wenn wir alle wieder gesund waren und sie merkte, dass wir nicht mehr lernen konnten, würde sie mich mit Sicherheit lynchen. Aber eigentlich fand ich, nach allem, was ich durchgemacht hatte, könnte ich zur Belohnung ruhig mal ein Schulbuch verbrennen.

Ich ging in die Küche und bahnte mir einen Weg zwischen den Decken hindurch. Die anderen husteten immer noch, aber nicht mehr so schlimm wie vorher. Matt sah fiebrig aus, aber er winkte ab, als ich mich besorgt über ihn beugte.

»Alles in Ordnung«, flüsterte er.

Ich hatte keine andere Wahl, als ihm zu glauben. Ich lief nach oben und holte ein paar von den Schulbüchern, die ich an meinem ersten und einzigen Schultag mit nach Hause gebracht hatte. Da ich nun schon mal oben war, zog ich mir auch gleich noch trockene Socken und ein Paar Schuhe an. Das half ein bisschen.

Unten in der Küche feuchtete ich den Waschlappen noch mal an und kroch dann auf allen vieren in den Wintergarten zurück. Der Rauch war jetzt etwas weniger dicht, aber kaum hatte ich die Ofenklappe geöffnet, qualmte es wieder wie verrückt.

Ich riss ein paar Seiten aus dem Schulbuch heraus. Dann zündete ich mit fahrigen Händen ein Streichholz an und warf das brennende Papier in den Ofen. Der Rauch wurde wieder dichter, und ich fragte mich, wie lange ich das aushalten würde. Aber ich stopfte weiter Seite um Seite aus dem Schulbuch hinein, und erst als ich sicher war, dass das Feuer einen Moment lang allein brennen würde, rannte ich zur Tür und schnappte gierig nach Luft. Dann ging ich wieder zurück, riss weitere Buchseiten heraus und warf sie in den Ofen.

Ich weiß nicht, wie lange das alles gedauert hat, aber am Ende hatte ich fast anderthalb Schulbücher verfeuert. Sollte die Schule sie irgendwann zurückhaben wollen, müssen sie mich eben verklagen.

Schließlich hörte der Ofen auf zu qualmen. Ich riss noch ein paar letzte Buchseiten heraus und stapelte etwas Kleinholz darüber. Als das Feuer richtig gut brannte, legte ich ein paar dickere Scheite nach, und alles schien in Ordnung.

Ich füllte einen Topf mit Schnee und stellte ihn auf den Ofen, um die Raumluft wieder anzufeuchten. Ich wartete ungefähr eine halbe Stunde, bevor ich das Fenster schloss, und eine weitere halbe Stunde, bevor ich auch die Tür zumachte. Die ganze Zeit über sah ich immer wieder nach dem Feuer.

Am liebsten hätte ich mich auf dem Küchenboden zusammengerollt und ein bisschen geschlafen. Aber ich wagte es nicht, den Ofen allein zu lassen, also blieb ich wach und ging nur hin und wieder in die Küche, um nach den anderen zu sehen.

Das Fenster, vor dem jetzt die Sperrholzplatte fehlt, geht nach Osten, und ich kann sehen, wie der Himmel allmählich heller wird, also wird es wohl früher Morgen sein. Eigentlich ist jetzt schon gar nicht mehr der 13. Januar.

Ich werde wohl fürs Erste alle in der Küche lassen. Ich gebe ihnen gleich noch mal Aspirin, und dann können sie weiterschlafen. Es hat Stunden gedauert, bis die Küche auf 18 Grad war, da können sie die Wärme ruhig noch ein bisschen genießen. Außerdem stinkt es im Wintergarten immer noch nach Rauch, und ich muss auf jeden Fall noch mal ordentlich lüften. Wir werden wohl noch wochenlang auf verrauchten Matratzen schlafen müssen.

Denn wenn wir das hier überstanden haben, werden wir alles überstehen. Heute ist der 14. Januar, und ich sehe, wie es hell wird, und wir werden überleben.

14. Januar

Wir sind alle noch am Leben.

Ich habe Angst, die anderen in der Küche zu lassen, und ich habe Angst, sie wieder in den Wintergarten zu bringen. Aber am meisten macht mir Angst, dass Matt wohl kaum noch die Kraft haben wird, mir dabei zu helfen.

Ich kann nur hoffen, dass wir noch genügend Heizöl haben, um die Nacht zu überstehen.

Ich stinke nach Rauch und jeder Atemzug tut weh.

15. Januar

Nachdem ich Mom heute Morgen ihre Aspirin gegeben hatte, habe ich mich über sie gebeugt und sie auf die Stirn geküsst. Und dann war es fast wie bei Dornröschen. Mom schlug die Augen auf, schaute mir direkt ins Gesicht und sagte: »Nicht bevor du deine Hausaufgaben gemacht hast.«

Ich musste lachen.

»Da gibt's nichts zu lachen, Fräulein«, sagte Mom.

»Jawohl, Ma'am«, sagte ich und machte ein ernstes Gesicht.

»Sehr gut«, sagte sie. »Dann mach ich jetzt das Abendessen.« Sie versuchte sich aufzurichten.

»Nein, lass ruhig«, sagte ich. »Ich habe keinen Hunger.«

»So ein Quatsch«, sagte sie, aber dann sank sie zurück und schlief wieder ein. Ihr Atem ging gleichmäßig.

Nach ein paar Stunden wachte sie wieder auf und sah sich erstaunt in der Küche um. »Ist alles in Ordnung?«, fragte sie.

»Alles bestens«, erwiderte ich.

Sie blickte zu Jon und Matt hinüber, die auf ihren Decken lagen und schliefen. »Warum liegen wir alle auf dem Küchenboden?«, fragte sie. »Was ist passiert?«

»Es gab ein Problem mit dem Ofen«, erklärte ich. »Darum hab ich die Heizung angemacht und euch hier in der Küche schlafen lassen.«

»Du siehst schrecklich aus«, sagte sie. »Isst du auch genug?«

»Nein«, sagte ich.

Mom nickte. »Tja, das tut wohl keiner von uns«, sagte sie und schlief wieder ein.

Heute Abend war sie dann wieder fast normal. Nachdem sie aufgewacht war, setzte sie sich alleine auf und wollte von mir wissen, wie es allen ging. Ich gab ihr eine kurze Zusammenfassung.

»Wie lange sind wir krank gewesen?«, fragte sie.

»Ich weiß nicht«, sagte ich. »Ich habe den Überblick verloren. Ein paar Tage.«

»Und du hast uns die ganze Zeit versorgt?«, fragte sie. »Allein?«

»Matt hat mir geholfen«, sagte ich. Am liebsten wäre ich einfach neben ihr zusammengesackt und hätte geweint und mich von ihr trösten lassen. Aber das ging natürlich nicht. »Das größte Problem war der Ofen, aber der ist jetzt wieder in Ordnung. Vielleicht könnt ihr morgen schon wieder in den Wintergarten zurück.«

»Wann hast du zuletzt etwas gegessen?«, fragte sie.

»Ich hatte keinen Hunger«, sagte ich. »Ist schon in Ordnung.«

»Du musst aber etwas essen«, sagte sie. »Wir können nicht riskieren, dass du auch noch krank wirst. Du machst dir jetzt eine Dose mit Gemüse warm und isst sie ganz allein auf.«

»Mom«, sagte ich.

»Das ist ein Befehl«, sagte sie.

Also tat ich es. Und erst nachdem ich alles aufgegessen hatte, merkte ich plötzlich, wie ausgehungert ich war. Ich machte mir noch eine Dose mit Möhren warm und aß auch die ganz auf. Ich hatte seit Tagen nichts mehr gegessen, also stand mir das wohl zu.

Dann fiel mir ein, dass Mom jetzt sicher auch wieder etwas essen konnte, und ich machte ihr eine Suppe warm. Matt wachte auf und aß auch ein bisschen mit.

»Ich mache mir Sorgen um Jonny«, sagte Mom, nachdem sie mit ihrer Suppe fertig war. »Meinst du, wir sollten Peter holen, damit er mal nach ihm sieht?«

»Ich war schon im Krankenhaus«, sagte ich. »Gleich am ersten Tag, als ihr alle krank geworden seid. Das ist eine Grippe, da kann man nur hoffen und warten.«

»Trotzdem wär's mir lieber, wenn Peter ihn sich mal ansehen würde«, sagte Mom. »Ich weiß, du hast alles getan, was du konntest, aber Peter ist immerhin Arzt.«

»Heute ist es sowieso zu spät, um noch irgendwo hinzufahren«, sagte ich. »Wir warten mal ab, wie es ihm morgen geht, okay? Und jetzt schlaf noch ein bisschen.«

Zum Glück befolgte Mom meinen Rat. Bei allem, was passiert ist, hatte ich mir nämlich noch gar nicht überlegt, wie ich ihr beibringen soll, dass Peter tot ist.

16. Januar

Heute Morgen hat mich Jonny geweckt. Ich habe in der Tür geschlafen, den Kopf im Wintergarten, die Füße in der Küche.

»Ich habe Hunger«, hat er gesagt.

Er war zwar noch schwach, aber eindeutig Jonny.

»Ich bringe dir ein bisschen Suppe«, sagte ich. Ich stand auf, holte eine Dosensuppe aus der Speisekammer und machte sie auf dem Ofen warm.

Er konnte schon wieder sitzen und aß fast alles auf. Währenddessen waren auch Mom und Matt aufgewacht. Ich machte noch mehr Suppe warm, und bald saßen sie alle drei auf ihren Decken und aßen und unterhielten sich sogar dabei.

»Sollten wir nicht lieber wieder in den Wintergarten umziehen?«, fragte Mom.

»Später«, sagte ich. »Erst muss ich noch die Laken wechseln.«

Ich ging nach oben, um frische Laken zu holen. Am liebsten hätte ich auch gleich die Matratzen gewendet, aber dazu fehlte mir die Kraft, also sagte ich mir, dass es nicht so wichtig war.

Sobald ich alles frisch bezogen hatte, half ich den anderen beim Aufstehen. Erst Matt, dann Mom und zuletzt Jonny. Der Weg von der Küche in den Wintergarten kostete sie alle so viel Kraft, dass sie vollkommen erschöpft auf ihre Matratzen sanken.

Aber nachdem sie wieder ein bisschen geschlafen hatten, war deutlich zu sehen, dass es ihnen besser ging. Ich machte ein bisschen Gemüse warm, und wir aßen zusammen.

Dann machte ich mit allen eine Katzenwäsche und verbrachte den restlichen Nachmittag damit, unsere schmutzigen Laken und Bezüge zu waschen.

Weil es in der Küche immer noch warm war, hängte ich alles dort auf. Dann erst drehte ich die Heizung ab. Vielleicht hätte ich sie vorher schon ausmachen sollen, aber es war einfach zu schön, in einer warmen Küche zu waschen.

Mom hat nicht mehr nach Peter gefragt.

17. Januar

Alle waren schlecht gelaunt und anspruchsvoll. Hol mir dieses, hol mir jenes. Mir ist zu warm, mir ist zu kalt. Es ist zu dunkel, es ist zu hell. Warum hast du dieses getan und jenes gelassen?

Ich schwöre, ich hasse sie alle.

19. Januar

Man kann sehen, dass es ihnen jeden Tag besser geht. Nur Matt gefällt mir nicht so richtig. Er war längst nicht so krank wie Mom oder Jonny, aber er ist immer noch sehr schwach.

Hoffentlich hat er sich damals nicht überanstrengt, als er mir geholfen hat, die anderen in die Küche zu tragen.

Mom und Jonny sind heute zum ersten Mal ein paar Schritte gelaufen.

21. Januar

Ich mache ihnen immer noch drei Mahlzeiten am Tag. Das kommt vermutlich einem Selbstmord gleich, aber es ist einfach zu schön, ihnen beim Essen zuzusehen.

Mom sagt, morgen ist sie wieder fit genug, um das Kochen zu übernehmen.

Jon hat nach seinen Baseballkarten gefragt und ist den ganzen Nachmittag aufgeblieben, um sie zu sortieren. Und Matt hat mich gebeten, ihm einen Krimi zu bringen, und hat dann den ganzen Tag nur gelesen.

Vorhin hat er zu mir gesagt, ich brauchte mich heute Nacht nicht ums Feuer zu kümmern, das würde er übernehmen. Ich sollte einfach mal wieder richtig schlafen.

Da nehme ich ihn beim Wort.

23. Januar

Ich glaube, ich habe zwei Tage lang durchgeschlafen. Ich bin richtig wackelig auf den Beinen und völlig ausgehungert.

Mom macht mir gerade einen Tee. Matt und Jon spielen Schach.

Horton liegt auf meiner Matratze und schläft.

Ich glaube, wir haben es überstanden.

26. Januar

Heute bin ich endlich auf das Dach gestiegen und habe es vom Schnee befreit. Das steht schon seit jener schrecklichen Nacht ganz oben auf meiner Liste, aber ich wollte erst warten, bis einer von den anderen dabei sein kann, um mir im Notfall zu helfen.

Jon erholt sich deutlich schneller als Matt oder Mom. Und heute Nachmittag dachte ich, ich könnte es riskieren. Es war richtige Schwerstarbeit, und ich mag mir gar nicht vorstellen, wie anstrengend es nach diesem Blizzard gewesen sein muss, als noch viel mehr Schnee gefallen war.

Im Moment mache ich noch die ganze Arbeit allein: Schneeschippen, Wäschewaschen und den ganzen Rest. Aber morgen will Jon wieder mit dem Abwasch anfangen. Er würde am liebsten noch mehr übernehmen, aber wir sind uns alle einig, dass er erst richtig gesund werden muss. Mom war nicht begeistert, dass er heute die ganze Zeit draußen war, während ich das Dach freigeschaufelt habe, aber ich habe mich beeilt, und es hat ihm anscheinend nicht geschadet.

Ich bin schneller müde als sonst, aber ich nehme an, das wird sich bald wieder legen. Das Wichtigste ist, dass ich nicht krank geworden bin, und wir sind alle der Meinung, dass ich es jetzt auch nicht mehr werde. Ich und Maggie und Linda. Hoffentlich hatten sie mit ihren Familien auch so viel Glück wie ich mit meiner.

27. Januar

Ich war gerade in der Küche beim Wäschewaschen, als Mom zu mir rüberkam.

»Du hast hier nichts zu suchen«, sagte ich. »Geh sofort in den Wintergarten zurück.«

»Gleich«, sagte sie. »Aber erst muss ich mit dir reden.«

Es gab eine Zeit, da hätte dieser Satz bedeutet, dass ich Ärger kriegen würde. Aber jetzt bedeutete er nur noch, dass sie in Ruhe mit mir sprechen wollte. Ich lächelte sie an und schrubbte weiter.

»Ich wollte dir sagen, wie stolz ich auf dich bin«, sagte sie. »Und ich wollte dir danken. Ohne dich wären wir jetzt alle tot, und das wissen wir auch. Du hast uns das Leben gerettet.«

»Das Gleiche hättet ihr doch auch für mich getan«, sagte ich und blickte starr auf die schmutzige Unterwäsche hinunter. Hätte ich Mom angesehen, hätte ich sofort angefangen zu weinen, und das wollte ich nicht, weil ich nicht weiß, ob ich, wenn ich erst einmal angefangen habe, jemals wieder aufhören kann.

»Du bist ein ganz besonderes Mädchen, Miranda«, sagte Mom. »Nein, du bist eine ganz besondere Frau. Ich danke dir.«

»Keine Ursache«, sagte ich. »War's das jetzt? Dann leg dich schnell wieder hin.«

»Eins noch«, sagte sie. »Etwas, das mir keine Ruhe lässt. Diese ersten Tage, an die erinnere ich mich nur noch ganz verschwommen. Ist Peter damals eigentlich hier gewesen? Du bist losgefahren, um ihn zu holen, aber ich kann mich nicht erinnern, ihn gesehen zu haben. Hast du ihn angetroffen? Weiß er, dass wir krank gewesen sind? Ich frage nur deshalb, weil ich mir Sorgen um ihn mache.«

Diesmal blickte ich von meiner Wäsche auf. Ich trocknete mir die Hände ab und wandte mich zu ihr um. »Im Krankenhaus habe ich mit zwei Frauen gesprochen, Krankenschwestern, glaube ich«, sagte ich. »Sie haben mir eigentlich nur bestätigt, was ich schon wusste, dass ihr die Grippe hattet und dass ich euch warm halten und euch Aspirin geben soll. Also bin ich wieder zurückgekommen und habe alles so gemacht.«

»Und Peter hast du nicht gesehen?«, fragte Mom.

»Nein«, sagte ich. Ich wandte mich ab und zwang mich, tapfer zu sein. »Mom, Peter ist tot«, sagte ich dann. »Die Krankenschwestern haben es mir erzählt. Fast das ganze Krankenhaus ist der Grippe zum Opfer gefallen, Patienten genauso wie das Personal. Ihr seid an einem Dienstag krank geworden, und Peter ist am Wochenende davor gestorben. Ich weiß es nicht genau, aber in der Stadt sind wohl auch viele gestorben. Vielleicht sogar im ganzen Land. Es war ein sehr aggressives Virus. Wir haben unglaublich viel Glück gehabt, dass ihr es geschafft habt. Na ja, nicht nur Glück. Du hast dafür gesorgt, dass wir alles hatten, einen Ofen und Wasser und genug zu essen. Und Matt hat dafür gesorgt, dass wir in den Wintergarten gezogen sind, bevor das Öl alle war, sonst hätten wir jetzt, wo wir welches brauchten, vielleicht keins mehr gehabt.«

Mom stand nur da, mit versteinertem Gesicht.

»Es tut mir leid«, sagte ich. »Ich wollte es dir nicht sagen. Die Krankenschwestern haben erzählt, er hätte bis zum Schluss gearbeitet. Er war ein Held.«

»Ich wünschte nur, wir brauchten nicht so verdammt viele Helden«, sagte Mom und ging zurück in den Wintergarten.

Das wünschte ich auch.

30. Januar

Matt ist immer noch sehr schwach, was ihn ziemlich nervt. Mom hält ihm immer wieder vor, dass Menschen sich nun mal unterschiedlich schnell erholen und dass er sich einfach Zeit lassen soll.

Aber ich glaube nicht, dass er jemals wieder richtig gesund wird.

Jon hingegen ist schon wieder so fit, dass er kaum noch stillsitzen kann, aber Mom schränkt sein Pensum immer noch ziemlich ein. Seit dem Tag, an dem ich auf dem Dach war, ist er nicht mehr aus dem Wintergarten herausgekommen. Nicht mal für den Abwasch muss er in die Küche gehen, weil wir im Keller eine alte Schüssel gefunden haben, die er nehmen kann.

Mom ist auch immer noch schwächer, als mir lieb ist, und ich weiß, dass Peters Tod sie ziemlich mitgenommen hat. Nachdem ich es ihr erzählt hatte, bat sie mich, es auch Matt und Jonny zu sagen, so dass jetzt alle Bescheid wissen, aber für Mom ist es natürlich am schlimmsten.

Da jetzt alle seit zwei Wochen fieberfrei sind, dachte ich, ich könnte mal wieder etwas allein unternehmen. Also habe ich mir heute Nachmittag die Skier rausgeholt und draußen auf der Straße geübt.

Es war herrlich, einfach mal für mich zu sein und im Freien und etwas anderes zu tun als Krankenpflege und Hausarbeit. Und spätestens seit meinem mühevollen Marsch zum Krankenhaus ist mir klar, dass ich unbedingt besser werden muss. Wer weiß, ob Matt je wieder längere Strecken fahren kann, und wenigstens einer von uns sollte in der Lage sein, hier auch mal wegzukommen. Da bleiben eigentlich nur noch Jonny und ich, und ich habe im Moment einen echten Vorsprung.

Jetzt bin ich mal dran. Ich habe es mir verdient.

2. Februar

Mom geht es eindeutig besser. Sie hat gefragt, ob ich etwa die ganze Zeit nichts mehr für die Schule getan hätte.

»Das stand gerade nicht ganz oben auf der Liste«, hab ich gesagt.

»Tja, dann müssen wir das wohl ändern«, erwiderte sie. »Wir alle vier. Jonny, es gibt eigentlich keinen Grund, warum du nicht mit Algebra weitermachen solltest. Matt kann dir helfen. Und ich vergesse noch mein ganzes Französisch, wenn ich mich nicht bald wieder auf den Hosenboden setze. Nicht, dass unsere grauen Zellen noch vollends einrosten.«

»Mom«, sagte ich. »Ich mache die gesamte Hausarbeit und ich übe mit den Skiern. Was soll ich denn noch alles machen?«

»Vor allem sollst du mir nicht widersprechen«, sagte sie. »Und jetzt schlag dein Geschichtsbuch auf und mach dich an die Arbeit.«

Bloß gut, dass ich das nicht verbrannt habe. Oder vielleicht doch nicht so gut.

4. Februar

Matt wollte etwas aus seinem Zimmer holen.

Seit ihrer zweiten Knöchelverletzung fällt Mom das Treppensteigen schwer, deshalb schickt sie mich immer hoch, wenn sie irgendetwas braucht. Jon geht erst seit dem Wochenende wieder selber die Treppe hoch, vorher bin ich auch für ihn immer noch gegangen. Und für Matt natürlich sowieso.

»Meinst du, du bist schon so weit?«, fragte ihn Mom.

»Klar«, sagte Matt. »Sonst würde ich es ja nicht tun.«

Mom und ich schauten uns an, aber als ich aufstehen wollte, um ihn zu begleiten, schüttelte sie kaum merklich den Kopf.

Matt machte sich auf den Weg, aus dem Wintergarten hinaus,

durch die Küche und die Diele entlang bis zur Treppe. Ich glaube, wir haben alle die Luft angehalten, als wir seine schweren Schritte auf den Stufen hörten.

Dann hörten die Schritte plötzlich auf.

»Lauf«, sagte Mom zu mir.

Ich rannte zur Treppe. Matt stand auf der vierten Stufe.

»Ich schaffe es nicht«, sagte er. »Verdammt noch mal. Ich komme die Treppe nicht hoch.«

»Dann lass es doch bleiben«, sagte ich. »Komm einfach wieder runter und versuch es ein andermal.«

»Und wenn es kein anderes Mal gibt?«, fragte er. »Was, wenn ich für den Rest meines Lebens ein nutzloser Krüppel bleibe?«

»Vielleicht bleibst du ein Krüppel, aber nutzlos wirst du niemals sein«, sagte ich. »Matt, ist dir eigentlich schon mal der Gedanke gekommen, dass du vielleicht nur deshalb so schwach bist, weil du Mom und Jonny damals aus dem Wintergarten gezogen hast? Dass du womöglich deine Gesundheit ruiniert hast, um ihr Leben zu retten, und dass du darauf stolz sein kannst? Ohne dich wären sie jetzt vielleicht tot. Du kannst dir gar nicht vorstellen, wie wichtig du für uns bist. Meinst du, ich fand das toll, euch alle zu pflegen? Ich habe es gehasst. Aber ich habe immer daran gedacht, wie du die Dinge anpackst, ohne dich zu beklagen. Du tust einfach, was getan werden muss, und ich habe versucht, so zu sein wie du. Also komm jetzt runter und leg dich wieder hin, und selbst wenn du für immer so bleibst wie jetzt, bist du trotz allem der stärkste Mensch, den ich kenne.«

»Das Gleiche könnte man auch von dir behaupten«, sagte er.

»Na super«, sagte ich. »Wir sind beide die besten Menschen der Welt. Und jetzt sag mir endlich, was du von oben brauchst, und geh wieder zurück, bevor Mom hysterisch wird.«

Und das tat er dann auch. Ich wartete, bis er wieder unten angekommen war, und holte ihm, was er haben wollte.

Wenn Matt nicht bald wieder zu Kräften kommt, ist das unser sicherer Tod. Aber das braucht er nicht zu wissen.

7. Februar

Moms Geburtstag.

Weihnachten, als Mom ihre Pralinen mit uns geteilt hat, habe ich nur zwei von den vieren gegessen, die mir zustanden, und die anderen beiden aufgehoben.

Also hat Mom heute zum Geburtstag zwei Pralinen bekommen.

Jon hat sie beim Schach gewinnen lassen.

Und Matt ist drei Mal bis zur Treppe und zurück gelaufen.

Sie hat gesagt, es sei der schönste Geburtstag ihres Lebens gewesen.

ZWANZIG

9. Februar

Jon ist inzwischen fit genug, um wieder Anspruch auf die Skier zu erheben, und mir fallen einfach keine Ausreden mehr ein, um ihn davon abzuhalten.

Jeden Morgen gehe ich raus und laufe ungefähr eine Stunde. Es lenkt mich von meinen Gedanken ans Essen ab, und das ist ja nie verkehrt.

Nach dem Mittagessen gehe ich dann mit Jon raus und sehe zu, wie er läuft. Mom will ihn noch nicht alleine rauslassen. Aber er hält sowieso kaum länger als eine Viertelstunde durch, also ist das halb so schlimm.

Matt läuft jeden Morgen drei Mal zur Treppe und zurück und nach dem Mittagessen vier Mal. Ich denke, nächste Woche wird er mit dem Treppensteigen anfangen, erst nur ein paar Stufen und dann immer mehr, ganz egal, wie lange es dauert.

Mom kann immer noch keine Wäsche waschen, aber sie kümmert sich wieder ums Essen. Irgendwie schmeckt alles besser, wenn Mom es gekocht hat.

Auf mein Drängen hin (und ich bin ziemlich stolz, dass ich auch mal eine Diskussion gewonnen habe) haben wir das Sperrholz nicht wieder vors Fenster genagelt. Die Oberlichter sind immer noch frei von Schnee, und so gibt es jetzt im Wintergarten wieder ein bisschen mehr Licht. Ich glaube nicht, dass die Luft sehr viel besser geworden ist, aber man kann sehen, dass die Tage länger werden.

Es gibt reichlich Dinge, über die man sich Sorgen machen könnte, aber ich habe mir jetzt einfach mal freigenommen. Nächste Woche kann ich mir immer noch Sorgen machen.

12. Februar

Als ich heute Morgen vom Skilaufen reinkam, war Mom gerade dabei, etwas in der Pfanne zu schmoren.

Es roch wunderbar. Wir haben schon ewig kein frisches Gemüse mehr, und es hat wenig Sinn, Spinat oder grüne Bohnen aus der Dose zu schmoren. Als Mom das Mittagessen auf den Tisch stellte, waren wir schon ganz hibbelig vor Aufregung. Aber ich kam einfach nicht dahinter, was es war. Größe und Konsistenz erinnerten an Schalotten, aber der Geschmack war ein bisschen bitter.

»Was ist das denn nun?«, fragten wir alle.

»Tulpenzwiebeln«, antwortete Mom. »Die habe ich letzten Sommer ausgegraben, bevor der Boden gefroren ist. Ich wollte sie aufbewahren, als kleine Leckerei.«

Wir hörten alle gleichzeitig auf zu kauen. Es war ein bisschen so, als hätte sie uns Horton serviert.

»Nun kommt schon«, sagte Mom. »Wir sind bestimmt nicht die ersten Menschen, die Tulpenzwiebeln essen.«

Ein tröstlicher Gedanke. Der und unser Hunger ließen uns das Mittagessen überstehen.

14. Februar

Valentinstag.

Ich frage mich, wo Dan jetzt wohl ist.

Aber egal, wo er ist, er denkt wahrscheinlich sowieso nicht an mich.

15. Februar

Matt ist sechs Stufen hochgegangen.
Wir haben alle so getan, als sei das keine große Sache.

18. Februar

Heute Morgen bin ich drinnen geblieben. Ich habe gesagt, mein Buch sei gerade so spannend, aber das war natürlich gelogen.

Nach dem Mittagessen bin ich dann mit Jonny rausgegangen, damit er Ski laufen kann. Ich dachte schon, er würde überhaupt nicht mehr müde, aber nach einer halben Stunde hat es ihm dann doch gereicht und er wollte rein. Ich denke, ab nächster Woche darf er dann auch wieder alleine los.

Ich bin schnell ins Haus gerannt, habe mir die Schlittschuhe geholt, Jon die Skier, die Schuhe und die Stöcke abgenommen und ihm gesagt, ich sei in ein oder zwei Stunden zurück.

Und dann habe ich etwas geschafft, was noch kein Sportler vor mir geschafft hat. Ich habe an ein und demselben Nachmittag zwei olympische Goldmedaillen in zwei verschiedenen Sportarten gewonnen.

Als Erstes habe ich das Skilanglauf-Rennen gewonnen. Ich bin von zu Hause bis zu Miller's Pond gefahren und habe die Konkurrenz so weit hinter mir gelassen, dass sie nicht mal mehr zu sehen war.

Aber das war nur das Aufwärmtraining. Am Teich angekommen, bin ich meine legendäre Goldmedaillen-Kür gelaufen. Ich hörte, wie Tausende von Menschen auf den Rängen jede meiner Bewegungen mit Jubel bedachten. Meine Übersetz-Schritte, meine Mohawks, meine Flieger, meine Pirouetten. Meinen atemberaubenden einfachen Toeloop. Meinen Ina Bauer. Die glänzend choreografierte, scheinbar spontane Fußarbeit.

Das Eis war übersät mit Blumen und Teddys. Die Fernsehkommentatoren waren tief ergriffen, dass sie eine solche Darbietung erleben durften. Ich wischte mir inmitten des Trubels eine Träne oder zwei aus dem Augenwinkel. Alle meine Rivalinnen kamen, um mich zu dieser Jahrhundertkür zu beglückwünschen. Stolz stand ich auf dem Siegerpodest, während die amerikanische Flagge gehisst wurde. Ich lächelte und sang die Nationalhymne. Die größte Sportlerin der amerikanischen Geschichte. Und dazu noch eine sichere Kandidatin für acht Goldmedaillen im Schwimmen bei den nächsten Olympischen Sommerspielen.

»Und, war's gut?«, fragte Mom, als ich vom Teich zurückkam.

»Besser geht's nicht«, antwortete ich.

20. Februar

»Jonny, warum hast du denn gar nichts zu Abend gegessen?«, hat Mom ihn vorhin gefragt.

»Ich habe keinen Hunger«, hat er gesagt.

Das ist jetzt der dritte Tag in Folge, an dem er abends keinen Hunger hat.

Wahrscheinlich war er irgendwann in der Speisekammer, als keiner von uns geguckt hat. Und wahrscheinlich hat er jetzt auch begriffen, was uns anderen schon viel länger klar ist.

Ob er wohl bemerkt hat, dass Mom fast überhaupt nichts mehr isst?

22. Februar

Heute Nacht hat uns ein seltsamer Lärm aus dem Schlaf gerissen. Lärm und Licht.

Anfangs waren wir alle völlig verwirrt. Die einzigen Geräusche, die wir im Moment hören, sind unsere eigenen und die des Windes. Und Licht spenden bei uns eigentlich nur der Ofen, die Kerzen und die Petroleumlampen.

Aber das hier war ein ganz anderer Lärm, ein ganz anderes Licht.

Matt kam als Erster dahinter. »Der Strom«, sagte er. »Wir haben wieder Strom.«

Wir sprangen von unseren Matratzen auf und rannten durchs Haus. In der Küche brannte die Deckenlampe. Im Wohnzimmer rauschte ein längst vergessenes Radio vor sich hin. Der Wecker in meinem Zimmer blinkte hektisch.

Mom war so schlau, auf die Uhr zu gucken. Es war 2.05 Uhr.

Um 2.09 Uhr war der Strom wieder weg.

Aber irgendwie haben wir alle das Gefühl, wenn er einmal wieder angegangen ist, dann wird es auch wieder passieren.

24. Februar

»Wisst ihr was?«, fragte Mom heute beim Mittagessen. »Dieser kleine Stromausbruch hat mich an etwas erinnert.«

»Mich auch«, sagte ich. »An Waschmaschinen und Trockner.«

»Computer«, sagte Jon. »DVD-Player.«

»Kühlschränke«, sagte Matt. »Elektrische Heizung.«

»Ja, daran auch«, sagte Mom. »Aber vor allem hat er mich ans Radio erinnert.«

»Wir haben doch nur Rauschen reinbekommen«, wandte Matt ein.

»Aber wenn *wir* Strom haben, gibt es woanders sicher auch welchen, und die Radiostationen können wieder senden«, sagte Mom. »Und wir brauchen keinen Strom, um das herauszufinden. Wir sollten einfach ein Radio einschalten und versuchen, einen Sender zu finden.«

Mir lag schon auf der Zunge zu sagen, dass wir das lieber nicht versuchen sollten, weil wahrscheinlich die ganze Welt an der Grippe gestorben ist und außer uns keiner mehr da ist. Manchmal glaube ich das nämlich.

Aber dann fiel mir ein, dass uns schließlich irgendjemand diese wunderbaren vier Minuten Strom verschafft haben musste.

Der Gedanke, vielleicht doch nicht allein auf der Welt zu sein, machte mich ganz kribbelig. Ich rannte ins Wohnzimmer und holte das Radio.

Moms Finger zitterten ein bisschen, als sie es anstellte und nach einem Sender suchte. Aber wir bekamen nur Rauschen.

»Wir versuchen es heute Abend noch mal«, sagte sie. »Nach Sonnenuntergang.«

Und das taten wir. Den ganzen Tag warteten wir nur darauf, dass der Himmel von Grau zu Schwarz übergehen würde.

Als es endlich so weit war, schaltete Mom das Radio wieder ein. Als Erstes kam nur Rauschen. Aber dann hörten wir eine Männerstimme.

»In Cleveland: Harvey Aaron«, sagte der Mann. »Joshua Aaron. Sharon Aaron. Ibin Abraham. Doris Abrams. Michael Abrams. John Ackroyd. Mary Ackroyd. Helen Atchinson. Robert Atchinson ...«

»Das ist eine Totenliste«, sagte Matt. »Sie verlesen die Namen der Toten.«

»Aber das bedeutet auch, dass noch Menschen am Leben sind«, sagte Mom. »Irgendwer muss ihnen ja die Namen mitgeteilt haben. Und irgendwer muss auch zuhören.«

Sie drehte noch ein bisschen am Regler.

»Weiteren Meldungen zufolge hat der Präsident heute erklärt, das Land habe nun die Talsohle durchschritten. In den nächsten Wochen seien deutliche Verbesserungen zu erwarten, so dass bis

Mai mit einer Normalisierung der Situation gerechnet werden könne.«

»Dieser Idiot ist immer noch am Leben!«, rief Mom. »Und er ist immer noch ein Idiot!«

Wir brachen in schallendes Gelächter aus.

Danach hörten wir noch so lange zu, bis wir rausbekommen hatten, dass diese Übertragung aus Washington kam. Schließlich fand Mom noch einen dritten Sender, der von Chicago aus sendete. Auch hier gab es Nachrichten. Fast nur schlechte, genau wie im Sommer. Erdbeben, Überschwemmungen, Vulkanausbrüche, die übliche Litanei der Naturkatastrophen. Die Liste war allerdings etwas länger geworden, jetzt kamen noch Grippewellen und Cholera hinzu. Hunger. Dürre. Eisstürme.

Aber es waren immerhin Nachrichten. Irgendwo ging das Leben weiter.

Wir waren nicht allein.

25. Februar

Matt hat gedacht, wenn es wieder Radiosender gibt, haben wir vielleicht auch Telefon und wissen es bloß noch nicht. Er probierte es aus, aber die Leitung war tot.

Der einzige Mensch, der uns vielleicht zu erreichen versucht, ist Dad. Alles andere ist sowieso nicht wichtig.

26. Februar

Wieder Strom.

Diesmal mittags um eins und zehn Minuten lang.

Jon war draußen Ski fahren, deshalb hat er es verpasst.

»Beim nächsten Mal werfen wir die Waschmaschine an«, sagte Mom. »Was auch immer die schafft, müssen wir nicht machen.«

Ob es wirklich ein nächstes Mal geben wird? Das wäre einfach Wahnsinn.

27. Februar

Zwölf Minuten Strom, abends um 21.15 Uhr.

Mom hat sich das mit der Waschmaschine anders überlegt. »Wir sollten es wohl lieber tagsüber versuchen«, sagte sie. »Vielleicht morgen.«

28. Februar

Sechs Minuten Strom heute früh um 4.45 Uhr.

Ganz toll.

Ich weiß, dass ich mich freuen sollte, weil wir drei Tage hintereinander Strom hatten, aber im Moment brauchen wir Lebensmittel eigentlich dringender als Strom. Wesentlich dringender.

Solange man Strom noch nicht essen kann, wüsste ich nicht, was wir damit anfangen sollen.

Wer wohl *unsere* Namen im Radio verlesen wird, wenn wir irgendwann verhungert sind?

3. März

Seit zwei Tagen kein Strom mehr.

Dann doch lieber ganz ohne Strom. Warum mussten sie uns überhaupt erst den Mund wässerig machen, wenn es jetzt doch keinen mehr gibt?

Mom hört jeden Abend eine halbe Stunde Radio. Ich weiß nicht, warum. Sie wechselt von Sender zu Sender (inzwischen haben wir sechs davon) und alles, was sie bringen, sind Katastrophenberichte.

Nein, das stimmt nicht ganz. Sie berichten von Katastrophen

und der Präsident sagt, es gehe wieder bergauf. Ich weiß nicht, was ich schlimmer finde.

Es macht mir ein bisschen Angst, dass Mom so leichtfertig Batterien verbraucht, bloß um Radio zu hören. Aber vielleicht ist sie jetzt auch endlich zu dem Schluss gekommen, dass es wenig Sinn hat, wenn die Batterien uns überleben.

4. März

Matt war eigentlich schon bei zehn Stufen angelangt, und ich dachte, dass er bis zum Ende der Woche die ganze Treppe hochsteigen würde.

Aber heute hat er nur sechs Stufen geschafft. Ich weiß das deshalb, weil ich auf Zehenspitzen hinter ihm hergeschlichen bin und durch die Wohnzimmertür gelugt habe. Mom hat es gemerkt, mich aber nicht davon abgehalten. Jon war draußen beim Skilaufen, aber sogar er ist wieder runter auf zwanzig Minuten am Tag.

Matt hat sicher nicht bemerkt, dass ich ihn beobachtet habe. Ich saß längst wieder ruhig auf meinem Platz, als er in den Wintergarten zurückkam.

Mom hat den ganzen Nachmittag kaum etwas gesagt. Matt hat sich hingelegt und zwei Stunden geschlafen. Er ist nicht einmal aufgewacht, als Jon wieder reinkam.

Manchmal denke ich daran, was ich durchgemacht habe, als sie alle so krank waren, und dann werde ich richtig wütend. Wie können sie es wagen, jetzt einfach zu sterben?

5. März

Es hat den ganzen Tag geschneit. Immerhin konnten wir durch das Fenster im Wintergarten dabei zusehen.

Ich glaube, es sind nicht mehr als zehn oder fünfzehn Zentimeter gefallen, und Matt hat betont, dass es gut sei, frischen Schnee als Trinkwasser zu haben.

Mom hat gesagt, ich solle die Laken erst mal nicht mehr waschen. Eigentlich müsste ich mich darüber freuen, denn die Laken wasche ich immer am wenigsten gern (sie sind einfach zu groß). Mom sagt, sobald der Strom wieder richtig funktioniert, könnten wir die Laken einfach in die Maschine stecken, aber ich glaube, der eigentliche Grund ist, dass das Waschen dieser riesigen Dinger einfach zu viele Kalorien verbraucht.

Irgendwann wollte ich es dann wissen, egal, wie schlimm es ist, und bin in die Speisekammer gegangen.

Ich wünschte, ich hätte es nicht getan.

6. März

Als Jon heute Nachmittag draußen war und Matt schlief, winkte Mom mich rüber ins Wohnzimmer.

»Ich frage dich wirklich nicht gern«, sagte sie. »Aber meinst du, du könntest ein-, zweimal pro Woche aufs Essen verzichten?«

Mom isst schon seit Wochen nur noch jeden zweiten Tag. Also verlangte sie von mir immer noch weniger als von sich selbst.

»In Ordnung«, sagte ich. Was hätte ich sonst sagen sollen?

»Ich möchte aber, dass Matt und Jonny weiterhin jeden Tag etwas essen«, sagte sie. »Kannst du damit leben?«

Ich musste lachen.

Mom grinste auch. »Schlechte Wortwahl«, sagte sie. »Entschuldige bitte.«

»Schon in Ordnung«, sagte ich. Und zum Beweis gab ich ihr sogar einen Kuss.

Mom geht wahrscheinlich immer noch davon aus, dass Jon die

besten Überlebenschancen hat. Und ich glaube, den Gedanken, Matt sterben zu sehen, kann sie einfach nicht ertragen.

Genauso wenig wie ich. Am besten, Mom geht zuerst, und dann ich und dann Matt. Matt wird dafür sorgen, dass Jonny durchkommt.

7. März

Das ist echt total bescheuert. Ich habe angefangen, dieses Tagebuch durchzublättern, all die leeren Seiten. Ich hatte mich so gefreut, als Mom es mir zu Weihnachten geschenkt hat. Ich habe mir sogar Sorgen gemacht, es könnte bis April schon voll sein und dann müsste ich wieder die Aufsatzhefte nehmen.

So viele leere Seiten.

8. März

Wieder Strom. Diesmal für sechzehn Minuten, heute Nachmittag gegen drei.

Ich weiß nicht, was das zu bedeuten hat.

12. März

Mom ist heute Nachmittag ohnmächtig geworden. Ich glaube, sie hat seit drei Tagen nichts mehr gegessen.

Ich habe ihr etwas Suppe warm gemacht und sie zum Essen gezwungen. So schnell lasse ich sie noch nicht sterben.

Ich habe heute noch mal die Speisekammer inspiziert. Das hat nicht lange gedauert, es ist kaum noch was drin. Wenn Mom und ich überhaupt nichts mehr essen, reichen die Vorräte noch gut zwei Wochen. Wenn Mom und ich ab und zu etwas essen, reichen sie vielleicht noch für knapp zehn Tage. Wenn Matt, sobald wir tot sind, auch nichts mehr isst, kriegt Jon noch ein paar Tage dazu, um von hier wegzukommen. Matt wird ihm sagen, wo er hingehen soll, um das restliche Brennholz gegen Lebensmittel einzutauschen.

Ich frage mich, was Jon dann wohl mit Horton macht.

13. März

Heute Mittag haben wir uns zu viert eine Dose Tomatensuppe geteilt. Danach hat Mom darauf bestanden, dass Matt und Jon noch die letzte Dose Gemüse aufessen.

Vielleicht wäre es sogar leichter für Mom und mich, wenn wir einfach gar nichts mehr essen würden. Wir haben sowieso nur ein paar Löffel Suppe gekriegt, gerade genug, um mich daran zu erinnern, wie Essen schmeckt.

In einer Woche habe ich Geburtstag. Sollte ich bis dahin tatsächlich noch am Leben sein, dann Mom hoffentlich auch.

14. März

Fast eine ganze Stunde Strom heute Morgen.

Als das Licht an war, habe ich dummerweise in einen Spiegel geschaut.

Im ersten Moment habe ich mich tatsächlich nicht erkannt. Dann fiel mir wieder ein, wie ich aussehe.

Nicht, dass das irgendwie wichtig wäre. Wen interessiert schon, wie eine Leiche aussieht?

Letzte Nacht habe ich geträumt, ich würde in eine Pizzeria gehen. Drinnen saßen Dad, Lisa und ein kleines Mädchen, von dem ich sofort wusste, dass es Rachel war.

Ich setzte mich dazu. Der Duft – Tomatensoße, Knoblauch und Käse – war überwältigend.

»Ist das der Himmel?«, fragte ich.

»Nein«, sagte Dad. »Das ist eine Pizzeria.«

Ich glaube, der Traum hat mich auf eine Idee gebracht. Aber es ist schwer zu sagen, was eine Idee ist und was nur Quatsch, wenn man nicht mal mehr den Unterschied zwischen dem Himmel und einer Pizzeria kennt.

EINUNDZWANZIG

17. März

Als ich gestern Abend eingeschlafen bin, wusste ich genau, was ich heute zu tun hatte. Die Frage war nur, ob meine Kraft dafür ausreichen würde.

Aber als ich aufwachte, sah ich, wie Mom sich von ihrer Matratze hochquälte, als gäbe es hier noch irgendetwas für sie zu tun. Und damit stand meine Entscheidung fest.

Nachdem dann auch Matt und Jon aufgestanden waren und wir alle so getan hatten, als wäre heute ein Tag wie jeder andere, nicht schlimmer als alles, was wir schon durchgemacht hatten, gab ich meinen Entschluss bekannt.

»Ich fahre in die Stadt«, sagte ich.

Alle starrten mich an, als wäre ich jetzt vollkommen verrückt geworden. Wahrscheinlich hatten sie Recht.

»Ich fahre zur Post«, sagte ich. »Ich will wissen, ob wir eine Nachricht von Dad haben.«

»Was macht das denn noch für einen Unterschied?«, fragte Jon. »Oder meinst du, er hat uns etwas zu essen geschickt?«

»Ich will wissen, ob Lisa ihr Baby bekommen hat«, sagte ich. »Ich muss das wissen. Ich muss wissen, ob das Leben weitergeht. Ich fahre in die Stadt und finde es heraus.«

»Miranda, kann ich dich mal kurz sprechen?«, fragte Matt. Ich nickte. Ich hatte damit gerechnet, dass mir einer von ihnen Fragen stellen würde, und jetzt war es also Matt. Wir gingen rüber ins Wohnzimmer, um ungestört zu sein.

»Glaubst du wirklich, du hast noch genügend Kraft, um bis in die Stadt und wieder zurück zu kommen?«, fragte Matt.

Ich hätte gern gesagt, »Nein, natürlich glaube ich das nicht, das weißt du so gut wie ich, und das ist ja einer der Gründe, warum ich fahren will«. Ich hätte gern gesagt, »Halt mich bitte davon ab, denn wenn ich sterbe, möchte ich zu Hause sein«. Und ich hätte auch gern gesagt, »Wie konntest du das alles geschehen lassen?«, als wäre Matt an allem schuld, als hätte er uns irgendwie retten können. Aber ich sagte es natürlich nicht.

»Ich weiß, dass es verrückt ist«, sagte ich stattdessen. »Aber ich muss wirklich wissen, ob Lisa das Baby bekommen hat. So als könnte ich erst dann in Frieden sterben. Vielleicht hat die Post ja tatsächlich geöffnet, und vielleicht ist wirklich ein Brief gekommen. Wer weiß, wie lange ich es überhaupt noch mache? Eine Woche? Zwei? Für meinen Seelenfrieden bin ich gern bereit, ein paar Tage zu opfern. Das verstehst du doch, oder?«

»Aber wenn du es schaffst, dann kommst du zurück«, sagte er nach einer langen Pause.

»Ich hoffe, dass ich es schaffe«, sagte ich. »Ich wäre lieber hier. Aber wenn ich es nicht schaffe, ist es auch okay.«

»Was ist mit Mom?«, fragte er.

»Daran habe ich auch schon gedacht«, sagte ich. »Ich glaube, für sie ist es sogar besser so. Solange ich nicht zurückkomme, kann sie immer noch hoffen. Ich möchte nicht, dass sie mir beim Sterben zusehen muss, und ich weiß nicht, ob ich es schaffe, länger zu leben als sie. Es ist wirklich für alle das Beste, Matt. Ich habe lange darüber nachgedacht, und es ist wirklich das Beste.«

Matt wandte den Blick ab. »Sei mir nicht böse«, sagte er dann. »Aber was ist mit den Skiern? Jon wird sie brauchen, wenn wir alle nicht mehr sind.«

Tja, und damit war wohl alles klar. Ich ging weg, damit wenigstens Jonny eine Chance hatte. Wir alle hungerten, damit wenigstens Jonny eine Chance hatte. Wenn ich wollte, dass er diese Chance auch wirklich bekam, dann sollte ich mir wohl besser eingestehen, dass mein kleiner Ausflug in die Stadt eigentlich nur einen Zweck hatte: meinen Tod zu beschleunigen. Wofür ich keine Skier brauchte.

»Ich lasse sie hier«, sagte ich. »Ich verstecke sie hinter der alten Eiche, dann kann er sie reinholen, sobald ich weg bin. Aber sagt es bitte nicht Mom, solange sie nicht danach fragt. Lasst sie glauben, dass ich zurückkomme, okay?«

»Du musst das nicht tun«, sagte Matt.

»Ich weiß«, sagte ich und küsste ihn zum Abschied. »Und ich liebe euch alle drei mehr, als ich je für möglich gehalten hätte. Und jetzt lass mich reingehen und mich verabschieden, solange ich noch den Mut dazu habe.«

Und das tat ich. Mom war so geschwächt, dass sie das alles gar nicht richtig mitbekam. Sie ermahnte mich nur, vor der Dunkelheit wieder zurück zu sein, und ich sagte, das hätte ich vor.

Jon sah aus, als hätte er noch hundert Fragen, aber Matt würgte ihn sofort ab. Ich gab Jon und Mom einen Kuss und sagte ihnen, sie sollten ein Licht für mich brennen lassen, als hätte das noch irgendeine Bedeutung. Ich steckte mir einen Stift und eins meiner blauen Aufsatzhefte in die Manteltasche. Dann ging ich zur Haustür, nahm Dads Schuhe, Skier und Stöcke und lief damit bis zur Straße. Als ich bei der Eiche ankam, stellte ich alles vorsichtig dahinter ab, so dass man es von der Straße aus nicht sehen konnte. Dann machte ich mich zu Fuß auf den Weg in die Stadt.

Ich hätte mich schrecklich gern umgedreht, um das Haus noch einmal zu sehen und mich von ihm zu verabschieden, aber ich verbot es mir. Ich hatte Angst, wenn ich mir diesen Moment der Schwäche erlaubte, würde ich einfach wieder zurückrennen, und was hätten wir dann davon? Musste ich denn wirklich an meinem Geburtstag noch am Leben sein? Und wollte ich das überhaupt, wenn Mom dann womöglich schon tot war?

Ich blickte also stur geradeaus und ging los. Der erste Kilometer war gar nicht so schlimm, weil Jon und ich dort Ski gefahren waren und den Schnee ein bisschen verdichtet hatten. An den vereisten Stellen bin ich ein paarmal hingefallen, aber ich kam gut voran. Ich redete mir ein, der restliche Weg sei sicher auch nicht so schlimm und es gebe immer noch Hoffnung, dass ich wirklich bis in die Stadt kam, dass dort tatsächlich ein Brief von Dad auf mich wartete und dass ich es vielleicht sogar wieder nach Hause schaffte.

Es war schön, sich das einzureden.

Aber die nächsten drei Kilometer waren wirklich brutal. Seit Weihnachten war hier anscheinend niemand mehr gegangen. Nach einer Weile kam ich zu Fuß einfach nicht mehr weiter, und so setzte ich mich auf den Schnee und schob mich vorwärts, eine Mischung aus Rudern und Rutschen. Schon wenige Meter kosteten mich meine ganze Kraft, und je mehr ich mich quälte, desto mehr sehnte ich mich danach, einfach aufzugeben und hier und jetzt zu sterben.

Aber dann sah ich wieder die Pizzeria vor mir und Dad, der mir sagte, sie wären nicht im Himmel. Wenn es einen Brief gab, dann wollte ich es wissen. Der Tod konnte ebenso gut noch ein paar Stunden warten.

Schließlich erreichte ich eine Stelle, an der man wieder laufen konnte, und sofort ging es mir besser. Ich war zwar völlig durchnässt und duchgefroren, aber auf meinen eigenen zwei Beinen zu stehen gab mir ein Gefühl von Entschlossenheit und Würde. Ich fühlte mich wieder wie ein Mensch, und das verlieh mir neue Kraft.

Was mir am meisten Angst machte, waren die vielen verlassenen Häuser am Straßenrand. Nur noch aus ganz wenigen Schornsteinen sah man Rauch aufsteigen. Ich hätte sowieso nicht hingehen und um Hilfe bitten können, weil man mich sofort wieder rausgeworfen hätte. Das hätten wir schließlich auch gemacht, wenn jemand zu uns gekommen wäre.

Aber so viele Häuser ohne ein Zeichen von Leben. Von einigen Leuten wusste ich, dass sie die Stadt verlassen hatten, solange das noch möglich war. Aber viele andere mussten gestorben sein, an der Grippe oder vor Kälte oder Hunger.

Wir waren alle noch am Leben, Mom, Matt, Jonny und ich. Und ich würde sogar einen Bericht hinterlassen. Die Menschen würden erfahren, dass es mich gegeben hat. Das war schon viel wert.

Je näher ich der Stadt kam, desto leichter wurde das Gehen. Aber gleichzeitig wurden auch die Lebenszeichen immer seltener. Das war logisch, hier lebten viel mehr Menschen, deshalb hatten sie zumindest anfangs noch gemeinsam den Schnee weggeräumt. Aber so nah an der Stadt hatten sie meist keine Öfen, also waren hier sicher viele erfroren. Und je enger man zusammenlebte, desto schneller konnte sich auch die Grippe verbreiten. Unsere Isolation hatte uns gerettet, hatte unser Leben um Wochen, vielleicht sogar Monate verlängert.

Als ich schließlich von weitem das Postamt sah, hatte ich fast schon das Gefühl, auch den Weg zurück nach Hause zu schaffen, obwohl ich wusste, dass das Irrsinn war, weil die Straße bergauf ging und weil ich für den Teil, den man nicht laufen konnte, niemals genügend Kraft haben würde. Bergab kann man noch rutschen, bergauf aber nicht. Mein Herz würde versagen und ich würde sterben, nur wenige Meilen von zu Hause entfernt.

Aber es war mir egal. Ich hatte es bis in die Stadt geschafft, und mehr hatte ich nicht gewollt. Ich würde zum Postamt gehen, wo ein Brief von Dad für mich lag, in dem stand, dass er und Lisa und die kleine Rachel gesund und munter waren. Dann war es sowieso nicht mehr wichtig, wo und wie ich starb.

Es war unheimlich, mitten in der Stadt auf der Hauptstraße zu stehen und niemanden zu sehen, niemanden zu hören und nichts zu riechen als den Geruch nach Tod. Überall lagen Kadaver von Katzen und Hunden, die von ihren Besitzern ausgesetzt worden waren und in der Kälte ohne Futter nicht überleben konnten. Ich bückte mich und nahm einen davon hoch, um zu sehen, ob noch irgendwo ein bisschen Fleisch dran war, aber die kärglichen Reste war so steif gefroren, dass sie sich nicht mehr ablösen ließen. Ich warf den Kadaver auf die Straße zurück und war froh, dass wenigstens keine menschlichen Leichen zu sehen waren.

Dann kam ich zum Postamt, und auch dort war alles tot.

Ich war vollkommen verzweifelt. Es sah ganz danach aus, als sei das Postamt seit jenem letzten Tag, an dem Matt dort gearbeitet hatte, nie wieder geöffnet worden. Jetzt war es endgültig vorbei mit meinem Glauben, ich hätte den Wintergarten vielleicht doch nur verlassen, um einen Brief von Dad abzuholen.

Ich war in die Stadt gegangen, um zu sterben. Es hatte keinen Sinn, wieder nach Hause zu gehen, nur damit mir die anderen auch noch dabei zusehen mussten.

Ich sackte auf dem Boden zusammen. Der größte Gefallen, den ich ihnen tun konnte, war es, hier liegen zu bleiben, bis die Kälte mich umbringen würde. Mrs Nesbitt hatte gewusst, wie man stirbt. Konnte ich das nicht von ihr lernen?

Und dann fiel mein Blick auf etwas Gelbes. Meine Welt besteht schon so lange nur noch aus verschiedenen Schattierungen von Grau, dass mir das Gelb fast schon in den Augen wehtat.

Aber da war etwas Gelbes. Ich erinnerte mich, dass die Sonne gelb war. Im Juli hatte ich sie zuletzt gesehen. Es tat weh, direkt in die Sonne zu schauen, und genauso weh tat es, dieses leuchtende Gelb anzusehen.

Doch es war nicht die Sonne. Ich lachte über meine eigene Dummheit. Es war ein Blatt Papier, das vom Wind durch die Straßen getrieben wurde.

Aber es war gelb. Und ich musste es haben.

Ich zwang mich, wieder aufzustehen und dem Zettel hinterherzujagen. Er tanzte voller Hohn vor mir her, aber ich konnte ihn überlisten, und mit letzter Kraft stellte ich meinen Fuß darauf und hielt ihn auf dem Gehweg fest. Ich bückte mich und spürte, wie sich alles um mich herum drehte, als ich ihn aufhob und mich wieder aufrichtete. Ihn nur in der Hand zu halten war schon aufregend. Es standen Worte darauf. Eine Mitteilung. Irgendwann hatte irgendjemand irgendetwas gesagt, und jetzt würde ich erfahren, was das war.

DAS RATHAUS IST JEDEN FREITAG VON 14 BIS 16 UHR GEÖFFNET.

Kein Datum, kein einziger Hinweis darauf, wann der Zettel verteilt worden war oder warum. Aber die Worte sagten mir, wo ich hingehen musste. Ich hatte nichts zu verlieren. Alle meine Träume waren mit dem Postamt gestorben. Wenn das Rathaus jetzt auch noch geschlossen war, machte es keinen Unterschied mehr.

Ich ging also zum Rathaus. Es ist nur wenige Straßen vom Postamt entfernt. Ich sah auf die Uhr und stellte fest, dass mir noch eine halbe Stunde blieb, bevor es zumachen würde, vorausgesetzt, es war überhaupt geöffnet.

Aber als ich dort ankam, war die Tür unverschlossen und ich konnte Stimmen hören.

»Hallo?«, sagte ich, voller Stolz, dass mir das Wort wieder eingefallen war.

»Komm nur rein«, antwortete ein Mann. Er öffnete eine Bürotür und winkte mich heran.

»Hi«, sagte ich, als wäre das die normalste Sache der Welt. »Ich bin Miranda Evans. Ich wohne in der Howell Bridge Road.«

»Alles klar«, sagte er. »Komm rein. Ich bin Bürgermeister Ford, und das hier ist Tom Danworth. Freut mich, dich kennenzulernen.«

»Ganz meinerseits«, sagte ich und kam mir vor wie in einem Traum.

»Bist du gekommen, um Lebensmittel zu beantragen?«, fragte Bürgermeister Ford.

»Lebensmittel?«, fragte ich. »Kriegt man hier Lebensmittel?« Es musste tatsächlich ein Traum sein.

»Sehen Sie?«, sagte Mr Danworth. »Deshalb kommen nur so wenige Leute. Es weiß einfach keiner.«

»Zu viele Tote da oben Richtung Howell Bridge«, sagte Bürgermeister Ford. »Dort oben waren wir noch nicht. Wie viele seid ihr in deiner Familie, Miranda?«

»Vier«, sagte ich. »Meine Mutter und meine Brüder hatten die Grippe, aber sie haben es überlebt. Kann ich für sie auch Lebensmittel bekommen?«

»Jemand muss bezeugen, dass sie wirklich noch leben«, sagte der Bürgermeister. »Aber jeder hat Anspruch auf eine Tüte Lebensmittel pro Woche. So wurde es uns gesagt und so machen wir es auch.«

»Das Programm läuft jetzt aber schon vier Wochen«, sagte Mr Danworth. »Also stehen dieser jungen Dame mindestens vier Tüten zu.«

Sollte das wirklich ein Traum sein, wollte ich nie wieder aufwachen.

»Ich mache dir einen Vorschlag«, sagte der Bürgermeister. »Du wartest jetzt hier, bis wir um vier offiziell schließen, und dann bringt dich Tom mit dem Motorschlitten nach Hause. Dich und deine vier Tüten, meine ich. Dann kann er auch gleich deine Angaben überprüfen, und wenn das, was du gesagt hast, stimmt, schicken wir noch jemanden mit den Lebensmitteln für den Rest deiner Familie vorbei. Montags ist immer Auslieferung. Wie hört sich das an?«

»Ich kann es kaum glauben«, sagte ich. »Richtige Lebensmittel?«

Der Bürgermeister lachte. »Na ja, keine Delikatessen«, sagte er. »Aber Konservendosen und andere haltbare Sachen. Bisher hat sich noch niemand beschwert.«

Ich wusste nicht, was ich sagen sollte. Ich ging einfach zu ihm hin und umarmte ihn.

»Nur noch Haut und Knochen«, sagte er zu Mr Danworth. »Sie hat es wohl gerade noch rechtzeitig zu uns geschafft.«

Wir saßen noch eine Viertelstunde lang herum und warteten, aber es kam niemand mehr. Schließlich bat der Bürgermeister Mr Danworth, die vier Tüten aus dem Lagerraum zu holen und zum Motorschlitten zu bringen.

Am liebsten hätte ich die Tüten gleich durchgewühlt, um zu sehen, welche Wunder sie enthielten, aber ich wusste, dass uns das nur aufhalten würde. Außerdem war es auch gar nicht wichtig. Es war etwas zu essen. Vier Tüten voller Essen. Eine ganze Woche lang würden wir keinen Hunger mehr haben.

Der Weg, für den ich drei Stunden gebraucht hatte, war eine knapp zwanzigminütige Fahrt mit dem Motorschlitten. Die Häuser sausten nur so an uns vorbei, und ich hatte das Gefühl zu fliegen.

Mr Danworth fuhr mich direkt bis zur Wintergartentür. Der Lärm hatte die anderen offenbar aufgeschreckt, denn als ich klopfte, standen schon alle an der Tür.

»Tja, sieht so aus, als hättest du die Wahrheit gesagt«, meinte Mr Danworth. »Da stehen eindeutig drei Menschen vor mir, und alle drei sehen verdammt hungrig aus.«

»Ich helfe Ihnen beim Reintragen«, sagte ich zu ihm. Auf einmal war es mir unglaublich wichtig, dass *ich* das rettende Essen nach Hause brachte.

»Von mir aus«, sagte er. »Aber nimm nicht zu viel.«

Am Ende hat er dann drei Tüten reingetragen und ich nur eine, aber darauf kam es nicht an. Dann gab er Mom ein Formular zum Unterschreiben, auf dem stand, dass wir zu viert waren und Lebensmittel brauchten.

»Am Montag kommen wir wieder«, sagte er. »Ich kann Ihnen nicht versprechen, dass Sie alle zwölf Tüten bekommen, die Ihnen eigentlich noch zustehen, aber sieben sollten es schon werden, drei für diese Woche und vier für die nächste. Danach können Sie mit vier Tüten pro Woche rechnen, zumindest solange Sie nichts anderes von uns hören.«

Mom weinte, also gab stattdessen Matt Mr Danworth die Hand und dankte ihm. Jon war schon viel zu sehr damit beschäftigt, in den Tüten herumzuwühlen und immer wieder etwas hochzuhalten, das er uns zeigen wollte.

»Passen Sie auf sich auf«, sagte Mr Danworth. »Das Schlimmste ist vorbei. Wenn Sie es bis hierher geschafft haben, dann schaffen Sie den Rest auch noch.«

»Können wir heute zu Abend essen?«, fragte Jon, nachdem Mr Danworth gegangen war. »Bitte, Mom. Nur dieses eine Mal?«

Mom wischte sich die Tränen weg, holte tief Luft und lächelte.

»Heute Abend wird gegessen«, sagte sie. »Und morgen und am Sonntag wird auch gegessen.«

Es gab Sardinen, Pilze und Reis und zum Nachtisch (Nachtisch!) Trockenfrüchte.

Während des Essens ging zum zweiten Mal heute der Strom an.

Vielleicht ist das hier ein Paradies für Narren, aber ein Paradies ist es auf jeden Fall.

18. März

Heute ging der Strom an, als wir gerade ein Festmahl aus Kichererbsen, Linsen und Möhren vertilgten.

»Na los«, sagte Mom. »Wir stellen mal eine Waschmaschine an.«

Und das taten wir. Was gar nicht so einfach war, weil es kein fließendes Wasser mehr gibt und wir für jeden Waschgang Wasser nachgießen mussten. Aber es ging trotzdem viel leichter, als mit der Hand zu waschen. Wir konnten alle Bettlaken waschen, und der Strom blieb sogar an, bis auch der Trockner fast fertig war.

Zur Feier des Tages wuschen wir uns die Haare. Reihum schäumten wir sie uns gegenseitig ein. Mom achtet zwar darauf, dass wir uns jeden Tag waschen, aber Haarewaschen ist ein echter Luxus.

Heute Abend gab es dann noch mal Strom. Nur für zehn Minuten oder so, aber das war uns egal. Wir machten unser Abendessen in der Mikrowelle warm. Abendessen in der Mikrowelle. Die schönsten Worte, die ich je geschrieben habe.

19. März

Wir haben zwar immer noch drei Tüten voll Lebensmittel in der Speisekammer, aber ich weiß, dass Mom wegen morgen nervös ist. Es ist wie mit dem Strom. Der kommt und geht, aber man kann sich nicht drauf verlassen.

Aber selbst wenn das mit den Lebensmitteln auch nicht richtig klappt, können wir jetzt wenigstens dafür sorgen, dass Jon bei Kräften bleibt, und das wird Mom beruhigen.

20. März

Mein Geburtstag.
Ich bin siebzehn und ich bin am Leben und wir haben zu essen.
Mr Danworth kam heute Morgen persönlich vorbei und brachte zehn Tüten voll Lebensmittel mit.

»Wir wissen, dass Ihnen eigentlich noch mehr zustehen würden, aber das muss reichen«, sagte er. »Nächsten Montag komme ich wieder, mit den üblichen vier Tüten.«

Es war so viel, und lauter so köstliche Dinge. Milchpulver. Preiselbeersaft. Drei Dosen Thunfisch. Na ja, ich könnte das jetzt alles aufschreiben, aber eigentlich spielt es gar keine Rolle. Es waren Lebensmittel. Lebensmittel, mit denen wir die nächsten Wochen überstehen würden, und wir würden noch mehr bekommen.

Weil heute mein Geburtstag war, durfte ich entscheiden, was wir zu Abend essen. Ich fand eine Packung Makkaroni mit Käse. Das kam Pizza für meine Begriffe am nächsten.

Es gibt immer noch so vieles, was wir nicht wissen. Wir können nur hoffen, dass Dad und Lisa und die kleine Rachel noch am Leben sind. Und Grandma. Und Sammi und Dan und all die anderen Freunde und Bekannten, die fortgegangen sind. Die Grippe hat überall in den Vereinigten Staaten gewütet, wahrscheinlich sogar auf der ganzen Welt. Wir haben sie zum Glück überlebt, aber die meisten Menschen nicht.

Der Strom geht immer wieder an und aus, und keiner weiß, wann man sich wieder darauf verlassen kann. Unser Brennholz wird noch eine Weile reichen, und Matt erholt sich auch immer mehr (heute hat er wieder zehn Stufen geschafft und nur Moms Sorge hat ihn davon abgehalten, ganz bis nach oben zu gehen). Draußen liegt immer noch jede Menge Schnee, Wasser haben wir also erst mal genug. Der Himmel ist allerdings immer noch grau, und obwohl die Temperatur schon seit einer Woche nicht mehr unter minus zwanzig Grad gesunken ist, fühlen sich minus fünf Grad immer noch frühlingshaft an.

Aber heute ist kein Tag, um sich um die Zukunft zu sorgen. Es kommt sowieso, wie es kommen muss. Heute ist ein Tag zum Feiern. Wenn ich morgen aufwache, ist der Tag zum ersten Mal wieder länger als die Nacht. Wenn ich morgen aufwache, werden meine Mutter und meine Brüder neben mir liegen. Sie werden alle noch am Leben sein.

Vor eine Weile hat Jonny mich gefragt, warum ich eigentlich immer noch Tagebuch führe und für wen ich das alles aufschreibe. Ich habe mich das auch schon oft gefragt, vor allem, wenn die Zeiten so richtig schlimm waren.

Manchmal habe ich gedacht, ich schreibe das alles für die Menschen in 200 Jahren auf, damit sie erfahren, wie unsere Welt aussah.

Und manchmal habe ich auch gedacht, ich schreibe das alles auf für den Tag, an dem es keine Menschen mehr gibt, aber Schmetterlinge lesen können.

Aber heute, mit siebzehn Jahren und warm und satt, heute schreibe ich dieses Tagebuch nur für mich selbst, damit ich all das niemals vergesse – die Welt, wie wir sie kannten, und die Welt, wie wir sie heute kennen –, wenn irgendwann eine Zeit kommt, in der ich nicht länger im Wintergarten lebe.

Wem dieses Buch gefallen hat, der kann es unter www.carlsen.de weiterempfehlen und ein Buchpaket gewinnen.

CARLSEN-Newsletter
Tolle neue Lesetipps kostenlos per E-Mail!
www.carlsen.de

2 3   12 11 10

Alle deutschen Rechte bei Carlsen Verlag GmbH, Hamburg 2010
Originalcopyright © 2006 by Susan Beth Pfeffer
Published by arrangement with Susan Beth Pfeffer
Originalverlag: Harcourt Children's Books, Harcourt, Inc.
Originaltitel: Life as we knew it
Dieses Werk wurde vermittelt durch die Literarische Agentur Thomas Schlück GmbH, Garbsen
Umschlagfotografien: Getty Images
Umschlaggestaltung: Kerstin Schürmann, formlabor
Umschlagtypografie: Jan Buchholz
Aus dem Englischen von Annette von der Weppen
Lektorat: Franziska Leuchtenberger
Satz: Greiner & Reichel, Köln
Druck und Bindung: GGP Media GmbH, Pößneck
ISBN: 978-3-551-58218-8

Printed in Germany

Krieg und Liebe

Meg Rosoff
So lebe ich jetzt
208 Seiten
Taschenbuch
ISBN 978-3-551-35761-8

Daisy wird nach England geschickt. Sie soll den Sommer bei ihren exzentrischen Verwandten auf dem Land verbringen. Das alte verwinkelte Haus, der Garten mit dem verwitterten Steinengel – all das ist der New Yorkerin völlig fremd und doch hat Daisy sich noch nie irgendwo so geborgen gefühlt. Und noch nie zuvor hat sie jemanden wie ihren Cousin Edmond getroffen. Es verspricht ein perfekter Sommer zu werden.
Ein Sommer, der ihr Leben verändern wird. Ein Sommer, der die Welt verändern wird.

www.carlsen.de

Unruhige Zeiten

Siobhan Dowd
Anfang und Ende allen Kummers ist dieser Ort
368 Seiten
Gebunden mit Schutzumschlag
ISBN 978-3-551-58208-9

Ich sehe das Land, dachte Fergus. Mit deinen Augen. Siedlungen, Rinder, Felder. Es ist kalt. Und irgendwo dort unten liegt der See. Wenn die Wolken wandern, kann man ihn gerade noch erkennen. Und es ist schön, eine Schönheit, an der man erst Gefallen finden muss. Eine Schönheit, die man erst im Laufe eines Lebens begreift.

Nordirland, 1981. Es ist Sommer und Fergus küsst Cora, das Mädchen aus Dublin. Und er fragt sich: Warum tut die ganze Welt eigentlich nicht genau dieses, immerzu? Fergus lebt in Drumleash. Es ist der Sommer der Unruhen, des Hasses, der Gewalt, des Hungerstreiks. Und Fergus ist hier zu Hause.

www.carlsen.de